Marika Gallman est née en 1983, en Suisse. Collectionneuse acharnée de Post-it et de personnalités multiples, elle rate de peu une carrière de scénariste à Hollywood en écrivant à seulement 12 ans le scénario d'un *Indiana Jones 4* qui ne sera pas retenu, faute de frigo dans l'intrigue. Elle se console devant ses séries préférées, dont elle rejoue les scènes cultes chaque nuit à voix haute dans son sommeil, quand elle ne se relève pas en douce pour regarder des films d'horreur. Attirée par les ambiances sombres et les hommes aux dents pointues, elle se lance dans l'écriture de son premier roman, *Rage de dents*, en 2009.

Du même auteur, chez Milady :

Maeve Regan :
1. *Rage de dents*
2. *Dent pour dent*

www.milady.fr

Marika Gallman

Dent pour dent

Maeve Regan – 2

Milady

Milady est un label des éditions Bragelonne

ISBN : 978-2-8112-0833-2

Bragelonne – Milady
60-62, rue d'Hauteville – 75010 Paris

E-mail : info@milady.fr
Site Internet : www.milady.fr

À Tata Zilch, pour ses Post-it roses et tout le reste.

Chapitre premier

Finalement, les boîtes de nuit c'était pas si mal, comparé à ça.

Je franchis la porte et m'arrêtai un instant pour prendre une grande inspiration. Mauvaise idée. Ça sentait le chacal en rut. Ou mort. Ou les deux. Une fois que j'eus rejoint le bar, j'hésitai quelques secondes en face des tabourets. Ils semblaient tous étrangement gras. La femme de ménage ne devait pas passer souvent. Je décidai de m'asseoir. Mon jean en avait déjà vu des pires. J'évitai cependant de poser les coudes sur le comptoir. Je n'avais pas envie d'y rester collée, surtout si je devais m'enfuir en courant.

— Qu'est-ce qu'elle prend la petite dame ?

Je détaillai le barman. La quarantaine, des cheveux d'un blond jaune terne qui devaient être aussi propres que le tabouret sur lequel j'étais assise, et tout de cuir vêtu. Pantalon en cuir, gilet en cuir, et rien d'autre. J'espérais de tout mon cœur qu'il portait des sous-vêtements.

— Tequila, répondis-je.

Il me lança un sourire franc et sympathique auquel je ne me fiai pas. Il n'était pas humain, comme en témoignaient les deux crocs qui pointaient entre ses lèvres.

Je me tournai pour jeter un regard circulaire à la salle en attendant mon verre. Glauque. C'était le seul mot qui convenait pour le lieu dans lequel je venais de mettre les pieds. On aurait dit la version underground d'un saloon, à cela près qu'au XXIe siècle, les vampires avaient remplacé les cow-boys. L'endroit était plutôt vaste et divisé en trois zones distinctes : le bar, la scène, et la piste de danse. Le coin du bar, là où j'avais pris place, occupait tout le mur du fond et était aussi long que la salle où le public affluait pour profiter de la scène, sur laquelle trois musiciens se produisaient. Leur mélopée ressemblait aux cris d'un animal à l'agonie. Pourtant, la piste était plutôt remplie, et bien que je n'aie aucun moyen concret de les reconnaître en dehors de leurs crocs, j'étais persuadée que la quasi-totalité de la foule suivait une diète à base de sang. Il y avait également les groupies, catégorie dans laquelle j'étais censée me ranger grâce aux battements réguliers dans ma poitrine. Cependant, comme en attestait le nom de l'établissement, la majorité de la clientèle du *Baron Vampire* était plus morte que vivante.

Si certains des clients se contentaient d'écouter la musique en secouant légèrement la tête, d'autres étaient plus extravagants. Malheureusement, ce n'étaient pas ceux qui agitaient frénétiquement leur corps au rythme des basses, mais les couples qui étaient en train de se grimper dessus – au sens propre – au milieu de la foule. Je me retournai vers le bar avec un haut-le-cœur après avoir repéré le genre de pieu dont je ne me servais plus assez ces derniers temps.

Ma tequila n'attendait plus que moi. Je la fis disparaître d'un trait et reposai le verre sur le comptoir avant de faire signe au barman que je reprendrais volontiers la même chose. Les vieilles habitudes ont la dent dure. Il se saisit de la bouteille qui patientait docilement derrière lui et remplit mon verre. Je portai la main dans sa direction lorsque quelque chose de froid m'effleura. Quelque chose de vert et froid.

— Nom de…

« Nom de Dieu, qu'est-ce qu'un serpent fout ici ? » était ce que j'avais voulu dire, mais je ne finis pas ma phrase. L'individu qui avait fait irruption à côté de moi pendant que je détaillais le club me regardait d'un air soupçonneux. Pas humain non plus. Imposant, des yeux de jade perçants sous des sourcils noirs en broussaille. Sa tête m'était vaguement familière, mais je ne me souvenais pas où j'aurais pu l'avoir rencontré avant. Ce n'était sans doute qu'une impression. Dans le bar, ils se ressemblaient tous tellement que c'en était affolant. De vrais clichés ambulants.

Je tentai une ébauche de sourire pour détendre l'atmosphère. Il m'imita.

— C'est Rosita, me fit-il en indiquant le serpent qui était amoureusement enroulé autour de son cou et qui venait de m'effleurer la main. Elle aime dire bonjour.

Je pouffai nerveusement malgré moi et me forçai à sourire. Il souriait aussi. Ou plutôt je décidai d'interpréter l'étirement de ses lèvres comme tel, car c'était plutôt effrayant. Son regard paraissait vide et ne donnait pas l'impression qu'il soit capable d'éprouver une émotion.

Le type était très grand et baraqué, et ses longs cheveux bouclés cachaient la moitié de sa compagne. C'était de lui que j'aurais dû me méfier, mais je n'avais d'yeux que pour elle. J'avais une sainte horreur des serpents, au point que j'en étais pétrifiée. Le seul truc qui aurait pu m'effrayer plus en ce moment, c'était de faire un esclandre et de me retrouver entourée de suceurs de sang résolus à me faire regretter de ne pas avoir été polie. Aussi regardai-je le reptile avec un sourire que je voulus le plus sincère possible.

— Salut Rosita, lui dis-je simplement.

Et j'attendis. Son propriétaire ne bougeait pas, et mon malaise grandissait. Au bout d'un moment, le serpent se redressa et se planta devant mon visage. Il resta là, à m'observer pendant quelques instants, durant lesquels mon cœur ne battit pas une seule fois. C'était mauvais. Passer pour une groupie de vampire est une bonne couverture, tant qu'on a un cœur qui bat.

Rosita me dévisageait. Je sentais son regard me transpercer, comme si ça n'avait pas été un simple animal, comme s'il y avait plus derrière ces iris si spéciaux, comme si elle essayait de me dire quelque chose. Finalement, elle émit un petit sifflement, et les deux parties distinctes de sa langue vinrent effleurer mon nez. Puis elle rebroussa chemin et alla se lover dans les cheveux de son maître, dont les yeux vides ne m'avaient pas quittée.

— Elle t'aime bien, annonça-t-il au bout de quelques secondes.

Il tourna les talons presque aussitôt, me laissant pantelante sur mon tabouret. Mazel tov. Je revins à ma tequila et hésitai un moment avant de m'en saisir. Lorsque j'entendis mon cœur redémarrer, j'engloutis le liquide en une gorgée. Je n'eus rien à dire pour que le barman le remplisse à nouveau.

Je levai la tête vers lui et notai son expression amusée. Il ne semblait pas être un mauvais bougre en fin de compte, et quelque chose chez lui m'inspirait confiance. Il est étonnant de constater à quel point la présence d'un prédateur vous rend celle d'un autre prédateur plus agréable.

— Cormack n'est pas méchant, dit-il sans perdre son sourire. Il est juste un peu spécial. Mais il ne ferait pas de mal à une mouche.

Comme si c'était aux mouches que les suceurs de sang ont l'habitude de s'en prendre, pensai-je en faisant disparaître ma troisième tequila. De toute manière, ce n'était pas Cormack qui m'inquiétait le plus dans le duo que je venais de rencontrer.

— Tu t'es fait un ami, continua-t-il tout en me détaillant. Si tu passes le test du serpent, tu es tolérée.

Super. Je n'avais aucune envie de savoir ce qui arrivait aux gens qui n'avaient pas ma chance.

— Tu es nouvelle dans le milieu. Comment tu as débarqué ici ?

Je résistai à l'envie de soupirer et haussai les épaules à la place. *Longue histoire mon grand, longue histoire.*

— Comme tout le monde, je suppose.

J'espérais que c'était une réponse assez légère pour rester floue et assez assurée pour être convaincante. Les clubs vampires, je n'en avais pas fait beaucoup, et je détestais ça. Mon truc, c'était plutôt la chasse en solitaire, pas l'adoration du mort-vivant. Cependant, j'étais à la recherche d'un vampire bien précis, et, selon les infos que j'avais recueillies à coups de pieu, il possédait la boîte.

— Je cherche Barney. Tu sais où je peux le trouver ?

J'avais essayé de la jouer détachée, mais j'avais visiblement échoué, vu l'expression suspicieuse qu'afficha le barman à la mention du nom. Si c'était lui, le fameux Barney, je venais de marquer un sacré mauvais point. Je sentis l'air bouger avant d'entendre une voix chantonner dans mon dos.

— Tout le monde cherche Barney, bébé, mais personne ne le trouve.

Je fis volte-face. Le nouvel arrivant était appuyé nonchalamment sur le comptoir, comme s'il avait été là depuis des heures. Ses cheveux bruns étaient lisses et lui descendaient jusqu'aux épaules. Sa peau était claire, ses lèvres fines mais bien dessinées. La supérieure remontait légèrement et donnait à sa bouche un côté enfantin qui était des plus charmant. Quant à ses yeux, ils étaient d'un bleu ciel hypnotisant. Je n'en avais jamais croisé d'aussi magnifiques. Il détonnait dans ce décor western, avec son jean délavé et troué, son simple tee-shirt blanc également déchiré en plusieurs endroits et ses paupières légèrement fardées de noir. Enfin, légèrement… Il portait plus de maquillage que moi, et ça n'aidait pas à rendre son regard moins percutant. Il était terriblement beau. Dommage que ce soit un vampire.

Ses lèvres s'étirèrent de manière féline.

— Tu as envie de moi, lança-t-il en guise de salutations.

Sympa comme entrée en matière, je note.

Je fronçai volontairement les sourcils en faisant la moue, ce qui sembla l'amuser.

— Te méprends pas, bébé. N'y vois rien de personnel. Je n'ai jamais dit que tu t'intéressais à moi, mais le désir sexuel a une odeur qu'il est très facile de reconnaître.

Si c'était le cas, j'étais vraiment dans la merde.

— Ça se sent à trois kilomètres que t'as pas pris ton pied depuis un moment, ajouta-t-il sur le ton de la confidence. Tu vas tous les rendre fous dans le coin.

Il ponctua sa phrase d'un clin d'œil.

Il avait parlé de manière désinvolte, en jouant des sourcils, ce qui était assez cocasse, et j'étais à mi-chemin entre l'amusement et l'énervement. Cela ne m'empêcha pas de soutenir son regard sans ciller. Il paraissait satisfait lorsqu'il se redressa.

— Si tu veux de mes services, sache que je suis à ton entière disposition, dit-il en se saisissant de ma main pour y déposer un baiser. Mais en ce moment, le devoir m'appelle !

Il disparut en une fraction de seconde, sans attendre ma réaction. Il devait se douter qu'il n'y en aurait pas. Pourtant, il avait raison. Je n'avais pas pris mon pied depuis très – trop – longtemps, et ça commençait à frôler la limite du supportable. Depuis Lukas, j'avais été aussi sage qu'une nonne fraîchement ordonnée. Mon cœur se pinça. Je chassai vite cette pensée en me retournant vers le barman, qui n'avait pas manqué une miette de l'échange que j'avais eu avec le vampire inconnu.

— Vous pouvez vraiment flairer ce genre de trucs ? lui demandai-je alors.

Bien qu'étant une hybride, j'en ignorais encore beaucoup à leur sujet. Je continuais à combler mes lacunes, petit à petit, mais j'étais toujours surprise de découvrir toutes les choses qu'il leur était possible de faire et qui me passaient sous le nez. C'était le cas de le dire. Mon odorat était des plus banal, et ma vision nocturne pour le moins inexistante. N'étant qu'à moitié vampire, face à eux, j'avais parfois l'impression d'être à moitié engourdie des sens.

Le barman continua tranquillement à essuyer un verre tandis qu'il m'adressait un sourire sans équivoque. Cette idée ne me plaisait pas du tout. Je devais puer le manque à plein nez. Ça faisait plus de huit mois maintenant. Huit putains de mois…

— Pourquoi tu cherches Barney, au fait ? demanda-t-il, me sortant ainsi fort à propos d'une rêverie dans laquelle il ne valait mieux pas que je me perde.

— On m'a dit qu'il saurait où trouver un vieil ami.

Il parut quelque peu méfiant. Je tentai un sourire aussi amical que possible pour faire passer la pilule, et il sembla se détendre. Je le vis exécuter un léger signe du menton, presque imperceptible. Je me tournai instinctivement, mais je ne pus déterminer à qui il était destiné. La foule se grimpait toujours dessus, et il n'était pas vraiment aisé de distinguer quelque chose dans ce méli-mélo mort-vivant.

Je me retournai vers le barman, un sourcil levé. Il semblait encore plus innocent que l'Enfant Jésus. Sauf que lui aurait bouffé le bœuf, l'âne, et les Rois mages. Je secouai la tête et chassai cette pensée en remarquant qu'il m'avait resservi une tequila. Je le remerciai avant de la faire disparaître, puis me mis à fouiller mes poches.

— C'est pour la maison. On a rarement de nouvelles arrivantes dans ton genre.

Dans mon genre ? C'est quoi, mon genre ?

Je penchai malgré moi la tête sur le côté, avant de la redresser aussi sec. Je détestais les gens qui penchent la tête pour réfléchir, comme si c'était le seul moyen pour que leurs fils se touchent.

— Tu veux dire de la viande fraîche ?

— Non avariée, corrigea-t-il avec un clin d'œil taquin.

Je souris sincèrement. Au fond, ce type me plaisait, dans son genre.

— Tu as un nom, mon petit ? demanda-t-il après un moment de silence.

Je me rendis compte que la musique s'était arrêtée. Ça faisait un bien fou aux oreilles. Je considérai le barman quelques instants avant de répondre. Des noms, j'en avais eu des tas ces derniers mois.

— Comment tu crois que je m'appelle ?

Je sentis son regard peser sur chaque centimètre de ma peau qu'il inspectait, comme s'il avait été en train de la parcourir de ses mains. Sa bouche se pinça légèrement aux extrémités.

— Caroline.

Je pouffai bien malgré moi. J'avais tout sauf une tête de Caroline.

— Alberta ? Joséphine ?

Sous cet air nonchalant, son sourire était séducteur. Si ce barman ne flirtait pas avec moi, je ne m'appelais pas Maeve Regan.

— Quinn, répondis-je.

Il me dévisagea quelques instants, bras croisés sur le torse, bouche légèrement pincée, et hocha la tête. On aurait vu à trois kilomètres qu'il n'y croyait pas une seule seconde. Mais, en bon barman, il ne me relança pas. Il devait avoir l'habitude des jeunes filles de bonne famille qui venaient entre ces murs à la recherche du grand frisson vampirique et retournaient ensuite à leur vie bien rangée comme si de rien n'était.

Des gens commençaient à affluer vers le bar et à se presser autour de moi. Pas besoin d'avoir un flair aiguisé pour profiter de l'odeur de transpiration qui se dégageait de chacun d'eux. Dieu, pourquoi la sudation ne s'arrêtait-elle pas à la mort ? Il n'y avait vraiment aucune justice dans le monde.

Un homme me bouscula pour s'appuyer sur le comptoir. Rectification, pour s'affaler sur le comptoir. Après avoir éructé de manière fort peu engageante, il harangua le barman et demanda une bière. Il ponctua sa commande d'un autre rot plus sonore que distingué avant de se tourner vers moi. Il avait tout du prince charmant. La cinquantaine bien tassée, sur le papier, des cheveux gras et gris, une espèce de chapeau de cow-boy vissé sur le crâne – ce devait être le dress-code de la boîte – et un sourire édenté qui aurait fait fureur dans un cours de prévention vantant les mérites d'un brossage de dents quotidien. *On ne montre définitivement pas ce qu'il faut aux enfants pour les motiver*, pensai-je en chassant d'un coup de main l'air nauséabond qui parvenait jusqu'à mes narines.

— Mais salut vous, me dit-il d'un ton aussi innocent qu'une femme de joie en pleine heure de pointe.

Il continua à me détailler comme le bout de viande que je devais être à ses yeux, sans aucune retenue devant mon décolleté, en passant la langue sur ses lèvres. Il venait d'éradiquer définitivement ma libido. Pour les vingt ans à venir. Son haleine était encore plus insoutenable que ses manières.

— J'ai mon pick-up qu'est garé pas loin, relança le prince charmant.

Je le regardai, ma bouche se déformant malgré moi. *Ne se mettre personne à dos, n'énerver personne*, me répétai-je mentalement. Pourtant, Dieu sait que j'aurais eu envie de l'envoyer valser, n'eût-ce été que pour me débarrasser de l'odeur.

— C'est gentil, mais je suis attendue.

J'avais essayé de sonner aussi sincère que possible. Il fit la moue tout en continuant à lorgner ma poitrine, puis poussa un petit soupir.

— S'il te fait poireauter encore un peu, ça nous laisse du temps…

Une chope fut bruyamment posée sur le comptoir à côté de nous.

— Dégage, Johnny.

Ledit Johnny leva deux billes hargneuses en direction du barman, se saisit de son verre et tourna les talons aussi vite qu'il était arrivé, après avoir lancé un dernier regard à mes seins. Je remerciai mon sauveur d'un hochement de tête.

— C'est quoi ton histoire, Quinn ? demanda-t-il en poussant un verre dans ma direction.

Il s'en était également servi un et m'attendit pour trinquer. Parfait, s'il pensait qu'il parviendrait à me soûler pour que je devienne bavarde, une grande partie de son bar allait y passer.

Je descendis mon verre d'un trait et il m'imita. Il avait déjà refait le plein lorsqu'il enchaîna.

— Comment une jeune fille dans ton genre en vient à fréquenter un endroit comme celui-ci ?

Il fit un geste circulaire pour montrer les lieux. Il m'avait posé la question un peu plus tôt, mais le ton était différent. On était passés aux choses sérieuses. Dans mon dos, la musique reprit.

Comment étais-je arrivée ici ? Rien de plus simple. Mon père tue ma mère et élève un frère vampire qui rêve de me faire la peau. Il assassine une amie et réduit mon grand-père à l'état de légume, me donnant ainsi de bonnes raisons de vouloir l'envoyer définitivement six pieds sous terre. Plutôt trivial, non ?

— Je suis à la recherche d'un vieil ami, répondis-je de manière sobre.

Il semblait sur ses gardes. Je devrais peut-être déguerpir de là au plus vite. Instinctivement, je croisai les jambes afin de pouvoir palper le couteau qui était dissimulé sous mon jean, au niveau du mollet. Je me détendis un peu, mais c'était le moment d'aller faire un tour, avant qu'il décide que je ferais un bon repas pour lui et ses amis. Bien entendu, grâce à mon étrange héritage génétique, ce serait leur dernier souper. J'étais aussi toxique pour eux que le plus virulent des poisons, sauf que je n'avais pas envie qu'ils me déchirent la moitié du corps avant de s'en rendre compte.

Je pris le verre qu'il avait resservi et le descendis cul sec avant de quitter mon tabouret. Mon jean eut un peu de peine à s'en décoller, mais, lorsque je fus sur la terre ferme, je pus adresser un sourire discret au barman.

— Je vais faire un tour. Merci pour les tequilas !

Il ne répondit rien, occupé qu'il était à me regarder d'une manière un peu trop insistante à mon goût, et je me fondis vite fait dans la foule. Une fois au sein de la masse libidineuse et odorante, je jetai un coup d'œil vers le bar. Il me regardait toujours fixement. C'était un sacrément mauvais point. Je devais me faire oublier, et disparaître. Tant pis pour ce Barney, je le trouverais autrement.

Je sentis des mains se poser sur mes hanches et réprimai un sursaut. Je me retournai pour découvrir un vampire, la trentaine en apparence, qui semblait apprécier la musique et vouloir en profiter en ma compagnie. Il avait les cheveux courts, et c'était bien un des premiers que je croisais qui n'arborait pas une crinière. Je le repoussai aussi gentiment que je pus et tentai de faire un pas en avant. Mais il me colla et se frotta à nouveau à moi.

— Lâche-moi, grognai-je sans ménagement.

Fallait pas pousser non plus.

Au lieu d'obtempérer, ses paluches saisirent mes fesses. Le coup faillit partir plus vite que la lumière. Faillit, parce qu'avant que je ne puisse lever le coude, une tête reptilienne avait fait irruption entre l'empoté et moi. Je sursautai et fis un pas en arrière, n'étant plus retenue par des mains baladeuses.

— La dame t'a dit non, fit une voix que j'identifiai comme celle de Cormack.

Le vampire disparut sans plus de cérémonie, alors que Rosita promenait sa langue devant mon visage. Sans me consulter, elle s'enroula ensuite lentement autour de mon cou, sa peau froide glissant sur la mienne comme dans un ballet macabre. J'étais trop tétanisée pour pouvoir réagir. Elle eut bientôt totalement quitté Cormack pour se retrouver sur moi. Elle pesait une tonne.

— Merci, murmurai-je à l'attention de Cormack.

— Remercie Rosita, elle t'aime bien.

Malheureusement, pensai-je, maussade.

Ce fichu serpent s'était accroché à ma nuque comme si on était amies de longue date. Elle refit un passage éclair devant mon visage, sa langue venant effleurer le bout de mon nez à nouveau, avant de retourner sur son propriétaire pour se pelotonner rapidement autour de son cou. Elle ressemblait à un gros collier vert, une fois qu'elle ne bougeait plus. Je pris une grande bouffée d'air. Je détestais vraiment les serpents.

Mon cœur ne battait plus depuis qu'elle avait fait sa petite excursion sur moi, et c'était mauvais. Toute ma couverture reposait sur le fait que j'étais une humaine innocente venue ici pour le frisson vampirique. Et, jusqu'à preuve du contraire, les humaines ont un cœur qui pompe le sang de manière régulière. Je pris de profondes inspirations, le plus discrètement possible.

Lorsque je hasardai un regard sur le côté, Cormack avait disparu. En cherchant dans la foule, je le repérai quelques mètres plus loin, agitant discrètement sa tignasse au rythme de la musique. Quelques têtes étaient tournées dans ma direction, toutes affichant un air aussi sympathique qu'un troupeau d'alligators affamés. Encore quelques inspirations. Ce fichu cœur devait se remettre à battre.

Je pivotai vers la scène pour tenter de me concentrer sur ce qui s'y passait. Les membres du groupe semblaient en transe et remuaient tellement vite qu'il était impossible de distinguer leurs visages. Une autre inspiration.

Je sentis une présence dans mon dos. Je n'avais pas envie de me retourner. Encore une inspiration. Les pulsations recommencèrent, très lentement. Je lançai un coup d'œil rapide derrière moi et reconnus mon barman. Il s'immobilisa quelques mètres plus loin et commença à observer la scène. Je suivis son regard et me rendis compte que le chanteur du groupe avait enfin arrêté de gesticuler. Le barman lui fit un signe rapide, comme il en avait déjà fait un tout à l'heure, et l'homme sur scène acquiesça. Puis il pivota vers moi. C'était le vampire qui était au bar quelques instants plus tôt, celui qui m'avait proposé ses services. Ses yeux étaient braqués sur moi. Mon sang se glaça.

Il se remit à chanter, et la musique se révéla étonnamment mélodieuse. Il me dévisageait. Lorsque je détournai le regard pour échapper à son emprise, je remarquai que le barman était à nouveau à son poste, tranquillement en train de s'occuper des clients. Je me retournai vers la scène et constatai que le chanteur m'observait toujours. C'était plus que dérangeant. J'avais l'impression que les murs autour de moi rétrécissaient à vue d'œil, et que j'allais finir par être broyée sous la force de cet océan.

Je clignai des yeux, mais la sensation ne disparut pas. Il fallait que je sorte d'ici au plus vite. À ce rythme-là, mon cœur ne tarderait plus à s'arrêter à nouveau, et c'était la dernière chose que je voulais. J'avais très certainement déjà été repérée, et même si je ne voyais pas trop ce que j'avais pu faire de mal à leurs yeux à part chercher Barney, ça me semblait un assez bon motif pour me tirer avant qu'on vienne me demander des comptes. Cependant, je n'arrivais pas à bouger, fascinée que j'étais par le regard bleu qui ne me quittait pas.

Finalement, le chanteur me fit un clin d'œil, ce qui me désarçonna suffisamment pour que je reprenne mes esprits. Il me désigna ensuite un coin de la salle d'un coup de menton discret. Je lui adressai une moue perplexe, et il me fit signe à nouveau. Je tournai la tête pour étudier la direction qu'il m'indiquait. Dans un angle, une grande brune – très certainement vampire elle aussi – appuyée sur une table haute, était en pleine discussion avec un petit homme sec.

Je pivotai vers la scène et le chanteur se contenta de me sourire. Puis il refit un signe dans la même direction. La mélopée qu'il entonna ensuite me laissa peu de doutes quant à son message. *It's what you've been looking for*. Je me retournai vivement vers la femme. *What you've been looking for.* Elle leva les yeux vers moi. *What you've been looking for. Go get it.* Lorsqu'elle remarqua que je la dévisageais, tout se déroula très vite.

Chapitre 2

La vitesse à laquelle elle fila jusqu'à la porte ne laissa aucun doute quant à sa véritable nature.

Je me lançai à sa poursuite sans attendre, bousculant plusieurs personnes sur mon passage. J'avais beau être à la diète sanguine, je ne courais pas aussi vite qu'un vrai vampire. Je n'avais donc pas de temps à perdre.

Une fois à l'extérieur de la boîte, je m'élançai dans la rue déserte à la recherche de l'ombre qui me devançait. Elle avait quelques bons mètres d'avance. Heureusement, j'avais mes bonnes vieilles baskets et pas des escarpins, comme elle. Je courais à m'en déchirer les poumons. C'était une bonne chose que le coin ne soit pas fréquenté à cette heure-ci.

Plus que quelques mètres. Elle était rapide, mais les talons avaient le désavantage de fort peu se prêter aux sprints. Les femmes négligent toujours ce genre de détail. Deux mètres. Il me suffirait bientôt de tendre le bras pour attraper sa crinière et m'arrêter d'un coup sec. Un mètre…

Le choc fut brusque. Sachant que j'arrivais à sa hauteur, cette salope avait stoppé net, me faisant percuter son dos à pleine vitesse. Je sentis le goût du sang emplir ma bouche alors que je me baissais pour esquiver le premier coup qu'elle essayait de me porter. Si elle croyait que ça allait être aussi facile que ça...

Nous n'étions pas loin d'une des artères principales de la ville, et, malgré l'heure tardive, je pouvais voir des gens aller et venir sur la route transversale. Je me relevai d'un bond et visai son ventre. Mon poing s'y enfonça de quelques centimètres. Le choc lui aurait coupé la respiration, si seulement elle en avait eu une. Elle m'adressa un immense sourire et j'eus le temps de la détailler une fraction de seconde. De grands yeux bruns aux cils interminables, des pommettes hautes, une bouche charnue. Elle n'était pas vilaine, pour un cadavre ambulant.

Mon deuxième coup l'atteignit en pleine tempe, et j'entendis un bruit distinct de craquement. Elle serait certainement moins séduisante une fois que j'en aurais fini avec elle. Elle tenta de me frapper mais échoua, car je m'étais écartée de sa trajectoire, ayant anticipé cette attaque. À mon tour de la regarder avec un grand sourire.

Elle chargea à nouveau et me heurta de plein fouet. Nous roulâmes par terre et nous engageâmes dans un combat de griffes. Quelques coups plus tard, il lui manquait deux ou trois poignées de cheveux et mon visage était scarifié de toutes parts. Il était sérieusement temps que je considère l'idée de me laisser pousser les ongles, ça pouvait se révéler utile.

Alors que nous continuions de rouler, je tentai d'attraper le poignard qui était accroché à mon mollet. En vain. Encore un tour et je me retrouvai sur elle. J'essayai de retenir ses bras comme je pouvais, mais c'était une vraie une furie. Un coup de tête bien placé, et des flots écarlates se déversèrent de son nez, faisant disparaître rapidement une tache de naissance en forme de cœur qui ornait la base de son cou. Elle profita de ce que j'essayais de détailler la marque pour m'éjecter quelques mètres plus loin. Je me relevai à la hâte, et elle m'imita. Le sang qui maculait son visage blanchâtre lui donnait des airs de Bozo le clown. Je lui aurais volontiers pincé le nez pour voir le genre de son qui en sortait.

Elle darda sur moi un regard menaçant, approcha à pas lents et me contourna, comme un fauve avec sa proie.

— Allez, viens jouer, petite poupée, dit-elle sur un ton un peu trop badin en ces circonstances.

Elle avait un accent chantant que je ne parvins pas à identifier. Probablement italien. Elle avait le type méditerranéen, en tout cas. N'ayant ni le temps ni l'envie de me lancer dans une conversation mondaine, je déchirai le bas de mon pantalon en un temps record pour en extraire mon poignard. Mieux valait le jean que ma gorge. Une fois que j'eus le couteau bien en main, je lui rendis un sourire aussi snob que le sien avant de faire un pas dans sa direction.

— J'arrive maman, répondis-je, dents serrées.

Et je bondis sur elle. Elle esquiva mon premier assaut en m'envoyant valser sur le côté d'un coup de genou bien calculé. J'accusai l'attaque et me retournai vivement pour frapper son rein. Elle hurla de colère et fit volte-face, me gratifiant d'une droite à m'en disloquer la mâchoire, qui craqua de mécontentement. Je jurai tout en la remettant en place.

Elle me lança un regard incrédule alors que je grimaçais de douleur. Je me recomposai un sourire de circonstance après m'être également fait craquer la nuque. On n'allait plus tarder à s'amuser pour de bon.

— Qu'est-ce que tu es ? demanda-t-elle, partagée entre le dégoût et la peur.

Je me redressai et lui fis face.

— Sûrement la dernière personne que tu aurais dû emmerder ce soir, répondis-je en la chargeant.

Un coup dans la mâchoire, pour équilibrer les choses, un dans le ventre, qu'elle esquiva à moitié, et un coup de couteau en pleine poitrine plus tard, nous nous trouvions à nouveau au sol. À la différence près que, cette fois-ci, elle était beaucoup plus docile. Le poignard entre ses seins, juste à côté de son cœur. L'attaque n'était pas mortelle, mais cela ne la rendait pas moins douloureuse. Surtout lorsqu'on remuait la lame, comme j'étais en train de le faire. La vampire se tordait en gémissant, les jambes tendues à l'extrême, poitrine relevée malgré elle à la rencontre de la garde. Je voyais des larmes rosées coller les cils de ses grands yeux bruns, et je pouvais y lire toutes les insultes silencieuses qu'elle m'adressait.

— Bien, j'espère que j'ai toute ton attention à présent.

J'arrêtai de remuer le couteau pour qu'elle se calme. Les soubresauts cessèrent et je m'assis complètement sur elle.

— Où est-ce que je peux trouver Barney ?

Elle se mit à rire. Une chose est sûre, je n'apprécie pas qu'on me rie au nez quand je pose une question, surtout lorsqu'elle n'est pas stupide. J'imprimai quelques tours au couteau et regardai la bave rose qui commençait à souiller la commissure de ses lèvres si parfaites. Je répétais la question, sans obtenir plus de succès.

Elle planta ses immenses prunelles dans les miennes. Sous l'écume rosée, un sourire était toujours visible.

— Quoi ? demandai-je, glaciale.

Elle se contenta de me dévisager, son expression foutrement amusée. Je ressortis la lame pour la ficher un peu plus près de son cœur d'un geste précis. Peine perdue.

— Quoi ? hurlai-je.

Malgré l'effort surhumain que cela sembla lui coûter, elle commença à rire. Je lui mis un coup de coude en plein dans le nez, que je sentis craquer encore une fois. Ce n'était sûrement pas utile, mais cela me détendit aussitôt.

— Pourquoi tu le cherches ?

Est-ce que c'était une plaisanterie ? C'est elle qui avait un poignard dans la poitrine, donc c'était moi qui posais les questions. Simple logique.

— C'est pas tes oignons, ma belle.

— Non, tu ne m'as pas comprise, ma belle, dit-elle en accentuant les derniers mots. Pourquoi le cherches-tu, alors que c'est lui qui t'envoie ?

Et merde.

— Pourquoi tu t'es enfuie en me voyant ? demandai-je, en tentant de ne pas me démonter.

Elle rit encore une fois, et il n'en fallut pas plus pour m'énerver pour de bon. Je sortis énergiquement le couteau de sa poitrine, prête à l'embrocher de manière définitive, me maudissant en silence d'avoir été aussi stupide. Mais, avant que je ne puisse la planter à nouveau, je fus projetée à plusieurs mètres d'elle. J'atterris dans un grand fracas. Elle était forte, très forte. Elle devait être bien plus âgée que ce que je pensais.

Je pestai en tentant de me relever. La chute m'avait sonnée. Mon bassin était excessivement douloureux, sans parler de mon crâne, qui avait rebondi sur le sol en émettant un bruit plus que douteux. J'étais arrivée jusqu'à la rue attenante, celle où j'avais vu des passants quelques instants plus tôt. Malheureusement, elle n'était toujours pas déserte, et des passants me regardaient, l'air effrayé. La garce m'avait projetée à plus de quinze mètres.

Redressée sur un coude, je jetai un coup d'œil dans la ruelle d'où la Cicciolina venait de m'envoyer valser. Il n'y avait plus personne. La belle s'était fait la malle. Quelle soirée pourrie ! Mais ça aurait pu être pire.

— Maeve ?

Mon sang se glaça alors que je relevais la tête dans la direction de la personne qui m'avait appelée. Quand mon regard rencontra le sien, mon cœur cessa de battre. J'étais dans la mouise. Les yeux qui étaient vissés sur moi dans une expression d'incompréhension totale se révélaient plus effrayants que tous les vampires que j'avais pu croiser ces derniers mois.

Je tournai la tête, fis mine de ne pas avoir entendu et tentai de me lever, pensant bêtement que si je faisais comme si de rien était, j'arriverais peut-être à donner le change et à m'en aller discrètement. Lorsque je posai un bras au sol pour essayer de prendre appui, une douleur intense m'informa qu'il s'était certainement brisé dans la chute. Je pouvais le sentir cicatriser grâce au sang que j'avais bu plus tôt dans la soirée, mais hélas pas dans une position naturelle. Fichue, fichue, fichue moitié qui n'était pas vampire. J'allais devoir me le casser à nouveau, et il était hors de question que je fasse ça en pleine rue, devant les cinq passants qui s'étaient arrêtés pour regarder le petit truc couvert de sang qui avait giclé dans leur direction quelques instants auparavant.

— Maeve, c'est vraiment toi ?

Je continuai à l'ignorer et roulai sur mon flanc gauche pour me relever. Ce que j'aime, chez les spectateurs, c'est qu'ils sont toujours là pour observer, mais il ne viendrait à l'esprit d'aucun d'entre eux d'essayer d'aider. Pas que j'aurais accepté, mais juste pour la forme.

Une main apparut devant mon visage.

— Je croyais que tu étais morte !

La voix aurait pu être teintée de reproches, mais ce n'était pas le cas. Elle exprimait une sorte de soulagement qu'il m'était difficile d'entendre. Je me relevai en essayant de ne pas le regarder.

Une fois debout, je me rendis compte que ma cheville avait aussi dû sacrément morfler, vu la douleur qui en irradiait et l'angle anormal qu'elle affichait. Un jeune d'environ mon âge, les cheveux bruns en bataille mais habillé bon chic bon genre, braqua sur moi des yeux horrifiés. Je ne réussirais pas à aller bien loin avec un pied dans cet état.

— Maeve ?

La voix était montée d'une octave et le ton était presque désespéré. Je pestai dans ma barbe. Je ne pouvais pas laisser traîner en pleine rue quelqu'un qui m'avait reconnue. J'étais morte aux yeux du monde. J'avais orchestré ma disparition pour que les gens à qui je tenais ne soient plus mis en danger. Il était hors de question que j'aie fait ces efforts en vain.

Je me tournai vers l'homme et pris son bras avant de planter mes yeux dans les siens. Réprimant un pincement au cœur en face de ce regard qui me rappelait tant de souvenirs, je lui parlai doucement.

— Ramène-moi chez toi. Ne dis rien pendant le trajet, ne pose aucune question, contente-toi de marcher.

— D'accord, fit-il d'une voix blanche.

Sa réponse provoqua un flash douloureux. Je fus saisie de nausées. Un stade, sous la pluie. Elliot en train de pleurer.

Nous commençâmes à avancer, en silence comme je l'avais ordonné, et mon esprit ne cessa de divaguer. Elliot en train de hurler. Le jour où j'étais morte.

Une fois que la porte fut déverrouillée et que nous fûmes entrés dans l'appartement silencieux, je réprimai mon envie d'allumer la lumière. Je ne voulais pas voir son visage.

Je lui ordonnai de s'asseoir sur le canapé tandis que je me préparais moralement à remettre ma cheville en place. Elle retrouva son apparence normale après avoir émis un craquement sourd qui fit se dresser tous les poils de mon corps. La douleur était supportable, depuis le temps, mais entendre mes propres os se briser l'était moins. J'eus plus de difficulté avec mon bras, mais je parvins à le casser une nouvelle fois et à le redresser avant qu'il ne cicatrise. Je détestais déjà ça, mais ce soir c'était encore plus pénible avec le spectateur de fortune qui ne cessait de m'observer, horrifié. Il ne pouvait pas parler, mais il n'en avait pas besoin. Tout ce qu'il pensait était inscrit sur son visage, dans le regard menthe à l'eau qu'il tenait de sa mère, et sa détresse était dure à soutenir.

Une fois remise en état, je fis rouler ma nuque sur mes épaules avant de m'étirer pour détendre mes membres endoloris. Puis je pris une grande inspiration et m'approchai du canapé. Il avait toujours les yeux grands ouverts. Sa bouche affichait une expression à mi-chemin entre douleur et tristesse, et sa lèvre supérieure, légèrement ourlée, me rappelait trop de choses pour que je puisse jouer les insensibles plus longtemps.

Je m'agenouillai devant lui, saisissant ses mains. Puis j'expirai bruyamment en me préparant en silence à une conversation que je recherchais autant qu'elle me terrifiait. Il me lança un regard si déchirant que je détournai la tête aussitôt. Il ressemblait tellement à son frère, et ce que je pouvais lire dans ses yeux n'était rien d'autre que de la peur.

— Tu peux parler, Julian, lui dis-je.

Il eut comme un moment d'hésitation avant que ses lèvres ne bougent. Mais aucun son n'en sortit. Finalement, il dégagea ses mains de mon emprise et les porta à mon visage, qu'il commença à palper. Ma peau était totalement cicatrisée sous le sang séché qui maculait mes traits. Il se mit à s'effriter lorsque les doigts de Julian s'y promenèrent et tomba entre nous en neige sombre. Quand Julian eut terminé son inspection, je m'attendais à ce qu'il parle, mais il n'en fit rien. Il m'attira violemment et me serra dans ses bras à m'en couper la respiration, tout en passant une main dans mes cheveux. Je sentis mon cou s'humidifier lentement, de manière désagréable. Ce n'étaient pas mes larmes.

— Tu étais morte, fit-il finalement. Je suis allé à ton enterrement. Maman t'a pleurée pendant des mois, et elle te pleure toujours. Et Elliot… il ne s'en est jamais remis. Il… Il n'est plus le même… Il…

— Chut, lui dis-je, passant à mon tour la main dans ses cheveux, alors qu'il n'arrivait pas à terminer sa phrase. Tout va bien, chut.

Je le serrai également de toute la force que je pouvais utiliser sans lui faire mal. Après huit mois en solitaire, sans famille, sans amis, sans aucun contact humain, le tenir dans mes bras me rapprochait d'une partie de moi qui était en train de s'éteindre. J'avais grandi avec lui, et même si j'avais toujours été plus proche d'Elliot, je n'en considérais pas moins Julian comme mon grand frère.

Mais l'étreinte fut brève. Je le sentis bientôt se raidir et me repousser. Je ne résistai pas et le laissai s'éloigner. Ma gorge se serra. Ses cheveux châtain clair étaient coupés court, et il était rasé de près. Mis à part cette différence, c'était le portrait craché d'Elliot, jusque dans l'expression qu'il affichait, entre peur et incompréhension. Elliot avait eu exactement la même la dernière fois que je l'avais vu. J'eus envie de m'enfuir aussitôt.

— Mais ce que tu as fait… J'ai vu, j'ai vu ce que tu viens de faire… Comment est-ce que… ? Qu'est-ce que… Qu'est-ce que tu es ?

Une panique qu'il n'essayait pas de contenir transpirait dans sa voix. Qui le lui aurait reproché ? Il me croyait morte depuis des mois, j'avais refait surface dans sa vie en vol plané, je l'avais forcé à me ramener chez lui et il m'avait observée rebouter mes membres disloqués comme j'aurais fait un stretching avant de partir pour mon jogging quotidien.

— Chut, fis-je en le regardant droit dans les yeux. Tout va bien.

Ce n'était peut-être pas très honnête de ne même pas essayer de parler avec lui et de le rassurer d'une manière conventionnelle, mais utiliser mes aptitudes me semblait plus indiqué que de le voir se mettre à hurler, paniquer et courir partout de peur que je le mange. C'était un des avantages de mon héritage paternel, et certainement celui que j'utilisais le plus souvent. Ça ne fonctionnait pas du tout sur les vampires, mais les humains ne pouvaient pas lutter.

— Tout va bien, répétai-je sans le quitter des yeux. Tu n'as rien à craindre. Je suis la Maeve que tu as toujours connue, mais je suis en partie vampire.

Ma dernière phrase était sortie de façon beaucoup trop détachée à mon goût.

— D'accord.

Quelque chose d'absent dans son regard fit grimper ma culpabilité d'un cran. Je ne saurais jamais comment il aurait réagi si je m'étais montrée assez courageuse pour lui raconter la vérité alors qu'il n'était pas hypnotisé.

Il me regardait toujours fixement, les yeux dans le vague, bien que plantés droit dans les miens.

— Je suis allé à tes funérailles, dit-il comme s'il cherchait à se rassurer.

Je soupirai. Je savais que j'avais été enterrée. J'avais même gardé mon avis mortuaire quelque part, comme souvenir. Selon la version officielle, Tara et moi avions trouvé la mort dans un accident de voiture alors que nous rentrions du gala. Les corps étant trop endommagés, les cercueils étaient restés clos. Plutôt pratique. Je me demandais combien de temps Elliot, Lukas et Lalawethika avaient mis pour mettre en scène notre disparition. Ça non plus, je ne le saurais jamais.

Je me laissai doucement tomber sur mon séant, aux pieds de Julian, et repris ses mains dans les miennes.

— Comment va Serena ? demandai-je d'une petite voix.

Serena, la mère de Julian et Elliot, la femme qui m'avait élevée comme si j'étais sa fille. Ma disparition avait dû la ravager. Il ne fallait pas qu'elle apprenne que j'étais encore en vie. Ça la rendrait complètement hystérique, et elle ne supporterait pas de me perdre une deuxième fois, ce qui allait fatalement arriver. Je devais effacer le souvenir de cette soirée de l'esprit de Julian au plus vite.

Julian cligna des yeux, et je remarquai qu'ils étaient brillants. J'espérais de tout mon cœur qu'il n'allait pas recommencer à pleurer. Je ne le supporterais pas.

— Aussi bien qu'elle peut, vu les circonstances, répondit-il sur un ton plus assuré. Te perdre toi, ça a vraiment été très dur pour elle. Mais tu es vivante, il faut lui dire, ça lui fera tellement plaisir !

Une larme roula sur ma joue. Je la chassai d'un geste rapide de la main et pris une grande inspiration.

— Et Elliot ?

Julian parut contrarié. Ses sourcils se froncèrent et sa bouche se plissa, ourlant davantage sa lèvre. Avec cette expression sur le visage, il ressemblait plus que jamais à son frère.

— Il n'est plus le même depuis que Tara et toi avez disparu… Il s'est juré de retrouver le chauffard qui a fait ça, et il…

Il soupira, et je sentis son malaise grandir. Quoi qu'ait fait Elliot, je sentais que ça n'allait pas me plaire. Du tout.

— Il a quitté l'université, au grand dam de maman. Elle ne le voit presque plus, et je n'ai pas plus de nouvelles qu'elle. Il a dû se trouver un travail quelque part, et il mène son enquête. Je n'en sais pas plus. Il n'appelle jamais, parce que maman insiste toujours pour qu'il reprenne les cours, et il ne veut rien entendre. Elle est très triste, tu sais, maintenant qu'elle est toute seule.

L'imbécile, pestai-je intérieurement. *Mais quel abruti !*

Bien sûr, Elliot ne cherchait pas le chauffard qui nous avait envoyées six pieds sous terre, mais le vampire qu'il avait vu me décapiter. Enfin, vu... J'avais forcé ces images dans son esprit, faisant de lui le témoin oculaire de ma prétendue mort. À aucun moment je n'avais pensé qu'il voudrait se venger. L'imbécile. Autant lui que moi, à vrai dire. J'aurais dû lui ordonner de ne pas vouloir se venger. C'était de ma faute. À cause de moi, il allait mettre sa vie inutilement en danger. Parce que, pour être honnête, je ne voyais pas trop où ses investigations pourraient le mener, à part droit dans le mur. Il n'avait aucune chance de pouvoir cuisiner un vampire comme je le faisais, et ce n'était certainement pas Lukas qui proposerait de lui donner un coup de main. Celui-là devait tellement me détester après ce que je lui avais fait qu'il avait très probablement passé les derniers mois à fêter mon absence au fond d'un lit avec un nombre incalculable de filles aussi souples que bêtes. S'il n'était plus dans le coma, mon grand-père n'aurait jamais mêlé un civil à ces histoires. Quant à Lalawethika, c'était un bon bougre, mais je ne voyais aucune raison qui l'aurait poussé à mettre sa vie en jeu pour venir en aide à un petit humain stupide comme ses pieds. Et encore, j'étais persuadée que ses pieds avaient des ressources qu'Elliot n'aurait jamais. Imbécile d'Elliot. Et pauvre Serena.

— Je suis désolée, finis-je par murmurer à Julian.

Dans la pièce obscure, seules les lumières de la ville me permettaient de distinguer ses traits. Mais c'était suffisant pour voir qu'il ne comprenait pas pourquoi je venais de lui dire ça.

Je me relevai et déposai un baiser sur son front. Il serra mes mains dans les siennes.

— Je dois m'en aller.

Il leva un visage triste vers le mien.

— S'il te plaît, reste. Ne disparais pas encore. Quoi qu'il se soit passé, quoi que tu ne veuilles pas me raconter, ne pars pas. Reste, je t'en prie. Je peux t'aider, je veux t'aider…

Son ton, autant que ses paroles, me brisa le cœur. Il était hors de question que je mette quelqu'un en danger dans ce que j'avais à faire. Je ne m'étais pas débarrassée d'un frère pour faire tuer l'autre. Et pourtant, une partie de moi avait envie d'envoyer au diable mes bonnes résolutions, de passer du temps avec Julian, d'avoir l'impression d'être encore un peu humaine.

Je posai à nouveau mes lèvres sur son front. Il sentait si bon, et il était si chaud. Son odeur était la même que dans mes souvenirs. Il portait le même parfum. Il était toujours aussi beau. Aussi beau que son frère.

Je fis un pas en arrière et saisis son menton, le forçant à me regarder dans les yeux. J'eus un flash de lorsque nous étions enfants et que nous jouions à nous tenir le menton jusqu'à ce qu'un de nous rigole. Je perdais systématiquement face à Julian. Mais ce soir, je n'avais pas envie de rire.

— Je vais partir maintenant. Tu ne te souviendras pas de m'avoir vue aujourd'hui. Tu vas t'endormir dès que j'aurai passé la porte et, lorsque tu te réveilleras demain, tu ne seras plus triste parce que je suis morte.

— D'accord.

Je soupirai, comme pour évacuer le pincement au cœur que sa réponse m'avait provoqué. Je détestais devoir faire ça, en tout cas à lui. Je n'avais éprouvé aucun remords à utiliser mes pouvoirs ces derniers mois sur de parfaits inconnus, mais sur Julian, c'était comme une trahison.

Je lâchai son menton et partis en courant vers la porte. Lorsque je la refermai derrière moi, je m'y adossai et scrutai le couloir désert. J'avais l'impression que je commençais à manquer d'air, que toutes les larmes que je retenais envahissaient mes poumons et que j'allais me noyer sous le poids du chagrin.

Je pris de grandes inspirations pour tenter de me calmer, en vain. Les larmes coulèrent sur mon visage sans que je puisse les combattre. Je m'élançai dans le couloir, décidée à fuir ce lieu aussi vite que possible.

Chapitre 3

Je ne m'arrêtai de courir qu'une fois en vue du bouge miteux dans lequel je logeais.

Je déboulai dans l'hôtel en ignorant l'employé de nuit qui dépassait à peine de derrière son comptoir. Il me le rendit bien. Il était trop occupé à lire un magazine de charme pour faire attention aux clients. Je montai trois étages aux murs lavande délavés et arrivai à celui où se trouvait ma chambre. Tout en fouillant mes poches pour y dégotter la clé, je songeai qu'il faudrait que je me déniche un nouvel hôtel. J'étais dans celui-ci depuis trois jours, et je n'aimais pas rester longtemps au même endroit. Personne n'était censé me suivre, mais méfiance est mère de sûreté.

Alors que j'atteignais ma porte, j'entendis des voisins hurler. Un couple, jeune, qui, si j'en croyais les sons qui me parvenaient, n'avait plus un rond et ne pouvait pas se payer le prochain fix. Super. Je déverrouillai avant de m'engouffrer en vitesse dans le taudis qui me servait de pied-à-terre. J'avais beau avoir quitté le couloir, je les entendais toujours distinctement. La nuit allait être longue.

Je claquai la porte derrière moi et avançai sans toucher à l'interrupteur. Ma vision nocturne ne s'était pas améliorée ces derniers mois, mais la chambre était assez petite pour que je n'aie pas de mauvaise surprise. Une fois arrivée vers le lit, je m'y assis et allumai la lampe de chevet. Elle illumina faiblement la pièce. Des murs d'un vert pomme passé, une tapisserie en bout de vie, abîmée sur presque toute sa surface et une moquette qui avait dû être verte également, au moment où elle avait été posée, quelques décennies plus tôt. Maintenant, elle semblait brune, et un brun fort peu attirant, plus turista que marron. La couverture bariolée du lit, dans les tons rose et jaune, jurait avec le reste de la chambre, et l'unique fenêtre minuscule et souffreteuse de la pièce me renvoyait la lumière rouge du néon de l'hôtel qui la barrait presque dans sa totalité.

J'ouvris le minibar intégré dans la table de nuit. Plusieurs poches de sang, et, derrière elles, le fond d'une bouteille de tequila. Je m'en saisis avant de refermer le bar. Après quelques gorgées, je la posai sur la table de nuit que jonchaient différents papiers, dont plusieurs cartes d'identité portant des noms divers et variés. L'utilité de pouvoir manipuler les gens mentalement, c'est que les documents officiels deviennent très faciles à se procurer.

Huit mois auparavant, lorsque je m'étais enfuie du stade après avoir mis ma mort en scène, j'avais couru jusqu'à ce que mes pieds ne me portent plus. Et j'avais fait du stop. Un camionneur d'une soixantaine d'années, Bert, m'avait ramassée alors que j'errais sur une route déserte. J'étais déjà toute prête à utiliser mon vaudou sur lui, mais il s'était montré étonnamment protecteur envers moi. Il m'avait offert à manger, des habits, de la compagnie. J'avais culpabilisé. J'étais montée dans son camion avec la ferme intention de lui voler de l'argent pour faire tout ce qu'il avait offert spontanément par la suite. Je m'étais prise d'une sorte d'affection pour ce vieux bonhomme rabougri qui parlait autant que moi dans un de mes bons jours. Il faut dire qu'il était bourru, et que son histoire était aussi joyeuse que la mienne. Marié sur le tard, il avait perdu son épouse ainsi que sa fille unique lors d'un cambriolage qui avait mal tourné. Lui s'était retrouvé avec une balle dans le ventre. Il avait toutefois survécu, rongé par le remords de ne pas avoir pu protéger ses femmes. C'étaient ses mots exacts. Il ne parlait pas beaucoup, mais il y avait peu de langues que quelques verres de tequila ne savaient délier. J'avais traversé le pays avec lui, et passé en tout quelque trois semaines en sa compagnie. Et, aussi étonnant que cela puisse paraître, je lui avais raconté la vérité sur moi, sans effacer sa mémoire après coup. Plus étonnant encore, il n'avait rien remis en cause de ce que je lui avais révélé. Il m'avait dit qu'il avait vu le démon, le soir où sa femme et sa fille étaient mortes, et qu'il ne doutait pas une seconde que le mal incarné existe. Même si je savais que tous les vampires n'étaient pas mauvais, je n'avais pas essayé de le corriger.

Lorsque nous nous étions quittés, il m'avait laissé de l'argent, et un numéro de téléphone pour le joindre en cas de besoin. Je l'avais toujours sur moi, pourtant je ne l'avais jamais utilisé. Je pensais souvent à l'appeler, mais qu'aurais-je pu lui dire ? Aujourd'hui, cependant, l'envie était plus forte qu'à l'accoutumée. Je n'avais pas eu beaucoup de contacts avec des humains depuis Bert. Même si j'en croisais tous les jours, j'avais fui toute relation comme la peste. Amical ou amoureux, un lien avec une personne était quelque chose de dangereux dans ma position. Cependant, après avoir revu Julian, je ressentais comme un vide, un vide qui continuait à prendre de l'ampleur. Je savais que si je téléphonais à Bert, il répondrait présent en m'offrant une oreille attentive. Il ne se perdrait pas en commentaires superflus. Il écouterait, simplement. Mais je n'aurais pas su mettre de mots sur ce que je ressentais.

Je soupirai et plaçai ma tête dans mes mains, à moitié recroquevillée sur le lit après avoir entendu un nouveau cri s'élever de la chambre d'à côté. Je me mis à inspirer profondément. Je n'avais pas envie de me laisser pleurer. Mes voisins me tapaient sur le système, et revoir Julian m'avait ébranlée. Je pouvais bien essayer de me mentir, le résultat serait le même. Elliot me manquait, Serena me manquait, et je m'en voulais énormément pour ce que je leur avais fait. Sans parler de Lukas. J'essayais de ne pas penser à lui en général, même s'il remontait quelques fois à la surface.

Notre histoire avait été brève mais intense. Victor, mon père vampire psychopathe, avait tué sa femme et son fils bien avant ma naissance. Il cherchait à s'en venger depuis lors. C'est pourquoi, lorsqu'il était tombé sur moi, il m'avait séduite avant de me kidnapper pour m'utiliser comme monnaie d'échange. Mais, quelque part en chemin, les choses avaient changé et il s'était attaché à moi, au point que ma sécurité avait commencé à lui importer plus que la sienne. C'était la raison pour laquelle je l'avais laissé, lui faisant croire à ma mort. Mais il me manquait, d'une certaine façon. Nous formions une bonne équipe.

Qui essayais-je de duper ? Lukas refaisait bien trop souvent surface. Que je le veuille ou non, je m'étais attachée à lui, et, avec son caractère de vampire macho territorial, il ne me pardonnerait jamais de l'avoir planté, dans tous les sens du terme. Il me tuerait s'il apprenait que j'étais toujours en vie.

Les larmes se mirent à couler malgré moi. Je m'enfonçai les ongles dans les tempes, mais la douleur ne me ramena pas à la réalité. J'étais véritablement morte ce jour-là. Une partie de moi tout du moins. Je ne serais plus jamais la même. J'avais déjà assez changé pour que je ne me reconnaisse plus par moments. Et pour quel résultat ? Aucun.

Je cherchais depuis plus de huit mois, et je n'avais rien. Bien sûr, chaque piste que j'avais remontée m'avait menée plus près d'un but qui n'existait pas. Ce Barney que je voulais trouver me serait sans doute tout aussi inutile que tous les autres Barney sur lesquels j'avais mis la main auparavant. J'avais ruiné la vie d'Elliot et de Serena pour rien. Arrêter les frais et oublier mon désir de vengeance ne serait peut-être pas une mauvaise idée, au fond.

Non. J'allais mettre la main sur mon frère et lui faire regretter de ne pas être réellement mort-né. Ou d'être né mort. Je me préoccuperais des formalités une fois qu'il se tiendrait devant moi. Dès le lendemain, je retournerais au *Baron Vampire* et, dussé-je brûler les lieux, je trouverais ce fichu Barney et je le ferais parler. La brune avait dit que c'était lui qui m'envoyait, ça se jouait donc entre le chanteur et le barman. Il était hors de question que la mort de Tara ne soit pas vengée.

Dans la chambre d'à côté, le jeune couple avait commencé à se jeter des objets au visage, si j'en croyais les bruits qui me parvenaient. Je relevai la tête et remarquai que mes doigts étaient rougis. J'avais dû enfoncer le peu d'ongles que j'avais assez fort dans mon cuir chevelu pour saigner. Super. Je ne sentais même plus les petites douleurs, récemment. Au-dessous d'un membre cassé, j'étais presque insensible. J'étais peut-être vraiment morte, à l'intérieur. Cette pensée me fit rire jaune alors qu'un nouveau hurlement rageur s'élevait à travers la fine paroi qui servait de mur.

Je soupirai fortement pour évacuer la colère froide qui commençait à réchauffer mes muscles et me levai, puis je parcourus la distance qui me séparait de la chambre d'à côté en moins de temps qu'il ne fallait pour le dire et y frappai violemment. Je les entendis murmurer entre eux avant que la porte s'ouvre sur mon charmant voisin et sa tête de drogué prépubère. Des cheveux noirs, si gras qu'il n'avait pas besoin de gel, des cernes qui faisaient passer les miens pour du toc, et une fine bouche agitée de spasmes. Ses yeux vitreux s'écarquillèrent lorsqu'il vit l'état dans lequel j'étais. Déjà, j'avais du sang séché partout sur le visage. Ensuite, j'étais foutrement en pétard.

— Toi, lui dis-je en le regardant bien droit dans les yeux et en pointant un doigt menaçant dans sa direction, je ne veux plus t'entendre jusqu'à demain midi.

Son regard se perdit dans le vide alors qu'il acquiesçait. Sa compagne déboula rapidement jusqu'à la porte, qu'elle ouvrit en grand.

— Espèce de traînée, feula-t-elle. Je t'interdis de lui parler sur ce ton !

Grande, les cheveux noirs également, trop mince et l'air déterminé des gens qui se croient tout-puissants lorsqu'ils ont pris certaines substances, elle me toisait de haut. Elle était vêtue d'un short minimaliste en jean et d'un top qui dévoilait plus qu'il ne cachait sa maigre poitrine. Je compris à son expression arrogante qu'elle pensait qu'elle pourrait m'envoyer au tapis d'une pichenette grâce à la tête qu'elle avait de plus que moi. J'aurais adoré lui prouver le contraire, mais le peu de morale qu'il me restait m'interdisait de frapper des humains, même lorsque j'en crevais d'envie. Tant pis.

— Et toi, lui dis-je en la regardant avec un sourire forcé, tu as sommeil. Tu iras au lit dès que tu auras refermé la porte.

— D'accord, répondit-elle.

Je les observai quelques instants. Quel beau couple. Je soupirai en secouant la tête et tournai les talons. J'allais enfin avoir droit à un peu de calme.

Je regagnai ma chambre à grandes enjambées et me laissai tomber sur le lit en pestant intérieurement. L'hôtel semblait enfin silencieux. Je tendis le bras pour me saisir de la bouteille de tequila et m'en envoyai une autre rasade. Une ombre attira mon attention sur ma gauche à ce moment-là. Je sursautai et scrutai l'obscurité. Il n'y avait rien. Il n'y avait jamais rien. Il faut croire qu'on vit tous avec nos fantômes. Certains sont juste plus présents que d'autres. Surtout quand on leur prête une consistance. Depuis cette nuit, dans le stade, pas une journée ne s'était écoulée sans que Tara hante mes pensées. Elle habitait chaque ombre que je percevais, chaque silhouette sans visage, chaque bruit non identifié. Elle ne me quittait jamais. Je la sentais quelque part au fond de moi, comme un caillou au fond d'une chaussure qu'il est impossible d'ôter. Elle était morte parce qu'elle m'avait rencontrée. J'avais mis un terme à une vie qui aurait été brillante, et dans des conditions de souffrances atroces. Je n'avais aucune idée de ce qui avait pu lui arriver avant que je ne la retrouve sur le sol, à quelles sortes de tortures elle avait pu être exposée, mais je pouvais lire tout ce que je voulais dans ces yeux qui hantaient mon esprit. Tout, sauf du pardon.

Je finis la bouteille et la lançai de rage contre le mur. Elle s'y écrasa lamentablement dans un tintement de verre brisé avant de s'effondrer sur le sol. Je ne la regardai pas y atterrir. Cependant, je l'entendis clairement. Je baissai les paupières pour réprimer les larmes qui s'y frayaient un chemin. Mais c'était peine perdue. Les grands yeux de biche de Tara commencèrent à me regarder fixement d'un air de reproche.

Lorsque je me réveillai, je ne remarquai d'abord qu'une lumière rouge. J'étais allongée sur le ventre. J'avais dû m'assoupir. Je me retournai et regardai l'heure. 20 h 03. Le point positif, c'était que j'avais dormi toute la journée. Le ciel était encore bleu derrière l'enseigne écarlate. L'été avait du bon, quand on avait envie de profiter du jour. Malheureusement, mes affaires me faisaient attendre le crépuscule avec impatience.

Le soir précédent, j'avais sombré dans le sommeil sans même m'en rendre compte. Enfin, le soir ou le matin, c'était un peu égal. Ce n'était pas arrivé depuis très longtemps. J'avais beaucoup de peine à dormir depuis que j'étais partie, pour des raisons aussi diverses que variées. La culpabilité, l'ennui, la lassitude. L'alcool était la seule chose qui m'aidait un peu. Je buvais trop, dernièrement. Beaucoup trop. Mais il était plus facile de trouver le sommeil une fois que mes sens m'avaient abandonnée. Je n'avais pas passé une nuit paisible depuis bientôt une année, et mon cher tendre frère n'en était même pas responsable.

Connor n'était pas réapparu dans mes rêves. Cependant, malgré le pendentif que je portais toujours religieusement, la menace planait à tout instant au-dessus de ma tête lorsque je la posais sur un oreiller. Mais j'étais hantée par bien d'autres choses. J'avais éliminé beaucoup de suceurs de sang ces derniers mois et, bien que la colère que je ressentais en fût chaque fois un peu apaisée, le sentiment de libération ne durait jamais. Même si je m'étais gardée de le dire à Bert, tous les vampires n'étaient pas mauvais. Dans ma rage, j'avais peut-être tué des innocents. Par moments, j'avais l'impression d'avancer à pas feutrés vers la folie, et qu'une fois arrivée devant la porte, je l'entrouvrais pour y jeter de brefs coups d'œil avant de la refermer sagement. Pourtant, je pressentais que, un jour, j'allais l'ouvrir en grand avant de passer de l'autre côté.

Je me relevai et le lit émit un craquement douteux. Je m'étirai lentement en ignorant le bruit. J'avais connu plus confortable. J'avais aussi connu pire. Je tendis la main en direction du minibar, et, sans y regarder de plus près, l'ouvris pour y prendre une poche de sang. Je repliai les jambes en tailleur tandis que je la déchirais et commençai à siroter en observant le mur en face de moi. Une traînée avait fait son apparition depuis la veille, mais celle-ci, je savais d'où elle venait. C'était la bouteille que j'avais jetée de rage. Et après, je m'étonnais que ni les tapisseries ni la moquette n'aient gardé leur couleur d'origine. Si tous les clients agissaient comme moi, il ne fallait pas chercher plus loin.

Je finis la poche et la lançai négligemment à côté du lit. Comme si ça allait changer quelque chose à l'aspect général de la chambre. Je ne bougeai pas, perdue dans mes pensées. Trop de choses commençaient à me peser pour que je puisse continuer à être uniquement fonctionnelle. Déjà, comme l'avait si gentiment remarqué le chanteur aux yeux bleus, j'étais cruellement en manque. Ensuite, mes recherches ne me menaient nulle part. Et je ne dormais que très peu.

Le *Baron Vampire* ouvrait à minuit. Vu l'heure qu'il était, je pourrais m'y rendre pour 22 heures. Je n'avais aucune idée de la manière dont j'allais procéder, mais ça m'importait peu. J'avais passé trop de temps à échafauder des plans qui ne s'étaient jamais déroulés sans accroc. Lukas m'aurait arraché les yeux en apprenant que je fonçais tête baissée sans avoir rien prévu, mais il n'était pas là pour formuler une objection. Et, après tout, je m'étais bien débrouillée jusque-là.

Chapitre 4

Si j'avais trouvé l'endroit glauque lorsqu'il était rempli, ce n'était rien comparé à ce que j'avais sous les yeux.

Hors des heures d'ouverture, le *Baron Vampire* s'illustrait dans un genre très différent. Lorsque les lumières étaient allumées, les murs étaient visibles dans leur totalité, et de grandes peintures s'étendaient sur toute leur surface. Certaines représentaient le Christ, soit sous forme conventionnelle bien qu'entouré d'apôtres vampires – « ceci est mon sang », pensai-je – soit clairement vampirisé, sur la croix, ou se relevant d'entre les morts. Une image, également d'un Jésus dentu, vantait les mérites d'un soda rouge. Joli pastiche. Blagues mises à part, l'endroit était une illustration biblique vivante, basée sur une approche plus vampirique qu'évangélique.

En pivotant vers la scène, je remarquai que les murs bordant la porte d'entrée étaient couverts de peintures qui montraient des personnages allant du Moyen Âge aux Temps modernes. Au temps pour moi. Ce n'était pas un pastiche biblique comme je l'avais cru au départ, mais une histoire de l'humanité à la sauce rouge, de la création jusqu'à nos jours, en témoignait Charlie Chaplin.

Alors que, bien malgré moi, une image d'un Charlot sur la croix, affublé de deux crocs, s'imprimait dans mon esprit, je me demandai quelle partie de tout cela était véridique. Je ne savais rien des origines des vampires et, en matière de religion, je n'étais pas sûre d'être convaincue. Malgré le nombre incroyable de fois où j'avais invoqué le nom de Dieu en vain au cours de ma vie, je ne me définissais pas comme croyante. À moins bien sûr de concevoir un Dieu sadique, mais même là, ça ne répondrait pas à mes questions. Si Dieu avait fait l'Homme à son image, à partir de quoi m'avait-il faite ?

— Qu'est-ce que tu fais ici ?

Le ton n'avait rien d'amical, pas plus que la lame qui caressait férocement ma gorge.

Je levai les mains en signe de reddition, sans toutefois répondre.

— Comment t'es rentrée ?

Bonne question, merci de l'avoir posée.

— Ce ne sont pas les heures d'ouverture ? demandai-je de ma voix la plus innocente.

Après tout, il ne m'avait rien vue faire de mal à l'intérieur. J'étais en train d'admirer la décoration. Et comme le prouvait le cœur qui battait régulièrement dans ma poitrine, je n'étais qu'une petite humaine inoffensive. Ça, c'était s'il n'avait pas encore remarqué que j'avais renvoyé à la poussière le garde qui était chargé de surveiller la porte.

Je sentis la pression sur mon cou se relâcher, mais je ne fus pas libérée pour autant.

— Pourquoi Ramon t'a laissée entrer ?

— Ramon ? demandai-je, feignant la surprise.

— Celui qui garde l'entrée des petits curieux dans ton genre.

— Il n'y avait personne quand je suis arrivée.

L'avantage de posséder un cœur qui ralentissait quand j'avais peur, c'était que, dans ce type de situation, mon état physique trahissait l'inverse de ce que je ressentais. Et je savais que mon interlocuteur pouvait entendre ça. Pour lui, j'étais totalement calme.

Il me relâcha, et j'eus enfin l'occasion de voir le visage du vampire qui m'avait prise en flag. Ça m'apprendrait à m'arrêter pour la minute déco.

Il n'était pas très grand, assez trapu. Un de ces bruns à la barbe roussâtre avec quelques taches de rousseur sur les pommettes. Ses yeux marron tirant sur le miel n'étaient pas spécialement amicaux. Je remarquai qu'il était vêtu uniquement de cuir lui aussi, comme le barman de la veille, mais aucun chapeau ridicule n'était vissé sur le sommet de sa tête. La mode Crocodile Dundee était peut-être dépassée, en fin de compte.

— Eh ben on est fermés, ma jolie. On n'ouvre pas avant une heure et demie.

Je laissai la déception envahir mes traits. Il semblait un peu plus détendu, tout en gardant une certaine réserve. Je lâchai un petit sourire innocent. Aussi innocente que l'agneau qui vient de naître… Les mots de Lukas me revinrent en mémoire avec la violence d'un ouragan. Cela dut se lire sur mon visage.

— Ça va ? demanda-t-il, sans toutefois sembler concerné.

Ce qui l'inquiétait n'était pas que je me tape un coup de blues, mais plutôt que je ne sorte pas du club en vitesse. Il avait certainement reçu l'ordre d'être poli envers les humains, et ça ne devait pas lui plaire.

Je me recomposai un visage tranquille.

— Barney est là ? tentai-je, toujours aussi inoffensive. Je dois lui parler.

Au regard qu'il me lança, je compris que, définitivement, il n'était pas de coutume que les gens demandent Barney de but en blanc. Il ne restait pas trente-six solutions. Durant la fraction de seconde qu'il lui fallut pour se décider, j'avais fléchi les genoux et saisi une de mes lames. L'instant d'après, je bondissais sur le barbu, et je remarquais à son expression qu'il ne s'attendait vraiment pas à ça. Malheureusement, l'effet de surprise ne suffit pas à le désarçonner assez pour le faire tomber.

Lorsque j'arrivai sur lui, j'enfonçai mon arme dans son épaule, faute de mieux. Il cria en se dégageant et m'envoya valser d'un coup de patte dans les dents. Je glissai de quelques mètres sur le sol lisse et sale avant de m'arrêter aux pieds d'un père Noël suceur de sang. Je me relevai aussitôt, plutôt en pétard. Le vampire me faisait face, sa carrure de rugbyman sur le départ m'invitant au jeu. Parfait.

Je me baissai lentement quand je me rendis compte qu'il attendait de toute évidence de voir la direction que j'allais prendre. Je ne le quittai pas des yeux alors que je sortais le deuxième couteau de sous mon jean. Ce n'étaient pas à proprement parler des dagues, mais ça ferait amplement l'affaire pour que je m'amuse un peu.

Je n'avais pas eu l'occasion de mettre en pratique l'enseignement de Lukas depuis longtemps. Bien sûr, après huit mois en solo, j'avais fait d'énormes progrès, et la plupart du temps, j'avais appris en faisant des erreurs. Je m'en étais ramassé des vertes et des pas mûres, et j'aurais pu mourir plus d'une fois. J'avais été très chanceuse, dans l'ensemble.

L'avantage, c'était que mon métissage et ses caractéristiques étaient assez inédits pour qu'aucun vampire ne s'y attende, et qu'ils finissaient tous par fatalement essayer de boire mon sang à un moment ou à un autre. Fierté vampirique, très certainement, ou alors pur instinct. Quoi qu'il en soit, ils tombaient tous comme des mouches, et je n'avais plus qu'à les embrocher pour terminer le travail.

J'avais remarqué qu'une petite quantité de mon sang ne suffisait pas à les tuer sur le coup, mais les rendait malades. Pour les éliminer, il fallait les laisser boire, et ça, très peu pour moi. Je préférais de loin les finir dès qu'ils commençaient leurs gargouillis. Je m'étais fait déchiqueter la gorge des dizaines de fois, sans pour autant apprendre à supporter cette douleur-là. La peau et les nerfs du cou sont tellement sensibles que me couper une main avec un fil en nylon m'aurait semblé une option plus agréable. Et, affront ultime, conscient qu'il était du supplice que cela représentait pour moi, mon cœur avait pris la fâcheuse habitude de s'arrêter de battre dès que des crocs effleuraient ma gorge. Évidemment, ça n'aidait pas le sang à affluer vers mon assaillant et me desservait plus qu'autre chose.

C'était pour ça que mes principaux atouts face à mes adversaires étaient mes poings et ma grande gueule. Ça, et le fait qu'ils n'avaient aucune idée de comment me tuer et ne l'apprenaient que trop tard. Le type que j'avais en face de moi ne ferait pas exception à la règle. Il avait l'air bien trop affamé pour être intelligent. Il fallait juste que je le liquide assez vite, avant que ses copains ne débarquent. Un contre un, j'avais toutes mes chances. À plus, je ne pariais pas trop sur moi.

— Allez, approche, dis-je au vampire.

Il eut tout d'abord l'air étonné. Puis la surprise laissa place à l'amusement. Je provoquais souvent cet effet-là, Dieu sait pourquoi. Il avait beau ne pas être très grand, il l'était quand même plus que moi. Et il était nettement plus musclé. Pour changer.

— Écoute, je n'ai aucune envie de faire du mal à une gamine, commença-t-il.

Le bougre. Il semblait sérieux.

Je fondis sur lui, lames croisées, et les dépliai lorsque j'arrivai à sa hauteur. L'attaque n'aurait rien eu de dangereux pour un vampire, s'il s'était attendu à la vitesse à laquelle elle allait être portée. Je n'étais peut-être pas aussi rapide qu'un suceur de sang, mais je l'étais définitivement plus qu'un simple humain.

Il n'eut que le temps de parer, et ce furent ses avant-bras que j'entaillai lorsque je décroisai mes lames. N'attendant pas une seconde supplémentaire, je portai l'attaque suivante. De ma main droite, je plantai un de mes poignards dans son rein gauche et, une fois que je le sentis se raidir, je fis pareil de l'autre côté. Il arrêta de se protéger le visage pour tenter de m'attraper les poignets. Monumentale erreur.

Je lui assenai un énorme coup de tête en pleine figure alors que je retirais mes couteaux de son dos. Je fis un pas en arrière pour avoir la place de viser sa jugulaire, mais il se baissa pour l'esquiver, tandis qu'il lançait un poing dans ma direction. Ma main droite le bloqua, puis ce fut au tour de la gauche de l'imiter. Il lui avait fallu un moment pour se rendre compte que je n'étais pas si inoffensive qu'il y paraissait. Là, le message semblait être clairement passé.

Il tenta de faire pivoter mes poignets pour m'obliger à lâcher mes armes, mais je le repoussai de toutes mes forces.

Il tangua le temps de retomber sur ses pieds avec une grâce féline. Puis il envoya un autre poing dans ma direction comme s'il avait été en train de réaliser un swing, son bras remplaçant le club. Je le reçus en plein flanc. Je hurlai malgré moi.

Utilisant l'élan qu'il m'avait involontairement donné, j'inversai le mouvement avant de joindre les mains et de porter un coup à sa tête. Il se baissa une nouvelle fois, ce qui fit monter ma colère en flèche. Il tenta une frappe en direction de mon ventre, que j'esquivai en faisant rouler sa main autour de ma lame, qui rougit à son contact.

Alors que je le repoussai, il profita de la distance entre nous pour m'envoyer un coup, et je me retrouvai à nouveau au sol. Il n'attendit pas d'autre invitation pour me sauter dessus. Grand Dieu, je rêvais qu'un homme se jette sur moi, mais pas comme ça. Je roulai juste avant qu'il atterrisse et sautai sur mes jambes pour lui envoyer une basket en plein nez. Il se releva comme s'il n'avait même pas senti la douleur.

Il attaqua aussitôt. Je fis un pas en arrière pour parer le coup, tenant toujours mes couteaux bien en main, puis je fonçai sans attendre, lui envoyant un coup de pied dans la hanche. Il valsa plus loin que prévu. Je compris pourquoi lorsque je le vis m'attaquer avec un balai. Je n'en croyais pas mes yeux. J'étais en train de me battre contre le putain d'homme de ménage.

— Alors c'est grâce à toi que cet endroit est si propre ? lâchai-je en évitant la brosse, qui fit siffler l'air à côté de mes oreilles.

Il me lança un sourire méchant, et, sans me quitter des yeux, brisa le manche sur un de ses genoux. Je contemplai malgré moi le bout où était toujours accroché le balai.

C'était cocasse. Il suivit mon regard, et comprenant mon amusement subit, il fracassa l'extrémité sur le sol.

J'en profitai pour charger. Je portais des coups rapides qu'il contrait à l'aide de son arme improvisée, et il m'était difficile de faire une trouée dans sa défense. Lorsqu'il bloqua une de mes attaques, se protégeant le visage, formant une croix avec ses bouts de bois, je lui flanquai un genou dans le thorax. Il se plia assez pour que je puisse lui enfoncer une lame dans un poumon, brisant une côte sur mon passage. Il hurla et se retourna, hors de lui, m'envoyant son bâton en pleine tempe.

— Tu vas sacrément regretter ça, petite traînée, grogna-t-il.

J'avais toujours droit à ce genre de gentillesses à un moment ou à un autre. *Et dire que j'ose me plaindre quand on m'appelle juste petite.*

— Mais je n'attends que ça, répondis-je en fléchissant les genoux.

Je bondis dès qu'il eut la présence d'esprit d'essayer de retirer le couteau de sa poitrine. Ma deuxième lame l'atteignit à la naissance du cou, et les tendons crissèrent sous l'impact. Je rugis de plaisir, tandis qu'il hurlait en se débattant. Un coup de tête supplémentaire et il était au sol. Ce vampire-là n'aurait jamais eu le loisir de me mordre.

Je sautai sur lui, enragée, prête à le terminer, lorsqu'une ombre se faufila devant mes yeux à une vitesse surhumaine. Et merde.

Je n'eus pas le loisir de voir un visage avant d'être projetée quelques mètres plus loin, entraînée par le nouvel arrivant. Je n'avais plus de lame en main. Bordel. Je n'avais plus de lame !

Nous fûmes stoppés par un mur, mais cette fois-ci, je n'avais pas eu le temps de noter sous quel saint je m'étais arrêtée. Je me débattis pour me dégager, en vain. Mon attaquant ne semblait pas essayer de me frapper, ce que je trouvais étrange, mais il n'avait pas non plus l'air décidé à me lâcher. Et je ne discernais toujours pas son visage, qui était caché par la masse de longs cheveux blonds qui tombaient en cascade sur mes joues. Foutus vampires aux goûts douteux. J'aimais mieux voir le minois des personnes que j'étais sur le point d'occire.

Tout en me débattant, je me tortillais de manière à réussir à lever une main vers ma tête. Une fois que je sentis un des pics en argent qui retenaient mon chignon, je le tirai rapidement et l'enfonçai dans un des avant-bras qui traînaient dans le coin. Le blond jura et me relâcha assez pour que je puisse lui échapper. Je sautai sur mes jambes et lui mis un coup de genou en pleine figure avant qu'il n'ait la chance de l'esquiver.

J'attrapai le deuxième pic à la hâte avant qu'il se redresse, libérant ainsi totalement mes cheveux. Je détestais avoir les cheveux détachés.

Je sentis la présence dans mon dos plus que je ne la vis. Je me retournai pour frapper à l'aveuglette, et le premier vampire m'évita facilement. À ma droite, le blond s'était relevé aussi. C'était le barman. Il ne paraissait pas hostile. D'un autre côté, moi non plus, avant d'attaquer.

Je lançai une jambe dans son ventre et rebondis contre l'homme de ménage, pic en avant. Je l'atteignis près du cœur, mais malheureusement pas assez pour faire des dégâts qui lui seraient réellement dommageables. Nous roulâmes sur quelques mètres, pour arriver près de l'endroit où je l'avais mis à terre quelques instants plus tôt. Je jetai un rapide coup d'œil circulaire. Une de mes lames ne devait pas être loin. L'autre, je n'avais aucune idée d'où elle avait bien pu atterrir.

Je la vis à un mètre de moi à peine. Je sautai sur l'occasion avant qu'une main ne me saisisse fermement par la tignasse. Voilà précisément pourquoi je détestais avoir les cheveux détachés.

Je fus violemment tirée en arrière juste avant que mes doigts ne touchent la garde. Je tentai un coup de coude dans mon dos. Je fis mouche, mais pas assez fort. Mon assaillant m'empoigna le bras, tandis que, en face de moi, le balayeur ramassait l'arme que je n'avais pas eu le temps d'attraper. J'étais donc retenue par le barman.

Je vis le vampire, l'œil fou, me charger, couteau en l'air, prêt à frapper.

— Non ! hurla le blond, en me faisant pivoter pour m'éviter le coup.

Je sentis les chairs de mon épaule se déchirer avant que le barman me lâche pour bondir sur l'autre vampire. La dague qu'il tenait s'envola alors qu'ils disparaissaient quelques mètres plus loin. Je la rattrapai au vol, par le tranchant. Tant pis pour les égratignures, je n'étais plus à ça près.

Je fonçai dans le tas et atteignis le blond en premier, dans le dos, ce qui le força à lâcher le brun. Un bon coup dans les dents alors qu'il était plié en deux, et je passai à son ami.

— Ça suffit, arrête ! entendis-je le blond crier derrière moi alors qu'il tentait de m'attraper.

Mais j'étais bien trop en pétard pour être conciliante. Surtout avec un vampire.

L'homme de ménage se dégagea pour éviter un de mes coups, laissant un tibia à ma portée. J'en profitai pour y enfoncer ma lame. Une fois qu'elle y fut bien plantée, je tirai sur le manche assez violemment pour faire tomber mon assaillant, en l'aidant d'un coup de pied dans la jambe qui le maintenait debout. Lorsqu'il fut au sol, je me jetai sur lui, poignard brandi, prête à le terminer pour de bon. Ce que j'aurais fait, si je n'avais pas vu deux yeux bleu ciel absolument pénétrants à quelques centimètres de mon visage. Le chanteur.

—Assez! dit-il fermement, sans toutefois crier.

Je restai comme figée, les bras en l'air avant d'assener le coup fatal. Il se pencha un peu plus vers moi, mains jointes derrière le dos, et semblait intrigué. Il portait une veste noire, en tissu lisse, avec un col Mao, et son maquillage était une nouvelle fois raccord. Qu'est-ce qui me prenait de détailler son accoutrement maintenant?

Je remarquai que, en dessous de moi, le vampire s'était aussi détendu.

—Débarrassez-moi d'elle, dit ce dernier. Elle est complètement folle!

Le nouvel arrivant lui intima le silence d'un geste bref mais clair, sans me quitter des yeux. Sous moi, la ménagère décida d'être docile et la boucla.

—Qu'est-ce que tu es? me demanda-t-il calmement.

Gênée, je pus le voir observer mon épaule. Sous la plaque de sang séché, une peau parfaitement lisse se devinait. Ce qui me dérangeait le plus, en ce moment, ce n'était pas que j'étais cernée de vampires, c'était que celui qui était en face de moi semblait fasciné par cette absence de blessures. Et pas du tout effrayé. Je sentis des frissons remonter mes bras nus.

— Plutôt fatiguée, à vrai dire, répondis-je d'un ton détaché en haussant les épaules.

— Je sens ton cœur battre, continua-t-il comme s'il n'avait pas entendu ma réponse.

Sa voix avait des inflexions mélodieuses. Il n'avait pas vraiment d'accent, mais j'aurais parié mon poignard que ce n'était pas sa langue maternelle qu'il était en train de parler. Je me demandais quel âge il pouvait bien avoir.

Je gardai le couteau bien serré contre ma poitrine, comme si j'avais été en train de le protéger. En face de moi, le chanteur n'avait pas bronché. Il était totalement immobile. Il n'avait pas cligné des yeux une seule fois. C'était vraiment difficile à supporter.

— Ce couteau s'est enfoncé dans ta chair, dit-il en parcourant la peau de mon bras du bout des doigts.

Je ne l'avais pas vu bouger, et pourtant je commençais à avoir sacrément l'œil. Ses yeux m'empêchaient de me concentrer.

— Malgré ça, tu n'es pas blessée, continua-t-il, effleurant cette fois-ci mon épaule ensanglantée.

Le contact m'électrisa. C'était la même sensation que celle que j'éprouvais lorsque Lukas me touchait. En moins fort, certes, mais la même. Des vampires, j'en avais touché, cette dernière année, et si je ressentais toujours des petits picotements, je n'avais connu de décharges avec personne d'autre que Lukas.

Je remarquai tout de suite qu'il avait senti la même chose. Ses yeux s'étrécirent, et mon cœur se mit à ralentir. *Pas maintenant*, le suppliai-je. *Pas maintenant…*

L'homme posa un doigt sur mon épaule, y récolta un peu de sang et le porta à son visage. Sans me quitter des yeux, il le passa sous son nez. Il sembla contrarié pendant une fraction de seconde, puis il saisit mon menton fermement.

— Je répète donc : qu'est-ce que tu es ?

Je sentis que mon cœur allait rendre son dernier battement. Aussi fis-je la seule chose qui me parut à propos sur le moment. Je projetai ma tête avec toute la force dont j'étais capable sur l'inconnu aux yeux d'acier, avant d'essayer de me relever le plus vite possible.

À peine debout, je fus attrapée par le barman qui se trouvait toujours dans mon dos. Je tentai de me débattre, plus pour la forme que par vraie conviction. J'étais mal partie. En face de moi, l'homme souriait mystérieusement alors qu'il remettait ses cheveux en place. Il se redressa, et ses traits passèrent lentement du sérieux à l'amusement.

— Elle me plaît, dit-il à l'attention du blond.

Je sentis mon dos vibrer alors que le barman riait. J'étais terrorisée. Mon cœur ne battait plus, j'étais prise au piège, et je n'avais réussi à en dégommer aucun. Si la fin venait ce soir, peut-être trouverais-je enfin un peu de repos.

L'homme en noir me regarda soudain sérieusement.

— Si je te relâche, auras-tu l'amabilité de bien te tenir ?

Je haussai les sourcils de surprise. Je ne m'attendais pas vraiment à ça. Sur ma droite, le vampire que j'avais failli tuer était en train de se relever, prudemment. Réfléchir peu, mais bien. Tout en lui adressant le regard le plus hargneux de mon répertoire, j'acquiesçai. Il fit un petit signe de tête, et le barman me relâcha.

— Alors, à qui ai-je l'honneur ? me demanda mon interlocuteur en regardant avec insistance son acolyte, qui se trouvait toujours derrière moi.

Je sentis qu'il attrapait le poignard que je n'avais pas lâché. Je n'essayai même pas de l'en empêcher. À ma droite, l'autre vampire était debout, les mains sur les hanches, silencieux, comme dans l'expectative. Il semblait n'attendre que le moment où je me ferais embrocher par ma propre arme.

— Barney, dis-je.

Les yeux bleus se mirent à sourire. La bouche suivit la danse, et je remarquai encore une fois, bien malgré moi, à quel point ses lèvres fines étaient bien dessinées. Son nez était tout aussi délicat, arqué à la perfection dans une forme qui semblait avoir été tracée au pinceau par un maître de la Renaissance. Et son regard d'enfant était rieur et provocant. Un putain d'enfant âgé de quelques siècles.

— Non, ça, c'est moi, bébé, répondit-il.

J'avais enfin mis la main sur lui. L'homme qui, selon tous, pouvait trouver tout ce qu'on désirait. Je venais de faire un pas de géant en direction de mon frère. Si je ne me faisais pas tuer ce soir, Connor était à moi.

— Maintenant, ce que je veux savoir, dit le fameux Barney, c'est qui est cette jolie brune qui me cherche et qui décime mes hommes ?

Chapitre 5

Je m'étais attendue à beaucoup de choses en cherchant un homme avec la réputation de Barney, mais certainement pas à ce qu'il porte plus de maquillage que moi.

Le silence devenait pesant, et je n'avais pas envie d'être celle qui le briserait. Je vis le barman rejoindre le vampire à la barbe rousse sur ma gauche. En face de moi, Barney restait immobile.

— J'ai toute l'éternité, me relança-t-il.

Moi aussi, pensais-je. Enfin, jusqu'à preuve du contraire.

— Mais on va bientôt ouvrir.

Mon cerveau tournait à plein régime. Peu de choix s'offraient à moi, et pourtant j'étais incapable de me décider. Sur mes mois d'errance, une grande partie avait été consacrée à la recherche de ce fameux Barney. Mes sources étaient unanimes : si on cherchait quelque chose, c'était à lui qu'il fallait s'adresser. Il se trouvait enfin en face de moi, et je ne savais pas comment procéder. Ce n'était pas exactement comme ça que je m'étais attendue à faire sa connaissance. Je n'avais jamais eu de plan précis, mais lorsque j'imaginais la rencontre, j'étais plutôt sur lui, avec une lame enfoncée juste à côté de son cœur, et c'était moi qui posais les questions.

Il semblait légèrement agacé.

— Si tu commençais par un nom, bébé ? demanda-t-il après un moment, sur un ton qui s'accordait parfaitement avec son expression.

— Quinn, répondis-je machinalement.

Je vis du coin de l'œil que le barman esquissait un sourire.

— D'accord bébé. Va pour Quinn. Que me vaut l'honneur ?

Je me rendis compte que les battements avaient repris dans ma poitrine. Je n'avais même pas remarqué. Fichus yeux.

— Je cherche quelqu'un.

Entendre que mon cœur ne m'avait pas lâchée m'avait donné l'assurance dont j'avais besoin.

— Je vois, répondit-il de manière énigmatique.

C'était maintenant que tout allait se jouer. Soit il acceptait de m'aider et je repartais vivante, soit il refusait et c'était plus problématique. Dans la mesure où j'étais déjà morte à ma façon, tout était relatif. Mais une chose était sûre : si je voulais trouver Connor, j'avais besoin de lui.

Barney était ce qu'on pouvait appeler le Rockefeller du milieu de la nuit. Et de la nuit. À travers le pays, il gérait plus d'une trentaine d'établissements en tout genre, allant du simple night-club pour public humain, en passant par des boîtes mixtes comme le *Baron Vampire*, pour arriver aux cercles très selects *vampires only*. J'avais écumé plusieurs clubs et découvert quelques endroits ouverts aux deux genres comme le *Baron*, mais il m'avait été impossible de débusquer un seul des trois réservés aux morts-vivants. Au moins j'avais fini par dénicher Barney.

Ses services étaient très variés. Ça pouvait aller du simple psychotrope à la poule de luxe la plus exotique. Auquel cas, il suffisait de passer par ses hommes de main. Mais cela pouvait s'étendre à divers travers bien plus bas, et l'éradication d'un vampire n'entrait pas dans le tableau des tâches les plus véreuses. Ça ne figurait pas non plus au menu officiel. Pour cela, il fallait trouver Barney directement. Et ce n'était pas simple du tout. C'était un milieu très fermé, où, pour être admis, on était obligé de connaître des gens. C'était un peu comme étudier l'hébreu. Pour apprendre un mot, il fallait pouvoir le lire, mais pour pouvoir le lire, il fallait déjà le connaître. En gros, à moins que quelqu'un n'en fasse la lecture, c'était mal barré.

— Qu'est-ce qui te fait penser que je vais t'aider ?

Les rares fois où j'avais trouvé un vampire qui était au courant des extras de Barney, les informations que j'avais récoltées étaient sans équivoque. La disparition d'un des leurs se monnayait très, très cher. Dire que je le faisais *pro bono* !

— Je suis tout à fait disposée à en discuter, commençai-je. En tête à tête.

Je fis un signe en direction de ses deux acolytes, qui assistaient silencieusement à notre échange.

Le sourire qui se dessina sur le visage de Barney me laissa peu de doutes quant à son interprétation de ma réponse. Crétins de vampires libidineux.

Mais son amusement ne dura qu'une fraction de seconde. Il était à nouveau sérieux l'instant d'après, mains jointes dans le dos, lorsqu'il fit un pas dans ma direction pour me faire face. Il se tenait à moins d'un mètre de moi, les yeux plus infernaux que jamais. C'était comme si je les sentais me chatouiller à mesure qu'il les posait à différents endroits de mon corps. J'avais l'impression d'être violée par ce regard, et je n'étais pas vraiment sûre que cela me dérange.

— Tu sais bébé, c'est un monde minuscule que celui de la nuit, reprit-il une fois que son attention se fut à nouveau portée sur mes yeux. Si tu penses que le mot ne m'est pas parvenu qu'une petite brune aussi belle que létale me cherche depuis des mois et décime mes employés, c'est être bien naïve que de croire que j'aurais pu accepter un tête-à-tête si facilement.

Deux fois, c'était trop. Je n'avais tué que celui de l'entrée, et peut-être un ou deux sans le savoir.

— Décimer, ça veut dire réduire par dix. Si on prend en compte le nombre de tes hommes que j'ai pu tuer, j'espère que t'es pas doué en calcul, sinon dans dix jours, il ne t'en reste plus.

J'entendis un des vampires pouffer discrètement sur ma gauche. En face de moi, s'il remarqua, Barney ne réagit pas. Il se contenta de m'observer en penchant légèrement la tête sur le côté avant de porter une main à mon visage. Les picotements se transformèrent vite en décharges. Il ne s'en formalisa pas et se mit à me caresser doucement la joue.

— Si petite, dit-il, pensif. Et si insolente…

La gifle partit alors que sa phrase était encore en suspens. Je la reçus sans broncher. Et je soutins son regard, lèvres serrées. Lorsqu'il m'adressa un sourire en coin, ma main le lui écrasa aussi sec.

Je remarquai qu'à ma gauche, les vampires avaient fait un pas, avant d'être stoppés d'un geste de Barney. Lorsqu'il tourna à nouveau la tête dans ma direction, je vis qu'il était en train de rire.

— S'il faut t'accorder quelque chose, c'est que tu n'as pas froid aux yeux, bébé !

Je lui en aurais volontiers donné une deuxième, ne serait-ce que pour lui montrer à quel point je n'aimais pas être appelée bébé. Mais je préférai faire l'impasse et ne pas aggraver mon cas.

Il me sourit franchement avant de reprendre la parole. Enfin franchement… On dira que son sourire étincelait.

— Tout ça pour dire que tuer mes hommes n'est pas une bonne entrée en matière pour solliciter mon aide.

— J'ai essayé de demander gentiment, mais ça n'a pas fonctionné.

Il dirigea son regard amusé vers les deux autres vampires, et j'eus pendant un instant la désagréable impression d'être un gamin qui a appris sa poésie et qui la récite à la fête des Mères. Celui qui vient de faire une bourde monumentale devant laquelle tout le monde s'extasie, parce que c'est absolument adorable. Bravo, bébé.

Lorsqu'il tourna à nouveau la tête vers moi, son visage s'était métamorphosé. Il semblait plus préoccupé qu'un mortel sur la ligne verte. Étrangement, son regard était plus facile à soutenir quand il avait l'air grave.

— On ne trouve pas celui que tu cherches, me dit-il sérieusement. C'est lui qui te trouve, et une fois que c'est fait, c'est généralement trop tard.

— Comment tu sais qui je cherche ? demandai-je aussitôt, surprise.

La tournure des événements ne me plaisait pas. Mon alarme interne venait de s'allumer, et elle clignotait à tout rompre. Je n'avais plus d'arme. Le barman tenait une de mes lames, et la deuxième était invisible. Quant à mes pics, ils se trouvaient à l'autre bout de la salle.

— J'aimerais sincèrement que tu arrêtes de te comporter comme si j'étais né de la dernière pluie. Je crains que tu n'aies pas la moindre idée de l'engrenage dans lequel tu as mis les pieds.

Là, il avait l'air en pétard. Ses yeux n'avaient plus rien d'attirant. Mon cœur se tut, et je ne bougeai plus. Je ne respirai même plus.

— Rob, finis-en, entendis-je Barney ordonner.

Mes poils se hérissèrent alors que je me retournais, horrifiée, vers le barman qui portait mon arme. Je le vis frapper sans pouvoir réagir. En plein dans le cœur.

Le brun trapu s'écrasa sur le sol presque instantanément une fois que Rob eut retiré le couteau de sa poitrine, et j'eus à peine le temps d'imprimer que je n'avais pas été la cible de l'attaque. Je m'étais pourtant vue mourir. Après l'avoir essuyée grossièrement sur son pantalon – comme si le cuir allait absorber le sang – et jeté un regard interrogateur à Barney, il me tendit la lame, manche dans ma direction. J'étais trop sonnée pour réagir. J'étais encore en vie. Je ne pouvais pas en dire autant de la femme de ménage, qui était en train de blanchir sur place. Dans peu de temps, il ne resterait de lui qu'un gros tas de cendres, et il n'y aurait plus personne pour nettoyer.

— Suis-moi, m'intima Barney.

Il tourna les talons et je demeurai figée dans mon attitude éberluée. Du coin de l'œil, je vis que le poignard s'agitait. Rob me faisait signe de le prendre. J'obéis sans que ma tête en ait véritablement donné l'ordre à mon corps, et je finis par me mettre en marche pour emboîter le pas à Barney, le barman dans le dos.

Je traversai donc le *Baron Vampire*, sous les yeux rieurs des madones et autres Kennedy, pour arriver devant une porte qui menait de toute évidence dans une autre partie du bâtiment. Une fois que nous l'eûmes dépassée, le décor changea radicalement. Adieu le glauque, et bonjour le banal. Des couloirs gris assez sobres pour sembler normaux débouchaient sur des bureaux ordinaires.

Après avoir fait quelques gestes à l'adresse des vampires aussi détendus que vivants qui se trouvaient là, Barney me fit signe de passer par une porte dans un coin de la salle principale dans laquelle nous venions d'entrer. Il remercia Rob d'un regard, et celui-ci rebroussa chemin.

La pièce tranchait totalement avec le style du club. Elle était moyennement grande, très lumineuse, éclairée par des centaines de bougies disposées un peu partout, et meublée de manière luxueuse. Deux divans en cuir carmin se faisaient face au centre, autour d'une table basse design. À gauche, un bureau en bois massif – très certainement d'époque – trônait majestueusement, deux chaises à rembourrage rouge sang l'encadrant.

Barney me fit signe de prendre place sur un canapé. J'obéis sans réfléchir et m'assis sur celui qui était le plus proche de moi, tendue comme une corde prête à lâcher. Barney, lui, dépassa le second puis se rendit devant le bar qui se situait à notre droite. Il en sortit deux verres et une bouteille avant de revenir vers moi. Il s'assit gracieusement et nous servit à boire.

— On m'a dit que tu aimais la tequila, fit-il en poussant un verre dans ma direction.

Je ne bougeai pas. Pas que j'aie peur qu'il essaie de me tuer – il l'aurait fait avant –, mais la situation n'était vraiment pas celle à laquelle je m'attendais.

Barney saisit son verre et le descendit d'un trait. Il le reposa en laissant échapper un soupir de satisfaction.

— Divin ! s'exclama-t-il.

Je le regardais sans ciller, et je sentis à la tension dans mon front que mes sourcils devaient être plus que froncés. Il me renvoyait un sourire calme et intrigant.

— Pourquoi l'avoir tué lui ?

— Jack ? s'étonna-t-il. Il faisait vraiment du mauvais travail.

Super, j'étais tombée sur un plaisantin.

Il se resservit une tequila et lui fit subir le même traitement qu'à la précédente. Je gardai le silence, toujours aussi tendue.

Barney reposa son verre et s'appuya sur le dossier du canapé dans une attitude décontractée. Il avait les bras écartés, placés de chaque côté, manches légèrement relevées. Je pus apercevoir des lettres noires sur son avant-bras droit, mais il était impossible de lire ce qui était écrit. Je me trouvais trop loin, et la manche cachait plus de la moitié du texte. Je me demandais l'âge qu'il avait pour posséder des tatouages. Il était impossible qu'il se les soit faits après sa mort, car sa peau aurait rejeté l'encre aussi sûrement qu'elle se refermait lorsqu'elle était blessée.

— Je travaille pour ton père, dit-il finalement. Pas vraiment de mon plein gré, mais c'est un fait. Il était hors de question que je laisse un témoin de ta présence aller distribuer des informations.

Je me raidis – encore plus, si c'était possible – à la mention de mon père. Ça soulevait quelques problèmes qui me dérangeaient légèrement. D'abord, l'homme que j'avais en face de moi savait bel et bien qui j'étais. Ensuite, s'il le savait, il y avait de fortes probabilités pour que mon géniteur soit également au courant.

— Tu comprendras que ta venue me place dans une position quelque peu inconfortable, bébé. Ne fais pas cette tête-là, ajouta-t-il après un instant de silence.

J'ignorais à quoi ressemblait la tête que je faisais, mais si elle reflétait les jurons qui étaient en train d'y affluer, elle ne devait pas être très gracieuse.

— Ta tête – justement – est mise à prix depuis un bon mois, continua-t-il en se redressant. Je ne sais pas comment tu as fait pour rester en vie tout ce temps avec le nombre de vampires qui te cherchent en ce moment. Quoique j'aie vu que ta réputation n'était pas surfaite.

Il s'était montré étrangement révérencieux. Ma mâchoire était plus crispée que jamais. Mon père était au courant de mon existence. Connor avait fini par parler.

— Mais ne t'en fais pas, ce n'est pas de moi que tu dois avoir peur.

— Pourquoi ? demandai-je en haussant un sourcil.

En face de moi, Barney sourit, joignit les mains sur ses genoux et se pencha un peu dans ma direction. Puis il saisit la bouteille pour se resservir. Je n'avais toujours pas touché à mon verre.

— Parce que je rêve de voir ce cher Victor plus mort qu'il ne l'a jamais été, dit-il avec une moue crispée. À Victor !

Il souleva sa tequila, trinqua, puis la fit disparaître.

— Pourquoi ? demandai-je à nouveau, ma voix aussi dénuée d'émotions qu'il était possible de l'être.

Il eut un petit rire discret, comme s'il n'avait été adressé qu'à lui-même, puis reposa le verre sur la table et se leva pour faire quelques pas. Finalement, il vint s'asseoir sur le canapé, juste à côté de moi. Sa présence n'aida pas à me détendre. Ses incroyables pupilles transperçaient les miennes, impuissantes, et je ne réagis même pas lorsqu'il posa une main sur mes doigts, par-dessus le couteau que je tenais toujours fermement.

— Est-ce que tu as vraiment besoin de connaître mes raisons ? demanda-t-il alors que ses yeux me clouaient à un mur invisible. Le fait que nous ayons un but commun ne te suffit pas ?

Je réussis à soutenir son regard, mais pas à répondre. L'effort considérable qu'il me fallait faire pour ne pas détourner la tête et garder un semblant d'assurance ne me permettait pas d'utiliser une autre partie de mon corps. Je ne comprenais pas ce qui m'arrivait.

Barney attrapa une de mes mains, la traîna jusqu'à la table, et enroula soigneusement mes doigts autour du verre auquel je n'avais toujours pas touché. Mes membres lui obéissaient malgré mon manque flagrant de participation. Lorsque j'eus le verre bien en main, il saisit mon coude, le plia, et me força doucement à le porter à ma bouche. Je n'opposai pas la moindre résistance. Durant tout ce temps, il ne m'avait pas quittée des yeux.

— Bois, dit-il simplement.

Je m'exécutai. Lorsque je reposai le verre, il me gratifia d'un sourire.

— Quel âge as-tu ? demandai-je dans un souffle.

C'était la seule possibilité. La seule explication au fait que j'étais tétanisée sans raison apparente. Il devait être plus âgé que tous les vampires qu'il m'avait été donné de rencontrer. Son sourire s'élargit.

— Moi aussi j'aimerais en savoir plus sur toi, dit-il en me caressant la joue.

Encore une fois, je n'avais pas remarqué que son bras avait bougé.

— C'est une chose que d'entendre une prophétie, c'en est une autre de la voir se réaliser.

Il semblait perdu dans ses pensées, arrangeant mes cheveux derrière mes oreilles. Il fut satisfait après quelques tentatives et nous resservit un verre. Il m'en tendit un, et je m'en emparai de mon propre chef. Celui-ci, je sentais que j'en avais besoin. Je le fis disparaître avant même qu'il ne prenne le sien, dont je me saisis rapidement pour me l'envoyer aussi sec. Il ne s'en formalisa pas et sembla plutôt trouver cela amusant. Il remplit les verres vides, et nous bûmes les suivants de concert. L'alcool détendit mes muscles aussi bien que deux heures de massage. Je me sentais un peu mieux. J'étais toujours groggy. Mais mieux.

— Alors, tu as quel âge ?

J'en voulus instantanément à ma voix pour le timbre tout adolescent qu'elle venait de prendre. Je n'étais pas au *Peach Pit* en train de draguer un collégien, bon Dieu.

Il sourit à nouveau, porta la main à mon visage et le caressa du bout des doigts. Il sembla me regarder au fond des yeux plus profondément encore qu'il ne le faisait déjà, comme s'il essayait d'apercevoir mon âme au travers de fenêtres opaques. J'étais certaine qu'il faisait exprès de me toucher parce qu'il avait remarqué que ça me déstabilisait totalement, mais je n'arrivais pas à chasser ces contacts non sollicités.

— Ni toi ni moi ne sommes de nature à nous livrer facilement. Pourtant il faudra bien qu'on trouve un moyen de se faire confiance si on veut travailler ensemble.

Travailler ensemble. Je n'étais pas sûre que c'était une idée qui m'intéresse.

Il se tourna vers la table, nous servit et revint dans ma direction, un verre dans chaque main.

— Alors soit on y va gentiment petit à petit chacun son tour…

Je saisis ma tequila. La lumière des bougies serpentait sur le visage de Barney tandis qu'un sourire nettement plus lubrique s'y dessinait.

— Soit on s'envoie en l'air tout de suite et ça nous fait une bonne base de départ.

J'aurais pu m'étrangler si j'avais été en train de boire. Heureusement, le liquide avait déjà passé ma trachée.

Je le dévisageai. Il était on ne peut plus sérieux. Pendant une fraction de seconde, je me surpris à imaginer une rencontre entre Barney et Lukas. Deux machos chargés à bloc de testostérone, subtils mélanges de romantisme, de raffinement et d'ego démesurés. Un des deux n'en ressortirait sûrement pas vivant.

Il ne bougeait pas, attendant une réponse. Le con. Qu'est-ce qu'il voulait que je lui dise ? J'aurais menti si j'avais prétendu que je n'avais pas envie d'être une fichue dinde à Noël, mais ça ne signifiait pas que j'allais accepter sa proposition. Et pourtant, la soif était bien là, aussi puissante que celle du sang. Huit mois, bon Dieu.

Je reposai mon verre sur la table, très dignement, et me tournai vers Barney.

— Maeve, dis-je, en tendant la main dans sa direction.

Il la regarda, amusé, puis s'en saisit, et y déposa un baiser.

— Je savais que tu refuserais, fit-il sur un ton faussement déçu.

— Pourquoi ?

Merde. C'était vraiment ma voix que je venais d'entendre ? Je sonnais outrée. Mais je n'étais pas outrée. Bon Dieu, qu'est-ce qui me prenait ?

— Il n'y a qu'une seule raison pour qu'une femme aussi belle que toi soit abstinente depuis si longtemps, répondit-il en souriant à pleines dents.

Il avait laissé traîner sa voix avant de choisir le mot abstinente. Le chien.

— Il n'en vaut certainement pas la peine. S'il n'est pas déjà revenu, c'est qu'il ne reviendra plus.

Il s'arrêta pour m'observer, mais je ne lui fis pas le plaisir de réagir le moins du monde. Je détestais les gens qui prêchaient le faux pour savoir le vrai. *Perdu, il n'est pas parti, c'était moi. Et s'il n'est pas revenu, c'est parce qu'il n'a nulle part où revenir. Je suis morte pour lui. Ducon*, pensai-je, hargneusement.

Au frémissement imperceptible du coin de ses lèvres, ma paranoïa latente me chuchota qu'il avait obtenu les informations qu'il souhaitait.

— Quoi qu'il en soit, sache que si tu changes d'avis, je suis là. Le sexe est une des plus belles choses sur terre, sûrement une des seules qui peut surpasser le sang en intensité, même si ce n'est que pour un bref moment. C'est un moyen remarquable de détendre le corps humain, ajouta-t-il alors qu'il commençait à jouer avec des mèches de mes cheveux. En plus, ça aide à bien dormir.

Il planta ses yeux dans les miens, et je reçus comme un coup au ventre. Je n'avais aucun désir pour lui, mais du désir tout court, j'en avais à revendre. S'il pouvait effectivement sentir ce genre de choses, il devait être en plein festin olfactif.

— Tu as quel âge ?

— Trente et un ans.

— Depuis combien de temps ?

Cette fois-ci, mon ton était clairement sec.

— Une éternité ! s'exclama-t-il en levant les bras, comme impuissant, un énorme sourire peint sur le visage.

Je soupirai bruyamment.

— Toi et moi, on ne va pas faire affaire, et d'aucune sorte, dis-je froidement.

— Pourquoi ?

La question me dérangea. Pas pour son fond, mais parce qu'il était tellement neutre en la posant qu'il était impossible de savoir ce qui lui passait par la tête.

— Parce que je ne suis pas à la recherche de Victor.

En face de moi, il resta impassible. S'il était déjà au courant, il n'en montra rien.

— Qui est-ce que tu cherches ?

Voix neutre.

— Connor.

Léger froncement de sourcils. Bouche pincée.

— Pourquoi ?

Je ris malgré moi.

— Si tu crois que je vais répondre à tes questions alors que tu ne réponds pas aux miennes, c'est te la mettre profond, bébé, dis-je.

Ses lèvres sourirent mécaniquement alors que son visage restait impassible.

— Réponds à la mienne, et je ferai peut-être un effort.

Je croisai les bras et le dévisageai. Pendant un long moment. Un très long moment.

— Il a tué une personne à qui je tenais.

La sensation d'être observée me prit aux tripes à ce moment-là. Je ne décroisai pas les bras et gardai ma posture défiante. Je savais qu'il n'y avait personne d'autre que nous deux dans la pièce.

— Bien, dit Barney, pensif.

Il se leva et fit quelques pas. Lorsqu'il s'arrêta à ma hauteur, il était un peu trop près à mon goût.

— Je peux répondre à tes deux questions très simplement, commença-t-il, énigmatique.

Je reculai légèrement pour pouvoir le regarder droit dans les yeux, bras toujours fermement croisés. La lame du poignard m'arrivait sous l'épaule d'une manière peu confortable, mais il était hors de question que je change de position en cet instant précis.

— C'est moi qui ai transformé ton père en vampire.

Chapitre 6

La lumière des bougies dansait sur son visage, le faisant onduler dans un jeu de clair-obscur qui donnait une teinte irréelle à la situation.

De longues secondes s'écoulèrent avant que le silence ne soit brisé. Je m'attendais à beaucoup de choses, mais pas à ça. Que sais-je, qu'il m'annonce que Victor avait tué une personne qu'il aimait, torturé un ami, abusé sexuellement de son chien, ou volé sa poupée préférée. Tout sauf ça.

— Tu veux me faire croire qu'au bout de quelques siècles, tu t'es découvert une vocation de redresseur de torts ?

Il se rassit et croisa les jambes, dans une attitude très distinguée, mains jointes sur un genou. Cette position, la veste au col Mao qu'il portait, ainsi que l'ensemble de la pièce aux meubles d'époque et l'éclairage, tout lui conférait une apparence princière. Pendant une fraction de seconde, je me surpris à regretter de n'avoir pas plutôt choisi l'option sexe. Déjà, il était terriblement attirant, mais en plus, ça m'aurait évité le genre de révélation qui me laissait sans voix.

Je ne savais pas comment réagir à ce qu'il venait de m'apprendre. Une partie de moi pensait : « *Super, mais c'est pas comme si ça m'intéressait.* » L'autre, plus ténue, celle que j'avais réussi à maîtriser des mois durant, brûlait de lui demander pourquoi, comment, et de poser tout un tas de questions sur Victor. Oui, je cherchais mon frère, oui, j'avais juré de ne pas m'intéresser à mon père. Mais non, ça aurait été mentir de dire que je ne crevais pas d'envie de tout savoir. Parce qu'il fallait regarder la vérité en face. J'ignorais tout de lui, à part que c'était le vampire craint de tous. Les raisons, je ne les connaissais pas, et j'avais pris un soin énorme à ne jamais tenter de me renseigner sur les tenants et les aboutissants.

Barney était immobile. Si la lumière des bougies n'avait pas continué à animer la pièce, j'aurais pu croire que le temps s'était figé.

— C'est à moi de faire la conversation, là ? demandai-je, soudainement sur la défensive.

Le silence était plus que pesant.

Barney décroisa les jambes, saisit la bouteille de tequila qui était toujours entre nous et nous resservit. Il descendit son verre en préambule, sans même me proposer le mien, cette fois. Je le pris de mon propre chef et le bus. J'allais en avoir besoin aussi.

— Ton père doit mourir, dit finalement Barney d'une voix si neutre qu'elle me surprit.

Je reposai mon verre. Il entreprit de le remplir aussitôt, mais je m'emparai du sien avant de rester un moment en suspens, à regarder le liquide qui reflétait la lumière des bougies comme un petit joyau. Je n'avais pas envie de le stresser, mais je ne voulais pas y passer la nuit non plus. Des milliers de questions brûlaient mes lèvres maintenant, et cet imbécile était aussi bavard que le mime Marceau.

— Pourquoi tu ne le tues pas, dans ce cas ? demandai-je lorsque le silence eut raison de moi.

Un petit sourire énigmatique vint illuminer son visage, mais il ne se décida pas à parler pour autant. Putain, je détestais ça.

— Écoute, j'ai une profonde aversion pour les emmerdeurs qui se taisent quand c'est le moment de parler. Alors soit tu te mets à table, soit je me barre pour de bon en te souhaitant bonne chance dans tes projets et tout le meilleur pour faire la paix avec ta conscience.

J'avais volontairement prononcé le mot conscience avec dédain. Cela n'eut aucun effet sur lui. Il faudrait que je revoie le B.A.BA des manières d'énerver un vampire.

Pour toute réaction, j'obtins qu'il boive son verre et le remplisse encore une fois. Je n'avais même pas vu à quel moment il l'avait récupéré. Je ne touchai pas au mien. La bouteille était maintenant vide, tout comme ma réserve de patience. Il parla enfin après avoir fait disparaître sa tequila.

— Tu peux remettre en doute le fait que je possède une conscience, si cela te chante. À chacun ses croyances. Mais si tu penses que le poids d'avoir créé un être qui a perpétré tant d'atrocités ne me pèse pas chaque jour que Dieu fait, tu commets une grave erreur.

Entre sa culpabilité et la mention de Dieu, je ne savais pas ce qui m'étonnait le plus. Les vampires que j'avais rencontrés ne semblaient pas vraiment être mus par les mêmes sentiments bassement humains que la population vivante.

— Si je ne tue pas ton père, c'est uniquement parce que je ne peux pas.

— Pourquoi ?

Il eut un sourire amer.

— Parce qu'il n'y a que toi qui peux le faire, répondit-il d'un petit ton léger, comme s'il s'agissait là d'une évidence notoire.

— Je ne crois pas en la prophétie.

— C'est fort dommage, fit-il, d'un air absent.

Il se leva et retourna vers le bar. Ses gestes étaient fluides, rapides et gracieux. Vêtu de noir dans la pièce sombre, on aurait cru voir un fantôme. Lorsqu'il revint, il portait une autre bouteille. Tout ça n'avait duré qu'une fraction de seconde. Le temps ne semblait pas défiler de manière linéaire.

Une fois assis, il remplit son verre et, cette fois, il me tendit le mien, que je pris machinalement.

— Je ne sais pas si j'y crois, continua-t-il comme s'il n'y avait pas eu d'interlude. Je suppose que j'ai vécu assez longtemps et vu assez d'horreurs pour en avoir besoin, cependant. Mais là n'est pas l'important. Le plus important, c'est que Victor y croit.

Il but. Je l'imitai.

— Il y croit assez pour que ce soit la seule chose qui lui ait fait peur ce dernier millénaire.

Millénaire. Je déglutis difficilement. Je saisis la bouteille de tequila et me versai un verre qui disparut aussi vite. Millénaire, bon Dieu. Si mon père avait mille ans… Nom d'un chien. J'étais incapable de formuler une pensée cohérente.

Je vis que Barney souriait franchement.

— Quel est le problème ?

Je pris une grande inspiration. Il fallait bien que ça sorte un jour. À première vue, ce jour venait d'arriver.

— J'ignore tout de mon père, commençai-je. Je ne sais – savais – pas l'âge qu'il a, je ne sais pas ce qu'il a bien pu faire pour que tout le monde le craigne à ce point-là, pour que ce soit ce méchant insaisissable dont on parle à mots couverts. Je ne sais pas ce que je suis, je ne sais même pas ce que je veux. Tout ce que je sais, c'est que si personne n'arrive à le tuer, je ne vois pas comment moi je pourrais le faire alors que sans une énorme dose de chance je ne serais plus en vie depuis longtemps. Parce que cette prophétie qui vous obsède tous me prête des pouvoirs que je n'ai pas, et je crains fort que vous ne soyez tous en train de commettre une monumentale erreur en misant sur moi.

J'avais parlé très rapidement, d'une traite, sans m'arrêter. Mais, à en juger par son expression, il avait saisi chacun de mes mots. Et je n'aimais pas cette expression. Du tout. Il semblait attendri. Bon Dieu, je détestais que les gens me regardent d'un air attendri.

— Tu es tellement humaine, dit-il.

— Va chier, répondis-je très poliment.

Il rit de manière spontanée, et mes nerfs se contractèrent. Je détestais admettre mes faiblesses. Quand on me riait au nez, ça avait tendance à passer encore moins bien.

Je m'envoyai un autre shot de tequila pour tenter de me détendre.

— Commence par me raconter ce que tu sais, poursuivit Barney, sans rire cette fois-ci. Ensuite je me ferai un plaisir de combler les lacunes et de répondre à chacune des questions que tu peux te poser.

Je le sondai pour voir à quel point il était sérieux. Il avait repris une position digne d'un monarque, jambes à nouveau croisées, bras étendus sur le dossier du canapé, port de tête altier. Il semblait tout à fait sérieux.

Je me servis une autre tequila avant de commencer. Il faudrait vraiment que je songe à boire moins, mais pas ce soir.

— Je sais que mon père a tué ma mère, qu'il a gardé mon frère en pensant qu'il était l'enfant de la prophétie. Honnêtement, ça doit être tout ce que je sais.

— Pourquoi veux-tu tuer ton frère, et pas ton père ?

Je soupirai.

— Il y a un an, il m'a trouvée. Il a assassiné une amie, essayé de tuer mon meilleur ami et plongé mon grand-père dans le coma. Ça m'a mise plutôt en pétard, à vrai dire. Mon père, personnellement, il ne m'a rien fait.

— Pour le moment, dit Barney, comme s'il se parlait à lui-même.

Ma langue claqua nerveusement contre mon palais.

— Pour le moment, si tu veux, lâchai-je, dents serrées.

— Je suis sérieux, bébé. Il y a un an, il ignorait ton existence. C'était ton plus grand atout pour rester en vie. Maintenant qu'il la connaît, il va retourner ciel et terre pour te trouver, dit-il en laissant planer sa phrase quelques instants, comme une menace invisible. Je conçois tout à fait ton désir de vengeance, ainsi que le fait qu'il ne soit dirigé que sur ton frère. Mais, actuellement, tu es en danger, et tu te mettras encore plus en danger en cherchant Connor.

Je ris amèrement. Et je me resservis un verre.

— Laisse-moi deviner. Tu proposes que je t'aide à liquider mon paternel, pour qu'ensuite j'aie tout loisir de tuer mon frère ?

Il sourit tandis qu'il se remplissait un verre à son tour. Je n'avais pas eu la politesse de lui en servir un. Chacun pour soi.

— C'est à peu près ça.

Il reposa le verre vide devant lui, puis ses bras reprirent place sur le dossier du canapé. De mon côté, je repris une tequila. La tête commençait légèrement à me tourner.

— J'ai transformé ton père peu avant la mort d'Attila, annonça-t-il.

Notions d'histoire, des notions d'histoires, où sont mes notions d'histoire ?

— Ce devait être en 451 environ.

Putain de bordel de merde. 451 après Jésus Christ, s'il vous plaît. Faites que ce soit après Jésus Christ.

— Les temps étaient fous ! dit Barney avec un petit sourire nostalgique sans s'arrêter sur ma mine déconfite. Ton père était un très grand guerrier. Je l'admirais tellement que le transformer fut la première chose que je fis une fois que je fus moi-même devenu vampire. J'aurais dû voir à l'époque que la guerre avait radicalement changé l'homme que j'avais connu, et que le goût du sang était imprimé si profondément dans sa bouche qu'il n'avait déjà plus rien d'humain. Ce jour-là, j'ai créé un monstre.

Il s'interrompit le temps de rire doucement, comme si lui-même n'était pas convaincu de trouver ça drôle. Personnellement, ça ne m'amusait pas, mais la curiosité me rendait tellement nerveuse que je souris malgré moi.

— Nous avons passé de nombreuses années ensemble, héros des champs de bataille, n'opérant qu'à l'aube et au crépuscule lorsque notre force était à son apogée. Nous ne pouvions pas mourir, il était donc impossible de nous arrêter. Nous vendions nos services à grand prix. Les femmes étaient à nos pieds, nos bourses étaient pleines, la vie était facile.

Il se versa une nouvelle tequila. Lorsqu'il reprit la parole, son ton s'était modifié. L'amertume avait remplacé la liesse des bons souvenirs.

— Ce n'est que près d'un siècle plus tard que Victor s'est vraiment mis à changer. Assoiffé de sang, il l'avait toujours été. Mais la soif qui commençait à le dévorer était devenue celle du pouvoir.

Il se racla la gorge et se redressa sur le canapé.

— Nous tombions assez souvent sur d'autres vampires, dit-il pensivement. Victor devenait fou chaque fois qu'il trouvait plus fort que lui. Les vampires n'étaient pas belliqueux, entre eux, et beaucoup formaient des groupes, tout comme ton père et moi en formions un.

» Nous nous perdîmes de vue peu de temps après avoir croisé le plus grand groupe de vampires qu'il nous avait été donné de rencontrer jusqu'alors. Ils étaient une quinzaine, tous très âgés. Des pacifistes. Ils ne tuaient pas d'humains, et leur grand âge leur permettait de faire des choses qui faisaient rêver Victor. Il les a tous tués, en une nuit.

Je remarquai qu'il était en train de froncer les sourcils. Sa bouche se plissa à une extrémité, et il reprit la parole.

— Il me quitta cette nuit-là. Il n'arrivait pas à concevoir que je puisse ne pas partager l'ivresse de pouvoir qu'il ressentait. Pour lui, devenir vampire était un message des dieux. Il se voyait destiné à gouverner le monde. Il voulait être roi.

» Je le perdis de vue pendant plusieurs siècles. Bien sûr, j'entendais toujours parler de lui, et de ses exploits. Il décimait la population vampirique, la population âgée.

Décidément, il aimait vraiment ce verbe. Je ne le corrigeai pas. Peut-être qu'il l'avait utilisé à bon escient cette fois-ci.

— D'aucuns prétendaient qu'il avait trouvé un moyen d'employer la magie morte, et qu'il s'en servait lorsqu'il tuait les anciens, leur volant assez de pouvoir pour faire des choses dont seuls les mages sont normalement capables.

— La magie morte ?

Ma voix n'était qu'un souffle, comme si, malgré ma fatigue, malgré la tequila, et malgré la tournure étrange que les événements avaient pris, un instinct primitif avait reconnu ce concept comme un danger.

— Pardon, dit-il avec un sourire d'excuse. Il y a deux types de magies. La blanche, bénéfique, celle qu'utilisent les Sihrs, et la noire, nettement plus redoutable. À la base de ces deux-là se trouve la magie morte, l'origine commune qui est aussi vieille que le monde, celle dont on s'est servi pour créer l'univers tel que nous le connaissons. Elle est beaucoup plus puissante et dévastatrice que tout type de magie qui existe encore. Sauf que, comme son nom l'indique, elle est morte. Plus personne n'est supposé pouvoir y faire appel.

— Donc c'est une magie noire ?

Je n'étais pas à l'aise avec le concept de magie. Bien sûr, je descendais d'une lignée de mages, mais j'en avais plus peur qu'autre chose. La seule fois où j'en avais fait usage – à mon insu –, le résultat avait été spectaculaire, certes, mais tout aussi terrifiant. Je ne l'avais pas souhaité. C'était juste arrivé. Et depuis, j'avais eu beau essayer pendant des mois, rien n'était revenu. Peut-être que rien ne reviendrait jamais, mais peut-être que, comme je le craignais, je serais à nouveau victime de mon corps, et que ce ne seraient pas des vampires que je ferais disparaître cette fois-ci, mais des innocents. C'était très certainement la raison pour laquelle je préférais mon héritage paternel. Celui-ci, je pouvais le contrôler.

— Pas exactement. Elle est incroyablement plus puissante et peut être aussi bien blanche que noire. Bien sûr, ton père ne l'a pas utilisée dans un but noble. Il y a des choses que même les mages noirs les plus redoutables sont incapables de faire, et que Victor est pourtant parvenu à accomplir.

— Comme ?

— J'y arrive, petite impatiente.

Il me sourit et nous resservit un verre à chacun. Je n'étais pas sûre que continuer à boire soit une bonne idée. Je m'étais rendu compte par la force des choses que je tenais très bien l'alcool, mais je venais quand même de m'en envoyer une sacrée quantité en très peu de temps, et, surtout, je n'avais pas avalé de repas solide depuis près d'une semaine. Se nourrir de sang a des avantages, mais se nourrir uniquement de ça peut avoir des inconvénients que je n'avais pas envie de découvrir ce soir. Qu'à cela ne tienne. *On ne vit qu'une fois*, pensai-je en descendant mon verre avant de ricaner bêtement.

— J'ai bien été forcé de constater qu'il avait réellement trouvé un moyen d'utiliser de la magie morte, reprit Barney. Il ne se contentait pas de tuer les vampires, il leur volait leurs pouvoirs. C'est ce qu'il a fait jusqu'à ce qu'il ne reste plus aucun vampire qui était plus vieux que lui. Il s'est proclamé roi. Le roi de l'illusion !

— À part toi… Tu es plus âgé que lui.

L'amertume prit possession de ses traits, et il acquiesça presque imperceptiblement.

— À part moi, soupira-t-il. Et encore, je suis bien loin d'être une menace pour lui. Il faut des millénaires pour développer les capacités qu'il a volées. Bien que je sois nettement plus fort que les vampires qui parcourent les rues actuellement, à côté de ton père, je suis de la vermine.

Si j'avais bien compris, Victor était devenu le vampire le plus dangereux qui ait jamais existé en subtilisant les pouvoirs de vampires extrêmement puissants et s'était assuré de ne jamais être dérangé en n'épargnant que les jeunes qui n'avaient aucune chance de pouvoir lui nuire. C'était pas bête, comme démarche.

— Pourquoi est-ce qu'il t'a laissé vivre ? demandai-je alors que la question venait de poindre dans mon esprit.

Barney eut une drôle de moue, mi-amusée mi-amère.

— C'est que ton père m'aime bien.

Rectification, il était très amusé. L'ironie de la situation devait m'échapper. Cependant, le fait de le voir sourire me donnait envie de rire moi aussi. Ce que je finis par faire, fatalement.

— Lorsque nos chemins se sont croisés à nouveau, quelques siècles plus tard, il était excessivement heureux de me retrouver. J'étais son vieil ami, l'homme à qui il devait tout. Il m'a offert un poste à responsabilité dans sa belle hiérarchie, poste que je ne pouvais pas refuser si je tenais à la vie.

Je pouffai discrètement tandis que je me resservais un verre. Un vampire qui tenait à la vie, c'était une perle.

— Et alors, pourquoi tu ne l'as pas tué après ? demandai-je avant de faire disparaître ma tequila.

Mon ventre était agréablement chaud. C'était agréablement agréable d'avoir le ventre agréablement chaud.

— Pour diverses raisons. D'abord par peur. Ensuite parce qu'il est devenu paranoïaque depuis les cinquante dernières années, avec les évolutions technologiques et le nombre grandissant de gens désireux de lui faire mordre la poussière. Il se cache, et personne ne le voit plus.

— Alors comment il se débrouille pour continuer à terroriser tout le monde s'il n'est plus là ?

Un nouveau verre était prêt à franchir mes lèvres.

— Doucement sur la boisson, bébé, dit Barney comme s'il essayait de me faire la conversation.

En fait, il était en train de me faire la conversation.

— Il y a un réseau très secret et très bien huilé dans la hiérarchie de Victor. Il transmet ses ordres par le biais de sergents, qui eux obtiennent l'information d'une source qui m'est inconnue.

— Connor, il sait où il est, fis-je d'un petit ton jovial. Suffit qu'on chope Connor, que je le torture, qu'il crache le morceau, que je le torture, que je le tue, et tu pourras aller cueillir Victor.

Barney me sourit tranquillement.

— J'y ai pensé. Mais je doute qu'on entende parler de Connor pendant quelque temps. Il sait que tu es à sa recherche, et le courage ne fait pas vraiment partie de ses qualités.

— Comme s'il en avait, lâchai-je, plus pour moi que pour lui.

Je m'étais laissée retomber sur le canapé, les idées sombres. J'eus envie de reprendre un verre, mais tendre la main jusqu'à la table me parut un trop gros effort, avachie comme j'étais maintenant contre le dossier.

— Ce qu'il faut, c'est passer par ses sergents. En capturer, et continuer jusqu'à ce que l'un d'eux nous dise où on peut le trouver.

— Pourquoi t'as pas fait ça avant ?

— J'ai essayé de t'en indiquer un l'autre soir, mais ça ne s'est pas exactement déroulé comme prévu.

— Quoi ? La grande bringue brune, là ? C'est un sergent de Victor ? demandai-je entre stupeur et amusement.

— Pas tout à fait, bébé. C'est l'homme avec qui elle était que je t'ai désigné. Elle, je ne sais même pas qui c'est.

Je me mis à rire. J'avais suivi la mauvaise personne, bravo. Bon, d'un autre côté, c'est pas comme si elle n'avait pas déguerpi dès qu'elle m'avait vue, la conne. J'étais pas responsable.

— T'es pas censé connaître tout le monde, toi ?

J'étais maintenant allongée sur le canapé, la tête appuyée lourdement sur le bras que j'avais replié en dessous de moi au prix d'efforts surhumains.

Barney ne répondit pas, et se contenta de hausser les épaules.

— Capturer ce type, tuer Victor, et après le questionner, si j'ai bien compris, dis-je.

Je repensai à ma phrase. Elle n'était pas vraiment sortie comme j'avais voulu. J'espérais qu'elle était quand même assez sensée pour que Barney en saisisse le sens.

Il acquiesça.

— On commence par lui, et on continue jusqu'à ce qu'on ait une réponse. Ensuite, on peut aller s'occuper de Victor.

— Donc tu comptes te faire une petite armée ? demandai-je, très pro.

— Ça peut être utile pour rivaliser avec son armée personnelle et arriver jusqu'à lui, admit-il.

— Et je suppose que tu connais un bon nombre de vampires qui en veulent assez à mon père pour souhaiter se joindre à nous.

— C'est un fait. Mais il y en a également beaucoup pour qui la peur est un meilleur facteur de loyauté que la haine.

Je n'étais pas sûre d'avoir compris ce qu'il venait de dire. Alors que je me repassai mentalement sa phrase, ma tête échappa à la main qui la soutenait et alla s'écraser sur le rebord de l'accoudoir. Gardant toute ma dignité, je me rassis correctement pour me servir un verre.

— C'est pour ça qu'il faudra être très prudents dans les choix que nous ferons, continua-t-il comme s'il n'avait pas été témoin du grand moment de solitude que je venais de vivre.

Il était chou.

— D'accord, dis-je après avoir englouti ma tequila. Je t'aide à remonter jusqu'à Victor, tu l'élimines, et après tu m'aides à tuer Connor.

Barney ne répondit pas tout de suite. Je ne sais pas trop pourquoi, mais cela ne me plut pas spécialement. Je me resservis un verre en attendant qu'il se décide à acquiescer. Il était terriblement sexy avec l'air grave qu'il affichait. J'aurais volontiers déchiré tous ses habits pour voir s'il avait d'autres tatouages.

—Je ne peux pas tuer Victor, expliqua-t-il finalement, alors que j'étais en train de loucher copieusement sur son entrejambe.

Ce qu'il venait de dire me contraria assez pour que je le regarde à nouveau dans les yeux. Je fronçai les sourcils, bouche pincée, en train de répondre à quoi réfléchir, quand il enchaîna.

—La seule chose qui pourra tuer Victor, c'est de la magie morte.

Je sifflai malgré moi.

—Eh ben, on n'est pas dans la merde, alors!

Il acquiesça.

—C'est là que tu entres en jeu.

Pardon, vous pouvez répéter?

Je ne sais pas si je m'étais exprimée à voix haute malgré moi, ou si la question se lisait sur mon visage, mais il répondit.

—Tu ne fais pas le rapprochement, bébé? Tu n'es peut-être plus vraiment en état, à vrai dire.

De quoi je me mêle? pensai-je, bougonne.

—On en reparlera à tête reposée.

Il se leva, contourna la table et se posta devant moi, me tendant sa main. Je refusai son offre et me redressai seule. Je parvins à tenir debout après quelques déboires avec la gravité. J'étais peut-être bien bourrée, après tout. C'était très rigolo.

Je tentai de faire un pas, mais la force d'attraction qu'exerçait le sol semblait plus puissante que ma propre volonté. Je sentis deux bras m'encercler avant qu'il ne soit trop tard, et je me retrouvai droite à nouveau. Ma peau crépita sous les décharges que le contact des mains de Barney produisait sur mes épaules nues. Lui aussi, il avait une sacrée force d'attraction. Il sentait terriblement bon. Et ces grands yeux bleus…

— Il est temps que tu rentres dormir, dit-il calmement.

— J'ai envie de sexe.

Il resta imperturbable, bien qu'un petit sourire soit venu redessiner ses lèvres parfaites après que j'eus parlé.

Il passa une main dans mes cheveux pour les enlever de mon visage.

— Moi aussi, bébé, fit-il doucement. Mais dans ton état, tu n'es franchement pas attirante. Tu tuerais la libido d'un chaud lapin.

Ce n'était pas très gentil, mais c'était assez drôle pour que je me mette à rire.

— Viens, je vais te ramener, dit-il en m'entraînant vers la sortie.

Je n'avais pas vraiment envie de rentrer. Ma chambre d'hôtel était bien trop laide, et lui bien trop beau. Et il y avait tant de choses que je voulais encore apprendre.

— Hé, attends ! J'ai une question !

— Oui ? demanda-t-il alors qu'il ouvrait la porte de son bureau, me soutenant de son bras libre.

— Si on coupe un membre à un vampire, est-ce qu'il repousse ?

Le membre, pensai-je. *Pas le vampire*.

Il tourna vers moi un visage amusé. Et il me répondit. Mais la réponse ne parvint jamais jusqu'à mon cerveau.

Chapitre 7

J'avais un mal de crâne à réveiller un mort, et la main qui reposait près de mon visage n'était pas la mienne.

Je n'avais pas de poils sur les phalanges. Quant à la chambre dans laquelle je me trouvais, elle n'avait rien de celle de mon hôtel miteux.

Elle était très lumineuse, dans des coloris pâles, passablement grande si j'en croyais la partie que je pouvais observer de la position dans laquelle j'étais, et les murs étaient intacts. Le peu de meubles que j'apercevais était également en bon état. Une unique commode en bois clair, et un tabouret assez bas assorti sur lequel un jean et un sweat-shirt marron étaient posés. Pas spécialement mon genre. Un peu trop simpliste et dans des tons trop légers. Je n'avais pas la moindre idée de l'endroit où je pouvais bien me trouver. Ni de qui était le propriétaire du membre qui allait bientôt finir par m'étouffer sous son poids.

Le bras se resserra autour de moi. Ce n'était pas Barney. Les poils n'étaient pas assez foncés, et il n'y avait pas de tatouage. J'aurais été étonnée qu'il s'agisse d'un coup d'une nuit. Déjà, je ne voyais pas comment j'aurais humainement pu rentrer avec quelqu'un vu l'état dans lequel j'étais – bon, je n'avais aucun souvenir de la fin de la soirée, ce qui ne faisait pas pencher la balance dans le bon sens –, mais surtout, les câlins postcoïtaux n'étaient pas de coutume aux dernières nouvelles. Ça ne laissait pas beaucoup de possibilités quant à l'identité de la personne derrière moi.

Je me retournai prudemment. Julian dormait paisiblement, la tête à moitié enfoncée dans l'oreiller, ses courts cheveux châtains en bataille. Une fois l'inconnu identifié, il me restait un autre problème à résoudre.

Je soulevai lentement les couvertures avant de pousser un soupir de soulagement. J'étais habillée.

— T'as eu peur ?

Je sursautai en entendant sa voix. Il n'avait pas bougé, ses yeux étaient toujours clos.

— Je…

Je ne savais pas quoi dire, en fait. Mon cerveau martelait mes tempes en me hurlant que je n'aurais pas dû boire autant la veille, et j'éprouvais quelques difficultés à réfléchir.

— Qu'est-ce que je fais là ? demandai-je finalement.

Julian se redressa et déposa un baiser sur mon front. Ce contact me laissa perplexe. D'abord, je n'étais pas habituée à ce genre de débordement affectif. Ensuite, je n'étais pas vraiment sûre d'apprécier ce genre de débordement affectif. Et je ne savais foutrement pas comment réagir.

Julian passa la main dans mes cheveux. Il y avait trop de tendresse dans ce geste pour que je puisse faire la part des choses.

— Ton ami t'a déposée hier soir. Tu lui as donné mon adresse à la place de celle de ton hôtel.

Mon ami. Enfoiré.

— Il a dit que tu étais très seule, que tu avais besoin de compagnie.

Saleté de vampire. Il se foutait de moi.

Je me redressai et m'assis, dos contre le mur.

— Il s'est passé quoi, après ?

J'étais sur la défensive. Barney m'avait amenée chez Julian, et ce dernier ne semblait pas du tout étonné que je sois là, dans son lit, et non pas au fond d'un cercueil, six pieds sous terre. J'espérais, bêtement, que je n'avais pas parlé trop durement. J'avais beau être dans une position inconfortable, c'était Julian que j'avais en face de moi. Il n'était en aucun cas responsable de ce qui arrivait.

Il s'assit également, en tailleur. Il ne portait qu'un boxer, et il était extrêmement bien bâti. Je relevai vivement les yeux, me sentant rougir sur-le-champ. C'était comme si j'avais été en train de fantasmer sur mon frère. Sauf que ce n'était pas mon frère, et que j'avais déjà fait bien pire avec le sien.

— J'ai discuté un moment avec lui pendant que tu rigolais toute seule sur le canapé, répondit-il, sourire en coin.

Je me demandais s'il souriait à cause de ce qu'il venait de me dire, ou parce qu'il m'avait vue loucher copieusement sur ses sous-vêtements. Je ne voulais pas savoir.

— Je t'ai rejoint ensuite, je t'ai fait à manger, et on a papoté jusqu'au petit matin.

Je n'aimais pas ça. Je n'avais aucun souvenir. Rien. Nada. Zéro. Zilch. Le néant absolu.

— De quoi vous avez parlé ?

Il rougit légèrement et parut réfléchir quelques instants, durant lesquels ma migraine ne fit qu'augmenter.

— C'est marrant, je n'arrive pas à me rappeler, dit-il, l'air vague.

Super. Barney avait utilisé son vaudou sur Julian. Je ne saurais probablement jamais de quoi ils avaient bien pu discuter. Je n'aimais pas ça. Du tout.

— Et nous, on a parlé de quoi ?

Je me rendis compte que mon ton n'était pas particulièrement sympathique. Pauvre Julian. Il n'avait rien fait. Je fis un effort pour me détendre.

— De plein de choses ! De toi, de ce que tu étais…

Sa voix traîna quelques instants avant de se reprendre. Dieu sait ce que je lui avais dit, au juste.

— De ce qui s'est passé l'année dernière et qui a mené à ce que tu mettes en scène ta propre mort. De Tara, on a beaucoup parlé de Tara.

Je me lançai dans une contemplation intensive de mes genoux. J'avais raconté toute l'histoire à Julian, cette nuit, et, malgré cela, il se tenait en face de moi dans ce lit, tranquille, affichant un petit sourire timide. Tout comme je l'avais fait pour son frère, j'avais sous-estimé sa capacité de compréhension. Je me trouvais tellement atroce que je pensai soudain que personne ne m'aimerait jamais, telle quelle.

— Hé, ne fais pas cette tête, l'entendis-je dire alors que je voyais ses mains se saisir des miennes. Tout ira bien.

Je résistai à l'envie de le repousser et pris une grande inspiration. Il avait parlé de manière rassurante, mais cela n'avait pas suffi à me convaincre. Non, tout n'irait pas bien. J'avais beau ne pas me souvenir de la fin de la soirée, je me rappelais parfaitement bien du début. Mon père savait que j'existais et était à ma recherche, comme une bonne partie de la population vampire. Pour atteindre Connor, je devrais déjà me débarrasser du paternel. Pourquoi est-ce que rien ne pouvait se dérouler comme prévu ? Je ne demandais pourtant pas grand-chose. Je voulais juste tuer mon frère.

— Il faut que je parte, dis-je rapidement.

— Pour aller où, Maeve ?

La question, mais surtout le ton sur lequel elle avait été posée, me stoppa dans mon élan. C'était un reproche. Et c'était injustifié. Les yeux commencèrent à me piquer.

— Ailleurs, répondis-je de manière pincée tout en me levant, encore blessée du ton qu'il avait utilisé.

— Dans ton hôtel sordide ?

Je me dirigeai vers la porte. Julian se souvenait de beaucoup de détails de sa conversation avec Barney, pour quelqu'un qui n'avait miraculeusement plus en mémoire ce qui s'était dit.

— Pour rester seule ? Te couper du monde ?

J'hésitai devant la poignée.

— Il faut que tu arrêtes de repousser les gens qui t'aiment, Maeve, que tu cesses de tout vouloir gérer toute seule alors qu'on peut t'aider.

Sa voix s'était adoucie, et les larmes m'étaient montées aux yeux. La main sur la poignée, je fis demi-tour. J'aurais souhaité laisser parler la colère qui brûlait au fond de mes tripes et qui était de loin plus douloureuse que la migraine qui me déchirait le crâne. Pourtant, quand je repris la parole, ce fut dans un souffle.

— Je ne veux pas être responsable d'une mort de plus.

Il ne répondit pas. Il se leva, parcourut la distance qui nous séparait et vint poser ses mains sur mes épaules. Je baissai la tête, incapable de soutenir son regard dans un moment pareil. La honte me rongeait autant que la culpabilité. Je ne supportais pas qu'on puisse me voir dans cet état.

Lorsqu'il comprit que je n'avais aucune intention de relever la tête, il m'encercla de ses bras. Les miens tombèrent le long de mes flancs, ne pouvant décider ce qu'ils avaient envie de faire.

Julian posa son menton sur le haut de mon front et commença à me bercer doucement, tout en caressant mes cheveux. C'est alors que je me rendis compte que je pleurais. Mais je ne voulais pas pleurer. Je le repoussai violemment.

— Laisse-moi, criai-je alors que j'essuyais les larmes qui roulaient sur mes joues.

Mais je ne bougeai pas.

— Tu n'es pas obligée d'être toute seule.

Les poils se hérissèrent sur mes bras.

— C'est mieux, répondis-je, fermement.

— Pas pour toi. Tu n'as pas à te punir pour ce qui est arrivé.

Si. Oh que si…

Pourtant, je me tus. Je me sentais en effet très seule depuis que j'avais commencé mon périple. Je n'avais plus Elliot, Brianne, ni mon grand-père. J'avais été fonctionnelle pendant de nombreux mois, mais maintenant, même ma fonctionnalité se mettait à déprimer. J'étais incapable de l'envoyer sur les roses, ou de simplement m'énerver pour de bon.

— Les gens sont assez grands pour décider par eux-mêmes. Laisse-les faire leurs propres choix.

Et sans que je comprenne comment, je me retrouvai à nouveau dans ses bras. Je ne me débattis pas. Je ne le repoussai pas. Je ne criai pas. Je ne pleurais même plus. J'étais soulagée, une sensation que je n'avais pas ressentie depuis ce qui me paraissait une éternité. Cela faisait un bien fou d'être dans les bras de quelqu'un, quelqu'un de vivant. Là, contre lui, j'avais l'impression d'être enfin à la maison à nouveau.

Je ne sais pas combien de temps nous restâmes ainsi. Je remarquai juste lorsque nous nous lâchâmes pour aller dans la cuisine que mes bras n'étaient plus ballants, mais qu'ils serraient Julian.

Une fois entrée dans la pièce, je m'assis sur une des chaises beiges qui bordaient la table. Mon crâne n'avait pas décidé d'être plus clément envers moi.

La cuisine était vert pastel, et je me surpris à penser que Julian aimait un peu trop les tons clairs à mon goût. Elle manquait cruellement de vie. Julian n'avait pas un caractère aussi bien trempé que le mien, ou que celui de son frère, mais il en avait tout de même plus que ce que son intérieur aurait laissé présager à un inconnu.

J'appuyai mon front dans le creux de mes paumes.

— Tu veux manger quelque chose ? demanda Julian en ouvrant le frigidaire.

Mon estomac se souleva à la simple idée de nourriture. Je ne savais pas comment j'avais pu avaler quelque chose la veille. Je tournai la tête sans l'ôter du berceau de mes mains et le vis sortir des œufs du frigo. Je détournai les yeux aussitôt, réprimant un nouveau haut-le-cœur. Quelques instants plus tard, des odeurs commencèrent à me chatouiller les narines à m'en rendre malade.

Julian arriva bientôt avec une poêle dans une main et deux assiettes dans l'autre. Il en posa une devant moi, la deuxième en face, puis il sépara les œufs brouillés en deux portions égales. Il se retourna pour mettre la poêle dans l'évier et y faire couler de l'eau, et, lorsqu'il vint s'asseoir, il avait ramené des couverts et des condiments. Il commença à manger presque aussitôt, avec entrain. C'était bien quelque chose qui me faisait cruellement défaut ce matin, de l'entrain. À regarder Julian mastiquer énergiquement son repas, je me sentis plus molle que jamais. Il donnait l'impression d'être tellement normal, dans sa petite cuisine confortable, prenant son déjeuner, qu'il ne lui manquait qu'un grand verre de jus d'orange pour être un cliché de publicité. Une publicité pour quoi, exactement, je n'aurais su le dire, mais il était l'image même du jeune homme bien dans sa peau, en bonne santé, qui croque la vie à pleines dents.

Pour ma part, j'étais incapable de bouger. Ma tête pesait lourdement dans mes mains, mais pas autant que l'alcool qui restait dans mon système ne le faisait sur la totalité de mon corps. L'odeur de la nourriture était insupportable. Jamais je n'avais été dans un tel état physique.

— Tu ne veux rien avaler ? demanda Julian entre deux bouchées.

— Du sang, gémis-je.

À peine la réponse eut-elle franchi mes lèvres que je la regrettai. Je me redressai en sursaut pour découvrir que Julian souriait. C'était la vérité, j'étais affamée. De sang. Je savais qu'il chasserait ma migraine en moins de deux, mais je n'avais pas envie d'effrayer Julian. Visiblement, c'était loin d'être le cas.

— Désolé, j'ai pas encore ça en stock. Faudra que t'en apportes, dit-il en souriant, la bouche pleine.

Le regard que je lui lançai servit de question à laquelle il se fit un plaisir de répondre après avoir avalé. Je l'en remerciai silencieusement.

— Tu viens habiter ici le temps que tu restes en ville. Il a dit que je ne devais pas te laisser seule. Il a dit aussi que tu devais manger du solide, alors mange.

Et sur ce, il reprit une bouchée. Foutu vampire.

Au prix d'un effort surhumain, je me saisis de la fourchette qui attendait devant moi et parvins à y mettre une portion d'œufs brouillés. Un effort de plus et la fourchette atteignit ma bouche. J'avais envie de vomir, mais je me contrôlai et réussis à avaler la nourriture. J'eus une remontée acide, et je me rendis compte que c'était exactement comme la première fois que j'avais essayé de boire du sang. C'était assez ironique. Maintenant c'était la nourriture que mon corps ne voulait plus.

Je pris une grande inspiration puis recommençai l'opération.

—Au fait, il a laissé quelque chose pour toi, fit Julian, alors que j'arrivais péniblement au tiers de mon petit déjeuner. C'est dans l'entrée.

—Qu'est-ce que c'est ? demandai-je distraitement en louchant sur les œufs qui tenaient en équilibre précaire sur ma fourchette.

On aurait dit de la gelée. C'était répugnant.

—Aucune idée, dit-il en reposant ses couverts.

Je regardai son assiette vide, puis la mienne dont plus de la moitié était encore intacte. Mon envie d'abandonner dut se lire sur mon visage.

—Allez, plus vite tu auras fini, plus vite on pourra aller faire un tour, m'encouragea-t-il.

—Faire un tour ?

—Tu sais, prendre l'air, faire une promenade, voir des gens, la ville. Des activités traditionnelles.

Super programme, pensai-je, morose, alors que je forçai la fourchette à passer mes lèvres.

Quelque vingt minutes suffirent à me faire avaler le reste de mon déjeuner. Mon estomac n'était pas aussi content que je l'étais, si j'en croyais les bruits étranges qui en émanaient. *Faites que je ne vomisse pas dans la cuisine aseptisée de Julian.*

Quoique, les œufs étant clairs, je ne détonnerais pas dans l'ambiance visuelle. Je chassai cette pensée horrible et posai une main sur mon ventre. Par mesure de précaution, lorsque je me relèverais, je resterais près de l'évier.

Nous avions brièvement parlé de la pluie et du beau temps, mais un autre sujet s'imposait à mon esprit en permanence. Finalement, quand Julian se saisit de mon assiette pour la ranger dans le lave-vaisselle, je pris mon courage à deux mains.

— Julian, commençai-je nerveusement.

Il se retourna, sourcils relevés, et attendit gentiment que je trouve mes mots. Le temps sembla suspendre sa course quelques instants.

— Je voudrais que tu me promettes de ne pas avertir Elliot.

— Je ne peux pas te promettre ça, répondit-il, l'air soudain très grave.

Ma bouche se pinça malgré moi.

— J'aime ton frère, profondément, m'empressai-je d'ajouter, mais j'ai peur qu'à cause de ce qui est arrivé à Tara, le désir de vengeance ne l'aveugle au point qu'il se mette en danger inutilement.

— Il se met déjà en danger inutilement. À cause de ce qui est arrivé à Tara et de ce qui t'est arrivé à toi. Il te croit morte. Te savoir en vie le soulagerait d'un poids énorme.

— Je ne pense pas qu'il me pardonnerait ce mensonge, fis-je sombrement.

Julian se mit à rire.

— Bien sûr qu'il te pardonnerait ! Il te pardonnerait n'importe quoi, et tu le sais aussi bien que moi. Il lui suffirait de te voir pour que tout soit oublié.

— Julian, insistai-je, j'aimerais que tu me promettes. Je n'ai pas envie de te forcer, mais s'il le faut, je le ferai.

Il soupira et s'appuya contre le lave-vaisselle. Je détestais avoir dit ça. Cependant, c'était la vérité. Je ne voulais pas avoir Elliot dans les pattes, et, contrairement à ce que Julian pensait, je n'étais pas certaine qu'il me pardonne si facilement. Elliot avait aussi bon caractère que moi dans mes bons jours. Heureux que je sois vivante ou pas, j'en entendrais sûrement parler pendant un sacré moment.

— D'accord, répondit-il.

Je lui lançai un regard insistant en remarquant qu'il n'ajoutait rien.

— Je te promets de ne rien dire à Elliot, ni à maman, compléta-t-il.

Je me levai et allai déposer un baiser sur sa joue, sur la pointe des pieds.

— Merci, murmurai-je.

Et avant que je puisse réagir, Julian entourait ma nuque d'un bras puissant, me forçant à baisser la tête, et m'ébouriffait les cheveux.

— Mais je déteste que tu me demandes ça! ajouta-t-il entre sérieux et amusement. Je veux que tu me promettes que tu lui feras savoir, et pas dans une éternité.

J'échappai à son emprise, me redressai, remis mes cheveux dans un semblant d'ordre et le regardai droit dans les yeux.

— Promis.

Il me serra brièvement mais fortement et me relâcha. J'espérais de tout mon cœur que je n'aurais pas à croiser Elliot avant que toute cette histoire soit finie. Et j'espérais encore plus qu'il se tiendrait à distance jusqu'à ce que ce moment arrive.

— Va te doucher, qu'on puisse sortir avant que le soleil ne se couche. Ensuite, on ira faire un saut à ton hôtel pour récupérer tes affaires.

J'acquiesçai et quittai la cuisine pour me rendre à la salle de bain. Je la trouvai de suite. Elle était aussi petite que celle de mon hôtel, mais dans un genre très, très différent. Déjà, elle n'avait rien de miteux. Ensuite, elle me rappelait grandement celle de mon ancien studio. D'un bleu chaleureux, c'était jusqu'à présent la pièce la plus vivante que j'avais vue. Le rideau de douche était blanc, et une fausse trace de sang y était imprimée. Je souris. C'était un pastiche de *Psychose*, ce qui n'était pas du tout le style de Julian. Je me demandais bien quelle femme avait pu lui offrir ça. Et si elle était toujours dans sa vie.

Après une douche rapide, je me sentais déjà mieux. Si ma migraine n'avait pas disparu, elle était tout du moins nettement plus supportable, et je pris quelques minutes pour me passer de la crème sur le corps. Autant se sentir bien jusqu'au bout des doigts. Julian avait une quantité impressionnante de produits en tout genre, et je portai mon choix sur une crème qui sentait vaguement la violette. Il aimait visiblement prendre soin de lui. Je remis mes vêtements de la veille, regrettant de ne pas en avoir de propres sous la main, puis sortis. Je sentais bon. C'était agréable.

Julian m'attendait sagement sur le canapé, habillé. Il était en train de feuilleter un magazine de décoration. *Pas une mauvaise idée*, pensai-je.

Il leva les yeux vers moi et ferma le magazine.

— Prête ?

— Oui, répondis-je alors que je franchissais la distance qui me séparait de la porte.

J'avais hâte de passer à mon hôtel. Petit déjeuner supporté ou pas, j'avais énormément besoin de sang. Depuis quelque temps, le manque me faisait me sentir comme une droguée à qui il faut sa dose. Je n'étais pas particulièrement fière d'en être arrivée là, mais je n'avais pas l'intention de faire d'effort pour changer la donne avant que j'aie atteint tous mes objectifs.

Julian me suivit. Ce ne fut qu'une fois dans l'entrée que je remarquai le sac en papier qui était posé vers la porte. Un regard interrogateur à Julian me confirma que c'était bien ce que Barney avait laissé pour moi. Je me penchai et commençai à fouiller.

La première chose que j'en sortis fut un téléphone portable. Une rapide inspection me permit de me rendre compte qu'un seul numéro y était enregistré, « Tonton ». *Quel sens de l'à-propos*, pensai-je. Je trouvai également une paire de lunettes très chic, aux montures noires et fines. Je les essayai et compris qu'elles étaient dénuées de correction. En replongeant la main dans le sac, j'en sortis un papier. Tracée d'une écriture aussi délicate que régulière, la date de vendredi était inscrite, ainsi qu'une adresse, et l'heure soulignée deux fois. J'avais donc rendez-vous dans deux jours.

Ce que je trouvai ensuite me laissa perplexe. Je tournai machinalement la tête vers Julian, qui m'encouragea du regard.

Je remis la main au fond du sac pour tâter à nouveau ce qu'il m'avait semblé sentir. C'était bien ça. Et alors que je sortais les deux derniers objets, une seule question m'occupait l'esprit. Où diable Barney avait-il trouvé ça entre le moment où nous étions partis du *Baron Vampire* et celui où il m'avait déposée chez Julian ?

Chapitre 8

Je me sentais comme un putain de clown dans une putain d'église.

Et je n'étais même pas encore entrée. Fichu vampire.

Je soupirai en faisant un pas en direction de l'entrepôt défraîchi dans lequel trois silhouettes sombres venaient de s'engouffrer. Je me demandais bien ce que les vampires pouvaient avoir avec les entrepôts. Lukas en habitait un, et plusieurs bars dans lesquels j'avais traîné ces derniers mois étaient d'anciens entrepôts réaménagés. Celui-ci, en tout cas, semblait des plus sordides vu de l'extérieur, perdu comme il était dans une large ruelle que peu de lampadaires éclairaient. Mais j'avais appris à ne pas me fier aux apparences.

Le garde à l'entrée me regarda d'un air encourageant. Enfin, encourageant pour moi. Quelqu'un de normal l'aurait certainement juste trouvé lubrique. Mais c'était rassurant en cela que je ne devais pas détonner dans l'ambiance de la soirée.

— Nom ? demanda-t-il d'une voix sirupeuse.

Oh, oh. Une date, il y en avait une. Ainsi qu'une adresse, et une heure. Mais je n'avais pas remarqué de nom.

Je détaillai le portier. Un grand baraqué avec un bide à bière – même si je doutais fortement que la bière puisse encore être tenue pour responsable – et de longs cheveux lisses attachés en queue-de-cheval, les tempes rasées. Costard noir, chaussures cirées. La classe ultime. Rien à voir avec les employés du *Baron Vampire*.

— Quinn, essayai-je en tentant de sonner assurée.

Il regarda sur la liste qu'il gardait dans une main. Il y traça un trait et se tira du passage après m'avoir fait signe de continuer. Le tapis rouge se déroulait devant moi. J'étais soulagée. J'avais pu entrer. Mais où au juste ? Une voix me chuchotait que j'avais mis les pieds dans la bouche de l'enfer après en avoir remonté la langue, et ce bien que je vienne de passer sous une grande enseigne au nom de la boîte. Le *Paradis Perdu*.

L'entrée du club menait à un énorme couloir plongé dans l'obscurité. Il semblait excessivement long. Dix, peut-être même quinze mètres. J'avais toujours été nulle pour estimer les distances, et le manque de visibilité ne m'aidait pas. Il n'y avait pas une seule lumière et l'endroit était désert. Du moins, c'est l'impression que j'avais. Un vampire y aurait vu aussi bien qu'en plein jour, mais une chatte n'y aurait pas retrouvé ses petits. Enfin… moi, je n'y aurais pas retrouvé mes petits. La chatte, elle, aurait vu dans l'obscurité. Déprimant.

Après avoir lentement traversé le couloir, je débouchai dans le club. Et je perdis mon souffle. L'endroit était immense. *Immense*. Et magnifique.

La pièce – si on pouvait l'appeler ainsi – était éclairée par un jeu de lumière dont j'avais de la peine à saisir le mécanisme. L'effet était tamisé, mais les lieux n'en apparaissaient pas moins comme extrêmement lumineux. De la fumée résiduelle laissait, çà et là, comme des fantômes de nuages qui s'accrochaient au pied des cascades. Oui, des cascades. Je clignai deux fois des yeux pour être sûre de ne pas être victime d'une hallucination. Non, c'était bien réel, comme tout le reste.

Une cascade gigantesque se déversait en flots impressionnants pile en face de l'entrée. Elle faisait tourbillonner des eaux claires dans sa chute et était entourée d'une plateforme transparente sur laquelle se trouvait un énorme bar. Sur les côtés de la salle, j'en comptai deux autres, de bonne taille également, ainsi que quelques-unes, de dimensions inférieures, dans les coins. Aucune plateforme sur celles-ci, mais de petits bassins dans lesquels trempaient certains clients.

Des rivières artificielles serpentaient au milieu du club, et deux ponts en bois permettaient de les traverser. Un pour arriver jusqu'au bar du fond, devant la plus grande cascade, et un que j'allais devoir emprunter si je voulais entrer dans la salle à proprement parler. Je pris mon courage à deux mains et m'aventurai sur la passerelle.

Le pont formait une sorte d'arche, et, une fois arrivée au sommet du renflement, je hoquetai de surprise en découvrant une biche broutant paisiblement de l'autre côté. Une biche, bordel. Elle leva vers moi des yeux doux aux cils démesurés, tandis qu'elle continuait à mâcher son herbe. De l'herbe ?

Je détaillai le sol. Il y avait bien de l'herbe à plusieurs endroits, sous forme de touffes luxuriantes ou de petites pelouses naturelles. Enfin, naturelles... Ailleurs, de grandes dalles de pierre formaient des chemins que l'on pouvait emprunter pour se rendre au bar. J'inspectai un peu mieux la salle de ma position surélevée et me rendis compte qu'il y avait au moins deux autres biches. Dans une mare, j'aperçus également un couple de flamants roses.

Je levai les yeux pour découvrir avec stupeur que les lieux ne s'arrêtaient pas au niveau du sol. Sur chacune des immenses parois, des étages supplémentaires étaient constitués d'avancées rocheuses, accessibles par des jeux d'escaliers en rondins. Chacun de ces étages proposait des petites loges, où des gens avachis dans d'étranges fauteuils semblaient perdus dans de grandes discussions ou dans des flirts poussés, comme le couple que j'étais en train de dévisager malgré moi. Je détournai le regard et l'arrêtai sur une des autres loggias pour y détailler le mobilier. On aurait dit des tapis naturels de végétation en forme de sièges. Je n'avais jamais rien vu de pareil.

D'énormes lianes descendaient du plafond dans un agencement minutieux. Quelques-unes arrivaient jusqu'au sol, mais la majorité se contentait de repartir vers le toit. Tarzan se serait amusé comme un fou.

Des palmiers et divers autres arbres tropicaux dont j'ignorais totalement le nom étaient répartis aux quatre coins de l'endroit, qui était aussi vert que lumineux. Quant à l'ambiance sonore, elle était… reposante. Personne ne dansait ici, et aucune musique ne venait broyer mes tympans. Les sons qui me parvenaient étaient ceux de l'eau des cascades, et différents bruits animaliers. On se serait cru en pleine jungle à l'heure où le lion est endormi. C'était un vrai paradis. Le *Paradis Perdu*.

Je sursautai lorsqu'un flamboyant volatile non identifié passa assez près de mon visage pour que j'y laisse des plumes. En le regardant voler devant le balcon où le couple s'amusait quelques instants plus tôt, je remarquai qu'il s'agissait d'un perroquet d'un rouge aussi magnifique que vibrant. Les deux vampires avaient disparu de la loggia, qui était maintenant déserte. Je suivis l'oiseau des yeux jusqu'à sa destination et constatai que la personne auprès de laquelle il venait de se poser m'adressait un signe de la main. Barney.

J'entrepris de terminer la traversée du pont. La biche s'éloignait paisiblement lorsque j'arrivai de l'autre côté. *Vas-y, dis tout de suite que je te fais peur*, pensai-je. *Je suis certainement la cliente la plus inoffensive en ces lieux.*

C'était la vérité. Tous les individus que je pouvais apercevoir dans la salle affichaient fièrement les crocs dont j'étais dénuée. Mon cœur décida d'arrêter de fonctionner une fois que j'eus fait cette découverte. C'était sûrement préférable. Je venais d'entrer dans un des trois uniques clubs *vampires only*, et un cœur qui bat n'était pas ma meilleure carte de visite. On aurait fait avec, mais sans, c'était encore mieux.

Je regardai encore une fois la loggia où se trouvait Barney et suivis des yeux les escaliers en rondins pour repérer où était leur origine au sol. Une fois que j'eus identifié le point de départ, je m'y dirigeai lentement, en continuant à observer les lieux et leur population. Surtout la population à vrai dire.

Les vampires étaient certainement les seuls à détonner dans l'environnement, de par leur accoutrement. Le cuir, c'était vraiment surfait. Mais je n'étais pas en mesure d'oser ce genre de remarque à voix haute vu ce que je portais. Enfin cuir ou latex, je ne connaissais pas la différence, personnellement. Mais c'était noir, ça brillait, et c'était moche. Et très inconfortable, selon mes propres standards.

J'arrivai au pied de l'escalier après qu'un vampire femelle fut passé assez près de moi pour me faire comprendre que, elle, elle aimait ma tenue. Devant mon manque de réaction, elle avait continué son chemin pour aller se frotter à une autre femme qui avait vraisemblablement plus apprécié que moi.

Je me mis à gravir les marches en supervisant le combat entre les rondins et les talons démesurés que je portais. Je devrais penser à remercier Barney pour ces horreurs. Tout comme pour la robe noire minimaliste qui ne servait à camoufler qu'une partie infime de mon anatomie. Les chaussures, elles, étaient en cuir verni et d'un goût très douteux. Et compensées, bien sûr. Elles devaient bien me faire gagner vingt centimètres. J'aurais pu être heureuse de finalement me sentir grande, mais le mètre soixante-dix et quelques que je devais atteindre actuellement ne faisait pas le poids face à l'inconfort que cela engendrait. Une fois parvenue au sommet, je débouchai enfin sur la terre ferme.

La loggia n'était pas très large, mais assez longue. Il n'y avait pas de barrière de sécurité – de toute évidence, c'était inutile si l'endroit n'était fréquenté que par des vampires – et cela n'eut pas pour effet de motiver mon cœur à se remettre à battre. Parfait. Un rapide coup d'œil me permit de voir qu'une chute du balcon me mènerait droit dans un des petits lacs. Certainement pas profond, mais tout de même plus attirant qu'un atterrissage sur de la pierre. Mémo perso : éviter de tomber.

Je m'avançai vers Barney. Il était avachi sur un de ces fauteuils aussi bizarres que visuellement surprenants. Ce devait être un tapis de mousse qui recouvrait une pierre en forme de chaise. Je me demandai bien comment le décorateur était arrivé à un résultat pareil. Derrière le siège, il y avait une porte close, et, devant cette porte, Rob, tout de cuir vêtu, m'observait avec un sourire espiègle.

— Tu es magnifique bébé, me dit Barney en guise de salutation.

Puis il tapota sur ses genoux. Il devait plaisanter. À côté de lui, le perroquet rouge me regardait, tête inclinée.

— Bébé, bébé, répéta-t-il.

Super. En voilà un qui retient les bons mots.

Je dévisageai Barney. Il attendait de toute évidence sérieusement que je prenne place sur ses genoux. *Allez, viens sauter sur les genoux de tonton*, pensai-je. Pas que je n'aie pas envie, mais j'étais persuadée qu'en position assise, ma robe ne cacherait plus rien de mon auguste fessier.

Barney devait certainement se faire la même réflexion, vu le regard insistant qu'il portait à mes jambes. Pour sa part, il était vêtu d'un pantalon en cuir moulant – bon Dieu, que je détestais les pantalons en cuir ! – et d'un simple marcel blanc. Mes yeux se dirigèrent spontanément vers son avant-bras, mais il était tourné de manière que son tatouage ne soit pas visible. Le reste de sa peau était immaculé. Tant pis. Il faudrait peut-être creuser plus loin pour trouver d'autres traces d'encre.

Je dus rougir à cette pensée, car son sourire s'élargit. Il me relança d'un petit signe de tête, et j'obtempérai. Traversant en deux pas la distance qui nous séparait, j'arrivai devant lui et entrepris de m'asseoir de manière distinguée, retenant le bas de ma robe à l'aide de mes deux mains.

— Pas besoin, dit-il d'un ton joueur.

Il tira d'un coup sec sur mes bras et je me retrouvai sur ses genoux. Du cuir protégeait toujours mes fesses, mais ce n'était plus celui de ma robe. Des pensées pas très catholiques se mirent à affluer vers mon cerveau, et l'ironie de la situation me frappa. J'étais au *Paradis Perdu*, et je rêvais de croquer la pomme sur laquelle j'étais assise.

Je commençai à observer la salle pour détourner le flot d'images qui agitait autant ma tête que mon ventre. De là où j'étais, les autres loggias étaient facilement visibles. Celle sur laquelle nous nous trouvions était la plus élevée. *Celle du patron*, pensai-je. Sur les autres, des vampires parlaient, buvaient, ou flirtaient. Je remarquai qu'un couple disparaissait derrière une porte identique à celle qui se trouvait dans notre dos. C'était très certainement ce qu'avait aussi fait celui que j'avais vu un peu plus tôt. Les images obscènes recommencèrent à jouer dans mon cerveau.

— Le cuir te va à ravir, chuchota Barney à mon oreille.

Il avait passé un bras autour de mon ventre, et la position intime dans laquelle nous étions n'était pas pour aider mon esprit à ne pas divaguer. *Huit mois*, pensai-je. *Huit putains de mois. Bientôt neuf.*

Je tournai la tête dans sa direction. Nos visages s'effleurèrent.

— Quant au blond, il te donne un air angélique, ajouta-t-il doucement en caressant la perruque dont il m'avait si gentiment fait cadeau. Tu es méconnaissable.

Je ris jaune.

— Je te remercie d'insinuer que je suis moins attirante en brune, fis-je d'une voix rauque.

Je n'étais pas cassante. Je l'invitais au jeu.

Il inspira, comme pour emplir ses narines de l'odeur de ma peau. Pour une fois, j'étais sûre de sentir aussi bien que lui l'état de manque dans lequel j'étais.

— Si tu me fais à nouveau des avances ce soir, j'y céderai, dit-il sur un ton qui ne laissait aucun doute quant à sa sincérité. Mais pour le moment, au travail.

La deuxième moitié de sa phrase tranchait totalement avec la précédente, et je dus me résoudre à remettre nos petits jeux à plus tard. Après tout, nous étions venus ici pour affaires.

Je soupirai en tournant la tête.

— Quel est le plan ?

Barney resserra son étreinte. Ça n'allait pas m'aider à me changer les idées, ça.

— Le *Paradis Perdu*, tel que tu le vois, est un lieu de rencontre pour l'élite. Des clubs réservés aux vampires, c'est le plus select. Faire partie de notre race ne t'en ouvre pas forcément les portes, au contraire des autres établissements. Les vampires viennent ici pour se mélanger entre eux, et plus particulièrement pour commander des partenaires. C'est un service qui n'est offert nulle part ailleurs.

Commander des partenaires. Je n'étais pas sûre de vouloir comprendre le sens de cette phrase.

— McFallon, le sergent que tu vas rencontrer ce soir, aime particulièrement les blondes.

D'accord. Super. Merci.

— Donc le plan, plus précisément, c'est que je me l'envoie avant que tu ne débarques pour la séquence torture ?

Je l'entendis rire doucement et son souffle chatouilla ma peau nue. Terrible.

— Presque, répondit-il. Il a rendez-vous avec toi dans pas longtemps. Tu l'amènes dans la pièce qui se trouve derrière nous, et tu t'amuses.

Il lâcha un petit soupir de contentement avant de reprendre.

— Bien entendu, la manière dont tu t'amuses ne regarde que toi, mais tâche de nous obtenir quelques informations.

Je pestai silencieusement.

— Je sais me tenir quand même, râlai-je.

Je sentis sa bouche traîner contre mon oreille quelques secondes de trop avant qu'il ne se décide à parler.

— Les vampires sont des créatures très libidineuses. En ce qui concerne ton appétit sexuel, je suis sûr de savoir de quel parent tu as pris.

L'emmerdeur. Mais il avait peut-être raison. Mon appétit sexuel avait toujours été assez conséquent, bien qu'il ait été muselé ces derniers mois. Ce qui n'avait pas été facile à faire. Mais de là à en tirer des conclusions de ce genre…

— D'ailleurs, il faudra que tu me parles de lui, ajouta-t-il, tête enfouie dans ma nuque.

Le frisson que cela me provoqua parvint presque à me faire oublier la phrase qui l'accompagnait.

— Qui ça, « lui » ? demandai-je au prix d'énormes efforts.

Il laissa passer un moment, au cours duquel il frotta lentement sa joue sur mon épaule nue. Les sensations étaient prenantes. Non, plus que prenantes. Je n'en pouvais plus. Mon abstinence avait duré assez longtemps pour qu'un rien me retourne les sens.

Je penchai la tête en arrière et la posai au creux de son cou, tandis qu'il mordait ma peau. Pas jusqu'au sang, il n'était pas assez stupide pour ça. Juste assez pour m'électriser jusqu'aux doigts de pieds.

— Celui à cause duquel tu ne touches aucun autre, répondit-il d'un ton langoureux.

Je me raidis aussitôt.

— Il n'y a personne, dis-je en essayant de me redresser.

Mais il me retenait fermement, une main toujours posée sur mon ventre, l'autre tenant mon bras, la tête baissée et appuyée sur mon épaule.

— Allons bébé, enchaîna-t-il sur le même ton. Il n'y a pas trente-six raisons qui peuvent justifier qu'une femme comme toi mette la clé sous la porte pendant aussi longtemps.

Sur ces paroles, il repartit explorer ma nuque.

J'étais partagée entre l'envie de me laisser aller à ses caresses et celle de me retourner pour lui expliquer clairement le fond de ma pensée. Le problème, c'était que le contact de ses lèvres sur ma peau était bien trop délicieux pour que j'arrive à m'énerver.

— J'adorerais le rencontrer, continua-t-il entre deux baisers, alors que je m'abandonnai un peu plus dans ses bras.

Moi aussi, j'adorerais que tu le rencontres, il t'apprendrait les bonnes manières, pensai-je.

Je tentai à nouveau de me relever. En vain. Il avait cassé le moment. Je n'étais plus du tout d'humeur.

— J'ai touché un point sensible, fit-il d'un ton faussement déçu.

Il me relâcha et je me redressai, sans toutefois me remettre debout.

— Tu n'as rien touché du tout, puisqu'il n'y a personne, tranchai-je en me retournant, le défiant du regard.

Je le vis sourire. Et je n'appréciai que très peu.

— Ta bouche dit non, bébé, mais tes yeux te trahissent. Tu es amoureuse ?

— Je ne suis pas amoureuse, répondis-je un peu trop rapidement, en essayant cette fois-ci de me lever.

Mais avant que j'aie même pu me soulever de quelques centimètres, ses mains se saisirent de mes bras, et je restai sur place.

— Ne le prends pas comme ça, fit-il en rigolant. On change de sujet si tu veux.

— Merci.

Je me détendis quelque peu, sans le quitter des yeux.

— Alors, c'est un humain ?

J'aurais dû la voir arriver à trois kilomètres. Fichu, mais fichu suceur de sang.

J'essayai à nouveau de me lever, mais il me retenait toujours. Je n'allai pas plus loin qu'à ma tentative précédente, mais je continuai à me débattre pour bien lui signaler mon mécontentement.

— Oh, c'est un vampire, dit-il d'un ton taquin. Je le connais peut-être.

Mes yeux lui lancèrent des éclairs noirs.

— Ça, tu vois, ça m'étonnerait grandement.

Il me questionna d'un regard badin. Moi, ça ne m'amusait pas.

— Si vous vous étiez croisés, je ne serais sûrement pas assise sur tes genoux en ce moment, lâchai-je d'un ton glacial.

Il éclata de rire. Je ne trouvais toujours rien de drôle à notre échange.

— Je me réjouis de faire sa connaissance ! ajouta Barney avec un peu plus de sérieux.

Le jour où tu le rencontres, il te tue, pensai-je. *Et après, il me tue.*

— Aucune chance.

— Pourquoi ? S'il est aussi fort que tu sembles le croire, il serait un allié de taille dans notre petite guerre.

J'aimais la manière désinvolte avec laquelle il avait dit notre petite guerre. Comme si partir à la recherche de Victor était tout ce qu'il y avait de plus anodin.

— Il y a bien assez de vampires qui en veulent à Victor pour qu'on n'ait pas besoin de ses services.

— Que s'est-il passé ?

Tout amusement avait quitté sa voix. Il avait posé la question avec un grand sérieux.

— Rien.

Ma réponse claqua comme un coup de fouet, et je remarquai à son expression que Barney n'y donnait pas beaucoup de poids. Tant pis pour lui.

Il tourna la tête sans crier gare et scruta l'entrée.

— Je t'interrogerais volontiers plus longuement, dit-il alors, mais ton rendez-vous est arrivé.

Je suivis son regard et vis le type brun que j'avais si peu détaillé quelques jours plus tôt au *Baron Vampire*. Il était loin, mais pas assez à mon goût. Petit, sec, dégarni, un air de vipère. J'allais m'amuser comme une folle.

— Je n'ai pas d'arme, dis-je à Barney, soudain alarmée.

— Ne t'en fais pas bébé, il y a tout ce dont tu peux rêver derrière cette porte.

McFallon traversait le *Paradis Perdu* rapidement. Il ne tarderait plus à monter les escaliers menant à notre loggia.

— Je dois faire quoi ?

Je ne savais pas d'où me venait ce subit élan d'adrénaline, mais je n'étais plus du tout sûre de moi.

— Du calme, déjà, me dit un Barney rassurant. Vous passez derrière, tu l'attaches, et tu le questionnes.

— Je l'attache comment ?

Je parlais vite. Trop vite.

— Il y a tout ce qu'il faut derrière cette porte, comme je te l'ai expliqué.

Il se leva, m'entraînant avec lui. Je remarquai que Rob n'était plus là. Je ne l'avais pas entendu partir. Une fois debout, Barney laissa une main dans le creux de mes reins. Cela ne me faisait plus aucun effet.

— Et s'il ne parle pas ? demandai-je, toujours aussi stressée.

— Tu le tues.

— Quoi ?

Il me regarda tranquillement alors que je voyais du coin de l'œil que McFallon avait entamé son ascension. D'ici quelques secondes, il serait là.

— Personne ne s'en prend aux sergents de Victor. S'ils se mettent à disparaître, cela pourra inquiéter ton père.

McFallon déboucha sur la loggia et me détailla aussitôt, un sourire lubrique pendu à ses lèvres émaciées.

— McFallon, l'accueillit Barney, tout sourires. Voilà ta commande. Amuse-toi bien.

Il lui adressa un clin d'œil avant de se pencher vers moi pour déposer un baiser sur ma joue.

— Quand on a peur, on commet des erreurs, dit-il si doucement que je faillis ne pas saisir un traître mot.

Puis il disparut de la loggia et me laissa seule avec mon rendez-vous.

Je souris nerveusement à McFallon, qui continuait à me détailler de haut en bas. Il semblait apprécier la marchandise.

Il me fit signe d'avancer, et j'obtempérai. Une fois devant lui, je me rendis compte que, avec mes talons, je le dépassais de quelques centimètres. Ça, c'est bien quelque chose qui ne m'était jamais arrivé. Cela me détendit un peu.

Il entama les hostilités en me plaquant fort diplomatiquement une main au cul. Je retins un hoquet de surprise et me laissai faire quand il s'approcha pour m'embrasser, alors que mon ventre chantait les premiers couplets de l'hymne à la nausée. Je n'avais embrassé personne depuis de longs mois, et ce n'était pas vraiment à ça que je m'attendais comme retour aux sources.

Le baiser fut déplaisant au possible, mais j'essayai de donner le change, bien que le goût de ses lèvres s'apparentât plus à celui du poisson avarié qu'à celui du miel.

Après un prélude aussi long qu'agréable, il m'entraîna sans mot dire vers la porte. Je le suivis docilement à l'intérieur, et je souris malgré moi en découvrant les lieux. Tout ce dont j'aurais besoin, avait dit Barney ? Le petit coquin.

La pièce n'était pas très grande, mais il y en avait effectivement assez pour combler mes moindres désirs. Les murs étaient en pierre taillée grossièrement, gris anthracite. Des chaînes y étaient accrochées, assez pour pouvoir s'amuser à plusieurs, et des étagères remplies de toutes sortes d'objets occupaient une bonne partie de deux des parois. Ça allait des sex toys aussi divers que variés à toute une collection de fouets et armes blanches en tout genre. Le paradis, retrouvé.

Je laissai McFallon me pousser sans ménagement au fond de la pièce et me plaquer contre le mur. J'accueillis mieux le baiser suivant. Non qu'il fût plus agréable, mais j'avais déjà eu un avant-goût, je savais à quoi m'attendre cette fois-ci. Je perdis cependant un peu d'entrain lorsque ses mains commencèrent à s'aventurer le long de mes jambes et à remonter dangereusement.

Je le retournai violemment pour le plaquer contre le mur à mon tour. Il sembla apprécier ma rudesse, et ses crocs apparurent comme par enchantement.

— Tu aimes prendre les devants, lâcha-t-il, aux anges.

— T'as pas idée, répondis-je en frottant mon corps contre le sien.

J'attrapai une des chaînes qui pendaient du plafond sans arrêter de me dandiner contre lui. Il prenait plaisir au traitement. Je me saisis d'un de ses bras chétifs et le collai sans ménagement contre le mur grossier. Ensuite, je pris une grande inspiration pour me donner du courage et l'embrassai tandis que je fichais son poignet dans la menotte. Elle émit un petit *clac* rassurant lorsqu'elle se referma.

— Tu vas me punir ? demanda-t-il, les yeux brillants d'excitation, une fois que j'eus quitté ses lèvres.

Je me saisis de son autre main, lui envoyant un regard que j'espérais aussi lubrique que l'était le sien.

— Tu le mérites ?

Les coins de sa bouche commencèrent à s'agiter de manière irrégulière. Si c'était comme ça qu'il souriait, ce n'était pas réussi du tout.

— J'ai été un vilain garçon.

Super, j'étais tombée sur un pervers. Heureusement que je n'avais pas peur des clichés.

Je plaquai son deuxième bras contre le mur, collant à nouveau mon corps contre le sien. Ça allait être beaucoup plus facile que prévu. Trop facile, même.

J'étais sur le point de refermer la menotte sur son poignet lorsque je remarquai que son expression venait de changer du tout au tout.

— Quoi ? demandai-je, forçant ma voix pour qu'elle reste toujours celle d'une chienne en chaleur.

Mais tous mes sens étaient en alerte. Quelque chose clochait. Et le son qui me parvint en réponse se chargea d'élucider le mystère.

Mon foutu cœur était en train de battre.

Chapitre 9

Le coup de tête partit avant même que je puisse réfléchir. Malheureusement, il ne s'agissait pas de la mienne, et je reçus l'impact en plein front sans être en mesure de réagir. Je fus aussitôt projetée en arrière, mais réussis à contrebalancer le choc de l'attaque avant de finir au sol.

Je fonçai tête baissée. Si j'avais pris le temps de penser, je serais sûrement allée chercher quelque chose dans l'arsenal qui se trouvait dans les étagères pour le canarder à distance avant de pouvoir terminer de l'attacher. Mais force était de constater que ma colère l'emportait toujours sur ma raison, et le sang qui avait coulé dans ma bouche avait servi de déclencheur.

Je le percutai à grande vitesse. J'avais armé mon bras dès que j'avais commencé à prendre mon élan, et je lâchai mon poing en visant sa tête. Mon genou suivit presque instantanément. Je m'attendais à ce qu'il esquive le coup, mais ma jambe se ficha dans ses parties au moment où il se pencha.

Mon poing rencontra le mur dans un gros fracas de craquements. Étrangement, la douleur fut supportable. J'étais bien assez en colère, et quand c'était moi qui m'abîmais, ça n'avait pas le même effet sur mes nerfs. Je secouai mon bras, comme pour en chasser les élancements, et préparai mon coude à frapper le vampire. Je l'atteignis en pleine oreille.

McFallon essaya de m'attraper de sa main libre, mais il ne rencontra que mon pendentif, qui se détacha de mon cou et tomba. Je mordis à l'aveuglette et sentis de la chair craquer sous mes dents. Il cria – certainement plus de rage que de douleur – et j'emportai quelques lambeaux avec moi en reculant vivement. Puis, reprenant de l'élan, je lui envoyai à mon tour un coup de tête avant de saisir son poignet et de le plaquer contre le mur. Je fus assez rapide – et chanceuse – pour réussir à lui mettre la menotte. Je soupirai de soulagement lorsque je l'entendis se refermer. Finalement, pas besoin d'être raisonnable pour être efficace.

McFallon me regardait avec des yeux fous lorsque je me baissai pour ramasser mon pendentif. La chaîne n'était pas cassée, et je le remis avant d'apprécier mon travail. Le vampire se projeta dans ma direction, mais les chaînes le retinrent. Elles étaient solidement attachées au mur et il ne pourrait pas aller bien loin. Du moins, c'était ce que j'espérais. Elles ne semblaient pas être en argent, je resterais donc prudente. Mais elles le retiendraient le temps qu'il faudrait.

J'étais en train de me demander si je devais aussi lui ligoter les pieds pour plus de sécurité lorsqu'il brisa le silence qui venait de s'installer.

— Espèce de sale petite pute, lâcha-t-il.

Je ne mentais pas en disant que j'y avais toujours droit à un moment ou à un autre.

Je penchai théâtralement la tête sur le côté en faisant la moue.

— C'est bien ce que t'avais commandé à Barney, non ? Alors arrête de te plaindre.

Il cracha dans ma direction. Je choisis d'ignorer la bave qui avait manqué mon pied de justesse et me rendis vers les étagères pour chercher quelque chose qui lui ferait apprendre les rudiments de la politesse. Il y avait vraiment beaucoup de sex toys. Je n'étais pas sûre qu'un gode l'aide à parler, au contraire. Après son début de préliminaires avorté, je l'imaginais plutôt du genre à apprécier ça. Mais passons. Je me décidai pour des lames en argent après m'être brièvement demandé pourquoi diable de tels objets avaient leur place dans un donjon du sexe vampirique. Il faut croire que, mort ou vivant, le masochisme n'est pas désuet.

J'en pris deux, retournai vers McFallon et, après lui avoir adressé un sourire en coin, je lui en enfonçai une dans chaque cuisse, en préambule. Il hurla. Cette fois-ci, j'étais sûre que c'était de douleur. J'en profitai pour me baisser et accrocher les chaînes à ses chevilles. L'ouverture officielle des hostilités venait d'être annoncée.

— Petite pute, me congratula-t-il.

D'accord, il ne me félicita pas, mais c'est l'effet que cela me fit.

Je retirai les deux poignards et observai McFallon avec un sourire satisfait.

— Tu te répètes.

Le regard qu'il me lança à ce moment précis faisait sûrement concurrence à mes regards les plus noirs. Je me demandai cependant si je semblais aussi folle quand j'observais les gens de cette manière. J'espérais sincèrement que non.

— Tu sais qui je suis ? demandai-je d'un ton détaché alors que je frottais les lames l'une contre l'autre.

Il ne répondit pas. Il soutint mon regard, comme s'il essayait de m'envoyer des éclairs qui, de toute évidence, ne me parvenaient pas. L'odeur de son haleine, en revanche, si.

— Je prendrai ça pour un oui, continuai-je au bout d'un moment. Tu sais ce que je veux ?

— Aller te faire foutre.

Je plantai ma lame au beau milieu de son ventre. Il grogna de mécontentement mais ne hurla pas. C'était peut-être un dur, finalement.

— Mauvaise réponse. Je ne t'ai pas demandé ce que je pouvais faire. Et même si ça avait été la question, ça n'aurait pas été plus juste.

Je lui adressai un regard froid, le temps de m'assurer que j'avais son attention. C'était le cas.

— Où est-ce que je peux trouver Victor ?

Il se mit à rire, mais cela ne dura pas longtemps. Je plaquai violemment mon corps au sien, et les hurlements firent place aux ricanements. Ma deuxième lame l'avait atteint près du cœur. Étrangement, notre proximité semblait lui plaire nettement moins que quelques instants plus tôt.

— Où est-ce que je peux trouver Victor ? répétai-je au creux de son oreille.

Je reculai juste assez pour voir que les traits de son visage de fouine étaient tendus à l'extrême. Il transpirait abondamment.

— Tu vas me tuer de toute manière, dit-il, la gorge serrée. Mais tu ne me survivras pas longtemps.

Ce fait sembla l'amuser au plus haut point. Je haussai les épaules pour toute réponse et abaissai d'un coup sec la lame qui reposait dans sa poitrine. Je l'arrêtai au niveau du nombril. Pas par clémence. Ses hurlements de cochon égorgé m'avaient juste assez dérangée pour souhaiter qu'il cesse.

— Je ferai la même chose avec la deuxième, et tu sais ce qu'il y a en dessous ?

Je louchai sur son entrejambe avec un petit sourire en coin et vis au flash de panique qui traversa ses traits qu'il en était parfaitement conscient.

— Alors, est-ce que tu veux que je repose la question ou tu en as compris le sens ?

Entre souffrance et colère, son visage n'avait plus rien d'humain. Ses crocs étaient sortis et s'affichaient dangereusement dans sa bouche déformée par la douleur. Je remarquai que ses yeux s'agitaient de manière rapide, scrutant la pièce.

— Tu peux crever, lâcha-t-il.

Je descendis ma deuxième lame, très lentement. Il s'égosilla à m'en faire exploser les tympans, mais je ne m'arrêtai pas cette fois-ci. Je ne le fis qu'une fois son pantalon atteint.

— Je continue ?

Il faisait des efforts évidents pour se retenir de hurler. Ses joues se gonflaient et se vidaient à vive allure, son front dégoulinait de sueur. Il évitait mon regard. Il était encore en train de chercher quelque chose qui pourrait lui venir en aide dans la pièce. Malheureusement pour lui, rien ne lui serait utile.

— Comment est-ce que je trouve mon père ? demandai-je fermement.

Je tentai de sonder ses yeux, mais il détournait le visage chaque fois.

Je sortis les lames de son corps d'un coup sec et posai une main sur mes hanches. De l'autre, je me grattai la tête. La perruque commençait à me donner sérieusement chaud et elle me démangeait.

— Je te tuerai de toute manière, c'est un fait, admis-je.

Walter me répétait toujours que l'honnêteté avait du bon. Mon cœur se pinça alors que je le revis, une quinzaine d'années plus tôt, dans le hall de la maison dans laquelle j'avais grandi, m'expliquer que si j'avais cassé le vase de ma grand-mère, il ne m'en voudrait pas. J'avais mis trois jours à lui avouer que c'était bien moi, et non Elliot, qui l'avais fait tomber lorsque nous jouions. Elliot m'avait couverte. Il m'avait toujours couverte. Mais Walter n'avait jamais été dupe, il avait toujours su. Maintenant, je n'avais plus aucun des deux à mes côtés.

— La seule question, là, c'est à quel point tu as envie de souffrir avant que je te finisse.

Il ricana. Je fis un pas dans sa direction, couteau tendu, pointe vers son cœur. Les blessures que je venais de lui infliger s'étaient déjà refermées. Je sentis McFallon se raidir. Je m'arrêtai lorsque la pointe toucha son torse et lui souris. Puis je me mis à décrire des cercles avec la lame, descendant petit à petit vers son nombril, puis vers son entrejambe. Son ventre rentrait à mesure que je progressais.

— Alors, elles sont où tes précieuses ? demandai-je sur un petit ton joyeux. Ici ?

J'appliquai une pression du couteau contre sa cuisse droite, sans toutefois la faire pénétrer.

— Ou ici ?

Je répétai l'opération sur la jambe opposée.

— Ou encore là ?

Je resserrai les deux armes d'un mouvement sec, sans mettre assez de force pour broyer quoi que ce soit. Si tant est qu'il y eût vraiment quelque chose à broyer.

—Arrête ! hurla-t-il. Arrête !

Je levai un sourcil.

—C'est donnant donnant. Parle, et j'arrête.

—Sale petite pute, répéta-t-il.

Il n'était vraiment pas imaginatif, dans son genre.

J'appuyai sur les lames jusqu'à ce que je sente son pantalon craquer.

—Arrête ! Stop ! Stop !

—Alors ? demandai-je, lorsque ma patience fut sur le point de rompre, elle aussi.

Il me lança un regard mauvais.

—Je ne peux pas te le dire, répondit-il finalement, sur un ton proche du désespoir.

Il recommença à me supplier après une nouvelle pression des couteaux.

—Je ne peux pas, répéta-t-il en insistant lourdement sur le verbe, la voix dans les aigus. Même si je voulais, je ne pourrais pas.

—Tu ne sais pas ?

Il fuit à nouveau mon regard et garda le silence.

—Tu sais.

Il tourna vers moi des yeux brillants de désespoir.

—Je ne peux pas te le dire.

Je l'observai minutieusement. Il avait l'air sincère, et mon instinct me souffla qu'il ne pourrait pas me donner de réponse, quand bien même il l'aurait ardemment souhaité.

—Et tu es complètement folle ! ajouta-t-il vivement. Même si tu parvenais jusqu'à lui, tu ne passerais jamais son armée. Si j'étais toi, je fuirais à l'autre bout de la Terre et j'oublierais jusqu'à son existence.

Quelque chose dans le ton qu'il utilisa mit tous mes sens en alerte. C'était de la panique que je venais de voir passer dans ses yeux, et elle n'était pas due aux couteaux qui menaçaient sa vie. Ni son vit.

— Quelle armée ?

— Je ne peux rien dire, répondit-il, la voix tremblante.

Il avait beau me faire pitié, à un certain niveau, il commençait sérieusement à m'énerver. Je pressai sur son entrejambe.

— Arrête ! supplia-t-il une nouvelle fois.

— Parle.

Je l'observai quelques instants, le regard plein d'un défi tranquille. Il ne parlerait pas. J'en étais maintenant persuadée. Il savait que j'allais le tuer, mais il avait l'air encore plus terrifié par quelque chose qui ne se trouvait même pas dans la pièce. Plus tôt, j'avais pensé qu'il cherchait une aide quelconque. À présent, je commençais à me demander s'il n'avait pas plutôt peur d'être surveillé.

Je soupirai et armai un couteau.

— Tu ne peux pas me tuer ! se défendit-il.

— Bien sûr que si ! Quelle idée, répondis-je, presque vexée.

— Si tu me tues, Victor le saura !

Je fis claquer ma langue contre mon palais en levant brièvement les yeux au ciel.

— Mon chéri, il ne restera bientôt rien de toi qu'un bon coup d'aspirateur ne puisse arranger. Après, pour ta disparition à proprement parler, j'espère bien que ça arrivera jusqu'à ses oreilles. Et vite.

— Tu es complètement folle !

Une expression de dégoût se peignit sur son visage, qu'il secoua légèrement.

— Merci, répondis-je avant de lui enfoncer un poignard droit dans le cœur.

Il se mit à blanchir sous mes yeux, et un joli petit tas de poussière de forme humaine me fit bientôt face. Je soufflai dessus pour faire voler les cendres. Mauvais choix. Si l'idée était amusante en soi, le fait de m'en retrouver recouverte ensuite me plut nettement moins. Cela ajouté au sang dont j'étais déjà maculée, je doutais fortement d'être encore présentable.

Je tâtai ma robe à la recherche de la seule et unique poche dont elle était pourvue pour en extraire le téléphone que Barney m'avait offert. Je m'empressai d'appeler tonton. Il décrocha au bout de deux sonneries.

— Alors, bébé ?

J'entendais toutes sortes de gazouillis derrière lui. Animaliers et féminins.

— C'est fait. Sauf que je ne peux pas sortir.

— Mais encore ? demanda-t-il d'un petit ton jovial alors qu'un rire de femme emplissait l'appareil.

— Je ne suis pas présentable, répondis-je, un peu trop sèchement à mon goût.

Il rit doucement, soit à sa compagne, soit à ce que je venais de dire.

— Si tu savais les images qui se bousculent devant mes yeux en ce moment…

— Je ne veux pas savoir, le coupai-je.

— Très bien, fit-il, toujours amusé. Va dans le coin droit de la pièce, au fond. À hauteur de hanche, tu trouveras un bouton, derrière l'étagère. Il te permettra d'accéder à mes quartiers privés. Je t'y rejoins sous peu.

Et il raccrocha sans autre forme d'adieux. Sympa, merci.

Je me rendis vers l'étagère en question et trouvai le bouton là où il me l'avait indiqué. La hauteur de hanche correspondait à ma taille sans talons. Comme c'était gentil de sa part.

J'appuyai sur le bouton et reculai vivement lorsque le mécanisme se mit en branle et que l'étagère pivota. Je souris. C'était comme dans les films d'espionnage. J'eus pendant un bref instant la sensation grisante d'être une héroïne de cinéma travaillant pour une agence ultra secrète. J'étais déguisée, je venais de torturer à mort un homme qui l'était déjà, et je m'enfonçais à présent dans un passage secret. Malheureusement le sentiment fut de courte durée. C'était au générique d'un film de vampires que mon nom figurait. Maeve Regan, tueuse de vampires. Je soupirai. C'était tellement surfait que c'en était déprimant.

Le couloir était étroit et n'était pas du tout éclairé. Pourquoi l'aurait-il été ? Ceux pour qui il avait été conçu voyaient très bien dans le noir absolu. Je le suivis à l'aveuglette sur toute sa longueur. Je pouvais sentir les briques sous mes doigts, comme une carte routière pour malvoyants. Une minute plus tard, je débouchai dans une salle tout aussi obscure. Je tâtonnai à la recherche d'un interrupteur que je trouvai rapidement.

La pièce était grande et relativement vide. Il n'y avait aucune fenêtre. Les murs blancs étaient nus et froids, sans aucune fioriture. Il n'y avait en tout et pour tout qu'un bureau noir très simple et un futon dans un coin. Il n'y avait absolument rien de personnel ici. Elle tranchait de manière radicale avec celle que possédait Barney au *Baron Vampire*.

Il y avait deux autres portes dans la pièce. J'ouvris celle qui était la plus proche du lit et eus le plaisir de découvrir une salle de bain. Je m'y engouffrai et refermai derrière moi. Une fois à l'intérieur, j'allumai et jetai un coup d'œil au miroir. Je n'aurais définitivement pas été en état de redescendre au *Paradis Perdu*.

Je remis la perruque blonde en place. Elle avait bougé et l'effet donnait à la coupe une allure décalée et pas sexy pour deux sous. Les cheveux étaient éclaboussés de sang séché, tout comme l'était mon visage. Je remarquai que McFallon ne m'avait pas loupée avec son premier coup de tête. Mon nez affichait une forme fort peu conventionnelle et rebiquait bizarrement sur la gauche.

Je soupirai, jetai un regard circulaire et trouvai mon bonheur. Une brosse à dents verte attendait sagement sur le lavabo. Je la pris et la calai entre mes dents, puis je pinçai l'arête de mon nez et fermai les yeux. Il émit un craquement feutré lorsque je le remis en place. Je recrachai la brosse à dents, qui retomba en deux parties distinctes. Je pris les deux morceaux et les arrangeai sur le lavabo dans l'état où je les avais trouvés. Ou presque.

J'ouvris ensuite le robinet pour faire couler l'eau et m'en aspergeai le visage, la gorge et les bras. Je frottai jusqu'à ce que le miroir me confirme que le rouge avait quitté ma peau. J'avais déjà été plus propre dans ma vie, mais cela suffirait pour le moment.

Lorsque je sortis de la salle de bain, Barney m'attendait, assis sur le lit dans une position décontractée.

— Alors, la pêche a été bonne ? demanda-t-il d'un ton taquin.

Je soupirai. *Pas autant que la tienne*, pensai-je. Même si c'est moi qui avais eu droit au gros poisson.

— Il n'a pas été très bavard.

Il me jaugea et m'adressa un sourire espiègle après s'être arrêté sur ce qui servait de bas à ma robe. Il y avait encore des cendres, que je balayai prestement d'un coup de main vigoureux.

— Tu sais qu'une fois qu'ils sont retournés à la poussière, ils ne peuvent plus répondre aux questions ? C'est pour ça qu'il est préférable de leur faire cracher le morceau avant de les terminer.

Il était très amusé. Je lui adressai un regard qui en disait long sur ce que je pensais.

— J'ai essayé, fis-je d'un ton las.

Barney me dévisagea d'un air étrange. Je me rendis compte que j'étais en train de grimacer.

— C'est possible d'obliger un vampire à garder le silence ?

— Tu veux dire de la même manière qu'on pourrait forcer un humain ?

J'acquiesçai. Il parut réfléchir quelques instants.

— Pour un vampire normal, non. Maintenant, pour Victor, c'est une autre affaire. Pourquoi ?

— Juste une impression, répondis-je, l'esprit dans le vague, avant de me ressaisir. Il a mentionné une armée qu'il serait impossible de franchir.

Je vis tout de suite à son expression que Barney avait dû entendre bien pire à son sujet.

— Qu'est-ce que c'est ? demandai-je vivement.

J'avais eu un sale pressentiment lorsque McFallon en avait parlé, et la réaction de Barney n'était pas pour me mettre en confiance.

— Des légendes urbaines. Du moins, je l'espère, ajouta-t-il après une courte pause.

Sa réponse ne me rassura pas. Jusqu'à peu, je rangeais également les vampires dans les légendes urbaines, et il y avait quelque chose dans son ton qui indiquait qu'il ne croyait pas à ses propres paroles. J'attendis qu'il continue, le regardant droit dans les yeux.

— Victor ne l'a jamais mentionnée, mais j'en ai entendu parler plusieurs fois, reprit-il. On raconte que ce ne sont ni des hommes ni des vampires, mais aucun de ceux qui les ont rencontrés n'a vécu assez longtemps pour expliquer ce qu'ils sont exactement. C'est l'armée du roi de l'illusion, et j'espère que c'est là tout ce qu'elle est, une illusion.

Je soupirai. Cette histoire ne s'annonçait vraiment pas bien. Trouver un homme introuvable et se battre contre une armée fantôme semblait une tâche quelque peu irréalisable, en ce moment même.

— Si personne n'a survécu, comment la légende est-elle née ?

La question ne m'avait pas frappée tout de suite, mais elle apparaissait maintenant comme une évidence. Les légendes ne naissent pas dans le vide, et si ce n'était pas Victor qui l'avait créée pour décourager les plus téméraires, elle devait bien provenir de quelque part.

Barney eut un rire bref et fit un pas dans ma direction.

— Ce sont des rumeurs qui circulent. Un vampire les a rencontrés. Ou plutôt, il les a vus décimer plusieurs de nos congénères.

Décimer, décidément.

— Et ?

— Et c'est tout. Il n'a jamais été très loquace.

Et après, on s'étonne que des légendes atroces voient le jour.

— Qui est ce vampire ? Il nous le faudra dans nos rangs.

— Il s'appelle 3K, et ne t'en fais pas, il est déjà des nôtres.

C'était au moins un point positif. Si une confrontation était inévitable, je voulais savoir exactement à quoi nous aurions affaire avant de me retrouver nez à nez avec. Je ne savais rien de ce 3K, mais s'il avait survécu à cette armée, c'était un assez bon point pour qu'il soit dans mes petits papiers.

Je fus tirée de ma réflexion lorsqu'une main balaya doucement le bas de mon dos. Je sursautai et regardai Barney. Il avait à nouveau l'air très jovial.

— Qu'est-ce que tu fais ?

— Je reprends là où nous en étions restés tout à l'heure, répondit-il de manière assez désinvolte pour me chatouiller le ventre.

— Oh non, toi et moi, ça va s'arrêter au business. J'ai eu ma dose pour ce soir, et j'ai de quoi couper la libido d'un chaud lapin. Essaie de garder ça à l'esprit.

Il me sourit en passant son autre bras autour de ma taille.

— Je t'avais dit que tu étais amoureuse, fit-il doucement en me regardant si profondément dans les yeux que j'eus l'impression que le coït avait déjà commencé.

Je le repoussai violemment.

— Je ne suis pas amoureuse !

— Prouve-le.

Son ton de défi et sa posture provocante me poussèrent vers lui plus vite qu'il n'aurait été raisonnable de le faire.

En vérité, il n'aurait pas du tout été raisonnable de le faire, mais j'en mourais d'envie. Il ne m'attirait toujours pas spécialement, mais il avait mis beaucoup de soin à me chercher. Il était temps qu'il me trouve.

Je franchis la distance qui nous séparait et soutins son regard brûlant aussi longtemps que je le pus. Et alors que je me battais encore avec ma conscience, je collai mes lèvres aux siennes et l'embrassai fougueusement. Il n'en demanda pas plus pour réagir.

Il m'agrippa par les hanches et me plaqua fermement contre lui. Dieu que c'était agréable. Je me sentais fondre. Nous nous mîmes à tourner sur nous-mêmes tandis que nous nous embrassions férocement, jusqu'à arriver au lit sur lequel nous nous laissâmes tomber.

Je me retrouvai à califourchon sur lui. Ma robe était totalement remontée sur mon bas-ventre, et les mains de Barney étaient tellement rapides que j'avais l'impression de les sentir sur mon corps tout entier à la fois. Ce contact me rendait folle.

Quelques instants plus tard, la robe volait à l'autre bout de la chambre. Je pris cela comme une autorisation tacite d'arracher à mon tour ses vêtements. Son marcel se déchira dans un craquement pour laisser place à un torse parfaitement sculpté et plus qu'appétissant, sans aucune trace de tatouage. Je commençai à y goûter, me délectant de chaque parcelle de peau salée que ma bouche rencontrait.

Il me tira violemment à lui, me fit rouler sur le dos, et ses mains agrippèrent les miennes. Je me laissai aller totalement. Ça faisait si longtemps. Il se mit à couvrir ma nuque de baisers, frottant lascivement son corps contre le mien. Puis il descendit, lentement. Mes seins frémirent au passage de sa bouche, tandis que mon ventre se contractait spontanément. Une fois qu'il eut redessiné ma poitrine du bout de ses lèvres, il entama une douce descente et s'arrêta à mon nombril, dans lequel il introduisit une langue plus que suggestive. J'étais au bord de l'évanouissement.

Je sentis ses mains arracher mon string, et il remonta vers mon visage pour me montrer son trophée. Il voulait définitivement me rendre dingue.

Il m'embrassa à nouveau, et j'enserrai son bassin de mes jambes. Le contact du cuir sur ma peau nue était étrange, mais pas si désagréable en fin de compte. Jusqu'à ce que je me rende compte que j'aurais préféré celui d'une autre peau.

Mon esprit se mit alors à divaguer et fit un saut dans le temps, huit mois plus tôt. J'avais été dans la même position, j'avais eu les mêmes envies, mais il y avait tellement plus. Barney était terriblement sexy, j'appréciais son contact. Sauf que ce n'était pas Lukas.

— Tu es brûlante bébé, dit-il en passant une main lascive sur mon front.

Il m'embrassa à nouveau. En effet, je me sentais brûler. Je brûlai de désir. Un désir qui ne lui était pas destiné.

Je ne compris pas ce qui se produisit ensuite. Un instant, Barney était au-dessus de moi en train de m'embrasser, l'instant d'après, il n'était plus là. Une fraction de seconde plus tard, j'entendis un bruit de chute.

Je me redressai d'un bond et aperçus Barney au fond de la pièce, à terre. Il se releva rapidement. Je portai les mains à ma bouche.

— Tu peux m'expliquer ça, bébé ? demanda-t-il, amusé.

— Je suis désolée ! m'exclamai-je, honteuse. Je n'ai aucune idée de ce qui vient de se passer !

Je mentais. Ça s'était déjà produit une fois, même si ce qui venait d'arriver s'avérait nettement moins spectaculaire. Et cette fois-ci, ma vie n'était pas en danger. Il ne s'agissait donc pas d'un instinct de survie dans le stade, après la mort de Tara. Barney n'en ayant pas après ma vie, il faudrait que je trouve une autre explication.

Il revint vers moi et s'assit sur le lit de manière très décontractée.

— Il faudrait que tu apprennes à contrôler ça, dit-il gentiment.

Super, t'en as d'autres ?

— J'aimerais bien, répondis-je, tentant de contenir la frustration qui essayait de sortir par tous mes pores. Mais je n'ai aucune putain d'idée de comment faire.

Il me sourit faiblement et posa une main sur mon épaule. Je réalisai alors que, si lui portait toujours son pantalon, j'étais dans mon plus simple appareil. Je repliai machinalement les jambes devant moi pour me protéger au possible, ce qui n'eut pour effet que d'élargir son sourire.

— Je connais quelqu'un qui peut t'aider, dit-il. Quelqu'un que je t'aurais fait rencontrer sous peu de toute manière.

— Qui donc ?

Son ton était assez énigmatique pour que je sois aussitôt sur mes gardes.

— Quelqu'un qu'il faut que tu recrutes pour notre petite armée, fit-il avec un sourire blanc.

Je levai un sourcil.

— Pourquoi tu ne le fais pas toi-même ?

— Parce que tu le convaincras mieux que personne.

Je sentais qu'il y avait plus que cela. Mon sourcil était toujours relevé, et je l'invitai à continuer d'un geste du menton.

— C'est lui qui a prophétisé ta venue.

Chapitre 10

Finalement, je commençais à m'habituer à partager mon lit. Ou plutôt celui de Julian. J'habitais chez lui depuis près d'un mois maintenant, et la vie était tranquille. Enfin, la vie nocturne ne l'était pas, mais tant que le soleil brillait, je me la coulais douce. Et c'était vraiment agréable.

De jour, nous allions nous promener, faire les boutiques, visiter des musées, et nous faisions tout un tas de choses que je n'avais plus du tout l'habitude de faire, comme regarder la télévision, lire, dessiner, ou simplement parler durant des heures. Julian travaillait, mais vu ses horaires, nous pouvions passer énormément de temps ensemble.

Julian était un artiste passionné par les comics qui essayait de se faire un nom. Il bossait à mi-temps dans un petit magasin spécialisé dans la BD, et son temps libre, il le consacrait à son art. Il travaillait trois matins et deux après-midi par semaine. Du coup, je dormais les matins où il allait au travail, et je bouquinais dans sa boutique les après-midi. Le reste du temps nous appartenait. Il dessinait presque toujours de nuit, de toute manière. Mes activités nocturnes n'étaient donc pas un frein à notre relation.

Si mon côté bagarreur me venait sans doute possible d'Elliot, c'était Julian qui, petite, m'avait transmis le goût de croquer tout ce que je voyais. J'étais loin d'être aussi douée que lui, mais j'aimais dessiner, et l'envie de reprendre un crayon me démangeait depuis longtemps. J'avais enfin pu le faire à nouveau, et cela me donnait réellement l'impression de me réconcilier avec une partie de moi que j'avais laissée en jachère pendant de nombreux mois.

— Je rêve de voir le *Paradis Perdu* de mes propres yeux. Pouvoir le dessiner…

Je ris doucement en continuant à examiner le plafond. Il devait être un peu plus de 10 heures, nous n'avions pas à nous lever avant un moment.

J'avais été complètement honnête avec Julian. Je lui avais tout raconté. Tout. De mes premières péripéties un an plus tôt, dans les détails, aux plus récentes, au *Baron Vampire* et au *Paradis Perdu*, séances de torture incluses. Je ne lui cachais rien, et c'était très reposant.

— J'aimerais bien te le montrer, mais dans la mesure où tu n'es pas un vampire, je ne vois pas vraiment de moyen de t'y faire rentrer.

— Tu n'en es pas un non plus, fit-il remarquer.

Je le regardai d'un air moralisateur.

— À moitié, je te rappelle.

Il fit la moue.

— Dommage, soupira-t-il.

Je me mis à rire devant la déception tout enfantine qui transparaissait dans sa voix et lui tapotai doucement la joue. Il n'était pas triste que je ne sois pas totalement vampire, juste du fait que les portes du *Paradis Perdu* lui soient fermées.

— Je peux toujours lui demander, fis-je. De jour, il y a peut-être une chance…

Je le sentis sourire sous ma main.

— Ce Barney, c'est quand même quelque chose, dit-il, pensif.

J'acquiesçai silencieusement. En effet, ce Barney, c'était quelque chose. Après notre petite mésaventure dénudée, les choses s'étaient plutôt bien passées. Il avait trouvé l'incident plus divertissant qu'autre chose. Je ne partageais pas son amusement. Mes hormones non plus, mais soit. Depuis, nos rapports étaient excellents, et amicaux. Cela faisait longtemps que je ne m'étais pas aussi bien entendue avec quelqu'un. Malgré son recul séculaire et ironique sur la vie, il avait spontanément commencé à prendre la place d'Elliot. Enfin, d'Elliot dans ses bons jours.

— Des nouvelles du type que tu dois recruter ?

Ah, lui…

— Pas encore. Il est toujours aux abonnés absents.

Depuis que Barney m'en avait parlé, il était à sa recherche. Mais l'homme à l'origine de la prophétie qui me voyait comme la plus grande source de mal sur Terre restait introuvable. J'avais appris que c'était également un Sihr, très puissant selon Barney, et très, très vieux. Ce point avait une importance plutôt relative, dans la mesure où mon propre père était âgé de plus de mille cinq cents ans.

Barney devait me prévenir lorsqu'il aurait enfin pu joindre Benoxh – c'était le nom du fameux prophète –, mais je n'avais pas de nouvelles de lui non plus depuis trois jours. Il faudrait que je pense à en prendre.

En un mois, nous avions attrapé trois des sergents de Victor. Selon Barney, ils étaient quinze. Les deux autres n'avaient pas été plus loquaces que McFallon. Mais malgré ces trois morts, il n'y avait pas eu de représailles de la part du roi. Peut-être que j'étais un peu trop impatiente…

— Alors, quel est le programme de la journée ? demanda Julian.

Je soupirai.

— Je suppose qu'on va être obligés de se lever, toi d'aller bosser. À la tombée du jour, je voudrais faire un saut au *Baron*, histoire de parler à Barney.

— Je peux venir ?

La question me surprit assez pour me tirer de ma contemplation du plafond et me redresser dans le lit. Je me tournai vers lui, fronçant les sourcils.

— Quoi ? C'est mixte, non ? demanda-t-il avec un petit air innocent.

— Julian, je n'ai pas envie qu'il t'arrive quelque chose.

Je laissai traîner ma phrase.

— Il ne m'arrivera rien, dit-il, rassurant, alors qu'il se relevait également. Des tas d'autres humains y vont, et si j'ai bien compris tu veux passer avant l'ouverture. Et je serai avec toi, donc je ne cours aucun risque.

Ses arguments étaient valables, sauf qu'ils ne me convainquaient pas. C'était peut-être une erreur de tout lui raconter dans les moins détails. Je me berçais de l'illusion que je pourrais toujours lui effacer la mémoire le moment venu si le besoin s'en faisait sentir, même si je savais déjà au fond de moi que je ne le ferais pas. C'était incroyablement égoïste, mais j'aimais la situation telle qu'elle était. Cependant, je n'avais pas envie de le mêler concrètement à cette vie. J'éprouvais déjà de la peine à gérer la pointe de panique inévitable qui précédait le moment où j'allais ouvrir la porte de chez lui, quand je l'avais laissé seul pour la nuit. Il y avait toujours une ombre qui planait, un instant de noirceur extrême durant lequel j'imaginais trouver un lit vide, ou retrouver Julian baignant dans une flaque de sang. Et surtout, je craignais fort que, vu ce que je lui racontais, il ne me confonde avec un des héros qu'il affectionnait tant. D'ailleurs, le connaissant, j'étais persuadée qu'il avait déjà fait plusieurs croquis de moi, affublée d'une combinaison en spandex.

— S'il te plaît, Maeve, dis oui, continua-t-il. Je rêve de voir ce monde !

— C'est pas comme dans les films, Julian.

La déception envahit son regard, et j'eus à ce moment l'horrible sensation d'être totalement injuste. Si les rôles avaient été inversés, j'aurais insisté jusqu'à ce que je puisse moi aussi toucher à ce monde, car la curiosité m'aurait rongée jusqu'à l'os. Mais je pouvais voir les deux côtés du miroir. J'avais conscience que l'univers dans lequel il rêvait de mettre les pieds n'avait rien de celui des comics. Je préférais de loin savoir Julian déçu chez lui que se vidant de son sang dans une ruelle sombre.

Il prit mes mains dans les siennes en me regardant gravement.

— Tu m'en parles tous les jours. Je veux savoir, mais je veux aussi voir. Je veux faire partie de ton monde.

Je ne répondis rien. Qu'aurais-je pu ajouter ? J'avais déjà refusé, je ne pouvais pas être plus claire.

— Viens avec moi, fit-il en se levant, m'entraînant à sa suite.

Je lui emboîtai le pas sans mot dire et il m'emmena dans sa pièce de travail. Un fouillis incroyable mais miraculeusement organisé de croquis, toiles, pinceaux et autres crayons et feutres. Au centre trônait une grande table à dessin, sur laquelle des dizaines de feuilles s'enchevêtraient dans une logique qui leur semblait propre. Cette pièce, c'était Julian, bien plus que tout le reste de son appartement si aseptisé. Dans ce chaos minutieux, on le sentait vivre.

Julian se saisit de quelques feuillets et me les tendit.

— Regarde, dit-il.

J'étudiai les croquis. Il y avait des personnages, ainsi que des petites scènes. Sur une des planches en noir et blanc, un grand baraqué dont le visage n'était pas tracé tenait fermement sur son épaule une jeune femme qui se débattait. L'image suivante, elle se retrouvait au sol et une ombre menaçante se dessinait à la porte. Sur celle d'après, en couleur cette fois-ci, la même fille discutait avec une autre dont la chevelure de feu était totalement ébouriffée. Brianne.

— Julian, c'est…

Je ne finis pas ma phrase, continuant à regarder les croquis. Une planche montrait mes aventures dans le stade, à grand renfort de détails. Je pus voir mon explosion et les vampires être projetés autour de moi, alors que mon visage était crispé par la rage. Comment avait-il fait pour inclure autant de précision ? Est-ce que j'avais vraiment tout raconté dans les moindres détails visuels ou Julian me connaissait-il si bien que quelque part, étrangement, il arrivait à voir par mes yeux ? Connor, mon psychopathe de jumeau, était si conforme à la réalité que j'en eus des frissons.

Je passai à la section des portraits. Elliot et Brianne étaient très ressemblants, ainsi que Walter. Rien de surprenant, Julian les connaissait tous. Je souris malgré moi devant Lalawethika. Il était étonnamment fidèle à l'esprit du personnage, bien que les traits ne soient pas ceux du géant qui avait fait irruption dans ma vie près d'un an plus tôt. Julian l'avait représenté bras croisés, dans son traditionnel marcel blanc, l'air dur, un sourcil arqué. *Sacré Lala*, pensai-je. Je me demandai comment il allait.

Mon portrait était on ne peut plus fidèle à la réalité, même si je ressemblais effectivement à la cousine de Wonder Woman sous les coups de crayon de Julian. Le dessin suivant montrait un grand brun aux yeux fauves, cheveux châtains repiquant légèrement sur les extrémités, dont les boucles semblaient trop paresseuses pour rester formées. Je le zappai aussi vite que possible.

— C'est magnifique, dis-je finalement.

Je vis Julian sourire de contentement et fouiller pour me sortir une nouvelle série de feuilles, qu'il me tendit. Je les pris et les examinai. Le lieu que les dessins représentaient ne laissait aucun doute. C'était le *Paradis Perdu*. Tous les éléments y étaient, même si l'agencement était quelque peu différent de la réalité. Des cascades au bar gigantesque, en passant par la biche et le perroquet, il ne manquait rien. Sur un des croquis, une silhouette se détachait devant une chute d'eau. C'était un homme, de dos, les bras levés comme s'il était en train d'invoquer quelque chose.

— Qui est-ce ? demandai-je en le pointant du doigt.

— Ton père, répondit-il, l'air triste.

Je retirai vivement mon doigt, comme si le papier venait de me brûler. *L'homme sans visage.*

— Pourquoi au *Paradis Perdu* ?

— Tu m'as bien dit que c'est lui qui avait choisi le thème des clubs, non ? Le *Paradis Perdu* me semblait tout indiqué…

Tel Lucifer au jardin d'Éden, songeai-je. L'ange déchu, le serpent, sans visage, sans âge, sans âme.

Barney m'avait effectivement appris que Victor était à l'origine des thèmes des trois clubs réservés aux vampires. Il y avait le *Paradis Perdu*, *L'Inferno*, et *L'Olympe*. Je n'avais vu que le premier, pour l'instant, mais je savais que mon chemin me mènerait bientôt en enfer. Barney m'avait avoué ne pas spécialement apprécier ces trois endroits, d'où le fait que son bureau y était si épuré, au contraire de celui du *Baron*. Il détestait passer du temps là-bas.

J'étais perdue dans la contemplation du dessin représentant mon père. J'aurais voulu qu'il s'anime, que l'homme se tourne, pour que je puisse enfin mettre un visage sur la source de tous mes tourments. Le voir ainsi, tout-puissant au *Paradis*, me rendait extrêmement mal à l'aise.

— « Même en enfer, régner est digne d'ambition. Mieux vaut régner en enfer que de servir au ciel », murmurai-je alors que je passai un doigt sur la silhouette de Victor.

— Pardon ?

Je revins à la réalité.

— John Milton. C'est lui qui a écrit *Le Paradis perdu*. Barney m'a dit qu'il l'avait bien connu.

J'avais étudié Milton lorsque j'étais à l'université. Me replonger là-dedans agitait des souvenirs presque douloureux. J'aurais dû avoir fini mon cursus à l'heure qu'il était. Mais j'avais fui. Et mon père avait rencontré Milton. C'était un concept assez étrange à accepter.

— Où est Tara ? demandai-je pour changer de sujet. Je ne la vois nulle part sur tes croquis.

Julian eut l'air embarrassé. Je le regardai, sans comprendre.

— Je n'ai pas osé…

J'eus un sourire désolé.

— Il ne faut pas, dis-je le plus simplement possible. Elle fait partie de mon histoire.

Un mois avec Julian m'avait aidée à être plus sereine. Je me sentais encore responsable de sa mort, et son souvenir était toujours aussi douloureux, mais elle ne me hantait plus. J'avais accepté la culpabilité. C'était le moins que je pouvais faire pour elle. Un jour, peut-être que je me pardonnerais. Une fois que j'aurais tué Connor. Mais jamais je n'oublierais. Le souvenir de Tara avait été inscrit au plus profond de mes chairs, au fer rouge.

— Tu devrais la dessiner, elle aussi.

Je crus déceler dans ses traits une trace de soulagement. Il déposa un baiser sur ma joue avant de me reprendre les feuillets des mains pour les replacer sur son bureau.

— Pourquoi tu me montres tout ça, Julian ?

Il se retourna et mit une main sur mon épaule. Lorsqu'il me répondit, il semblait très sûr de lui. Je lui avais rarement vu une telle assurance.

— J'aimerais que tu comprennes que je suis déjà dans ton monde, que tu le veuilles ou non.

Je soupirai.

— D'accord, finis-je par grommeler.

— D'accord ? demanda-t-il, surpris, alors qu'il contenait une joie candide.

Même moi, je n'en revenais pas d'avoir dit ça. Je venais de me faire manipuler. Et comme une bleue. *Maeve Regan, la tueuse de vampires à la combinaison spandex, se ramollit. Il ne manquerait plus que le mot se répande.*

— Je te prends avec moi ce soir au *Baron*. Mais ça s'arrête là, ajoutai-je sur un ton qui ne souffrirait aucune négociation.

Il y avait des limites. À ma bonté, et à ma stupidité.

Je vis à son sourire que je venais de lui faire un cadeau d'une extrême valeur à ses yeux. Pas aux miens. J'avais capitulé et je détestais ça. Je savais qu'il ne courrait aucun danger ce soir avec moi, mais ce n'était pas la seule chose que je redoutais. Je ne voulais pas qu'il prenne goût à cette vie.

— Direction le *Baron Vampire* ! s'enthousiasma Julian.

— Pas si vite cow-boy !

Il se figea, dans l'expectative.

— D'abord, tu dois aller travailler. Et prendre une douche, ajoutai-je.

Il me sourit, aux anges, et m'embrassa sur le front avant de disparaître en direction de la salle de bain.

Imbécile, pensai-je. En parlant de moi.

— Ah, bébé, j'allais t'appeler.

Nous venions d'arriver au *Baron Vampire*. Julian marchait en retrait derrière moi, appréciant le détail des murs. Il m'en parlerait certainement en long et en large dès qu'il en aurait l'occasion, et l'idée ne me déplaisait pas le moins du monde. J'adorais l'écouter discuter des choses qui le passionnaient. Il parvenait toujours à communiquer ses émotions, à les transmettre, et je m'étais endormie plus d'une fois au son de sa voix.

J'arrivai devant le bar et pris place sur un tabouret alors qu'une tequila était déjà en train de m'être versée. J'étais tendue au possible et ma perruque me démangeait. J'avais fini par m'habituer au fait d'en porter en permanence quand je sortais, mais je ne me faisais définitivement pas aux inconvénients. Ça donnait chaud, et j'avais constamment envie de me gratter la tête. Mais bon, je m'étais laissée convaincre que c'était mieux, puisque les sergents de mon père n'avaient qu'une description superficielle de moi. Petite, brune, les yeux vert très clair. Pour la taille, je ne pouvais pas faire grand-chose à part porter des talons. Pour le reste, j'avais une panoplie de perruques dont je changeais selon mon humeur. Aujourd'hui, j'étais une rouquine à lunettes.

Je remerciai Rob pour le verre. Il me sourit et repartit un peu plus loin essuyer des verres. C'était un chic type, si on laissait de côté le fait que c'était un vampire. Nous avions souvent parlé au cours des semaines passées, lorsque Barney était absent, et nous étions vite devenus assez proches. C'était une des rares personnes en qui Barney avait une totale confiance. C'était d'ailleurs un des seuls vampires à avoir rejoint la résistance.

— Tu as amené ton petit ami, observa Barney.

— Ce n'est pas mon petit ami, répondis-je en levant des yeux excédés au plafond.

— Ça devrait.

Je soupirai.

— Barney, dis-je théâtralement, c'est comme un frère pour moi.

On avait déjà eu cette conversation mille fois. Et ça lui plaisait toujours autant.

— Et alors ?

Je lui envoyai un regard faussement irrité en expulsant bruyamment l'air de mes poumons.

— C'est toi qui vois, bébé. Mais ton odeur ne s'améliore pas, fit-il avec un grand sourire qui voulait en dire long.

— Donc tu allais m'appeler ? relançai-je, pour couper court.

Je descendis mon verre de tequila et vis Robert tendre la main vers la bouteille. Je lui fis signe que je n'en reprenais pas. Je n'étais pas encore tout à fait remise de ma dernière cuite. Enfin si, je l'étais, mais ça m'avait servi d'avertissement. Je touchais moins à l'alcool depuis.

— J'ai trouvé Benoxh, me dit-il, à nouveau sérieux. Il arrive en ville demain, et tu as rendez-vous avec lui le soir même.

Bien, pensai-je. *Quelque chose qui bouge.*

— Et 3K, l'ami dont je t'ai parlé, a finalement répondu. Il devrait aussi arriver demain dans la journée.

Le célèbre 3K qui éveillait tant ma curiosité. Benoxh aussi m'intriguait, puisqu'il était à l'origine de la fameuse prophétie, mais pas autant que 3K, qui avait vu en action l'armée qui m'inquiétait tellement. C'était presque ironique. Après avoir lu la terreur dans les yeux de McFallon, l'armée me préoccupait bien plus que la rencontre avec mon père.

— Ils viennent ensemble ? demandai-je.

— Grands dieux non, bébé ! Ne mélange pas les torchons et les serviettes.

Je n'étais pas sûre de savoir qui était le torchon dans l'histoire. J'avais entendu parler de 3K un nombre incalculable de fois, sauf qu'il était aux abonnés absents depuis les calendes grecques, tout comme l'était Benoxh. À voir, quand on n'était pas dans les petits papiers de Victor, se cacher semblait une activité assez commune.

— Et donc le plan ?

— Pendant que tu convaincs Benoxh, je briefe 3K, répondit Barney en faisant signe à Rob de lui servir un verre.

Ce dernier obéit sur-le-champ et Barney se retrouva à siroter un whisky en moins de temps qu'il ne fallait pour le dire.

— Et le plan à plus long terme ?

— Qu'est-ce que tu veux dire, bébé ? demanda-t-il, visiblement interpellé par le ton que je venais d'employer.

J'avais en effet parlé de manière assez sombre. Car même si les choses semblaient s'être finalement décidées à bouger, la situation me paraissait toujours assez désespérée, de notre côté.

— Si j'arrive à convaincre Benoxh, on ne sera quand même pas beaucoup pour faire face aux forces dont dispose Victor.

Les deux autres sergents que j'avais torturés avaient également mentionné cette armée après que je les eus aiguillés sur le sujet. Je n'avais pas obtenu plus de détails, mais leurs regards effrayés avaient suffi à nourrir mes angoisses.

— Toi, Rob, moi, Finnley, Li, 3K et Benoxh, ça fait sept personnes. Alors quand on sait que rien que les sergents de Victor encore en vie sont plus nombreux que nous, ça ne me rend pas très optimiste.

Nos rangs s'étaient légèrement élargis. Nous comptions maintenant Li, un chinois à la carrure de rugbyman miniature, à l'humour décalé et aussi sympathique que Freddy Kruger dans ses bons jours. Selon les dires de Barney, c'était un grand guerrier. Il y avait aussi Finnley, un vampire adolescent taciturne – il avait également plus de cent ans, mais avait été transformé lorsqu'il en avait seize – des plus loquaces. Un jour, j'avais fini par lui demander s'il savait parler. Il avait acquiescé pour toute réponse.

— Relax bébé. Concentre-toi déjà sur ton rendez-vous de demain, et le reste suivra. Benoxh est assez puissant pour réduire à néant des centaines d'hommes. Quant à 3K, je suis sûr qu'il nous sera d'une aide précieuse dans le recrutement.

— Tu sembles avoir une haute estime de lui.

Barney sourit en portant le verre à ses lèvres. Il avala une petite gorgée avant de répondre.

— Parce qu'il apprécie ton père autant que moi, dit-il, énigmatique.

— Comme s'il y avait des gens qui l'apprécient, relevai-je.

Barney rigola, et je vis qu'à l'autre bout du bar, Rob souriait également.

— Et c'est un des rares vampires à avoir presque réussi à le tuer, reprit Barney, les yeux à présent dans le vague. L'avoir à nos côtés sera un atout de taille.

— Mais il a échoué, fis-je, amère.

— Bébé, je t'ai déjà dit que tu étais la seule à pouvoir réaliser ce petit tour de passe-passe.

Je ris jaune. Un tour de passe-passe. Qu'il était mignon !

— Cependant, malgré son échec, il est toujours de ce monde. Et ça, je te jure que ça forge une réputation.

— Pour le moral des troupes ?

— Ne sous-estime pas l'effet de motivation que peut avoir l'association du seul homme qui a failli pouvoir tuer Victor – et survécu pour le raconter – et de la seule personne qui en est capable, répondit-il avant de me donner une pichenette sur le nez.

Je secouai la tête, plus étonnée par son geste que par ses propos. Il finit son verre d'un trait.

— C'est pourquoi il est très important que vous vous entendiez, tous les deux. Je te demanderai donc de faire un gros effort.

— Pourquoi ? fis-je, légèrement vexée.

Barney sourit. C'était un des sourires que je haïssais. Un de ceux qui signifiaient « si tu savais » et « tu verras » en même temps, additionné d'un « ça m'amuse déjà comme un fou ».

— Tu n'es pas ce qu'on pourrait appeler facile à vivre.

Je lui lançai un de mes regards les plus noirs.

— Quant à lui, il est du genre à détester les petites princesses, ajouta-t-il sans se départir de son air enjoué.

Il me scruta pour déceler la moindre réaction chez moi, mais je ne bronchai pas.

— Enfin, reprit-il d'un ton léger, je suppose qu'il n'y a rien que vous ne pourriez résoudre sous la couette. Mais vu que tu te réserves pour ce mystérieux vampire que tu ne veux pas me présenter...

— Je t'emmerde, Barney, tranchai-je.

La mention de Lukas m'avait mise sur la défensive sur-le-champ.

— Moi aussi je t'aime, bébé.

Il m'observa ensuite un long moment de ses énormes yeux bleus. Dommage pour lui, ils n'avaient plus d'emprise sur moi depuis mon premier soir au *Paradis Perdu*. Finalement, comme je ne réagissais pas, il fit une moue faussement déçue et se redressa sur son tabouret.

— Bon, dit-il, je t'informe demain dès que je sais où il est descendu et à quelle heure il peut te recevoir. Maintenant, va me chercher ton petit copain avant qu'il ne se mette à lécher les murs.

J'acquiesçai et me relevai après avoir jeté un coup d'œil à Julian, qui était perdu en pleine contemplation du pastiche de pub pour soda, celle avec le père Noël et ses deux jolis crocs. Il affichait un sourire béat.

— Et n'oublie pas, ajouta Barney une fois que j'eus fait un pas en direction de Julian, tiens-toi correctement et sois polie.

— Je sais me tenir, fis-je en me retournant, sans arrêter de marcher.

— Ça tombe bien. J'aime les filles qui se réservent pour le mariage.

Je ris bien malgré moi en faisant volte-face, et le laissai face à face avec mon doigt le plus long.

J'arrivai vers Julian et posai une main dans son dos.

— On y va.

— Oh, non, déjà ?

Son petit ton déçu, tout enfantin, m'arracha un sourire. Il était si innocent, si naïf, par moments. C'était touchant, mais c'était aussi certainement ce qui risquait de le perdre, un jour. Il était la personne la plus candide que je connaissais, et il avait le cœur sur la main. Dans un monde où on ne peut faire confiance à personne, c'était comme faire entrer un agneau dans une étable infestée de loups.

Une petite pression sur l'épaule et il me suivit en direction de la porte.

— Je pourrai revenir avec un appareil photo ?

— Ça, tu demanderas à Barney.

Je le vis rougir légèrement et se tourner vers le bar, d'où Barney acquiesça avant de répondre, spontanément.

— *Mi casa es su casa.*

Une sale impression de déjà-vu remonta le long de mon échine, me dressant les poils au passage. J'arrivai devant la porte sans avoir pu m'en débarrasser. Ce n'était sûrement qu'une coïncidence.

Je me retournai vers Barney.

— Pourquoi 3K ? demandai-je, assez fort pour couvrir la distance bien que ce soit inutile.

— Parce que son nom est imprononçable, répondit-il.

Je me mordis la lèvre inférieure.

— C'est quoi, son nom ?

— Karel Karasaszek.

Sa réponse claqua comme un coup de fouet de son palais à mes oreilles.

Chapitre 11

L'homme qui se tenait en face de moi forçait le respect par sa simple présence.

Je venais de pénétrer dans une grande suite de l'un des hôtels les plus luxueux de la ville. Rien à voir avec les chambres que j'avais moi-même occupées encore récemment. Les lieux étaient des plus spacieux, lumineux, et meublés avec goût. C'était un cinq étoiles, et je compris à ce moment à quel point cela changeait la donne. Ici, pas de tapisseries abîmées, pas de moquette sale. Le mobilier était en parfait état. Les murs étaient d'un jaune pâle chaleureux qui conférait à la suite un aspect paisible. Le papier peint ambré qui délimitait l'espace salon était sans accroc et le reste du sol en marbre assorti dans des tons plus clairs luisait sous les différents spots qui éclairaient la pièce. Un grand canapé en cuir chocolat faisait face à une gigantesque baie vitrée entourée par de lourds rideaux ébène, et, entre les deux, se trouvait une énorme table basse en verre ultra design flanquée de deux imposants fauteuils bruns. Sur ma droite, une arche menait à la chambre à coucher, dont je ne voyais pas grand-chose depuis ma position, si ce n'était un lit immense qui semblait plus confortable que tous ceux dans lesquels j'avais pu dormir au cours de ma vie. Sur la gauche, une porte fermée – que j'identifiais comme la salle de bain – attisa ma curiosité. Je l'imaginais marbrée elle aussi, lumineuse, et plus spacieuse que mon ancien appartement. Rien ne dépareillait dans le reste de la pièce, que ce soit les copies de tableaux de maître finement réalisées qui habillaient les murs, les sculptures de marbre qui décoraient les grands espaces, ou les buissons taillés avec une infinie précision qui teintaient les lieux de leur vert vif. Je n'avais aucune idée de s'ils étaient vrais ou pas, mais l'effet était réussi, on se serait cru dans un palais florentin. Je ne me sentais pas du tout à ma place ici, avec mon jean en mauvais état et mon top qui avait déjà trop vécu.

L'homme qui était descendu dans cette suite se tenait derrière le canapé et me tournait le dos. Il était de taille moyenne, ses cheveux blancs comme la neige et ses mains, jointes à la hauteur de ses reins, formaient comme une couronne éclatante qui reposait fièrement sur son manteau noir. Il se dégageait de son corps une puissance écrasante. Je n'avais jamais rien ressenti de tel. Je la sentais ramper le long du sol, des murs, faisant frémir les feuilles des buissons, pour venir s'échouer contre moi dans une vague redoutable, au point que même mes os me semblaient vibrer. Tout cela était pour le moins déroutant. Il regardait par la grande baie vitrée qui donnait sur la ville et ses clartés nocturnes, dont je pouvais apercevoir un nombre incalculable de buildings. Nous étions au dernier étage de l'hôtel, et la vue qui s'offrait à nous était saisissante. C'était comme si nous étions au sommet du monde, qu'il s'étendait à nos pieds. Je me sentis soudain si insignifiante, entre le spectacle des lumières et l'écrasante force de l'inconnu, que je sursautai quand il prit la parole.

—Avance.

Sa voix était aussi grave et vibrante que son pouvoir, presque rêche. Je fis quelques pas en avant, sur mes gardes, tenaillée par la dérangeante sensation qu'il pourrait se retourner à tout instant et me désintégrer d'un simple regard. Je m'arrêtai lorsque je fus à deux mètres de lui. Il se tourna finalement dans un bruissement d'étoffe, et je découvris un visage aussi tranquille que souriant. Pas exactement ce à quoi je m'étais attendue.

De ses petits yeux verts transparaissait une sagesse à l'épreuve du temps. Son nez aquilin séparait sa figure en deux parts égales ornées de rides douces et régulières qui contredisaient l'impression de force qu'il dégageait. Sa fine bouche me renvoyait un sourire sympathique, et je finis par me détendre quelque peu.

Il demeura ainsi de nombreuses secondes à me détailler, mains toujours jointes dans le dos. L'immobilité même. Son long manteau noir et fin lui conférait une allure ténébreuse qui tranchait avec la clarté de son visage, aussi sûrement que son pouvoir le faisait avec son apparente vieillesse.

— C'était donc toi la motivation de ce vieux fou ! J'aurais dû m'en douter.

Barney devait être le vieux fou en question, et il n'avait pas averti le dénommé Benoxh de mon identité avant de prendre rendez-vous. Cela ne pouvait signifier que deux choses. Soit Benoxh avait une confiance aveugle en Barney, soit il n'avait rien à craindre de personne. La puissance qui me chatouillait la peau sans répit me poussait à croire que la seconde raison avait nettement plus de poids que la première.

— Vous savez qui je suis ? demandai-je, très poliment.

Cette question avait franchi mes lèvres à de nombreuses reprises au cours des semaines passées, mais j'avais généralement une lame plantée dans le corps de mon interlocuteur, et mon ton était nettement moins plaisant. Aujourd'hui, j'étais en position de faiblesse, et j'en étais consciente.

Un sourire rapide vint étirer ses lèvres.

— Si j'avais pu avoir une quelconque hésitation après avoir senti l'énergie qui émane de toi, ton visage ne m'aurait permis aucun doute.

Quelle étrange façon de répondre oui !

— Vous avez connu ma mère ?

Il acquiesça.

— Brièvement, à mon grand regret. C'était une femme charmante, ajouta-t-il après une courte pause.

Il me regarda de longues secondes sans dire un mot, laissant ma gêne gagner en intensité. Son regard pesait sur ma peau de manière inconfortable et agitait tous mes sens à la fois. Mais aussi mal à l'aise que sa présence me rendît, je ne me méfiais pas de lui. Pour tout dire, j'avais même un bon sentiment le concernant. Mon corps avait juste un peu de peine à se mettre au diapason avec mon esprit.

— Vous savez pourquoi je suis là ?

Encore une fois, mon ton resta très poli, comme celui d'un élève en face du proviseur après avoir été convoqué. Il fit un pas dans ma direction, et j'eus l'impression de recevoir une claque d'énergie en pleine figure.

— Je sais pourquoi tu as été envoyée, répondit-il tranquillement. Je sais aussi que ce n'est pas la raison pour laquelle tu es venue.

Je souris sans m'en rendre compte, sincèrement amusée qu'il ait pu lire en moi comme dans un livre ouvert. Je devais être une proie bien facile, en ce moment. Même si ma mission était de le recruter, je ne l'avais pas acceptée dans ce but. Je voulais en apprendre plus sur celui qui avait prédit ma naissance et ses conséquences, et il était très certainement le seul en mesure de me fournir les réponses que j'attendais.

— Pourquoi moi ? demandai-je de but en blanc.

Ma question sembla le faire réfléchir quelques instants, comme s'il s'était agi là d'un piège.

— Il fallait bien que ça tombe sur quelqu'un, répliqua-t-il finalement, quelque peu amusé.

Je ne pus réprimer un soupir amer. Pourquoi demander des choses aussi absurdes quand on sait pertinemment que la réponse est quarante-deux ?

— Ne fais pas cette tête, continua-t-il de manière douce. J'aimerais pouvoir te répondre, mais ce n'est pas parce que je vois que je sais.

Je me forçai à sourire pour lui signifier que je comprenais. La vérité, c'était que je ne comprenais pas vraiment, et son ton énigmatique ajouté à l'état de stress dans lequel je me trouvais n'aidait en rien. S'il admettait lui-même que voir n'équivalait pas à savoir, comment pouvaient-ils tous croire un seul instant que je deviendrais plus mauvaise que mon père ?

— Qu'avez-vous vu exactement ?

Ses yeux se plissèrent, et je fus encore une fois surprise de la sérénité qu'il affichait. C'était comme une force tranquille, qui se déversait en vagues continues contre moi. L'énergie n'était pas négative, elle était juste extrêmement puissante.

— Toi, tuant ton père, dit-il simplement.

— De quelle manière ?

Quitte à passer par là, autant avoir des réponses claires. Et il était toujours permis de rêver. Si je savais où, quand, et comment je le liquidais, ça me faciliterait considérablement la vie.

Il sourit ouvertement face à la candeur de ma question, mais garda le silence quelques instants.

— Les prophéties ne sont pas comme les rêves. Je ne suis pas un rêveur, comme l'a été ta mère. Lors des rêves, les images sont claires, nettes, définies. J'ai bien peur qu'il n'en aille pas de même pour les prophéties.

Encore une fois, il m'avait gratifiée d'une très longue réflexion qui ne voulait rien dire d'autre que « aucune idée ». Ce type aimait visiblement bien s'écouter parler. Pour un Sihr, il n'était pas très concis.

— Je n'ai pas tant vu que senti, ajouta-t-il. Je sais de manière certaine que tu vas tuer ton père, mais j'ignore comment, où, et quand.

Pratiques, les prophéties, en fin de compte.

— Donc je suis vouée à devenir mauvaise.

Ce n'était ni une question ni une affirmation. Il ne répondit rien.

— Je ne suis pas d'accord avec vous, continuai-je vivement. Je refuse de prendre pour argent comptant une vague prédiction qui me destine à un avenir aussi sombre que vous semblez tous le croire, alors même que vous admettez que voir ne signifie pas savoir. Je ne deviendrai pas mauvaise.

Mon ton se voulait défiant sur la fin, et ça ne lui avait pas échappé. Il ne s'en offusqua pas. Il se contenta de me regarder paisiblement.

— Et pourtant, tu tueras ton père, m'assura-t-il.

Et pourtant, elle tourne, pensai-je, amère.

— Pourquoi ? demandai-je, les dents serrées par une rage qui ne lui était pas destinée.

Il haussa légèrement les épaules tout en affichant un air fataliste.

— Parce qu'il doit être arrêté et que tu es la seule qui est en mesure de le faire.

Exactement le même discours que Barney. Mes nerfs commençaient à présenter les premiers symptômes de fatigue, et mon sens de la politesse y était étroitement relié.

— Et moi, qui est-ce qui m'arrêtera, hein ? lâchai-je, la colère suintant dans ma voix. Parce que c'est bien ça, le deal, non ? Si je tue mon père, je deviendrai pire que lui. Alors ne me dites pas que vous espérez sincèrement ne serait-ce que deux secondes que je vais aller le buter.

Il accueillit mon irritation de manière très digne. Il eut même la décence de patienter quelques secondes pour être sûr que je n'avais rien à ajouter. Cela m'énerva au plus haut point. Je venais de lui manquer de respect, je savais que cet homme n'y était pas habitué. Pourtant, cela ne l'avait pas troublé le moins du monde.

— Je n'ai pas la réponse à cette question. Mais je reste persuadé que l'univers y a pensé.

Je ris nerveusement. *Si l'univers y a pensé, aucune raison de s'inquiéter !*

— En fait, vous êtes plutôt inutile, dans votre genre, répliquai-je de manière très sèche. Vous lâchez deux ou trois phrases prophétiques auxquelles on est censés croire comme au messie, mais pour ce qui est des explications, nada.

Il resta figé, droit comme un « i », à méditer silencieusement ce que je venais de lui dire. Il ne semblait toujours pas s'être offusqué du ton que j'employais.

Emmerdeur. Je détestais quand les gens n'avaient pas la politesse de s'énerver en symbiose avec moi.

— Maeve, je conçois que c'est un grand poids à placer sur de si frêles épaules. Je respecte ton choix de ne pas vouloir y croire. Cependant, si tu désires mon aide, sache que je suis à ton entière disposition.

— Donc vous acceptez de vous joindre à nous ?

Il sourit légèrement et ses yeux s'étrécirent, rendant ses traits encore plus acérés. Cet homme aussi était un prédateur. Il vaudrait mieux ne pas l'oublier.

— À vous, non. À toi, oui.

Je l'interrogeai du regard en fronçant les sourcils.

— Je n'ai pas ma place dans cette guerre. Je suis vieux et usé par trop d'années sur cette terre. Par contre, je peux t'aider à apprendre à maîtriser tes pouvoirs.

Je soupirai d'agacement. Ce type était aussi vieux et usé que j'étais de nature joviale et bon enfant. Et surtout, il se trompait sur beaucoup de choses.

— Je n'ai aucun pouvoir.

Je n'eus pas le temps d'achever ma phrase qu'une boule lumineuse me frappait de plein fouet. Cependant, je ne ressentis aucune douleur et, lorsque je baissai les yeux, je m'extasiai devant le spectacle. Du feu essayait de lécher ma peau à travers le tissu de mon top. Essayait, parce qu'il ne m'avait pas atteinte malgré les langues qu'il lançait dans ma direction, comme si une barrière invisible l'empêchait d'aller plus loin.

Je vis Benoxh baisser lentement la main qui m'avait envoyé l'attaque, et les flammes s'éteignirent de concert. Je ne comprenais pas. Je n'avais rien fait pour me défendre.

— Nos énergies ont commencé à s'entrechoquer dès que tu es entrée dans la pièce, m'expliqua-t-il calmement. Tu es tellement à fleur de peau que tu te protèges depuis que tu es arrivée.

— Mais je n'ai rien fait, bredouillai-je.

Il me sourit timidement.

— Ce n'est pas parce que tu ne sens pas ton pouvoir qu'il n'est pas là. Il te défend spontanément. Il m'a effleuré alors que je ne te voyais pas encore, avant même que tu n'entres dans la suite.

Je fis la moue bien malgré moi. Ce n'était pas des plus pratiques pour passer inaperçu. Et, surtout, c'était inquiétant. Je ne ressentais rien. C'était peut-être de là que venaient les décharges que je sentais en touchant les vampires, même si, heureusement, eux étaient incapables de me sentir à distance. Mon père, avec ses pouvoirs volés aux Sihrs, en serait-il capable, lui ?

— Ne t'en fais pas, continua Benoxh, comme s'il avait pu lire l'inquiétude sur mes traits. Les vampires ne peuvent pas ressentir ce type d'énergie. Seuls les Sihrs le peuvent.

Quelque chose me dérangeait dans ces propos, mais j'étais incapable de mettre le doigt dessus.

— Qu'y a-t-il ? Est-ce que tu as senti quelque chose avec un vampire ?

Si ce n'était pas de l'inquiétude qui transparaissait dans sa voix, je ne savais pas ce que c'était.

— Quand Barney me touche, répondis-je lentement, je ressens comme des décharges.

Les yeux de Benoxh s'écarquillèrent, et l'effet produit fut si étrange que j'éprouvai aussitôt le besoin de me justifier.

— Non ! Pas comme ça ! m'exclamai-je. Les rares fois où nos peaux sont entrées en contact, j'ai reçu des décharges.

J'ignorais totalement pourquoi j'avais tenu à défendre ma vertu. Benoxh n'était pas mon père, et j'avais encore le droit de faire ce que je voulais avec qui je l'entendais. Seulement, une petite voix me soufflait qu'il aurait une plus haute opinion de moi s'il ne pensait pas que je couchais avec l'ennemi. Or, j'avais besoin que ce soit le cas. Je ne croyais peut-être pas en sa prophétie, mais j'étais persuadée qu'il avait beaucoup à m'apprendre.

Ses yeux s'étrécirent avant de reprendre leur taille normale.

— Ce n'est pas surprenant, répondit-il de manière un peu trop neutre après le regard qu'il venait de me lancer. Barney est un vampire très âgé. Leurs pouvoirs augmentent considérablement avec les années. Il aurait été étonnant que tu ressentes ça avec un vampire beaucoup plus jeune.

Il m'observa sans s'en cacher, et je me rendis compte qu'il savait que je n'avais pas tout dit. C'était très dérangeant. Des vagues d'énergie affluaient pour me sonder, couraient sur mon corps pour y chercher une brèche, mais je restai aussi stoïque que possible. Lukas était nettement plus jeune, et les décharges nettement plus fortes. Bien que j'eusse souhaité en connaître les raisons, mon instinct me dicta de ne rien divulguer.

— Mon père pourra me sentir à distance ?

Il plissa les yeux et me regarda intensément. Mon petit manège ne fonctionnait pas très bien.

— Il le pourra, oui, répondit-il.

Et merde.

Un silence épais envahit la pièce. Nous restâmes ainsi de longues secondes à nous observer, sans ciller. Aucun de nous deux n'était dupe. Il savait que je ne lui avais pas tout révélé, et je savais qu'il savait. La tension devenait plus palpable à mesure que le temps s'écoulait. J'avais besoin d'y mettre un terme.

— Est-ce que je pourrai lancer des boules de feu, moi aussi ?

Certaines personnes discutent de la météo, ou de la voisine qui a grossi. Non, moi, il avait fallu que je parle de boules de feu. Je n'étais vraiment pas douée pour les banalités.

Il me considéra de la tête aux pieds et se détendit légèrement.

— Bien plus encore, fit-il en traînant la voix.

J'aurais menti en affirmant qu'en ce moment précis, je ne me sentais pas comme le jeune Skywalker en train de contempler les possibilités que lui offrait le côté obscur de la Force. Je chassai vivement cette idée en secouant la tête.

— Tes facultés sont potentiellement infinies, dit Benoxh, comme s'il lisait dans mes pensées. Je ne pourrai t'aider que sur la moitié du chemin, cependant.

— Pourquoi ? demandai-je, surprise.

— Personne ne pourra t'apprendre la magie morte. Personne ne sait plus l'utiliser.

— Victor, si.

Cette idée semblait fortement déranger Benoxh.

— La manière dont il s'y est pris pour réussir ce tour de force reste aussi insondable que son âme, fit-il comme pour lui-même.

Poétique, pensai-je. *Ou prophétique.*

— Comment suis-je censée apprendre à me servir d'une magie dont personne ne sait rien, à part la personne sur laquelle je devrais m'en servir ?

— Ça… l'avenir nous le dira. Mais je suis confiant, ajouta-t-il avec un léger sourire.

Cette discussion ne me plaisait pas. Ce qu'elle impliquait m'inquiétait grandement. J'avais tacitement accepté depuis plusieurs semaines de tuer mon père. L'idée ne m'enchantait toujours pas le moins du monde, et cette conversation n'aidait pas. J'avais déjà de la peine avec le concept de magie en temps normal, alors de la magie morte… Je me sentais plus vampire que Sihr, et ce depuis que j'avais appris le secret de mes origines. Tout faisait pencher la balance de ce côté. Je buvais du sang, et ma force physique était plus importante que celle d'un simple humain ou d'un Sihr. Mais surtout, je ne savais pas du tout utiliser la magie qui coulait dans mes veines. Pire, je n'y comprenais rien.

— Qu'y a-t-il ? demanda Benoxh, comme s'il avait pu lire sur mon visage que les questions se bousculaient dans ma tête.

Je détendis ma bouche avant de parler.

— J'arrive à comprendre pourquoi seule la magie morte peut tuer Victor, dis-je. Mais ce qui m'échappe, c'est pourquoi moi je pourrais l'utiliser, si des mages nettement plus puissants en sont incapables.

— Parce que la personne qui t'a créée s'est assurée que tu en sois capable.

J'avais bien peur de ne pas le suivre.

— Maeve, je crains fort que tu n'aies été conçue que dans un but très précis.

— Vous essayez de me dire que ma mère ne m'aurait créée que pour que je puisse tuer Victor ?

Benoxh eut un petit rire qui me dérangea terriblement.

— La magie qui a été nécessaire pour qu'un vampire puisse se reproduire n'était pas accessible à Viviane.

Voilà qui avait le mérite d'être clair. Je fronçai les sourcils à m'en faire mal au front. En face de moi, il semblait toujours aussi calme. Ça n'aidait pas à me détendre.

— Qui a fait ça ? demandai-je sèchement.

Cette pensée me plaisait encore moins que tout ce qu'il m'avait dit au cours de notre entretien. Si j'avais été créée, qu'est-ce que cela faisait de moi ? Et si ce n'était pas par ma mère, qui diable avait pu le faire ?

— Je n'en ai pas la moindre idée, admit-il. Quelqu'un de puissant, assurément. Quelqu'un d'assez puissant pour parvenir à se servir de la magie morte au moins en une occasion.

— Victor ?

Cette fois-ci, il rigola franchement.

— Victor n'est malheureusement pas assez stupide pour créer lui-même l'instrument de sa perte, fit-il d'un ton léger.

Mon flot de pensées s'arrêta net.

— Je suis un instrument.

Mon affirmation s'inscrivait au-delà de l'amertume. Étais-je un objet ? Un vulgaire pion qu'on déplace sur un échiquier, pour faire tomber le roi ?

— Ne sois donc pas si susceptible, jeune demoiselle, reprit-il, amusé.

Facile à dire, vieux schnock.

— Tu es l'instrument, l'arme, et tu es la main qui la tient.

— Je suis la magie morte.

— Tu es la magie morte, confirma-t-il.

Ça paraissait simple, évident, limpide, et effrayant. Est-ce que quelqu'un d'autre que moi pourrait m'utiliser ? Je déglutis difficilement.

— Comment est-ce possible ? demandai-je en appuyant bien le verbe.

— D'une manière très élémentaire. Dans ton être se côtoient aussi bien la magie que la mort. Parfois, il n'en faut pas plus.

Je serrai les poings. Ça semblait si logique, dit comme ça. Aussi logique que stupide. Et ça ne répondait à aucune des questions que je me posais.

— Dans ce cas, pourquoi ne pas simplement vampiriser un mage ?

Personnellement, c'est ce que j'aurais fait.

— Parce que c'est impossible. Nous sommes immunisés contre toutes les maladies humaines, et les morsures de vampires n'ont pas plus d'impact sur nous qu'une piqûre de moustique. Boire leur sang ne nous fait aucun effet non plus.

Toutes ces informations s'entrechoquaient dans ma tête, et rien n'en ressortait clairement. Un sombre inconnu m'avait créée dans le but de raviver une forme de magie éteinte depuis des millénaires afin d'être en mesure de détruire un monstre arriviste qui se trouvait être mon père et qui avait réussi à s'en servir au moins à quelques occasions, si j'avais bien suivi. Et moi, au milieu de tout ça, j'étais quoi, au juste ?

Je sentis la colère gagner mon corps. Noire, corrosive, sourde.

— Je crois que je ferais mieux de rentrer, dis-je un peu trop doucement.

La seule chose dont j'avais envie sur l'instant était de me caler dans les bras de Julian et de ne plus penser pendant quelques jours. J'avais besoin de démêler toutes ces informations. Rester ne m'embrouillerait que davantage l'esprit.

— Très bien, répondit tout aussi doucement Benoxh. N'oublie pas que je me tiens à ta disposition.

J'acquiesçai, sans bouger pour autant. J'étais figée.

— Allons, dit Benoxh, presque tendrement. Prends le temps qu'il te faudra. Personne ne te demande d'être un héros. Vis ta vie comme tu l'entends, même si de vieux fous te font peur avec leurs discours.

Il me sourit et posa sa main sur mon épaule, comme pour me réconforter. La douleur que cela me provoqua m'arracha un hurlement. Je fis un grand pas en arrière tandis qu'il restait sur place, comme figé, les yeux dans le vague. Au bout d'une fraction de seconde, la lumière revint faire briller le vert de ses pupilles, et il sembla que rien ne s'était passé. Lorsque son regard se posa à nouveau sur moi, un frisson remonta le long de mon échine. La douleur dans mon épaule avait beau s'être estompée, je me tenais sur mes gardes. Pendant un infime instant, avant que ses yeux ne reprennent vie, il avait eu l'air d'un fantôme. Comme s'il avait été désincarné de son enveloppe corporelle, comme si toute couleur l'avait déserté. Toute son énergie était restée en suspens dans la pièce pendant cette fraction de seconde, puis elle avait redémarré dans un tourbillon qui avait agacé mes sens et fait se dresser chaque poil de mon corps plus sûrement que des ongles sur un tableau noir. Si cet homme pouvait lire dans quelque chose, c'était quelque chose de bien plus profond que l'âme humaine. Et c'était quelque chose qui m'avait terrorisée.

La poche de mon jean vibra et chassa mes pensées noires. Sans cesser de surveiller Benoxh, je sortis mon téléphone.

— Tu ne dois pas y aller ! tonna-t-il.

Je le regardai, incrédule, tout en reculant de quelques pas de plus, mes doigts crispés sur l'appareil. Le coup d'œil oblique que je jetai en direction de mon portable répondit à la question qui n'avait pas encore franchi mes lèvres et me fit l'effet d'une douche glacée.

— Je dois y aller, dis-je à Benoxh comme si rien ne venait de se passer.

— Tu ne dois pas le tuer, articula-t-il d'une voix blanche.

Aussi vite qu'elle était arrivée, ma peur de lui s'évanouit. Il cligna des yeux et parut revenir à la réalité. Ce n'était plus qu'un vieillard. Un petit vieillard qui, pendant un bref instant, sembla ne même plus se souvenir de l'endroit où il se trouvait. Il balaya la pièce du regard avant de s'arrêter sur moi, et il me sourit tendrement. Je ne voulais pas savoir ce qui venait de se passer. Je n'avais pas le temps.

Je me forçai à lui rendre son sourire avant de reprendre la parole.

— Il faut que j'y aille.

Il acquiesça et me regarda sans bouger, totalement immobile dans son manteau qui semblait maintenant trop grand pour lui, alors que je reculais en direction de la porte.

— Reviens me voir, fit-il d'une voix chaleureuse.

Je posai la main sur la poignée.

— Je n'y manquerai pas, répondis-je avec un peu trop d'aplomb.

Je sortis précipitamment et, une fois dans le couloir, je me mis à courir. Le chemin pour le parcourir me parut beaucoup trop long, et l'ascenseur mettre une éternité à venir. Je n'avais pas le temps. Je continuai en direction de l'escalier, que j'empruntai au pas de course jusqu'au rez-de-chaussée.

Je déboulai dans le hall d'entrée et percutai de plein fouet un groom qui tirait deux valises.

— Désolée ! lançai-je, sans le penser ni m'arrêter.

Je n'avais même pas regardé à quoi il ressemblait. Je fonçai vers la porte. Une fois dehors, la fraîcheur de la nuit détendit ma peau comme un massage. Je courus à en perdre haleine. Les artères bondées malgré l'heure tardive furent un vrai parcours d'embûches, parsemées qu'elles étaient de passants sans visages qui ne saisissaient pas l'urgence de la situation. Je dus en éviter des dizaines pour arriver à bon port.

Je ralentis lorsque j'atteignis la rue qui menait au *Baron Vampire*, puis je m'arrêtai quelques secondes pour reprendre mon souffle. Je ne portais pas de perruque, mais ce n'était pas grave. Je n'avais pas à avoir peur d'être reconnue. Le téléphone qui n'avait pas quitté ma main m'indiqua qu'il m'avait fallu moins de dix minutes pour me rendre de l'hôtel de Benoxh au *Baron*. Un sourire de contentement déchira mes lèvres et je me dirigeai d'un pas assuré vers la porte. Le vent sifflait à mes oreilles, comme si la nuit essayait de me chuchoter qu'elle m'appartenait. Ce soir, j'allais enfin régler mes comptes.

Avant de pénétrer dans l'établissement, je jetai un dernier regard au message de Barney, et un rictus mauvais détendit mon visage crispé par l'effort.

Connor au BV. Fais vite.

Chapitre 12

La même odeur de chacal m'agressa les narines lorsque je pénétrai dans la salle.

Les lieux étaient bondés, c'était bien ma veine. *Mais pourquoi est-ce que tant de gens viennent dans un endroit aussi pourri ?* pestai-je intérieurement en faisant un pas en avant.

Je jetai un coup d'œil circulaire et ne repérai personne de connu. Ni Barney ni Connor. Un regard vers le bar me rassura. Rob était en train d'y servir Cormack. Rosita trônait sur ses épaules comme à l'accoutumée, amoureusement lovée autour de son cou et à moitié dissimulée sous la longue tignasse de son maître. Je réprimai un frisson et me faufilai dans la masse puante pour rejoindre le comptoir.

Je pris place sur un tabouret vacant en essayant de paraître assez désinvolte. Ce n'était pas facile. En vérité, j'étais au-delà du stress. J'avais enfin une chance de mettre la main sur ma pourriture de frangin, et j'étais au bord de la crise. Entre joie, tension, et peur. Un cocktail détonnant.

— Qu'est-ce que tu bois ? me demanda Rob.

— Tequila, répondis-je tout en l'interrogeant du regard.

Il se tourna pour attraper une bouteille avant de faire volte-face. Pendant qu'il me servait, je le vis adresser une série de coups de tête en direction de différents coins de la salle. Je me retournai discrètement pour observer les endroits concernés. D'accord. Six gardes, avec Connor.

— Voilà, dit Rob en poussant le verre dans ma direction.

— Barney ? demandai-je sans émettre aucun son, ma bouche se contentant de mimer le mot.

Il jeta un bref regard en direction de la porte qui menait aux bureaux. Puis il remua les lèvres à son tour. Il me sembla lire « bientôt ». J'espérais que j'avais bien interprété le message. Je descendis ma tequila après avoir trinqué à cette idée.

Il fallait rester optimiste : tout pouvait bien se passer. L'unique problème, c'était que le club était plein à craquer. Et que j'étais totalement seule. Barney et Rob avaient beau être là, dans l'état actuel des choses, ils ne pouvaient pas griller leur couverture auprès des hommes de Victor. Si quelqu'un les voyait en train de m'aider, nous étions tous bons pour nous cacher jusqu'au Jugement dernier. Moi ça ne me changerait pas grand-chose, mais je pouvais aisément comprendre que ça les motive moins. Et soyons honnêtes, leur anonymat nous simplifiait bien la tâche. Sauf que le résultat était le même. Je ne pouvais compter que sur moi si je voulais atteindre mon frère ce soir.

— Ça fera 3K, dit alors Rob, me sortant de mes pensées.

— Pardon ? demandai-je, pas sûre d'avoir compris ce que je venais d'entendre.

— Je plaisante, beauté. C'est pour la maison.

Il s'éloigna en me faisant un petit clin d'œil accompagné d'un léger signe de tête en direction de la porte d'entrée. Je pivotai discrètement sur mon tabouret pour tenter de l'apercevoir, mais c'était peine perdue. Encore plus de gens étaient arrivés dans la salle, et il faisait trop sombre pour voir dans cette direction. L'inverse était plus aisé, le bar étant faiblement illuminé. Je maudis à nouveau ma vision si réduite. 3K était donc là. Ça me faisait une belle jambe, dans la mesure où je ne pourrais pas le reconnaître. J'espérais qu'il aurait la politesse de venir se présenter.

Au bout de deux minutes, l'attente était déjà infernale. Je voulais mettre la main sur mon frère depuis tellement longtemps qu'être si proche du but me donnait l'impression de m'en éloigner au fur et à mesure que les secondes s'écoulaient. Il fallait qu'ils sortent de ces fichus bureaux. Il fallait que je me venge. Pour Tara. C'était tout ce que j'avais à l'esprit. Jusqu'à ce que quelque chose de vert et froid passe sur l'avant-bras que j'avais posé sur le comptoir et aille renifler l'intérieur de mon verre de tequila vide.

— Salut Rosita, articulai-je péniblement en disant adieu à mes battements de cœur.

Je tournai la tête et découvris Cormack, son air mystérieusement étrange toujours collé à ses traits bourrus. Quelques semaines en sa compagnie m'avaient appris qu'il était vraiment spécial. Il avait des réactions surprenantes, qui semblaient souvent sorties de nulle part, et était capable de regarder quelqu'un pendant des heures sans cligner une seule fois des paupières. Et il n'aimait que les gens que son serpent approuvait. Rob m'avait expliqué qu'il avait fait la guerre du Vietnam de son vivant. Il avait été transformé peu après, un peu par erreur. Je ne savais pas ce que ça voulait dire, être transformé un peu par erreur, mais le résultat, c'était que Cormack était aussi touchant qu'imprévisible. Ce qui le rendait tout aussi potentiellement dangereux. Et grâce à son fichu reptile, il avait déjà eu tout le loisir de se rendre compte que mon cœur n'était pas des plus constants, bien qu'il n'ait jamais fait de remarque. Bon, ce n'était pas non plus comme s'il était du genre bavard.

— Salut Cormack, dis-je doucement.

— Salut Quinn, répondit-il avant de renifler bruyamment.

Nos conversations s'arrêtaient en général à ce stade, aussi commençai-je à observer le serpent pour surveiller ses allées et venues. Une fois qu'elle eût humé mon verre de tequila, elle rebroussa chemin pour retourner vers Cormack. *Bon chien*, pensai-je en la voyant remonter sur son maître et se lover dans sa longue tignasse brune.

— Rosita voulait juste te passer le bonjour, expliqua Cormack en braquant sur moi ses grands yeux à moitié vides.

Ou à moitié pleins.

— Salut Quinn, ajouta-t-il en tournant les talons.

— Salut, répondis-je, sous le choc.

C'était bien la première fois qu'il me disait au revoir avant de se volatiliser. Pendant un instant, j'en oubliai même la raison de ma présence, tant cet échange semblait irréel. Un instant seulement, car lorsque j'adressai un sourire à Robert, qui se trouvait à nouveau en face de moi, il ne me le rendit pas. Il me faisait les gros yeux.

Je compris l'origine du comportement de Rob lorsqu'un vampire s'appuya sur le bar juste à côté de moi. C'était soit 3K, soit la garde personnelle de mon frère. Je jetai un bref coup d'œil vers le nouvel arrivant. Il était tourné aux trois quarts et je ne pus rien voir de flagrant. Il était brun, avait les cheveux passablement longs et était habillé en noir. En gros, il ressemblait à tous les clients du coin à la fois.

Il passa commande auprès de Rob, puis sa tête pivota dans ma direction. Il braqua son regard sur moi en attendant son verre. Un des gardes de Connor. Assez grand, châtain, une jolie cicatrice lui fendant la lèvre en deux portions aussi inégales que boursouflées. Et deux iris noirs qui m'étudiaient intensément. Il devait avoir mon âge, lorsqu'il était mort.

— On s'est pas déjà vus quelque part ? demanda-t-il.

L'accroche ressemblait fortement à une phrase de drague, mais je ne m'y trompai pas. La suspicion qui se lisait dans ses yeux coupait l'effet de manière radicale.

Je lui adressai un sourire félin au moment où je remarquai que la porte du fond de la salle dont je redoutai tant l'ouverture venait de se refermer. Mon frère était très certainement sorti, et le début des hostilités avait sonné. Le moment tant attendu aurait enfin dû arriver. Mais lorsque je tournai la tête en direction du garde de Connor, mon cœur manqua de s'arrêter. Au fond de la salle, en retrait, je venais d'apercevoir Julian, absorbé par le concert. Mais la véritable raison de ma peur soudaine, c'était que Marc se trouvait à deux pas de lui et qu'il m'avait repérée. Et il avait suivi le regard que je n'avais pas pu m'empêcher de jeter à Julian, qui ne m'avait pas encore vue.

Des années de souvenirs vinrent m'étrangler. Marc, le violent fils de pute qui avait battu Brianne pendant si longtemps, à qui j'avais brisé le nez le soir où tout avait commencé, avant que Connor ne le transforme en vampire. Marc qui avait juré de me tuer, et à qui j'avais fait la même promesse.

Mes priorités venaient de changer du tout au tout. D'abord sortir Julian de là, ensuite liquider Marc. Après seulement je pourrais me charger de Connor. Mais en tout premier lieu, je devais m'occuper du garde qui n'avait pas bougé et m'observait toujours. Je me tournai calmement vers lui.

— Je m'en souviendrais, minaudai-je en me penchant d'un cran pour lui offrir une vue sur la naissance de mes seins.

L'effet ne manqua pas, il se détendit juste assez pour jeter un coup d'œil dans mon décolleté. J'espérais qu'il serait au moins mort heureux.

Le temps qu'il baisse le regard, j'avais attrapé l'unique couteau que j'avais sur moi, fidèlement attaché à un de mes mollets, et le lui avais planté dans le cœur. Derrière le tas de cendres qui était un garde de mon frère encore quelques secondes plus tôt, je vis un flash d'angoisse passer dans les yeux de Robert. À quoi s'attendait-il, au juste ? Je n'allais pas laisser un des gorilles de Connor m'identifier juste pour ne pas créer de panique. Il y a beaucoup de choses que mes seins peuvent faire oublier à un homme, mais certainement pas qu'on me recherche pour me faire la peau.

Je n'attendis pas deux secondes avant de me retourner pour trouver Marc et les autres gardes de mon cher frère. Le meurtre du vampire était passé inaperçu pour les clients, mais pas pour Julian, dont les yeux affolés étaient braqués sur moi. Mon petit tour de passe-passe n'y était pour rien. Ce qui le terrifiait, c'était la lame que Marc tenait sous son cou. Mon cœur s'arrêta quand ce dernier me sourit sournoisement.

Je sautai à terre tandis que Robert se retournait pour fixer au-dessus du bar une énorme cloche qui trônait jusqu'alors au milieu des bouteilles. Cette cloche, je ne l'avais jamais entendue, mais je savais à quoi elle servait. En cas de grabuge, c'était le système d'alarme, pour dire à tous les humains de foutre le camp fissa.

Je tombai nez à nez avec Cormack. Je ne l'avais pas vu arriver tant il avait été rapide, et il était maintenant parfaitement immobile. Il me contemplait de ses grands yeux morts, de manière juste assez appuyée pour me mettre sacrément mal à l'aise. Allait-il m'attaquer ? Après tout, je venais de liquider un de ses congénères. Ça me semblait un assez bon motif.

—Attaaaaaaaaaaaaaaaaaaaaaaaaaaaaaque ! hurla-t-il sans bouger d'un pouce, me dévisageant sans ciller.

La cloche commença à sonner de concert. Et la panique débuta.

La foule se mit à courir dans tous les sens, et il devint aussitôt plus que difficile de distinguer qui était qui dans ce gigantesque méli-mélo. Je restai figée quelques instants, imitant malgré moi Cormack qui n'avait toujours pas bougé d'un iota depuis son cri. Il n'allait pas m'attaquer, je l'avais compris, mais son immobilité pourrait lui coûter cher. Les gens se rentraient dedans, tombaient au sol, se marchaient dessus et criaient. Il devait y avoir nettement plus d'humains que de vampires dans l'assemblée. Et après, Julian osait se demander pourquoi je ne voulais pas qu'il vienne. S'il lui arrivait quoi que ce soit…

Je ratissai la salle des yeux à la recherche de l'ennemi. Mes tripes exigeaient mon frère, mais mon cœur réclamait Julian. Un vampire me rentra dedans de plein fouet, et je sortis de ma transe. Poignard en l'air, je m'apprêtai à frapper lorsque je vis qu'il courait vers la porte. Ce n'était sûrement pas pour moi. En revanche, le grand blond qui se précipitait dans ma direction, tous crocs dehors, c'était un des gardes de Connor. Celui-là, il était pour moi.

Je fléchis les genoux et lui rentrai dans le gras dès qu'il fut à ma portée. Nous fûmes projetés tous deux d'un côté, et le temps que je me redresse, je pus voir Cormack s'élancer et retomber sur lui, fesses les premières. Il rebondit dans un bruit ignoble de craquements et se releva rapidement grâce à l'élan. Ensuite, il me salua d'un petit mouvement de chapeau avant de foncer dans la masse en poussant des cris de guerre. J'étais tellement abasourdie que je faillis ne pas penser à terminer le vampire qui était au sol.

Lorsqu'il se mit à gémir, je le remarquai à nouveau, et un coup de lame bien placé plus tard, c'était de l'histoire ancienne. Plus que quatre, dont Marc. Et Connor.

Je me relevai prestement et évitai aussitôt une attaque sortie de nulle part. La boîte s'était déjà bien vidée, mais les gens qui restaient n'étaient pas nécessairement avec Connor. Certains aimaient simplement les bagarres, comme Cormack, qui avait l'air de s'amuser comme un enfant dans un jeu de boules. Le type qui m'était tombé dessus n'avait peut-être donc rien contre moi. Et surtout, il fallait que je retrouve Marc avant qu'il décide de ne plus m'attendre pour abattre Julian. Je savais qu'il voudrait me faire profiter du spectacle, c'était dans sa nature. Cette éventualité me glaçait le sang. Je ne devais pas y penser. Je devais y aller étape par étape, sinon je n'y parviendrais jamais.

Je chargeai l'inconnu et lui mis un coup de poing dans le ventre avec une facilité déconcertante pour l'ôter de mon chemin. Il poussa un gémissement plaintif de petite fille qui a eu ce qu'elle méritait.

— Mais t'es humain, ducon ! lâchai-je, hors de moi. Tu me fais perdre mon temps ! Dégage !

Il parut surpris, et j'attrapai son gilet en cuir pour le jeter sans ménagement en direction de la porte. Il entraîna quelques autres personnes dans sa chute. J'espérais qu'il allait foutre le camp rapidement. *Non mais je vous jure !* Et en plus il avait osé me charger ! Abruti.

Je regardai autour de moi pour tenter de me repérer. Ou plutôt tenter de les repérer. Mais il était impossible de discerner des visages dans le mouvement de panique. Tout le monde se battait avec tout le monde dans une masse informe. Les tabourets volaient dans tous les sens, les gens giclaient à droite et à gauche. Ceux-ci ne m'intéressaient pas. Je ne voyais aucune trace de ceux que je cherchais. La panique martelait mes tempes à un rythme effréné alors que je ne pouvais faire un pas en avant. Je ne pouvais pas me permettre d'aller dans la mauvaise direction et perdre de précieuses secondes à faire le chemin inverse.

Cormack passa devant moi en courant, hurlant après un petit vampire aux cheveux blond sale, tous crocs dehors, qui ne faisait pas le fier. Rosita ondulait gracieusement sur ses épaules. Et je le vis. Au fond de la salle. Ses grands yeux verts et froids perçant la distance qui nous séparait. Connor. À dix mètres de lui, Marc attira mon attention en me faisant un signe. Il tenait fermement Julian, qui était toujours en vie. Mon cœur émit quelques battements de contentement avant de cesser aussi sec. Leur message était clair : étais-je prête à perdre un autre ami pour arriver à mon frère ?

Je me retrouvai près d'un an plus tôt, dans le stade. Je devais faire un choix.

Je fonçai dans le tas tête baissée. Un de ses gardes tenta une approche latérale et je ramassai un grand choc en pleine tempe. Je déviai légèrement sur le côté, mais réussis à garder mon équilibre. Je me retournai pour lui faire face, non sans avoir envoyé ma lame dans sa direction en préambule. J'attrapai à peine sa chemise avant de reculer vivement le haut de mon corps pour éviter un autre coup de patte. Je ne comprendrais jamais ces imbéciles qui se lancent dans le combat sans sortir d'armes. Comme si le fait d'être un vampire était un argument suffisant. Enfin, il fallait être honnête. J'aurais eu bon dos de leur jeter la pierre, vu que c'était à peu près mon cas.

J'envoyai valser ma jambe en plein dans ses bijoux de famille, et il se cambra assez en avant pour que je puisse enfoncer ma lame dans sa jugulaire. Vite fait, bien fait. Je continuai en direction de Marc sans attendre. Ce garde n'était pas mort, je le savais, mais il aurait perdu assez de forces pour me laisser tranquille le temps que j'atteigne Julian. Que ne tenait plus Marc. Mon cœur se brisa dans ma poitrine lorsque je le vis gisant au sol, dans une mare de sang. Mon cauchemar venait de se réaliser. Mais il bougeait encore. Il fallait que je me rattache à ça.

— Je vais te tuer, pourriture, lançai-je à Marc, qui me regardait droit dans les yeux tandis qu'il léchait scrupuleusement la lame qui venait de blesser Julian.

— Je suis déjà mort, grâce à toi. Je crois d'ailleurs que je n'ai jamais pensé à te remercier, ajouta-t-il, un amusement aussi froid que calculé dans la voix. Je t'écrirai une carte pour Noël, et je la poserai sur ta tombe. À côté de celle de Tara.

Je fléchis les genoux, prête à bondir. J'allais lui déchirer la jugulaire avec mes dents, enfoncer mes ongles dans ses orbites, arracher ses bijoux de famille pour les lui faire avaler. J'aurais fait tout ça, et bien plus encore, si je n'avais pas été fermement saisie par l'arrière.

— C'est moi que tu cherches, railla une voix dans mon dos.

Connor. J'avais laissé ma haine m'aveugler, et j'avais baissé ma garde. Je m'étais fait avoir comme la débutante que je pensais ne plus être depuis plusieurs mois. Ces deux chiens connaissaient mes faiblesses et ne s'étaient pas privés de les exploiter. La situation était en train de m'échapper totalement.

— Tu m'as manqué, dit mon frère à mon oreille.

Je n'essayai même pas de me débattre, et il déposa un baiser furtif dans mon cou. Je réprimai une nausée.

— Qu'est-ce que je fais de lui ? demanda Marc en désignant Julian du menton.

— Laisse-le se vider de son sang, répondit calmement Connor. Il serait dommage d'abréger ses souffrances.

Cette fois-ci, je tentai de me libérer, mais il me tenait bien trop fermement. Je ne pouvais pas bouger, tout juste perdre des forces en essayant. En face de moi, Marc ne cachait pas son contentement.

— Pauvre Elliot, dit-il en surjouant. D'abord tu tues sa copine, et maintenant son frère.

— Ta deuxième mort sera très douloureuse, Marc. Je te le promets.

Je sentis les lèvres de Connor s'étirer en un sourire contre ma nuque, qu'il avait à nouveau embrassée sans que je m'en rende compte, mon attention étant portée sur Julian et Marc.

— Elle est sincère, dit-il à l'intention de Marc. Maintenant, disparais, que nous puissions parler affaires de famille en toute tranquillité.

En bon chien bien dressé, Marc obéit et déguerpit aussitôt. Une lueur d'espoir vint illuminer mes sombres pensées lorsque, derrière l'emplacement qu'il occupait, je repérai Rob, tapi dans l'ombre, qui n'avait rien manqué de l'échange. Au sol, Julian respirait toujours, et Rob l'avait remarqué. S'il n'était pas trop tard, je savais qu'il ferait son possible. Tout n'était peut-être pas perdu. *Faites qu'il ne soit pas trop tard*, suppliai-je silencieusement. Je ne pourrais jamais me le pardonner.

Connor me retourna, et nous restâmes à nous regarder quelques instants, le temps comme suspendu autour de nous. Les gens continuaient à bouger aux alentours, mais je ne les remarquai pas. Le même phénomène s'était déjà produit la première fois que nous nous étions vus, et c'était toujours aussi étrange. C'était comme si j'étais happée malgré moi dans un passé qui n'existait plus. Avant qu'il ne tue Tara. Mon cœur bouillonna de toute la haine que je nourrissais à son égard.

Un reflet brillant attira mon regard, et je me rendis compte que Connor avait sorti une lame. Je le dévisageai avec un sourire malsain en serrant celle que je tenais toujours plus fortement dans ma main, et je frappai. Mais alors que l'arme approchait de son corps, les mots de Benoxh me revinrent en mémoire, comme pour gâcher l'instant. *Tu ne dois pas le tuer!* À d'autres. La prophétie, j'allais la lui mettre aussi profond que ma lame.

Connor ne bougea pas, pas plus qu'il ne chercha à parer mon attaque. Il m'attendit bien sagement. J'aurais dû me méfier à l'instant même où je m'en rendis compte.

Mon couteau s'enfonça sans accroc dans son ventre. Et la surprise me fit hoqueter. Moi, pas lui. Son visage se déforma et un grand rictus à glacer l'échine y fit irruption, alors qu'il plaquait fermement une main au creux de mes reins, pour me serrer le plus fort possible contre lui, plongeant la lame plus profondément encore dans ses boyaux. Il continuait à sourire.

— L'argent n'a pas d'effet sur moi, sœurette. Tu as oublié ? L'argent ne fait pas le bonheur.

Son ton était tellement jovial que je me demandai si nous faisions vraiment partie du même monde. Réactif au métal ou pas, je lui avais planté un couteau dans le bide. Il aurait pu avoir la décence de prendre ça pour ce que c'était, et non comme un geste de courtoisie.

Je m'apprêtai à répondre lorsqu'une vive douleur me déchira le bas-ventre. Le chien venait de m'enfoncer son propre poignard juste sous le nombril.

— Sur moi non plus, commentai-je, les dents serrées, alors que les larmes me montaient aux yeux.

Il eut un petit rire satisfait et enfantin. Puis il se saisit de ma main.

— Danse avec moi, veux-tu ? Cela fait si longtemps que nous n'en avons pas eu l'occasion.

— Tu es complètement fou ! m'écriai-je en essayant de le repousser.

Mais je n'y parvins pas, sans vraiment comprendre pourquoi.

Il se mit à mener la valse, tranquillement, tandis qu'autour de nous, une autre danse des plus macabres continuait. Je vis Rob, dans le coin de la salle, me montrer un pouce levé. À côté de lui, Julian était allongé. Je me détendis quelque peu, mais pas suffisamment. Il n'y avait toujours aucune trace de Barney. Où était-il ? Et où était 3K ?

Connor me considérait tendrement et me maintenait serrée contre lui, empêchant ainsi nos couteaux de se déplacer. Lorsque je le regardais, le temps disparaissait à nouveau. Je ne comprenais plus rien. Je ne bougeais pas, je me laissais juste faire.

Il me relâcha pour enlever l'élastique qui retenait mon chignon et arrangea les mèches autour de mes épaules. Je ne bronchai pas.

— Tu es nettement plus belle avec les cheveux détachés, dit-il en reprenant possession de ma main. Tu devrais les laisser libres plus souvent.

— Lâche-moi.

— Pars donc, me défia-t-il avec une moue amusée.

Encore une fois, j'essayai, mais je ne parvins pas à forcer mon corps à faire le moindre mouvement. Quelque chose clochait pour de bon.

— Je savais que tu ne pourrais pas me quitter, reprit-il, satisfait. Les liens du sang sont les plus forts, dit-on.

Il se mit à rire à gorge déployée. Il n'avait toujours aucune idée de ce qu'était une blague, visiblement.

— Comment va ce cher Walter ? demanda-t-il, soudain très sérieux, me sondant de ses yeux perçants.

— Connard.

— Connor, corrigea-t-il machinalement. Et ton amie blonde ?

L'envie de lui arracher la gorge à l'aide de mes dents fit bouillir mon corps entier, mais je ne pus parvenir à faire le moindre mouvement.

— Tu sais, celle qui était tellement mignonne dans sa petite robe rouge.

— Ta première mort sera aussi douloureuse que la seconde de Marc, rétorquai-je froidement.

— J'attends de voir ça avec impatience. Maeve, Maeve…

C'était comme un chant tranquille. Je rêvais de lui sectionner les cordes vocales.

Ma tête ne daigna pas réagir lorsque j'essayai de la tourner pour partir à la recherche d'une quelconque aide. J'étais prisonnière du temps dans les bras de Connor. Des mois de recherches réduits à néant, et par quoi ? Pourquoi mon propre corps refusait-il de m'obéir ? De quoi avais-je peur ?

— Je crains fort que notre petite danse ne doive s'arrêter là, sœurette, dit-il en s'immobilisant soudainement.

Mes jambes étaient en coton, et je compris en cet instant précis que s'il n'avait pas été en train de me tenir, je me serais écroulée sur place.

— J'ai également peur que ce qui va suivre ne soit très, très douloureux, ajouta-t-il avec un plaisir malsain dans la voix. Et que…

Il ne termina pas sa phrase. Une boule de feu venait de traverser la salle sur notre droite, vers la scène. Quelqu'un avait dû s'amuser à confectionner des cocktails Molotov. J'aurais aussi regardé d'où provenaient les flammes, comme Connor était en train de le faire, si j'avais été en mesure de bouger. Mais j'en étais toujours incapable, obligée de regarder le visage faussement enfantin de mon putain de frère, alors concentré dans une expression contrariée. Lui, et une petite tête verte qui flottait juste à côté de son oreille.

Connor se retourna pour me regarder une fois la menace disparue.

— Donc je te disais, reprit-il, tu vas…

Il ne finit pas non plus cette phrase. Rosita s'enroula autour de son cou à une vitesse incroyable avant de le mordre violemment au visage, tandis que Cormack le soulevait par les cheveux pour le faire voltiger et l'envoyer à l'autre bout de la pièce. Ils semblaient parfaitement synchronisés, comme s'ils se comprenaient sans parler. Le temps que Connor disparaisse, le serpent s'était déjà retiré de sa position, tout aussi vite qu'il s'était jeté sur l'ennemi. Étonnamment, une fois débarrassée de Connor, je parvins à tenir debout.

— Salut Quinn, me dit Cormack, tout bougon.

Je ris sur le coup et retirai le poignard que Connor m'avait planté sous le nombril.

— Salut Cormack, articulai-je avec difficulté. Merci.

— Tu es blessée.

Je lui souris après avoir jeté le couteau au sol, et je m'aperçus à son expression que quelque chose n'allait pas. Il observait mon ventre d'une étrange manière. Baissant les yeux à mon tour, je remarquai de suite ce qui clochait.

— Bon Dieu ! lâchai-je.

Je saignais toujours. La blessure ne cicatrisait pas. Je levai un regard effrayé vers Cormack et le vis, impuissante, être attaqué par deux gardes de Connor. Il fut happé vers l'arrière et les trois vampires s'écrasèrent au sol.

J'essayai de réagir, de me précipiter en avant, mais mes membres ne m'obéissaient à nouveau plus. C'est à ce moment que la douleur commença. D'abord, ce fut juste un petit picotement supportable, mais j'eus vite l'impression qu'un autre coup de couteau venait de m'être porté. Je baissai les yeux pour voir que mon ventre saignait plus qu'abondamment maintenant. Que m'arrivait-il ?

Lorsque les élancements dépassèrent le seuil de ma tolérance, je me mis à gémir malgré moi, avant que mes plaintes ne deviennent un hurlement. Et je compris ce que Connor avait voulu dire. « *J'ai bien peur que ce qui va suivre ne soit très, très douloureux.* »

Je m'écrasai sur le sol, incapable de porter les mains à mon propre ventre pour l'empêcher de saigner, criant et me tordant de douleur.

— Finissez-la ! entendis-je Connor hurler à ses gardes d'un coin de la salle.

Lâche, pensai-je alors que je voyais Marc se précipiter dans ma direction, tout sourires. *Toujours pas le cran d'achever tes sales besognes tout seul.*

Je voulus crier à mon dégonflé de frère de venir faire le travail lui-même, mais j'étais incapable ne serait-ce que de relever la tête pour savoir de quel côté surgirait l'attaque. J'avais froid, mon ventre était déchiré comme par mille coups de couteau, mes tripes en ébullition, et j'assistais, impuissante, au spectacle de ma vie qui se répandait sur le sol. Malgré ma vision trouble, je voyais tout ce sang qui coulait encore dans mes veines quelques instants auparavant me fuir comme la peste. C'était d'ailleurs tout ce que je voyais quand le vampire fondit sur moi. Du rouge. Encore plus de rouge.

Je sentis qu'on me tirait fortement par les cheveux, et je gémis lorsque je compris qu'on m'emmenait. Ma tête partit vers l'arrière, mon cou fut exposé, et le contact froid d'une lame sur ma gorge acheva de me glacer. Puis une grande lumière. Était-ce à nouveau du feu ? Ma vision se troublait de plus en plus, et la douleur était au-delà du supportable. Cependant, les hurlements et l'odeur de brûlé qui parvint à mes narines peu après confirmèrent mes soupçons.

— Finissez-la, j'ai dit ! beugla Connor, hors de lui.

Pauvre, pauvre petit garçon capricieux.

Ma tête fut à nouveau violemment tirée vers l'arrière, mais cette fois-ci, aucune boule de feu ne vint me sauver. Le contact froid de la lame s'imprima profondément dans ma chair, et je sentis un liquide chaud dévaler le long de mon cou et descendre rapidement vers ma poitrine. Mes dernières forces m'abandonnaient, lentement mais sûrement. J'étais incapable de lutter. Plus aucun bruit ne me parvenait, et je ne distinguais plus aucune forme qui n'était pas dans mon voisinage immédiat. J'étais dans un état second.

Cependant, alors que mes yeux commençaient à se fermer définitivement, je me sentis retomber violemment sur le sol, tête la première. Je ne ressentais plus aucune douleur, aussi remarquai-je à peine quand mon front heurta la pierre nue de plein fouet, incapable que j'étais de réagir. Je rebondis tout en douceur et, lorsque je touchai le béton à nouveau, mon oreille absorba le choc à la place de mon nez. Presque aussitôt, je me retrouvai en tête à tête avec un vampire. Juste sa tête, pas son corps. Cette idée me fit sourire faiblement. C'est du moins l'impression que j'eus, car ma bouche ne m'obéissait plus.

Et lorsqu'on me retourna pour me mettre sur le dos, la dernière chose que je vis fut un être étrangement grand penché sur moi. Il levait un sourcil interrogateur dans ma direction. Sourcil qui était fendu en deux par une énorme balafre qui semblait déborder sur son visage. Et derrière lui, une petite tête blonde.

Puis ce fut le noir total.

Chapitre 13

Mal.

Je tentai d'ouvrir les yeux, en vain. J'étais trop faible, mon corps refusait de m'obéir. Des voix feutrées flottaient autour de moi, mais j'étais incapable de les comprendre ou de les toucher. J'ignorais même si elles étaient réelles, ou juste un vain écho de la douleur qui résonnait dans mes membres. Je ne savais pas où je me trouvais, si j'étais seule, ou même en vie. J'ignorais jusqu'à mon nom. Tout ce que je savais, c'était qu'un feu de Dieu ravageait mes tripes, faisant courir sa lave dans mes nerfs, et que si ma bouche ne relayait pas l'information, mon corps tout entier hurlait à la mort.

—Réveillée, dit une des voix.

Malgré sa douceur, elle percuta mes tympans comme une gifle. Un ton bourru. Un timbre que j'aurais dû reconnaître, j'en avais conscience. Celle d'un ami, dans une autre vie.

À travers le fin filet de lumière qu'offrait l'ouverture de mes paupières, je vis danser une ombre massive. Sa peau était sombre, mais moins que les murs noirs qui nous encadraient. Et la cicatrice. *Je connais cette cicatrice*, pensai-je avant de repartir dans les vapes.

Je ne sais combien de temps s'écoula avant que je ne revienne à moi. Une heure, un jour, une éternité. Je finis par comprendre que je n'étais pas morte. Le mal qui m'irradiait était bien trop physique, et mes sens fonctionnaient. On me parlait, on me touchait. Quelque part, j'étais même persuadée qu'on m'aimait. C'était reposant. J'étais si fatiguée…

Mais je ne restais jamais consciente plus de quelques secondes. Dès que mon esprit se réveillait, la souffrance l'assommait aussi sec. J'avais l'impression d'être brûlée vive. Alors je repartais loin de mon corps, à cent lieues des voix dont les paroles m'échappaient.

Je me sentais terriblement lourde. La douleur me lestait. Pourtant je flottais loin au-dessus du monde. Le temps n'avait pas d'emprise sur moi. Il ne me comprenait pas. Je ne lui appartenais plus. Peut-être qu'il avait cessé d'exister. Peut-être que j'étais le temps.

Parfois, l'agonie me rappelait à son chevet. Les voix devenaient angoisse et frappaient mon âme, la martelant de coups de panique. Rester était trop difficile. Alors je repartais. D'autres fois, quand j'effleurais cette réalité, je parvenais à me cacher dans un coin de ma conscience qui n'était pas trop douloureux. Je me rendais compte que je n'étais pas seule. Des hommes se trouvaient avec moi, même si j'étais incapable de les voir. Je les sentais. À un moment, il me sembla même entrapercevoir Walter me sourire et me tendre la main. Sauf que je n'avais pas ouvert les yeux, c'était donc impossible. Je l'attrapai quand même, et la douleur me déchira le cœur et le corps. J'étais sur le point de mourir, il était venu me chercher. Cette pensée me terrifia tant que je m'envolai aussitôt. Mais la souffrance était trop lourde pour me permettre de partir assez vite, et je hurlai à m'en étouffer. Je n'avais plus assez de force. J'allais m'écraser. Le sol se rapprochait, mes suppliques n'y changeaient rien. Lorsque la collision se produisit, ma conscience se brisa avant de s'évanouir dans le néant.

Je parvins à ouvrir les yeux. J'étais couchée dans une pièce aux murs aussi noirs qu'une nuit sans étoiles.

— Tiens, tiens. Regardez qui voilà ! dit une voix.

Seul mon hurlement lui répondit. Je me sentis me cambrer, la douleur me déchirant le ventre alors que je me redressais.

— De l'aide !

Des profondeurs où je sombrais rapidement, il me sembla que l'homme restait très calme. Je devais le connaître, mais il était bien trop loin maintenant pour que je puisse essayer de discerner son visage dans l'obscurité. Et de toute manière, je ne voyais pas dans le noir. Je me noyais.

— Le poison n'a pas fini de faire son effet, dit une autre voix, déformée à la surface du lac qui m'avait aspirée. Il faut la faire saigner à nouveau.

— Elle ne va pas survivre à ce rythme, chuchota la première voix, alors que je sentais des bras appuyer sur mes membres pour me déplier et me recoucher.

J'étais encore en train de hurler, n'arrivant à discerner aucun visage à travers les ombres qui m'entouraient.

Je hurlais toujours lorsque je perdis connaissance.

J'ouvris péniblement les yeux. Les murs de la pièce dans laquelle je me trouvais étaient bel et bien sombres, mais pas autant que dans mes souvenirs. Ils étaient froids et nus, et si ma vision fonctionnait un tant soit peu, il n'y avait aucun meuble à l'exception du lit sur lequel je reposais. Quelqu'un était assis à ma gauche. Un homme. Il m'observait, mais j'étais incapable de lire ses traits. Ce n'était qu'un fouillis d'impressions diffuses.

— Salut, fit-il doucement.

Des doigts coururent sur ma peau. Je connaissais cette voix. Je connaissais ces doigts.

— Comment tu te sens ?

Je me sentais brûler, mais lorsque je tentai d'ouvrir la bouche pour le dire, elle était si pâteuse qu'elle resta résolument fermée. Mes lèvres étaient scellées, et ma gorge comme transpercée par mille lames aiguisées et chauffées à blanc.

— N'essaie pas de parler, dit la voix sans visage.

Sa main passa à nouveau sur mon front, et je n'écoutai pas les conseils. Je parvins à entrouvrir la bouche aux prix d'efforts surhumains, mais elle était tellement sèche que ma langue me parut aussi dure que du carton. J'avais l'impression que, si je m'en servais, elle allait tomber en poussière.

— Soif, essayai-je de dire.

Bien que le mot qui sortit de ma gorge ressemblât plus à un borborygme qu'autre chose, l'homme sembla me comprendre, car il se leva. Il revint quelques instants plus tard, et un verre se posa sur mes lèvres. Le liquide pénétra dans ma bouche, lentement. Je me rendis compte avec effroi que j'étais tellement déshydratée que ma peau était devenue imperméable. Et c'était de l'eau. Je n'avais pas envie d'eau. Mon corps et mon esprit réclamaient autre chose, mais j'étais incapable de me rappeler ce dont il s'agissait.

— Tu nous as vraiment fait peur, dit la voix après que j'eus réussi à faire descendre quelques pénibles gorgées.

La conscience m'effleurait. Je le connaissais, j'en étais persuadée, mais je n'arrivais plus à atteindre ma mémoire. Me concentrer était si difficile quand le repos était si simple.

— Je n'aurais pas supporté de te voir mourir une deuxième fois.

Il avait parlé de manière calme, touchante. Il tenait à moi. Il m'aimait. Je le savais. Je connaissais son prénom.

— Elliot…

J'étais incapable de le regarder pour confronter son visage à mes souvenirs épars. J'aurais voulu lui dire que j'étais désolée, même si je ne me rappelais pas de quoi, mais je n'en avais pas la force.

— Maeve, on parlera plus tard.

Cette fois-ci, il s'était montré cassant. Je sentis à nouveau sa main caresser ma peau, comme pour atténuer l'effet de sa réponse. Cela m'apaisa. Malgré le ton qu'il avait utilisé, il m'avait donné un nom et du réconfort. Mon corps était toujours atrocement douloureux, ma gorge terriblement sèche en dépit de l'eau que j'avais réussi à boire, mais sa présence agissait comme un antidouleur géant.

— Essaie de dormir un peu, me dit-il.

Elliot. Me dit Elliot, dont la voix s'était radoucie. Mes yeux refusaient de s'ouvrir, mais ce n'était pas grave. Je connaissais son visage. Je le voyais briller dans les ténèbres de ma conscience comme un phare en pleine tempête.

— Non, soufflai-je.

— Il faut que tu te reposes.

Je n'avais aucunement envie de le faire. Je voulais le regarder. Je voulais émerger. Je voulais arrêter de me noyer dans ce puits de douleur sans fond. Je devais sortir la tête de l'eau. Si je ne le faisais pas maintenant, je n'en aurais peut-être bientôt plus la force.

— Dors, dit mon souvenir en déposant un baiser sur mon front.

Il sentait l'innocence et le bonheur. Il avait le goût du vent dans les brins d'herbe. Il était doux comme un ruisseau de printemps.

Je sombrai dans un profond sommeil.

Je flottais à nouveau au moment où les pleurs me parvinrent. Il se trouvait dans l'obscurité alors que j'essayais de monter vers la lumière, mais ces sanglots étaient si déchirants que je ne pouvais les chasser de mon esprit. Prudemment, je descendis. Je l'entendais toujours, mais je ne voyais rien dans ces ténèbres denses.

— Où es-tu ?

Les pleurs cessèrent, mais personne ne me répondit. Je l'entendais renifler, pourtant. Il était là, pas loin. Je sentais sa détresse résonner plus sûrement que ses larmes.

— Je ne te veux pas de mal.

— Va-t'en ! dit-il d'une voix étonnamment hargneuse pour l'âge que son timbre lui donnait.

J'avançai et me heurtai à un mur. Je me mis à le suivre à tâtons, jusqu'à ce que mes pieds rentrent dans un petit corps mou.

— Va-t'en ! hurla le garçon.

— Je ne te ferai aucun mal. Je suis perdue aussi, et j'ai peur.

Mon aveu sembla le calmer, car je sentis la tension autour de moi baisser d'un cran. Je cherchai le sol des mains avant de m'asseoir près de lui. Je ne dis rien pendant de longues secondes, attendant qu'il parle si l'envie l'en prenait. Mais il gardait le silence, et, peu à peu, ses sanglots reprirent de plus belle.

— Ne pleure pas, murmurai-je. Je suis là.

Mes doigts trouvèrent les siens dans le noir de ma conscience, et la lumière surgit, feutrée, autour de nous. Il ne devait pas avoir plus de six ans. Ses cheveux noirs étaient ébouriffés, et la saleté maculait ses joues d'un masque que des larmes venaient zébrer. Se détachant de façon saisissante de ce visage crasseux, deux énormes yeux d'un vert si pâle qu'il paraissait presque blanc déversaient leur tristesse sur moi.

Je tentai de lui sourire pour le mettre en confiance.

— Tu ne veux pas être ici, me dit-il d'une voix étonnamment mature.

— Pourtant je suis là. Autant que nous nous tenions compagnie.

Son regard se fit aussi dur que son ton, et je réprimai difficilement un frisson. Ils étaient bien trop vieux pour son corps. Ils ne pouvaient appartenir à un enfant.

— Tu ne veux pas me tenir compagnie.

Sa voix tranchante réveilla d'anciennes douleurs dans mon abdomen. Je portai la main à mon ventre, et elles s'évanouirent lentement.

— Pourquoi ? lui demandai-je dans un murmure. Pourquoi est-ce que je ne voudrais pas ?

Il renifla dédaigneusement pour étouffer un sanglot.

— Tu devrais le savoir mieux que quiconque.

Je l'ignorais. Je n'avais jamais vu ce petit garçon, et sa peine me touchait sincèrement, comme si je la partageais. Ses grands yeux ne me quittaient pas une seconde, et, loin d'être mal à l'aise, je me sentais attirée par cet être sans défense. Je ressentais le besoin de le protéger.

— Je l'ignore, fis-je au bout d'un moment. Mais je tiens à être auprès de toi. Personne ne doit rester seul dans ce néant.

Il secoua la tête, agacé, puis retira vivement sa main de la mienne. La nuit nous engloutit aussitôt, et la panique me gagna.

— S'il te plaît ! le conjurai-je. S'il te plaît, ne me laisse pas toute seule ici.

Une menotte vint se blottir dans ma paume, dissipant les ténèbres. Ses immenses yeux verts étaient à nouveau braqués sur moi. Il avait l'air intrigué.

— Les grandes personnes n'ont pas peur du noir, dit-il, une pointe de reproche dans la voix.

— Il faut croire que je ne suis pas si grande que ça.

— Ton cœur ne bat pas.

Son observation était neutre. Je me rendis compte qu'il disait vrai.

— Il me semble que c'est normal, répondis-je avec un sourire étonné.

Le silence nous engloutit aussi sûrement que l'obscurité l'avait fait quelques instants plus tôt. Le garçon m'étudiait, je l'étudiais en retour. J'étais persuadée maintenant de ne jamais l'avoir vu auparavant. Pourtant, mon esprit le reconnaissait. Il faisait partie de moi. Il faisait partie des ténèbres qui essayaient de m'avaler.

— Qui es-tu ?

Il me sourit étrangement et haussa les épaules. Il y avait quelque chose de si familier dans ce geste.

— Je crois que je suis toi. Ce que tu aurais pu être, et ce que tu peux encore devenir.

Je ne comprenais pas, il dut le lire sur mon visage.

— Nous sommes deux parties d'un même tout. Le positif et le négatif, le jour et la nuit. Le bien et le mal, ajouta-t-il plus sérieusement. Quand nous sommes séparés, c'est le mal qui l'emporte.

Pour illustrer ses propos, il lâcha ma main, et tout disparut. Mon cœur se serra à nouveau.

— C'est toi qui as peur. C'est moi l'enfant, mais c'est toi qui as peur.

Il reprit ma main, et la lumière qui réapparut me fit découvrir des traits bien trop durs sur le visage d'un garçon de six ans.

— Ton cœur ne bat pas non plus, observai-je.

Une légère grimace fit irruption sur son visage.

— Il n'a jamais battu. Personne ne m'a jamais assez aimé pour le faire battre.

Ses yeux lançaient des éclairs. Il me faisait bien plus peur que toutes les ténèbres qui pourraient jamais m'avaler.

— Je n'ai jamais eu ta chance, Maeve, continua-t-il froidement alors que j'essayais en vain de me défaire de son emprise.

Mais ses doigts devenaient des griffes desquelles je ne pouvais m'échapper.

— On t'a toujours tout donné. Je n'ai jamais rien eu.

Il enfonça ses ongles dans mes paumes, et le choc m'arracha un cri.

— Tu penses que tu aurais été meilleure que moi ? demanda-t-il hargneusement. Quand tu n'auras plus rien, crois-tu sérieusement que tu seras différente de ce que je suis ?

Son regard était fou.

— Je peux t'aider, dis-je, suppliante. Je peux t'aimer.

— Non, tu ne peux pas.

Sa voix ne souffrait aucune discussion.

— Pourquoi ? Pourquoi ? sanglotai-je.

— Parce que c'est moi qui t'ai fait ça.

Je ne compris pas de quoi il parlait jusqu'à ce que je repose les yeux sur lui. Ce n'était plus de la saleté qui maculait ses joues, mais du sang. Il en était couvert de la tête aux pieds, et je me rendis alors compte que son bras était enfoncé dans mon ventre, qui se vidait petit à petit et allait se répandre sur le sol sombre.

— Pourquoi ? demandai-je à nouveau, pleurant à chaudes larmes, alors que la douleur me déchirait les tripes.

— Pourquoi ? répéta-t-il, incrédule. Tu as volé ma vie !

Il retira sa main et le noir nous avala.

— Je peux t'aimer ! me défendis-je face au néant. Je peux t'aimer !

— Tu as volé ma vie ! cria-t-il si hargneusement que les murs de ma conscience tremblèrent.

— Je peux te sauver !

Je me redressai vivement et la lumière revint, mais ce n'était plus les yeux d'un enfant qui m'observaient. J'étais assise dans le lit, en sueur, les brûlures qui irradiaient tout mon corps me faisant comprendre que je m'étais réveillée. Ça, et l'air étrange qu'affichait Rob.

— Je dois le sauver ! répétai-je, affolée. Je dois le sauver ! Je dois…

— De qui parles-tu ?

— Du garçon !

Rob parut surpris. Je regardai partout autour de moi, essoufflée, cherchant un petit être ensanglanté et apeuré, mais il n'y avait rien que les murs froids d'une pièce vide.

— Ce doit être la fièvre qui t'a fait délirer. Il n'y a personne d'autre que toi et moi ici.

Il disait vrai. Pourtant, ce rêve me semblait si réel.

— Bienvenue parmi les vivants, ajouta Rob en s'approchant de moi, souriant afin de me montrer volontairement ses crocs.

Je lui rendis son sourire avant que la tête se mette à me tourner. J'appuyai mes bras des deux côtés de mon corps pour essayer de résister aux vertiges qui augmentaient à mesure que la douleur se réveillait. Je levai le tee-shirt bleu que je portais et étouffai un cri, mais pas le juron qui suivit.

J'avais une énorme cicatrice rose et boursouflée là où le petit garçon avait planté sa main. Autour, la peau était violacée, tirant dans certains coins sur le verdâtre et s'estompant en blanc cassé, comme si une couche de pus n'attendait qu'une permission tacite pour s'en échapper. C'était vraiment moche.

— Poison, me dit Rob comme s'il lisait dans mes pensées. Connor ne t'a pas loupée. Il va te falloir plus de temps pour guérir totalement.

Petit à petit, les souvenirs revenaient, clairs et distincts, dissipant la brume dans laquelle il me semblait encore flotter. Nous dansions quand il m'avait embrochée.

— Quoi comme poison ? demandai-je, toujours captivée par la marque sur mon ventre.

C'était étrange à dire, mais elle me fascinait. Je n'avais jamais eu de cicatrice de ma vie, et celle-ci paraissait partie pour durer. J'étais allée à la guerre, j'avais survécu.

— Je laisserai les autres t'en parler.

Soudain, mon cœur cessa de battre et voulut déborder par mes lèvres.

— Mon Dieu ! Julian ! Où est Julian ?

— Là, là..., fit Rob. Il va bien, ne t'en fais pas.

Je me détendis aussitôt, un poids énorme délestant mes épaules. Il était en vie.

— Merci...

— Bah ! balaya Rob d'une main rapide. Ce n'était pas grand-chose.

— Si, répondis-je, les larmes me montant aux yeux. Tu aurais pu te faire tuer en le sauvant. S'ils t'avaient repéré...

Un lourd silence envahit la pièce. Cela mettait visiblement Rob aussi mal à l'aise de recevoir des remerciements que moi d'en donner.

— Les autres seront heureux d'apprendre ton réveil, dit-il finalement, pour couper court.

De nouveaux souvenirs se bousculèrent aux portes de ma mémoire. Lala, Elliot...

— Il y a qui ? hasardai-je.

— Barney, Lalawethika, 3K, Li, Finnley, et le petit blond qui t'aime bien.

Le petit blond qui m'aime bien... J'avais envie de le voir, mais j'avais tellement peur qu'il m'en veuille que notre future confrontation me terrorisait. On s'était déjà reparlé, certes, j'en avais quelques vagues souvenirs. Mais nous aurions beaucoup plus à nous dire.

Je tentai de me retourner pour poser les pieds au sol, et la pièce se mit à tanguer.

— Hé, doucement, fit Rob. Reste encore allongée.

— Je veux me lever.

Je n'allais pas supporter cet endroit plus longtemps. Il était oppressant, et j'avais l'impression que les murs n'attendaient qu'un moment d'inattention de ma part pour me broyer tout entière.

— Tu es restée inconsciente pendant trois jours, dit soudain Rob. Ce qui t'a sauvée, c'est que ton cœur ne battait pas quand tu as été poignardée. Le poison n'a donc pas été transporté dans tout ton corps, et on est parvenus à en extraire une grande partie.

Je le regardai, bouche bée.

— Il y avait quelqu'un avec toi en permanence pour te saigner dès que ton cœur recommençait à pomper. On s'est tous relayés pour te donner du sang à peine on t'en prenait, mais tu es encore très faible, et si les toxines sont parties en majorité, il en reste quelques traces.

— Et ? demandai-je, feignant que cela ne me touchait pas.

— Et tu devrais rester allongée quelques jours de plus, répondit-il en posant une main amicale sur la mienne.

Je sentais à la crispation dans ma bouche que je devais être en train de faire une sacrée grimace, et ce n'était pas dû à mes blessures. Ça m'embêtait fortement de l'admettre, mais il avait raison. Seulement il y avait trop de choses qui avaient pu se passer en trois jours, trop de choses qui avaient pu changer. Et surtout, je n'avais jamais eu la réputation de faire ce qui était le mieux pour moi. Je n'allais pas commencer maintenant.

Je posai les pieds au sol alors que Rob soupirait.

— Une vraie tête de mule !

Je lui souris malgré la douleur qui électrisait chaque parcelle de mon corps.

— Tu peux me donner un coup de main, s'il te plaît ?

Il attrapa mon bras et m'aida à me lever. Bon point, mon sourire charmant fonctionnait toujours. Mauvais point, ce n'était pas le cas de mes jambes.

Rob me retint alors que j'étais sur le point de m'écrouler.

— Tu veux bien te recoucher maintenant ?

Dans tes rêves.

— Est-ce qu'il y a des habits quelque part ? demandai-je comme si je ne l'avais pas entendu.

À part le tee-shirt, je ne portais rien, pas même mon médaillon. Le vêtement était beaucoup trop large pour moi, et couvrait une bonne partie de mes cuisses, mais ce n'était pas une tenue très chic.

— Pas ici, répondit-il.

Tant pis, je ferais avec. Enfin, sans.

— Emmène-moi vers les autres, s'il te plaît.

Il soupira à nouveau.

— Tête de mule, répéta-t-il dans sa barbe.

Il passa une main autour de mes hanches, et je posai un bras paresseux sur ses épaules. Comme il était plus grand que moi, ce n'était pas des plus confortables. L'effort que j'avais fourni pour atteindre sa nuque m'avait déchiré le ventre. Ceci dit, j'avais assez mal partout pour ne pas m'arrêter à ce détail.

Nous nous dirigeâmes vers la porte à une allure frisant le record du monde du cent mètres escargot, et une fois qu'il l'eut ouverte, nous débouchâmes dans un couloir tout aussi glauque que la pièce que nous venions de quitter.

Après un trajet qui me parut interminable, nous arrivâmes devant un ascenseur. Ça, au moins, ça tranchait avec le reste des lieux. Rob appuya sur le bouton et les portes s'ouvrirent aussitôt.

Une fois entrée, un miroir me confronta à une vision d'horreur. J'étais plus blanche que jamais, et mes yeux semblaient moins vivants encore que ma peau. Mes cheveux étaient en bataille, et, grosso modo, j'aurais fait fureur à Halloween sans costume. Mes lèvres paraissaient avoir été effacées, comme si je n'avais plus une goutte de sang sous l'épiderme.

Rob eut la décence de ne pas faire de commentaire, et le trajet en ascenseur fut assez court pour que je n'aie pas le temps de me détailler trop précisément. Une fois les portes ouvertes, nous arrivâmes dans une sorte de mini hall, toujours ambiance donjon maussade. Rob m'emmena au fond de la pièce et ouvrit une nouvelle porte. Nous pénétrâmes dans la salle où se trouvaient tous les autres. Étonnamment, c'était un bar.

J'aurais pu déduire seule qu'on était dans un des clubs de Barney, mais mon cerveau n'était pas ce qu'on pouvait appeler rapide depuis qu'il s'était remis à fonctionner à peu près correctement. La pièce était faite de pierres sombres et de poutres couleur miel, et, dans l'ensemble, on se serait cru dans un château assez sordide. Lustres en fer, où étaient accrochées des dizaines de bougies, menottes aux murs, armes de guerre en tout genre et armures trônant fièrement devant des tapisseries délavées par le temps.

Un bar se trouvait à notre droite, et plusieurs personnes y étaient rassemblées. Au fond de la salle, sur une petite estrade en bois, deux hommes étaient assis à une table. Et toutes les têtes s'étaient tournées vers nous lorsque nous étions entrés dans la pièce.

— Eh bien, bébé, déjà debout ?

Je vis Barney, derrière le comptoir, occupé à servir des verres aux trois personnes qui étaient devant lui, dont Elliot et Lalawethika. Mon cœur fit un bond. Je me rendis compte à ce moment que je n'avais même pas remarqué qu'il était en train de battre. Il était régulier, mais très faible.

— J'ai tenté de l'en dissuader, grogna Rob en m'approchant du bar. Mais essayez de la raisonner !

J'étais capable d'utiliser un peu mes jambes maintenant que je les avais réveillées en descendant jusqu'ici. J'aurais réussi à atteindre le comptoir même si Elliot n'était pas venu pour aider Rob à me soutenir. Je frissonnai lorsque ses mains se posèrent sur moi, et j'évitai résolument son regard. Une fois près du bar, je remarquai que le troisième homme était petit et trapu, et que ses traits étaient asiatiques. Li.

— Tiens, bébé, dit Barney en me tendant une tequila.

J'ôtai le bras que j'avais autour de Rob et me saisis du verre, qui disparut aussitôt. Ce n'était pas du sang, mais ça passait déjà nettement mieux que l'eau.

Je jetai un coup d'œil au fond de la salle. Un des deux hommes me tournait le dos. Celui que je pouvais apercevoir avait un visage poupin, et on lui aurait donné le bon Dieu sans confession. Finnley me fit un petit signe et je lui renvoyai un sourire timide. L'autre ne broncha pas. C'était donc le fameux 3K. À part son crâne rasé et la veste en cuir qu'il portait, je ne voyais rien de lui.

— Une vraie tête de mule, dit Elliot.

Je le regardai quelques instants, l'air désolé. Il me sourit et déposa un baiser sur ma joue, qui eut un effet encore plus revigorant que la tequila que je venais d'avaler.

— C'est mignon.

Je me tournai pour remarquer que Barney était à moitié avachi sur le bar, la tête calée sur ses deux mains, les yeux grands ouverts, dans une attitude exagérée d'admiration, battant outrageusement des cils.

— Mais attention, ça dégouline, ajouta-t-il.

Je ris doucement et resserrai mon étreinte autour d'Elliot. Mes jambes n'étaient toujours pas d'humeur à me tenir debout, visiblement. J'aurais mis ma main au feu qu'il était persuadé que c'était lui, mon mystérieux amant.

Barney se releva, me servit une autre tequila qu'il poussa devant moi et s'éclaircit la voix.

— 3K, cesse donc d'agir comme un malotru et viens saluer la dame, hurla-t-il.

Mon crâne résonna de mécontentement. Merde, c'était un vampire aussi, Barney n'était pas obligé de crier comme ça pour se faire entendre par un de ses semblables.

Je pivotai vers ledit 3K pour le voir terminer son verre d'un rapide coup de coude. Puis il se leva, d'un geste sec, et se retourna. Et il me lança le regard le plus froid du monde.

Je tendis la main vers le bar pour attraper ma tequila, et Elliot dut me retenir, car mes jambes avaient officiellement cessé de faire leur travail. Sans m'en offusquer, je descendis le verre après que quelques gouttes s'en furent échappées à cause des tremblements saccadés de mon bras. Lorsque je me retournai vers 3K, il avait fait quelques pas en avant, mais son air n'avait pas changé. Et personne ne disait rien.

Il passa à côté de moi, la haine dans son regard me brûlant la peau plus sûrement que le poison de Connor m'avait ravagé les tripes. Il ne s'arrêta pas et ne me considéra bientôt plus. Il avait continué vers la porte, et il sortit sans prononcer le moindre mot.

— Hé, mon pote ! hurla Barney. À quoi tu joues ?

Je me tournai vers Barney, qui secouait la tête, comme si la scène lui échappait totalement. Lorsqu'il vit l'air que j'affichais, un simple « oh » coula d'entre ses lèvres. Il comprit à quoi son pote jouait. J'aurais dû deviner dès que j'avais vu les autres.

Il avait beau avoir coupé ses cheveux, le 3K qui venait de sortir n'était autre que Lukas.

Chapitre 14

Ça aurait pu être pire. Ça aurait pu être pire.

J'avais bien dû me répéter cette phrase une centaine de fois depuis que Lukas était parti. Oh, bien sûr que ça aurait pu être pire! Ce n'était pas ce qui me faisait le plus peur. Le problème, c'était que, au fond de moi, j'étais persuadée que ça ne tarderait pas à l'être. Cette douche froide n'était que l'échauffement.

— Ça va aller, bébé?

Je tournai la tête vers Barney et me rendis compte que tout le monde me dévisageait. Même Finnley s'était rapproché, son visage poupin étonnamment grave, ce qui tranchait de manière dérangeante avec la jeunesse de ses traits. Le pauvre ne devait rien comprendre.

Je n'eus pas besoin de regarder Elliot pour savoir que le dégoût avait remplacé les quelques sourires auxquels j'avais eu droit. Tout son corps s'était tendu et l'atmosphère était devenue électrique. Je me raidis comme si je m'attendais à recevoir un coup qui ne venait pas. Il ne disait rien, c'était pire que tout. Parce que, comme ça, j'arrivais à m'imaginer toutes les choses atroces qu'il pouvait avoir envie de me cracher au visage sans en avoir aucune confirmation.

— Des habits, fis-je rapidement. Il me faut des habits, je dois y aller.

Et la foudre frappa finalement.

— Tu ne veux quand même pas lui courir après dans ton état !

Je me tournai vers Elliot. Sa voix était mortellement froide, mais ce n'était rien comparé au dédain qui se lisait dans ses yeux.

Je fis un pas en arrière et me séparai de lui.

— Non, je…

Lalawethika se leva de son tabouret et vint me rattraper avant que je ne m'écrase au sol. Au lieu de me soutenir, il me souleva et me porta. J'eus malgré moi un flash du dernier soir où je l'avais vu, alors qu'il tenait Walter de la même façon. Mon ventre me faisait un mal de chien. Je devais lutter pour ne pas m'évanouir à nouveau. Mais je préférais ça à endurer le regard d'Elliot.

Toutes les têtes nous suivirent lorsque nous sortîmes. Heureusement, ce fut de courte durée. Quelques minutes plus tard, nous avions pris l'ascenseur, et je rejoignis très vite le lit que j'avais quitté peu de temps auparavant. Lalawethika n'avait pas prononcé un mot de tout le trajet, et le silence m'écrasa au moment où je m'en rendis compte. Je ne savais pas quoi lui dire, ni comment agir envers lui. Je n'avais pas envie de rester dans cette pièce, même si j'ignorais totalement si je me serais sentie mieux ailleurs. Sûrement pas.

Lalawethika remonta les couvertures pour me border jusqu'au menton et s'assit tranquillement sur la chaise. Puis il m'observa de ses deux grandes billes noires. Je me sentais terriblement coupable, et l'air paisible qu'il affichait ne m'aidait pas. Il n'avait pas changé d'un trait. Comment l'aurait-il pu, au fond ? La même queue-de-cheval rassemblait ses cheveux à l'arrière de son crâne, et sa peau hâlée était toujours parcourue des mêmes cicatrices, dont la plus impressionnante séparait en deux le sourcil qu'il aimait tant relever et descendait jusqu'au milieu de sa joue. L'effet était aussi effrayant que dans mes souvenirs. Un jour, je lui demanderai d'où il la tenait. Mais pas aujourd'hui.

— Lalawethika…

Il me sourit, et la douceur qui se dégagea de son visage me surprit.

— OK, Maeve. Dormir maintenant.

À mon tour de sourire. J'avais presque oublié sa manière de parler. Ou plus qu'oublié, c'était comme si ça appartenait à une autre vie. Ça m'avait manqué.

— Non, dis-je en me relevant, emportant les couvertures dans mon élan. Je ne veux pas dormir.

Le fameux sourcil se leva, puis s'abaissa.

— Ah, fit-il. Je vois.

Un sujet, un verbe. Certainement la phrase la plus grammaticalement complète que j'aie jamais entendue franchir ses lèvres.

— Elliot, commençai-je en traînant la voix.

Je fus incapable d'en dire plus.

— Elliot fâché.

Ça, je m'en doutais. Mais ça avait le mérite de confirmer la chose.

— Et Lukas…

— Lukas rancunier.

Je soupirai bruyamment.

— Au moins je sais à quoi m'en tenir, marmonnai-je, plus pour moi-même qu'autre chose.

Il m'adressa un sourire très lalawethikien. C'est-à-dire à la limite du terrifiant, même s'il était censé vouloir signifier l'inverse.

— Passera, dit-il.

— Ouais, mais pour lequel des deux, murmurai-je en observant le bout de mes pieds sous la couverture.

— Elliot.

Bon, merci, mais c'était pas vraiment comme si répondre à la question allait me faire me sentir mieux. Une boule qui n'avait rien à voir avec mes blessures se forma au fond de mon ventre. Il restait un homme dont je n'avais pas pris de nouvelles. Je mourais d'envie de demander à Lala comment allait Walter, mais je n'aurais pas supporté d'apprendre sa disparition. Pas aujourd'hui.

Je tournai la tête pour poser les yeux sur mon grand ami.

— Et toi ? demandai-je.

— Moi ?

— Tu m'en veux ?

— Non.

Ça non plus, ça n'avait pas changé. Il était aussi monosyllabique que dans mes souvenirs. Ce n'était pas auprès de lui qu'il faudrait que je cherche à savoir ce qui s'était passé durant les mois où j'étais partie. Entre lui, Elliot et Lukas, j'allais devoir m'armer de patience. Ce qui, rappelons-le, avait toujours été mon fort.

Je souris tristement et posai une main sur les siennes.

— Je suis désolée.

Il me regarda d'une drôle de façon. Comme s'il était surpris.

— Non, répondit-il de manière tout aussi énigmatique.

Non, je n'étais pas désolée, ou non, je n'avais pas besoin de l'être ? J'aurais pu le lui demander, mais le besoin de savoir ce qui était arrivé à mon grand-père était plus fort.

— Walter…

— Walter même poison que toi.

La blessure s'ouvrit à nouveau. Je maudis mon frère.

— Est-ce qu'il est…

— Non.

Il n'eut pas le temps d'étoffer sa réponse, car quelqu'un frappa à la porte aussitôt.

Lalawethika et moi tournâmes la tête au même instant. Barney fit irruption dans la pièce, portant ce qui ressemblait à des habits décents sur un bras. Aussitôt, Lalawethika se leva de sa chaise, faisant retomber ma main contre le matelas, ce qui me provoqua une étrange brûlure. J'étais vraiment dans un sale état, si un petit coup pouvait me faire aussi mal. Dire que je m'inquiétais de ne plus ressentir de douleur auparavant.

— Partir, signifia Lalawethika avec son accent chantant alors que Barney s'approchait.

Celui-ci lui fit un signe de tête et prit place sur le siège qui venait de se libérer après avoir posé les habits sur le pied du lit. Lala disparut dans le couloir et la porte se referma silencieusement. Je me tournai avec circonspection vers le nouvel arrivant, dont le visage arborait une mine des plus réjouies.

— Allons bébé, pourquoi cet air coupable ?

Je sentis le noir me monter aux yeux en moins de deux.

— Et maintenant la fusillade ! continua-t-il. Tu étais nettement plus charmante quand tu étais inconsciente, tu sais.

Je laissai le silence riposter à ma place.

— Je m'étais trompé, alors, reprit-il au bout d'un moment. Finalement, 3K aime les princesses caractérielles.

— Tu m'as menti.

Ma réponse tonna comme la foudre.

— Je ne t'ai jamais menti, bébé.

Il semblait sincère. Dieu que je détestais les vampires. Je croisai les bras.

— Tu m'as dit qu'il s'appelait Karel, fis-je, les dents serrées. Pourquoi ?

— Parce que c'est son nom ! Karel Karasaszek.

— Il s'appelle Lukas, rétorquai-je hargneusement.

Ses yeux montèrent brièvement rendre une visite au plafond.

— Oui, et ma mère m'a baptisé Barney. C'était très courant à l'époque, répondit-il, légèrement énervé.

Touché.

— Arrête de réagir comme une adolescente rebelle, bébé. Je ne t'ai menti à aucun moment. J'ignorais que 3K était ton fameux vampire. Sinon je te l'aurais dit. Il me semblait quand même qu'on se faisait confiance.

Faites confiance aux vampires, pensai-je sombrement. *Faites-leur confiance, et tendez-leur l'autre jugulaire*.

Cependant, je savais qu'il disait vrai, et l'admettre m'emmerdait sincèrement. Il m'avait dit la vérité, je n'avais rien à lui reprocher. J'avais juste besoin d'extérioriser la colère qui me rongeait les tripes, et même si c'était injuste, il ramassait pour les autres. Je soupirai et fis l'effort de prendre sur moi. Il n'était pas responsable. Tuer le messager ne se fait pas, paraît-il.

Je poussai un nouveau soupir, décroisai les bras, et émis un grognement très féminin. Il se mit à rire.

— Allons bébé, je connais 3K depuis assez longtemps pour être persuadé que, quoi que tu aies fait, il finira par te pardonner. Il pardonne toujours aux femmes charmantes, ajouta-t-il après une courte pause. Alors, si tu me racontais le problème ? Je dois dire que ça m'intrigue terriblement.

— Non.

J'avais été très ferme, peut-être un peu trop. Ça ne fit qu'accentuer son sourire de fouine.

— Tu sais, reprit-il, j'ai besoin de savoir si les membres de notre équipe peuvent fonctionner entre eux.

Son air narquois, ajouté aux petites étincelles dans ses yeux, me certifiait qu'il était aussi sincère qu'un arracheur de dents.

— On pourra, répondis-je, tranchante. Maintenant, on change de sujet.

Mais la manière insistante dont il me regardait me fit vite perdre mes illusions. Je n'allais pas y couper. Barney obtenait toujours les informations qu'il désirait, que ce soit en charmant, en menaçant, ou en torturant. Je pourrais m'estimer heureuse si on en restait au stade du charme. Et après tout, autant qu'il ait ma version avant celle de Lukas.

— Ton ami m'a repérée il y a un an. Il m'a séduite pour mieux me kidnapper et me livrer à Victor. Fatalement, on n'est pas en très bons termes.

Ses énormes yeux bleus me scrutaient sans ciller. Il attendait une suite qui ne viendrait pas, et le malaise me gagnait. Son regard enfantin était assez bien calculé pour me mettre en confiance et me tirer les vers du nez, mais je n'étais pas près de céder. Le combat visuel s'éternisa, jusqu'à ce qu'il brise finalement le silence.

— Tu arrives à mentir en disant la vérité.

Était-ce un compliment ? Il y avait une sorte de respect dans son ton. Il se contenta de m'observer, et j'étais persuadée qu'il guettait le moment où je me trahirais par des mots ou par des gestes. J'étais nulle en bluff, mais l'omission, je maîtrisais. Il pouvait attendre longtemps.

Comme s'il avait compris ce que je pensais, il se fendit d'un petit sourire qui détendit l'atmosphère et vint s'asseoir sur le rebord du lit. Puis il reprit la parole, sans me regarder, observant la porte.

— J'ai connu Lukas lorsqu'il était encore Karel, un jeune paysan dont le cœur battait pour une seule et unique raison : Elzbieta et leur fils, Marek. Je ne sais pas s'il t'a expliqué pourquoi il souhaite la mort de Victor, mais…

Il marqua une courte pause, comme si le souvenir lui était également douloureux. Je le comprenais aisément. Victor avait tué le fils de Lukas avant d'assassiner sa femme. Il avait aussi trouvé amusant de la lui renvoyer morceau par morceau. De quoi rendre Mère Teresa avide de vengeance et émouvoir même les cœurs de pierre.

— Ton père a toujours été un amateur de belles femmes. Lorsque ses yeux se sont posés sur Elzbieta… C'était un trophée qu'il lui fallait. Mais elle aimait sincèrement Karel, et elle a repoussé Victor.

— Pourquoi n'a-t-il pas utilisé ses pouvoirs pour la charmer ?

Barney pouffa de manière désabusée, et il tourna finalement la tête dans ma direction. Ses yeux n'avaient plus rien de ceux d'un enfant à présent. C'étaient de vieux yeux, qui avaient vu tant de choses qu'ils débordaient de lassitude.

— N'oublie jamais que ton père est un prédateur, bébé. Jamais. Il se cache peut-être à l'heure actuelle, mais c'est un chasseur, et les chasseurs n'aiment pas les proies consentantes. C'est sûrement ce qui l'a séduit au départ. Elzbieta était une femme très vertueuse. Il a adoré la briser, ajouta-t-il, songeur. Il a pris un malin plaisir à me le raconter en détail. Il a commencé par...

— Je sais, le coupai-je doucement. Il a tué leur fils, et ensuite il l'a tuée elle.

Barney me lança un regard étrange. Je venais certainement de me griller afin de ne pas en entendre trop. Vu la réticence qu'avait montrée Lukas à m'avouer les raisons qui le poussaient à vouloir la mort de Victor, je me doutais qu'il ne devait pas en parler à grand monde.

— C'est Lukas qui t'a raconté ça ? demanda-t-il d'un ton neutre.

J'acquiesçai pour toute réponse, ne désirant pas que ma voix trahisse une quelconque émotion. Barney secoua lentement la tête avant de reprendre la parole.

— Je suppose que ce n'est pas faux, même si c'est elle qui s'est ôté la vie. Lui aussi sait mentir en disant la vérité, ajouta-t-il avec un sourire triste.

L'air qu'il affichait était sans équivoque. J'avais beau souhaiter ignorer ce qu'il signifiait, c'était impossible. Lukas et moi nous ressemblions beaucoup, certainement trop, et c'était une grande partie du problème. Ce qui nous rapprochait nous opposait de manière radicale.

— Comment était-elle ? demandai-je d'une voix qui me sembla bien trop fluette lorsqu'elle sortit de ma gorge.

Le sourire aussi satisfait que fugace qui passa sur les lèvres de Barney ne m'échappa pas. Saleté de vampires.

— Elzbieta ? Belle, à ce qu'il paraît. Je n'ai jamais eu l'occasion de juger par moi-même.

— Tu ne l'as jamais rencontrée ?

— Je n'ai pas eu cette chance. Je ne voyageais pas avec Victor à ce moment-là. C'est un heureux concours de circonstances qui m'a mené dans le même village que lui. J'y ai trouvé un paysan fou de douleur et soûl comme le polonais qu'il était. Il hurlait à qui voulait l'entendre qu'un vampire avait assassiné sa femme et son fils et qu'il allait le tuer, expliqua-t-il, une pointe d'amusement dans la voix. J'ai attendu qu'il décuve, puis je lui ai proposé l'immortalité.

— Tu plaisantes ? demandai-je, plus froidement que je ne m'en serais crue capable.

Il parut surpris et me dévisagea, tentant de sonder mon regard pour savoir si j'étais sérieuse.

— Il était déjà mort à sa manière, bébé, se justifia-t-il. Je n'ai fait que lui offrir des armes pour pouvoir se venger un jour.

Je repoussai vivement le reste des couvertures et tentai de contourner Barney, mais la douleur dans mon bas-ventre rendait l'opération difficile.

— Est-ce qu'il y a un seul des hommes qui pourrissent mon existence que tu n'as pas transformé en vampire ? demandai-je, à deux doigts de l'explosion, lorsqu'il fut clair que je n'arriverais pas à sortir du lit tant qu'il y serait toujours assis.

— Je n'ai rien à voir avec ton frère !

Une seconde plus tard, il se mit à rire. Un rire franc, joyeux, enfantin, et je me surpris à sourire malgré moi.

Finalement, l'hilarité de Barney me contamina et je me laissai aller. Ça faisait un bien fou, si on ne prenait pas en compte la douleur physique que ça occasionnait. Je ne me souvenais pas de la dernière fois que j'avais trouvé quelque chose amusant. Ça me semblait être dans une autre vie. Lorsque le silence regagna enfin la pièce, Barney passa une main sur ma joue, ses yeux toujours rieurs.

— Lukas est un homme bien, reprit-il sérieusement. Laisse-lui un peu de temps. La vengeance est un puissant moteur, mais la peur de perdre un bien plus grand frein.

Je méditai ce qu'il venait de dire, et de longues secondes s'égrainèrent au rythme des battements de mon cœur. En théorie, c'était bien joli. Mais en pratique, il m'en voulait énormément, et l'addition allait être très salée. S'il était devenu fou de douleur quand sa femme était morte à cause d'un vampire sadique et qu'il était sincère au moment où il m'avait avoué qu'il m'aimait, le fait de croire que le fils de ce vampire m'avait tuée ne l'avait certainement pas mis dans les meilleures dispositions possible. Je n'avais pas du tout pensé à ça lorsque j'avais orchestré ma disparition.

— Tu peux me remettre dans le bain ? demandai-je pour changer de sujet. Je crains fort d'avoir manqué quelques jours…

Barney secoua légèrement la tête, comme pour confirmer que des choses avaient bougé.

— Connor est venu m'informer que Victor désirait me voir. C'était surtout un prétexte pour essayer de te faire sortir de ton trou, à mon avis. La disparition des soldats de ton père n'est pas passée inaperçue, et ton frère se cachait depuis trop longtemps pour que ce soit une coïncidence.

Pour le moment ma couverture est intacte, mais il faudra se montrer prudents et faire le point tous ensemble.

Je fus prise d'un instant de panique. Les retrouvailles familiales n'allaient plus tarder, ce n'était qu'une question de temps. Si Victor avait envoyé Connor pour me motiver à pointer le bout de mon nez, ça voulait dire que j'étais activement recherchée, et que les vacances étaient finies. Je ne chassais plus, j'étais chassée. Le rôle de proie me tentait nettement moins. Surtout quand on savait comment mon père aimait s'amuser avec son gibier. Il s'en prendrait aux personnes qui m'entouraient dès qu'il connaîtrait leur identité.

— Est-ce que Cormack est vivant ?

Il m'avait sauvé la mise, et ça n'avait pas dû échapper aux hommes de mon frère.

— Aussi vivant qu'il peut l'être depuis qu'il est mort, répondit Barney. Pourquoi ?

— Je veux qu'il rejoigne notre petit groupe.

Barney parut tout à coup méfiant.

— Maeve, j'apprécie beaucoup Cormack, en tant que client. Mais je ne suis pas sûr qu'il ait sa place parmi nous. Il est plutôt… imprévisible.

— Je sais. Mais il m'a aidée, et je lui fais confiance.

— Soit, répondit Barney. Je te ferai donc confiance à mon tour sur ce coup-là. Et Benoxh ?

Je l'avais oublié, celui-là, pensai-je en regardant les habits posés à mes pieds. Il faudrait que j'aille lui rendre visite et que j'accepte son offre. Avec des pouvoirs de demi-vampire, je n'avais aucune chance face à Victor. J'avais besoin d'être boostée.

— Il ne veut rien avoir à faire avec notre petite guerre, répondis-je.

—Ça, ce n'est pas pour me réjouir.

—Mais il est d'accord pour m'entraîner, ajoutai-je.

Barney fronça les sourcils.

—Quoi?

—T'entraîner, comme tu dis, c'est prendre part à notre petite guerre, fit-il. Je dois avouer que ça m'étonne qu'il soit prêt à faire ça s'il ne désire pas choisir de camp.

—Dans ce cas, c'est bon signe. S'il est possible de le convaincre, je le ferai. Je peux aller lui rendre visite maintenant.

Il laissa passer quelques secondes, comme s'il ne m'avait pas entendue, puis se leva d'un bond.

—Tu as quelqu'un à voir d'abord, dit-il en attrapant les vêtements et en me les jetant à la figure. Habille-toi et rejoins-nous dans la salle principale. On se recroise plus tard.

Il s'avança vers la porte.

—J'espère pour toi que ce n'est pas un coup fourré, marmonnai-je.

Il se retourna, la main sur la poignée, un sourire radieux sur le visage.

—Non, ça, ça te fera plaisir.

Puis il disparut.

Pousser la porte qui menait au bar se révéla aussi difficile que de m'habiller et descendre jusque-là. Mais bien plus facile que de me retrouver en face de Lukas. Barney allait me le payer. Cher.

J'hésitai quelques instants avant d'entrer dans la pièce. J'aurais pu faire demi-tour, mais la confrontation devrait avoir lieu à un moment ou à un autre. Je ne pouvais pas fuir indéfiniment. Autant battre le fer pendant qu'il était chaud.

Je pénétrai dans la salle à présent désertée. Lukas ne me regardait pas. Bien sûr, il savait que j'étais là, mais je ne méritais certainement aucun intérêt de son point de vue. Il était assis sur un tabouret, à l'endroit où j'étais quand il était passé à côté de moi quelques instants plus tôt. Sa sortie n'avait donc bien été que théâtrale. Message reçu.

Je m'approchai en claudiquant et me hissai sur un siège, en prenant soin d'en laisser un entre nous. Il ne m'avait toujours pas jeté un coup d'œil. Il faisait tourner un verre entre ses doigts et semblait l'observer intensément. Un effort de plus, et il parviendrait à le liquéfier par la simple force de son regard.

— Salut, lançai-je, de façon neutre.

Il ne répondit rien. Le silence envahit la pièce comme un ennemi, tapi dans tous les recoins. À sa manière, il était plus assourdissant que des cris d'agonie.

— Barney pense visiblement que ce serait une bonne chose qu'on parle.

— Ce n'est pas pour moi qu'il t'a envoyée.

Il avait parlé. Froidement, mais il avait parlé. C'était un début.

Le silence reprit ses droits. J'avais l'impression qu'il m'entourait, qu'il palpait ma peau à la recherche du moindre interstice par lequel il aurait pu se faufiler pour gagner encore du terrain. C'était insupportable. Je pivotai vers Lukas.

— Annonce la couleur.

Il ne broncha pas. Le contraire m'aurait étonnée. Il n'avait aucunement l'intention de me faciliter la tâche.

— Dis-moi ce que tu as à me dire, et réglons cette affaire, continuai-je, sur un ton de défi, cette fois-ci.

Ce qui ne lui échappa pas. Il tourna un regard glacial dans ma direction et me détailla minutieusement avant de respirer dédaigneusement. Ce qui annonçait effectivement bien la couleur. Il n'avait pas changé, je n'avais pas changé, et nous avions tous les deux agi selon ce qui nous paraissait juste. En résumé, on n'irait nulle part. On ferait du surplace en faisant ce qu'on savait le mieux faire : nous défier. Aucun de nous n'avait la main gagnante, mais on avait chacun une trop grosse paire pour la coucher.

— Je n'ai rien à te dire, répondit-il d'un ton glacial.

Je pouffai cyniquement.

— J'ai cru remarquer. Laisse-moi vider mon sac, dans ce cas. J'ai fait ce que j'avais à faire. Tara est morte à cause de moi, je ne voulais pas vous mettre en danger. Si vous aviez su que j'étais vivante, vous auriez tenté de me retrouver. Je n'ai jamais été la veuve ni l'orpheline qu'il te faut défendre, Lukas. Je gère mes propres affaires toute seule. Je n'ai besoin de l'aide de personne, et si ça ne te plaît pas, c'est le même prix.

— J'ai cru remarquer.

Le flegme incarné. Je faisais un effort, il aurait pu en faire un également. Mais non, il se contentait de me défier du regard.

— As-tu terminé ? demanda-t-il avec un sang-froid exemplaire.

Sa mâchoire était contractée. Une veine battait près de son œil. Il bouillait intérieurement, j'en aurais mis ma main à couper. Pourtant, il affichait un air placidement meurtrier. Il fallait lui accorder quelque chose : il bluffait nettement mieux que moi. Et ça m'énervait au plus haut point.

— J'ai terminé. Maintenant j'aimerais entendre ce que toi tu as à dire.

— Je n'ai rien à te dire.

— Lâche ce que tu as sur le cœur, rétorquai-je à la limite du calme.

— Je n'ai rien à te dire.

Mes ongles commencèrent à marteler le comptoir tandis que la rage me gagnait, serpentant plus vilement que le silence ne l'avait fait sur mon corps. Elle trouvait toujours les failles, elle.

— Dis-le quand même, qu'on en finisse.

— Arrête ça.

— Sinon quoi ?

Défi est un mot bien trop faible pour qualifier le ton de ma voix. Je suppliais la bagarre d'éclater. Au moins, quand nous nous disputions, nous partagions. Là, il me refusait tout. J'avais l'impression de n'avoir aucun contrôle sur la situation. Je l'avais perdu en me faisant passer pour morte, et je me rendais compte en ce moment à quel point j'en souffrais. Le revoir avait ravivé des sentiments que j'avais passé un temps fou à ignorer. Ils me frappaient tous de plein fouet en cet instant.

En guise de réponse, il se leva et me tourna le dos pour partir s'installer dans un autre coin de la pièce.

— Pas étonnant que ta femme ait préféré se suicider.

J'avais chuchoté, pourtant je savais qu'il m'avait parfaitement entendue. Il se retourna vivement, et je vis l'écho de ma phrase sur ses traits. Ses lèvres s'écartèrent légèrement, comme s'il s'apprêtait à dire quelque chose, mais rien ne sortit. Et nous restâmes à nous regarder en silence, sans ciller, jusqu'à ce que la porte s'ouvre, et que quelqu'un fasse irruption dans la salle. Ni Lukas ni moi ne tournâmes la tête, mais je savais que c'était Elliot qui était entré. Son odeur planait dans la pièce. Il sentait très fort, un parfum très frais, très subtil, qui me fit aussitôt frémir les narines.

— Qu'est-ce qui se passe ici ? demanda-t-il.

Il se passe que je viens d'aggraver encore plus mon cas. J'étais allée beaucoup trop loin, j'en avais conscience. Adieu le jeu du chat et de la souris, bonjour celui de chien et chat. Lukas n'avait rien dit, mais ma déclaration de guerre avait été parfaitement reçue et acceptée. Au lieu de la froideur qu'il avait essayé d'instaurer, mes règles l'avaient emporté : désormais, on tirerait où ça faisait vraiment mal.

— Il est là, enchaîna Elliot.

Il nous observa un moment sans rien ajouter. Il n'était pas dupe. L'atmosphère de la pièce était chargée à bloc et, malgré les mètres qui nous séparaient, on était prêts à se sauter à la gorge. Elliot le sentait et, du coin de l'œil, je le voyais soupeser la situation.

— Il ne va plus tarder, continua-t-il en venant se placer discrètement entre nous deux, alors que ni Lukas ni moi n'avions bougé d'un pouce, trop occupés à nous détester visuellement.

Et soudain, l'odeur d'Elliot me détourna des sombres pensées qui me tourmentaient jusque-là. Elle était vraiment troublante. Je fus alors persuadée qu'ils avaient commis l'irréparable. Elliot n'était plus humain, et je n'imaginais que trop bien Lukas le transformer pour se venger. Je le détestais encore plus, si c'était possible.

Je me tournai vers Elliot et humai l'air. Il y avait plus. Soit je ne m'étais jamais rendu compte qu'il sentait si bon, soit c'était autre chose, mais j'étais incapable de déterminer quoi. Peut-être le sang de vampire auquel j'avais eu droit ces derniers jours m'avait-il offert des facultés sensorielles plus accrues ? Après tout, j'avais touché Elliot, et aucune décharge n'avait eu lieu. C'était autre chose. Ce n'était pas un vampire. Cette odeur…

Je fis un pas dans sa direction, oubliant totalement Lukas par la même occasion. C'était comme avoir le nez plongé dans un souvenir d'enfance, des tartes qui cuisaient les après-midi ensoleillés alors que nous jouions dans le jardin, quand le fumet nous rappelait à l'intérieur aussi sûrement qu'une carte au trésor. Mes narines ne cessaient de frémir d'excitation. Et je fus frappée de stupeur. Jamais il ne m'avait paru si beau, malgré le nombre incalculable de fois où je m'étais retrouvée à fantasmer sur lui à mon insu. Son attitude était si fière que je réalisai à quel point il était imposant, finalement. C'était comme s'il s'était déployé depuis la dernière fois que j'avais posé les yeux sur lui.

— Est-ce qu'il y a un problème ? demanda-t-il calmement.

Je me rendis compte qu'il parlait à Lukas, qui n'avait rien manqué de mon intérêt soudain pour son parfum et qui me regardait aussi furieusement qu'il était possible de le faire en gardant un visage impassible. Je clignai rapidement des yeux et revins à une relative réalité.

— Il t'embête ?

La question me surprit de par son ton calme et son propos.

— Mêle-toi de tes affaires, rétorqua Lukas avant que je n'aie le temps de réfléchir à une réponse.

— Ce sont mes affaires, répliqua Elliot sans se départir de son aplomb.

Ça ne ressemblait pas à Elliot. Il avait encore moins de patience que moi, surtout face à Lukas. Il ne broncha pas non plus quand ce dernier s'avança dans sa direction et l'apostropha d'un index viril en plein thorax.

— Écoute-moi bien, petit avorton, commença-t-il.

Puis il sembla sécher, une fraction de seconde de trop.

— Je devrais peut-être te laisser terminer avec Maeve ? demanda Elliot d'un ton détaché. Ça te détendrait sûrement.

Le visage de Lukas se métamorphosa aussitôt, et des crocs vinrent souligner son sourire machiavélique.

— Bien sûr, je vais terminer avec Maeve. Mais n'oublie pas que c'est toi qui as proposé, quand elle n'aura plus assez de force pour t'astiquer la baguette.

Eh, je n'aurais pas mon mot à dire là-dedans ?

Le visage d'Elliot changea à son tour pour afficher le masque de la colère, ce qui lui ressemblait déjà plus. Je me demandai bien comment ces deux-là avaient pu survivre en cohabitant pendant de longs mois. J'eus la réponse bien trop tôt à mon goût.

Elliot poussa violemment l'épaule de Lukas dans une version du langage universel mâle qui n'annonçait rien de moins que le début des hostilités. Lukas ne broncha pas avant de renvoyer le même coup à Elliot. Mais ce dernier n'étant – heureusement – pas un vampire, il dut reculer de quelques mètres sous la force de la réciproque. Je remarquai avec horreur que tous les deux avaient les yeux tellement crispés par la colère qu'il aurait été impossible d'en deviner la couleur.

Ils chargèrent en même temps et rebondirent lorsqu'ils entrèrent en collision. J'étais trop estomaquée pour réussir à dire quoi que ce soit. Indéniablement, Elliot avait appris à se battre ces derniers mois, mais face à Lukas, il ne faisait pas le poids. Ils se mirent à ricocher dans tous les sens, et, plusieurs fois, je vis Elliot se relever et écarter les bras dans une attitude bizarre en produisant un bruit étrange, comme s'il avait été un oiseau exotique en pleine parade nuptiale. Mais Lukas sautait aussitôt sur lui et ils finissaient à nouveau à terre. Ils se rouaient de coups, et je n'arrivais plus à distinguer qui faisait quoi à qui, malgré le sang que j'avais bu. Mon cerveau refusait certainement d'assimiler ce genre d'information.

— Arrêtez ! suppliai-je lorsque j'entendis des bruits de craquements d'os.

Ils continuèrent leur manège jusqu'à ce que, finalement, Lukas se relève, triomphant, portant Elliot sur une épaule, les yeux fous. Je sus ce qu'il allait faire avant qu'il ne bouge, et mon sang se glaça.

— Non ! hurlai-je de toutes mes forces, la panique me faisant hésiter une seconde de trop à foncer dans le tas.

Mais c'était trop tard. Il avait envoyé Elliot contre le mur, et, le temps que je me retourne, ce dernier gisait par terre dans une attitude grotesque. Une violente nausée me vrilla l'estomac alors que le sol se dérobait sous mes pieds. J'avais déjà vu quelqu'un dans cette position. Tara.

— Tu l'as tué ! hurlai-je en courant vers le corps inanimé d'Elliot pour me jeter à genoux à ses côtés.

— Si seulement, lâcha Lukas d'un ton aussi fielleux que déçu.

Je me tournai aussitôt vers lui, recevant ses paroles comme un coup de poignard à l'endroit exact où Connor m'avait frappée. Ses yeux étaient d'un froid cruel, tandis que je sentais les miens sur le point de verser des larmes acides. Comment avait-il pu ? Comment avait-il osé ?

Malgré la douleur qui déchirait tant mon ventre que mon cœur, je bondis. D'abord en direction d'un tabouret que je fracassai contre le bar d'un geste leste afin de n'en garder qu'un bout suffisamment pointu, puis sur Lukas. Le rapport de force n'aurait pas dû être égal. Je n'étais qu'à moitié vampire, j'étais encore faible, et il avait toujours eu le dessus. Mais la rage, comme avait dit Barney, était un puissant moteur. Et en ce moment, plus aucune crainte de le perdre ne pouvait me freiner.

Il se retrouva au sol avant d'avoir compris que je l'attaquais, et mon coup s'apprêtait à s'abattre lorsque je remarquai qu'il ne se défendait même pas. Il attendait. Cela me désarçonna complètement, et ma main hésita. Elle hésita tant et si bien qu'elle retomba sur-le-champ au moment où une voix parla dans mon dos.

— Je ne ferais pas ça si j'étais toi, princesse.

Je ne sais pas ce qui me surprit le plus lorsque je me retournai. Voir Elliot debout, vivant, ou découvrir mon grand-père, à sa droite.

ne pas être heureuse de sa simple présence, comme si cela effaçait tout le reste. Il était ma seule famille. Je n'étais plus orpheline.

— Parce qu'il fallait bien que je me décide à prendre un apprenti, et qu'il m'est apparu comme le candidat tout indiqué.

Ce qui confirmait ce que je pensais. Je ne savais pas comment c'était possible, mais Elliot était un Sihr, pas un vampire. Lukas et lui allaient me pourrir la vie, la mort, et tout ce qu'il y avait entre les deux.

Walter me regarda d'un air tendre et sembla méditer quelques instants les informations qu'il devait me fournir. On n'en était plus au point où on se cachait des choses. Il devait le savoir aussi bien que moi. Seulement, les habitudes ont la dent dure : dans la famille, on était du genre cachottier.

— Je t'avais dit un jour que je te raconterais comment on devient Sihr quand on est un homme, dit-il. Je pense que ce moment est venu. Si tu te souviens de ce que je t'avais expliqué, chez les femmes Sihrs, le don se transmet à la naissance. Du côté des mâles, en revanche, et même s'ils sont issus de l'union de deux Sihrs, les pouvoirs sont inexistants. Pour qu'un homme devienne Sihr, il doit être choisi par un aïeul, qui partagera son essence avec lui. Il sera alors son apprenti, et il aura lui aussi le loisir, au cours de sa longue existence, d'en prendre un à son tour. Mais un seul. C'est la sélection non naturelle.

Il émit un petit rire, comme pour me prouver qu'il venait effectivement de faire une blague. Je ne trouvais pas ça spécialement drôle. Les hommes étant plus avides de pouvoir, mieux valait qu'il ne coure pas de Sihrs à tous les coins de rue, surtout s'ils étaient immortels. Immortels…

Cette idée me fit froid dans le dos. Elliot m'avait dit qu'il trouverait un moyen d'avoir toute l'éternité devant lui. L'imbécile. Quand je pense que je m'étais demandé comment Lukas et lui avaient pu survivre en cohabitant durant de longs mois. Ils n'avaient certainement pas survécu. Ils avaient dû se tuer un nombre incalculable de fois.

— Les femmes, elles, naissent systématiquement Sihrs quand les deux parents le sont, et de temps à autre, les filles issues d'une union mixte montrent également quelques aptitudes, même si ce n'est rien comparé à celles de sang pur. C'est le cas de grand nombre de médiums. Mais, quoi qu'il arrive, elles ne seront jamais immortelles. Elles sont même aussi fragiles que de simples humains, à la différence près que, elles, possèdent des pouvoirs. Pouvoirs qui ne sont de loin pas aussi puissants que ceux des hommes de notre race.

Il me regarda fixement, comme pour s'assurer que je n'avais pas perdu le fil de ses propos. Je suivais bien. Pour changer, les Sihrs étaient une espèce qui privilégiait le mâle dominant. Plus fort, plus immortel, plus *bad ass*, le mâle Sihr.

Je me tournai vers Elliot. Mon petit doigt me soufflait qu'il allait prendre plus de superbe que de plomb dans la tête ces prochains temps.

— Donc il ne peut pas être transformé en vampire, dis-je, plus pour moi-même qu'autre chose. Et les femmes ? Est-ce qu'elles peuvent être changées ?

— Elles meurent au cours de la transformation.

Le ton de sa voix me fit pivoter vers lui aussitôt. Il y avait des accents de tristesse que je ne reconnaissais que trop bien.

— Qui ? demandai-je à mi-voix. Grand-mère ?

— Parlons-en une autre fois si tu veux bien, princesse.

La douce supplique dans sa phrase me déstabilisa autant que la main qu'il posa sur la mienne. Je décidai de laisser planer un silence qui, cette fois, fut le bienvenu. Walter paraissait si faible qu'il me semblait qu'une simple pichenette aurait suffi à le mettre à terre. Cette idée me terrifiait. Je le croyais immortel avant de savoir qu'il l'était réellement. Il m'était toujours apparu comme éternel, plein de vie derrière le recul strict qu'il affichait envers moi, et j'étais persuadée que son état lui pesait énormément. La fatigue qui se lisait sur ses traits n'était pas physique. Elle allait bien au-delà.

J'avais pensé au départ demander que ce soit lui qui me forme. C'était une des premières choses qui m'était passée par la tête lorsque je l'avais revu. Lui, plutôt que Benoxh, de façon que ça reste une affaire de famille jusqu'au bout. Mais cette apparente fragilité venait me faire douter. Il devait s'occuper d'Elliot, et quelque chose me disait que ça représentait déjà une grande tâche. Cependant, j'aurais nettement préféré qu'il me prenne également sous son aile, et j'avais envie qu'il le sache.

— J'ai quelques pouvoirs, je crois, mais je ne les contrôle pas du tout.

Il pinça la bouche et secoua lentement la tête le temps de choisir ses mots.

— Benoxh sera un très bon maître.

Je détournai les yeux pour qu'il ne remarque pas les larmes qui montaient gentiment. Je ne pouvais pas lui en vouloir. Il pensait certainement que Benoxh serait plus à même que lui de m'apprendre à utiliser mes pouvoirs, mais, dans le fond, c'était encore une chose qu'il aurait dû faire lui et dont il ne s'occupait pas. J'étais partagée entre la joie de le récupérer et la tristesse de ne toujours pas l'avoir.

Au bar, Lukas servait à boire. Elliot et lui semblaient discuter calmement, ce qui était étonnant, voire troublant.

— Elliot a été blessé, mais il comprend les raisons de ton geste, dit Walter à brûle-pourpoint. Il a besoin de s'adapter. Beaucoup de choses ont changé pour lui. C'est une période charnière, laisse-lui le temps de s'acclimater.

J'aurai aussi besoin de m'acclimater, pensai-je amèrement. Il avait choisi de devenir ce qu'il était, ce qui n'était toujours pas mon cas. Je ne voulais pas être vampire, je ne voulais pas être Sihr, et je voulais encore moins être un mélange des deux. C'était sûrement le summum de l'hypocrisie existentielle. Là où tout le monde rêvait d'être extraordinaire, je voulais juste être normale.

— Ne t'en fais pas, m'encouragea Walter. Un jour, tout ceci te semblera familier.

Ouais, et un jour mon prince viendra, aussi. Ou alors on m'offrira Les Sihrs pour les nuls *et le manuel de pratique des vampires taciturnes.*

— Maeve, il faut encore que nous parlions de quelque chose, me dit soudain Walter.

Je n'aimais pas du tout l'expression sur son visage. Il semblait préoccupé. Je préférais de loin quand il avait l'air mystérieux. Il me regarda fixement un moment, et je tins bon autant que faire se peut face au brasier glacial qui lui tenait lieu de regard à présent.

— Je voulais savoir comment tu te sentais, dit-il finalement, lorsque j'eus passé ce premier test.

Bien, mais j'ai envie d'un verre.

— Bien, mais j'ai envie d'un verre.

Parfois l'honnêteté est mère de vertu, il paraît. Ou parfois, un regard de Walter peut faire perdre les pédales, et rapidement.

Ses yeux se firent plus perçants, et je dus faire un gros effort pour ne pas rétrécir sur place. Ma réponse lui avait déplu.

— Je m'inquiète pour toi, Maeve, dit-il avec sérieux.

Ça, ça commençait furieusement comme le genre de discours que je ne voulais pas entendre. Déjà, son ton ne laissait pas une grande place au doute. Mais si tel avait été le cas, l'utilisation de mon prénom n'aurait plus laissé aucune autre possibilité.

— Pourquoi ? me forçai-je à demander.

Je connaissais tout un tas de raisons pour lesquelles il aurait été légitime qu'il s'inquiète, mais je voulais savoir desquelles il parlait.

— Ta conduite est… préoccupante, si j'en crois ce qu'on m'a rapporté.

Il me scruta pour déceler la moindre réaction chez moi. Il ne trouva rien. J'avais eu vingt ans pour m'entraîner à être impassible face à lui.

— Si je mets de côté tes choix moraux douteux et le fait qu'il me semble que tu bois un peu trop dernièrement…

Il laissa sa phrase en suspens.

Mes choix moraux douteux ? Sans nul doute faisait-il référence au fait que, pour survivre pendant des mois sans un sou, j'avais plus ou moins « volé ». Ou plutôt manipulé mentalement des humains pour obtenir des dons. Ce qui revenait au même. Quant au fait que je buvais trop, soit. Mais je supportais bien.

— Je vais bien, enchaînai-je en me levant, pour ne pas lui laisser le temps de reprendre la parole. Mon foie va bien aussi. On a juste envie d'un verre. Il n'y a pas mort d'homme.

— Maeve, tu…

— Ça va, Walter, tranchai-je.

Mon ton avait été très cassant et j'avais parlé trop fort. Au bar, Lukas et Elliot s'étaient aussitôt tournés vers nous et nous dévisageaient. Le moment aurait été très gênant si la porte ne s'était ouverte à cet instant sur Barney, Lala, Li, Finnley et deux inconnus, deux géants qui avaient exactement les mêmes traits de bûcherons massifs et rouquins. Rob suivait et referma derrière eux.

Barney ne manqua pas de remarquer ma tension et m'adressa un clin d'œil discret.

— Réunion au sommet ! annonça-t-il. Tous les soldats de la M.A.E.V. au bar !

Je jetai un regard à Walter, qui se leva sans mot dire et se dirigea vers les autres. Je lui emboîtai le pas et pris place sur un tabouret. Derrière le comptoir, Rob avait retrouvé son poste de prédilection et faisait déjà tourner une bouteille entre ses mains. Je le bénis silencieusement.

— La Maeve ? demandai-je en attendant mon verre.

Rob me le tendit, mais Barney l'intercepta avant que je n'aie eu le temps de m'en emparer. Il le descendit d'un trait et le repoussa vers Rob, qui le remplit aussitôt.

— La Merveilleuse Armée d'Extermination de Victor, précisa Barney.

Ça, pour de l'acronyme…

— Ne fais pas cette tête, bébé. Ma première idée était les Vampires Unis pour la Liquidation de Victor. J'ai pensé que M.A.E.V. serait moins sexiste, vu que tu es la seule femme.

Les ricanements commencèrent à fuser autour du bar. Même moi, je ne pus retenir un sourire.

— Va pour la M.A.E.V., alors, dis-je en portant mon verre à mes lèvres.

— Pourquoi pas la Brigade d'Intervention Tactique Enragée ? C'est plus neutre.

Toutes les têtes se tournèrent simultanément vers Elliot, qui venait de parler, et, comme un seul homme, tout le groupe se mit à rire à gorge déployée, y compris mon grand-père. C'est certainement ce qui me fit arrêter de trouver ça amusant. Dans mon esprit, il était aussi immortel qu'asexué, mais entre hommes, visiblement, ce genre de considérations ne tenait pas.

Je fis de gros yeux lorsque Lukas tapa amicalement dans le dos d'Elliot, comme s'ils avaient été copains comme cochon.

— T'as des éclairs de génie parfois, Mickey.

Elliot lui lança un regard noir avant de projeter son corps en avant. Il essaya de charger, mais c'était sans compter sur la puissante poigne de Lalawethika. Le fou rire reprit possession de tout le monde. Sauf de moi. Je n'étais pas d'humeur. Un peu de légèreté, soit, mais là, ça dépassait de loin ma zone de confort.

— Je vais vous laisser terminer sans moi, messieurs, lançai-je froidement en me levant de mon siège.

Ils me dévisagèrent tous, hilares. Lukas secoua la tête, sans se départir de l'énorme sourire qui fendait son visage. Je ne l'avais jamais vu sourire à ce point.

— Tu n'as jamais su t'amuser, dit-il.

— On n'a pas des trucs plus importants à faire, là ? demandai-je, clairement agacée.

— Ce que t'es rabat-joie, bébé !

— Je n'ai aucune envie de rejoindre le Mouvement des Abrutis Cadavériques Horriblement Obtus et Stupides, tranchai-je. Désolée, j'ai rien trouvé avec P.O.R.C.S.

Le silence tomba et se brisa au sol en éclats de rire. Au lieu de les raisonner, je les faisais rire aux larmes. Mauvaise pioche. Je me dirigeai vers la porte. Mais je ne l'atteignis jamais.

— Messieurs, messieurs ! clama Barney en passant un bras par-dessus mes épaules. Calmons-nous. Comme l'a justement fait remarquer Maeve, nous avons plus important à faire pour le moment. Nous nous choisirons un nom plus tard.

Il essuya discrètement une larme au coin de son œil et m'entraîna vers le bar. Il me servit lui-même une tequila lorsque je m'assis à nouveau, et il attendit que je l'aie bue pour reprendre la parole après s'être raclé la gorge.

— Pour ceux qui ne le savent pas, commença-t-il en me regardant, nous sommes au *Practice*, un ancien bar et maison close que la ville m'a gentiment fait fermer il y a quelques mois. Pas terrible pour les affaires, mais, en contrepartie, ça vous offre à tous le gîte. Vous vous trouvez dans le bar. La porte par laquelle nous sommes entrés mène aux cuisines, dont un petit nombre d'entre vous se servira. Derrière, il y a des bureaux qui ne sont pas utilisés en ce moment. Ensuite trois étages de chambres. Le premier est vacant, les chambres n'y étant pas très agréables. Le deuxième est réservé aux vampires, et le troisième aux Sihrs. Des questions ?

Je n'ai pas droit à un étage privé ? Un regard discret autour de moi m'indiqua que j'étais la seule à me le demander. Les autres attendaient la suite.

— Bien. Nous devons faire le point sur la situation et décider d'une marche à suivre. Certains d'entre vous se connaissent déjà, d'autres pas. Je vous laisserai vous présenter au cours des prochaines heures. Sachez juste d'ici là que nous sommes peu, mais que nous sommes sûrs. Je connais Li depuis plus de deux siècles, dit-il en faisant un geste en direction du petit chinois.

Elliot et moi tournâmes la tête dans sa direction. Les autres ne bougèrent pas. Soit ils le connaissaient tous, soit ils n'étaient pas curieux.

— Patric et Anders sont des amis de longue date de 3K, continua-t-il en montrant les jumeaux. Quant à Finnley, vous le connaissez tous.

J'avais rencontré Finnley près d'un mois plus tôt. Il parlait très peu. J'aurais donc été mal placée pour dire que je le connaissais. Mais il avait l'air assez correct, pour un vampire. Il semblait aussi doux qu'un agneau, ce qui était sûrement dû au jeune âge qu'il avait quand il avait été transformé et à ses grands yeux clairs et rêveurs.

— Maeve ?

Oups ? Je me rendis compte que tous les regards étaient tournés vers moi. J'avais dû observer Finnley un peu plus que prévu. Mais ça ne semblait pas déranger ce dernier qui m'adressa un sourire charmant. Il paraissait peut-être jeune, mais mon petit doigt me soufflait qu'il n'en était que plus dangereux.

— Comme je disais, nous avons déjà tué trois des soldats de Victor, reprit Barney sur un ton très sérieux qui tranchait avec la légèreté qui avait régné dans la pièce peu de temps avant.

J'avais effectivement dû être dans la lune un moment. Mais dans la mesure où j'avais moi-même éliminé ces soldats, je n'avais pas dû manquer d'information cruciale. Aussi opinai-je pour donner l'impression que j'avais tout suivi.

— Nous n'avons rien appris. Par contre, c'est remonté aux oreilles de Victor aussi sûrement que ça devait le faire, et on a eu droit à une visite de Connor, qui servait très certainement d'appât pour Maeve.

Je vis les têtes acquiescer autour de moi.

— S'il a forcé Connor à sortir de sa retraite, on peut parier qu'il n'était pas content du tout, intervint Lukas.

— La colère pousse à l'erreur, surenchérit Walter.

Lukas me lança une œillade discrète qui ne m'échappa pas le moins du monde. Je n'estimais pas avoir commis d'erreur, il pouvait toujours causer. Si c'était à refaire, j'agirais exactement de la même manière, et je me ferais à nouveau passer pour morte.

— Il y a donc fort à parier que les prochains seront bien surveillés, dis-je.

— C'est même certain, confirma Barney. C'est pour ça que j'ai une bonne et une mauvaise nouvelle.

Il laissa planer son effet quelques instants avant de reprendre la parole.

— La bonne, c'est que j'ai été averti il y a deux heures qu'un autre des sergents de Victor prévoyait une virée en ville ce week-end dans un de mes clubs les plus prisés. La mauvaise, c'est donc qu'il sera surveillé, mais surtout qu'il s'agit de Slater.

— Slater, grognèrent Lukas et Lala en écho.

Vu la réaction, ce devaient être des amis de longue date.

Barney secoua la tête et garda le silence le temps que tout le monde médite l'information. Visiblement, tous ici connaissaient ledit Slater, et il n'avait pas un fan-club très fourni. Lala, particulièrement, avait les traits plus fermés que jamais depuis la mention de son nom.

— Qui est-ce ? demandai-je.

Barney s'appuya contre le bar en observant le reste du groupe, semblant attendre de voir qui se dévouerait pour m'expliquer qui était ce charmant personnage. Comme personne ne prit la parole, il finit par le faire.

— Slater, alias Émile Sanson, bourreau pendant la Révolution française, changé peu de temps après par Victor en personne, qui avait reconnu en lui des qualités qui lui étaient chères. Depuis, il s'occupe d'éliminer les vampires qui déplaisent à Victor.

Lalawethika respira bruyamment. Un peu trop, sûrement, car je me tournai vers lui et remarquai aussitôt la haine qui faisait briller ses pupilles d'obsidienne. Il surprit mon regard et je détournai les yeux comme si j'avais été prise en faute.

— Tuer Slater, dit-il de sa voix grave.

— On le tuera, répondit Walter de façon étrangement douce. Mais je ne suis pas persuadé que le faire dans un club de Barney soit une très bonne idée.

— Ce sera dangereux, confirma ce dernier. Le problème, c'est que je ne vois actuellement pas d'autre choix.

— Slater est aussi vicieux que puissant, grogna Lukas.

— Et c'est très certainement un piège, renchérit un des jumeaux.

— On foncerait droit dans la gueule du loup, termina l'autre.

Le silence gagna la pièce, tout le monde soupesant le pour et le contre d'une telle décision. C'était vite vu : c'était une mission suicide. On serait attendus, il serait surveillé, et même si la boîte appartenait officiellement à Barney, on se retrouverait en territoire étranger. D'une manière assez bizarre, ça me rappelait notre première opération kamikaze, le soir du gala. Ça s'était très mal terminé.

— Alors, qui est partant ? demanda Barney d'une voix mutine.

Chapitre 16

J'avais l'impression d'assister à un match de tennis au ralenti.

J'étais assise sur le canapé de la suite de luxe de Benoxh depuis de longues minutes, et il ne parlait toujours pas. Non, il faisait les cent pas, perdu dans des réflexions qui m'échappaient et qu'il ne me faisait pas partager, même quand il s'arrêtait pour braquer sur moi son regard pesant. Il m'examinait, je le savais. Il cherchait à comprendre comment je pouvais me tenir devant lui. Son observation minutieuse de mon visage me faisait l'effet d'une fouille au corps et, bien que je n'aie rien à me reprocher, j'avais l'impression d'avoir caché trois kilos de drogue à un endroit incongru, et qu'il n'allait pas tarder à les trouver. Chaque inspiration, chaque battement de cil, rien ne lui échappait, et rien ne m'indiquait ce qu'il en déduisait.

Il traversa une énième fois la pièce, et je soupirai un peu trop bruyamment lorsqu'il s'arrêta pile en face de moi, observant mon ventre. Je soulevai le bas de mon top en réponse à l'ordre muet qu'il venait de me donner du menton puis attendis. Il avait déjà étudié la cicatrice, mais il n'en avait toujours pas obtenu ce qu'il désirait, visiblement.

Ce n'était pas ainsi que j'avais imaginé notre rendez-vous. Un brin de causette, quelques tours de magie, encore un brin de causette. Peut-être même un chapeau et un lapin, dans le pire des scénarios. Mais pas ça. Après m'avoir saluée, il m'avait fait prendre place sur le canapé et demandé de lui raconter ce qui s'était passé suite à mon départ, trois jours plus tôt. Je n'étais toujours pas très en forme physiquement, et la fatigue donnait à mon corps une énergie dont les pensionnaires d'une maison de retraite n'auraient pas envié la fougue. En gros, je n'étais pas dans mon assiette, et son étrange comportement n'aidait pas. Je nageais en plein dans la cinquième dimension.

Après mon récit, qui l'avait passablement troublé, il avait commencé à arpenter la pièce et, depuis, il s'arrêtait ponctuellement pour me regarder droit dans les yeux et sonder mon âme. C'était l'impression que ça me donnait, car, comme Walter, il était doté de la faculté de faire rétrécir les gens sur leurs chaises. Bien qu'ils soient verts, ses yeux étaient étonnamment semblables à ceux de mon grand-père, d'ailleurs. C'était sûrement ce qui me mettait si mal à l'aise en ce moment. J'étais face à un détecteur de mensonges Sihr infaillible et, quelque part, j'étais certaine qu'il était persuadé que je lui avais menti sur un point, et qu'il essayait de déterminer lequel. Était-ce que je m'étais fait empoisonner, ou que je m'en étais tirée ? On était deux à l'ignorer.

— Je ne suis pas facile à tuer, hein, fis-je d'une petite voix, comme si j'étais moi-même surprise par mes propos.

Lui ne semblait pas surpris, juste dérangé. Comme s'il était déçu que je sois encore en vie. Je me doutais bien que ce n'était pas le cas, mais l'impression persistait malgré tout. J'allais à l'encontre de principes qu'il tenait pour acquis, et même si je n'y pouvais rien, au fond, je me sentais coupable.

Au bout d'un moment, il prit place sur la table basse en face de moi, geste qui me surprit assez venant de sa part. Il avait une telle prestance naturelle que s'asseoir sur une table basse n'aurait simplement pas dû être à sa portée. Il commença à se gratter le menton distraitement, de deux doigts, puis hasarda une main dans ma direction pour toucher ma cicatrice. Il l'effleura à peine, mais la brûlure que cela me provoqua me fit bondir en arrière en poussant un hurlement.

— Mes oreilles, dit-il calmement.

— Mon ventre ! me défendis-je.

Nous n'avions pas le même sens des priorités. Ses oreilles fonctionnaient toujours après plusieurs siècles, elles allaient survivre à ça. De ce que j'en avais compris – et testé en rêve –, on aurait pu lui percer les tympans jusqu'au Jugement dernier, il aurait quand même été en mesure d'entendre les trompettes divines le moment venu. Mon ventre, par contre, n'avait pas les mêmes facultés régénératrices. Mon corps tout entier, à vrai dire. Depuis que j'avais pénétré dans la suite, j'avais énormément de peine à supporter les vagues d'énergie qu'il déversait sur moi constamment. Si j'étais en pleine forme lors de notre première rencontre, c'était loin d'être le cas aujourd'hui.

Il demeura immobile un grand moment, affalé sur la table basse. C'était pour le moins dérangeant. Il portait le manteau noir qu'il avait déjà la dernière fois, et celui-ci traînait négligemment par terre. Il était même en train de marcher dessus. Bon Dieu, on aurait dit que l'attaque dont j'avais été victime l'avait plus affecté que moi.

— C'est un poison très puissant qui t'a été administré. C'est d'ailleurs le poison le plus mortel qui soit. Ça aurait dû te tuer. C'est létal pour les Sihrs et les vampires, précisa-t-il en insistant bien sur le « et ».

Heureusement que je ne suis ni l'un ni l'autre.

Il me sourit comme s'il avait entendu ce que je venais de me dire. Merde, j'espérais sincèrement qu'il n'était pas en mesure de lire dans mes pensées. Je jetai instinctivement un coup d'œil vers ses pieds. *C'est bon*, pensai-je, *il marche toujours sur son manteau.*

Il suivit mon regard et retira le tissu de sous ses pieds.

— Ah, oui, merci.

Je secouai rapidement la tête, comme si ça pouvait aider à le faire sortir de mon esprit, y fut-il. Lorsque je le regardai à nouveau, il me souriait, ses petits yeux verts posés calmement sur moi. Le changement était radical. Il rayonnait à présent.

— Heureusement, tu n'es ni l'un ni l'autre !

C'est ce que je viens de me dire, ça, pensai-je, très mal à l'aise. Il me fichait vraiment une trouille d'enfer, maintenant.

— Alors, que me vaut le plaisir ? demanda-t-il de manière très anodine.

La question me surprit un peu. *Je suis passée prendre le thé, évoquer les bons vieux souvenirs qu'on n'a pas, te montrer ma cicatrice et apprendre un ou deux tours de magie au passage, voyons.*

— J'aimerais savoir si votre offre tient toujours.

— Je vois.

Il ne bougea pas d'un iota et continua à me regarder. J'avais la désagréable impression qu'il était en train de me juger, et que d'un instant à l'autre, il allait tendre une main devant moi pour me demander dans quel doigt se trouvait le pouvoir. Je chassai cette idée en secouant la tête.

— Et si vous aviez changé d'avis quant à rejoindre nos rangs, ajoutai-je très poliment.

Le mot d'ordre de notre petite armée était de recruter. Des alliés puissants et de confiance. Selon les autres, Benoxh remplissait ces deux conditions, et j'avais pour mission impérative de l'enrôler. Moi, je voulais juste qu'il m'apprenne à me servir de la magie que j'étais censée posséder. Ou alors qu'il me fasse un mot d'excuse pour la fête des Pères : « La petite Maeve ne pourra malheureusement pas venir : elle a oublié sa licorne. »

Un semblant de sourire déforma sa bouche, et il secoua doucement la tête. *Il ne lit pas dans tes pensées*, me sermonnai-je lorsque mon cœur cessa de battre. *Il ne lit* pas *dans tes pensées !*

— Cette guerre n'est pas la mienne, dit-il. Mais mon offre tient toujours.

Je ne sus quoi répondre. Je n'allais pas insister pour le faire se joindre à nous, pas maintenant. *Chaque chose en son temps*, songeai-je.

Il se leva dans un bruissement d'étoffe puis disparut de mon champ de vision. Il revint quelques instants plus tard en portant une bassine brune en pierre poreuse, grossièrement taillée et remplie d'eau. Il la déposa devant moi puis, tandis que je l'inspectais, il se dirigea vers une table près de la grande baie vitrée. Il arracha une feuille de rose du bouquet qui la décorait puis vint la poser dans la bassine. Elle s'immobilisa au centre à peine eut-elle touché le liquide.

— Les hommes Sihr contrôlent les éléments, m'annonça-t-il. Lorsqu'ils sont investis du pouvoir, c'est la première chose qui leur vient. Bien que l'approche soit un peu différente chez les femmes de notre race, qui n'ont pas le même rapport aux éléments, je suggère que nous testions tes capacités de ce côté-là pour commencer. Il me semble que tu n'as pas les pouvoirs d'un Sihr conventionnel, et que les différences de genre ne s'appliqueront pas dans ton cas.

Je relevai la tête pour découvrir qu'il me regardait d'un air bienveillant. Après avoir été dérangé par ma survie, il semblait heureux d'avoir un nouveau challenge. Étrange, étonnant, masculin.

— Fais sortir la feuille, me dit-il simplement.

Je sentis mes sourcils se lever. Faire sortir la feuille ? J'avais une furieuse envie de m'en saisir et de la poser sur la table, mais une petite voix me soufflait que ce n'était pas vraiment le but de l'exercice.

— Comment je suis censée faire ça ?

Il affichait toujours ce sourire tranquille et immuable. Ça paraissait simple, si j'en croyais son air rassurant.

— À toi de trouver, répondit-il.

Il fit un pas en arrière, comme pour me laisser le champ libre, et je me lançai dans une contemplation intense du récipient. La feuille flottait au beau milieu, totalement immobile, insensible à ma présence. Il fallait que je la fasse sortir, mais à part en soufflant dessus de toutes mes forces, je ne voyais pas vraiment comment je pourrais réussir un tel tour de force.

C'était à des années-lumière de toute idée que j'avais pu me faire d'un entraînement Sihr. J'avais pensé que je devrais mémoriser une liste d'abracadabras aussi divers que variés, le genre qu'on récite quand le besoin s'en fait sentir, en claquant éventuellement des doigts pour donner un sens au spectacle. Là, je me rendais compte que mes attentes étaient bien déplacées. J'ignorais totalement ce qu'étaient les pouvoirs dont j'avais hérité du côté de ma mère. J'avais vu Walter jouer au lampadaire humain, une boule de feu lancée par Elliot n'était pas passée loin de moi au *Baron*, et j'avais moi-même utilisé ce pouvoir deux fois. Et encore, je n'avais aucun mérite, puisque je n'avais pas fait exprès. Mais quoi qu'il en soit, c'était du spectaculaire, et ça n'avait rien à voir avec le fait de faire sortir une feuille d'une bassine d'eau. Je m'attendais à quelque chose de plus amusant que l'héritage paternel.

Les pouvoirs vampires avaient été faciles à appréhender, eux. Il suffisait de boire du sang, voire de s'énerver, et c'était bon. Il n'y avait rien d'intuitif dans l'affaire. C'était un état de fait. Je n'avais jamais eu à réfléchir, je n'avais jamais rien eu d'autre à faire que gérer les nouvelles facultés de mon corps. Tandis que là, ça paraissait nettement plus mental, et à la simple idée de devoir fonctionner, mon cerveau se mettait à marteler tous les coins de mon crâne comme un gamin qui fait sa crise. Il paniquait avant même d'avoir essayé. J'en attendais trop. Trop de choses en dépendaient. J'avais besoin que ce soit ludique et facile. Il n'en était rien.

— Concentre-toi, m'encouragea Benoxh. Chaque mage a son élément, celui qu'il maîtrise mieux que les autres. Pour toi, je sens que ce sera l'eau. Concentre-toi.

Me concentrer, me concentrer. Il devrait faire équipe avec Lukas, celui-là. *Je vais me concentrer, par réflexe.*

Sachant que ce genre de réflexion ne m'aiderait pas à faire avancer l'affaire – et encore moins la feuille –, je décidai de prendre sur moi et d'essayer. Je me mis à l'observer d'une manière que je voulais insistante. Mais évidemment, rien ne se produisit. Alors je continuai à la regarder. Je pouvais en distinguer le moindre détail, la moindre rainure, les minuscules gouttes d'eau qui s'y étaient déposées. Je la voyais dans sa globalité, mais cela ne m'était d'aucune utilité.

Au bout d'un moment, j'eus une furieuse envie d'envoyer valser le bol d'un grand coup de patte. Au lieu de ça, je lâchai une série de jurons. La patience n'avait jamais été mon fort, et je me sentais déjà bien assez impuissante dans mon corps actuellement sans avoir besoin d'y rajouter le mental.

— Il va falloir faire quelque chose pour ton langage, me sermonna Benoxh. Rapidement.

Je me jetai en arrière sur le canapé en poussant un grand soupir grognon, puis croisai les bras pour bien terminer de signifier ma protestation. J'étais réac, à ma manière.

— Allons, Maeve, m'encouragea Benoxh.

Il me lança un regard désapprobateur. Au moins, lui, il n'essayait pas de me faire rentrer le métier en m'envoyant des pierres à la figure. Quoi que ça pourrait encore venir.

Il fit quelques pas dans ma direction et, lorsqu'il fut assez près de moi, il parla doucement, sur le ton de la confidence.

— Sais-tu pourquoi nous avons donné des noms aux choses ?

Quelle question. Je me doutais qu'elle était rhétorique, mais elle n'en restait pas moins stupide. Cependant, il ne semblait pas décidé à expliciter sans que je le relance.

— Oui ?

— Pourquoi ? demanda-t-il gentiment.

— Eh bien…

Je ne m'étais jamais posé une question aussi bête. La réponse était évidente, mais comment la formuler ?

— Pour qu'on sache de quoi on parle, essayai-je.

— Mais encore ?

Il avait bougé, et je sentais maintenant sa présence dans mon dos.

— Pour qu'on puisse les appréhender. Leur donner un nom, c'est les définir, et c'est savoir précisément ce qu'on entend quand on évoque quelque chose.

Je n'étais pas satisfaite de ma réponse. Pourquoi est-ce que je n'arrivais pas à formuler quelque chose d'aussi simple ? Je m'appelais Maeve pour que, dans la rue, on puisse me héler sans que vingt crétines se retournent. J'eus soudain l'impression de comprendre exactement où il voulait en venir.

Je me penchai en avant, tête proche de la bassine et observai la feuille. Puis je décidai de suivre mon intuition. *Feuille*, pensai-je. Rien. *Feuille*. Rien. *Feuille, feuille, feuille, feuille*. Rien, rien, rien, rien.

— Caillou, j'ai perdu, lâchai-je, morose.

— Pardon ?

— Non, rien, grognai-je.

Benoxh fit à nouveau quelques pas et se retrouva derrière la table.

— Si ça ne fonctionne pas avec la feuille, peut-être peux-tu essayer avec autre chose…

Quelle imbécile ! pestai-je. Je m'illustrais dans mon genre. *Il place de l'eau devant toi, te dit que les mages contrôlent les éléments, et tu essaies avec la feuille. Mais bravo, Regan, vraiment bravo. Il est pourtant de notoriété publique que la feuille est le cinquième élément après l'eau, la terre, l'air et le feu*. Je méritais un oscar, voire un prix Nobel de physique.

Je reportai à nouveau mon attention sur cette fichue bassine, en me concentrant cette fois-ci sur le liquide. *Eau*, pensai-je de toutes mes forces. *Eau. Eau* !

Je vis Benoxh esquisser un léger sourire alors qu'une minuscule bulle remontait à la surface. *C'est moi qui ai fait ça ? Eau. Liquide*, allez, *liquide*. Rien. *Eau. Eau* ! Je sentais les rides se former sur mon front à force de le plisser sous l'effort. Mais allez ! *Eau* !

Rien. La colère grimpait rapidement en réponse à mon impuissance, et mon corps était partagé entre fourmis de rage et douleurs diverses.

— Putain d'eau de merde ! m'exclamai-je de mécontentement.

Et ce fut la douche.

Je regardai les gouttes dégouliner sur mon bras, incrédule. La bassine était vide. La colère, ça ne fonctionnait pas que sur le côté paternel, finalement. Maeve Regan, mage et hybride vampire, de père en fille. Ma motivation ? La frustration.

Benoxh s'approcha de moi, l'air satisfait. Il se pencha, resta quelques secondes à me contempler avec un sourire ravi, puis il tendit une main dans ma direction pour retirer la feuille qui s'était collée sur mon front. Il la regarda quelques instants, puis ses yeux se braquèrent à nouveau sur moi.

— Ça manque cruellement de doigté, mais tu l'as fait sortir.

C'était peu dire. J'étais trempée de la tête aux pieds. Je manquais de doigté, et surtout de classe. Mais je souriais comme une gamine lorsque je lui pris la feuille des mains pour garder mon trophée.

— Ce n'est que le début, ajouta-t-il.

Je sentis qu'il partageait ma fierté.

— Mais je ne veux plus entendre un seul gros mot.

Sur le moment, j'aurais même accepté de ne plus boire une goutte de tequila de ma vie.

Ce n'était effectivement qu'un commencement. Je passai de nombreuses heures en sa compagnie au cours des jours suivants, durant lesquelles je reçus énormément de théorie. La pratique suivait, mais à moindre mesure, certainement parce que je n'étais pas très douée. Benoxh était un maître patient, j'étais une élève très pressée. Il essayait d'éveiller ma magie, et j'essayais de l'utiliser de façon anarchique. Le pouvoir, chez un Sihr, était étroitement lié à son corps, à son être. C'était le vecteur magique par excellence. Mais il était extrêmement dangereux de s'en servir de manière brute, sans la canaliser. C'était ce qui m'était arrivé dans le stade après la mort de Tara. Mon énergie avait explosé, car elle n'avait pas été concentrée dans une volonté précise.

Pour réguler leur magie, les Sihrs l'insufflaient progressivement dans les mots, qu'ils utilisaient ensuite comme armes. Chaque mage avait son propre dictionnaire magique. C'était bien sûr bien plus complexe que cela et pas facile à maîtriser. Il ne suffisait malheureusement pas de choisir un mot pour que l'affaire soit dans le sac. Il fallait du temps pour y imposer sa volonté, et du temps, je n'en avais pas. Benoxh disait que j'étais trop pressée. Je préférais penser que j'étais réaliste. La rencontre avec Victor approchait et, si je n'étais pas prête lorsque nous nous retrouverions face à face, je n'aurais plus l'occasion de l'être par la suite.

Cependant, je progressais, même si ça n'allait pas assez vite à mon goût. Au bout de deux jours, j'avais arrêté de faire bouillir de l'eau accidentellement et j'arrivais à créer de petits tourbillons. Ces séances me faisaient un bien fou. En plus de ça, elles me permettaient de rester éloignée des autres. Barney n'était pas très présent, et c'était le seul avec qui il était possible de passer du bon temps. Mes rapports avec Elliot et Lukas étaient tendus, et ceux avec Lala pas très enrichissants. Ce n'était même pas que son mode d'expression rendait l'exercice compliqué. Simplement, depuis qu'on avait mentionné Slater, il s'était considérablement renfermé. C'était pour le moins étrange. Quant à Walter, même si j'avais envie de profiter de nos retrouvailles, les non-dits pesaient toujours autant. De plus, il paraissait si diminué que, parfois, être en sa présence devenait très difficile. Par moments, il semblait plus vivant que jamais, pour retomber ensuite dans un état semi-catatonique. De temps à autre, on aurait dit qu'il ne remarquait même pas que la vie poursuivait son cours autour de lui, et l'angoisse me saisissait aux tripes. Et s'il continuait à décliner ? S'il n'avait survécu au poison de Connor que pour mieux mourir par la suite ?

Et il restait Julian, qui ne s'était toujours pas réveillé de ses blessures. J'avais passé plus d'heures à le veiller qu'avec les autres membres de notre petite armée. C'étaient d'ailleurs les seuls instants sans tension que je partageais avec Elliot. Nous avions tout essayé. La douceur, la colère, la tristesse, rien ne le tirait de son sommeil. Barney avait refusé qu'on lui donne plus de sang que celui qu'il avait reçu de Rob après avoir été attaqué. Cela aurait peut-être accéléré sa guérison, mais vu son état de faiblesse et l'étendue de ses blessures, il était impossible de savoir s'il ne mourrait pas quoi qu'il arrive. Et s'il avait leur sang dans le système, il se relèverait d'entre les morts. C'était un des rares sujets sur lequel Elliot et moi étions d'accord pour une fois : il était hors de question que Julian se transforme en vampire.

Dans ma vie telle qu'elle était devenue, les heures passées en compagnie de Benoxh étaient donc une vraie bouffée d'oxygène. Quand j'étais avec lui, j'avais l'impression d'être utile, de faire quelque chose, d'agir. J'oubliais les sentiments mitigés que j'éprouvais pour Lukas et n'avais pas le temps d'être blessée par son comportement, ni de me demander dans quelle mesure je le méritais. Elles m'évitaient aussi de me confronter à la peine que j'avais causée à Elliot, ou à celle que me procurait la vision d'un Walter déclinant. Cependant, elles ne m'empêchaient pas de prendre conscience de ma solitude, le soir avant de m'endormir. J'étais constamment entourée, mais je n'avais personne à qui parler en dehors de Benoxh, et je doutais fortement que mes tourments l'intéressent.

Alors je tâchai de me concentrer sur mon objectif. Je devais mettre toutes les chances de mon côté. Cela faisait un an que ma vie était sens dessus dessous, et j'allais devoir affronter mon père si je voulais qu'elle redevienne normale. Ou qu'elle le devienne enfin.

Chapitre 17

En poussant la porte de la chambre de Julian, je me rendis compte que mon cœur ne s'était pas arrêté depuis très longtemps.

Mais là, il cessa radicalement de battre. Ce n'était pas à cause de la joie subite de réaliser que Julian était réveillé, ni du fait que Barney le veillait. C'était parce que le premier buvait au poignet du second. Et si Barney s'était retourné dès que j'étais arrivée, j'avais quand même remarqué qu'il semblait trouver ça très agréable. Tout comme Julian, qui n'avait même pas tourné la tête dans ma direction.

Mal à l'aise, je détournai aussitôt les yeux et demeurai à l'entrée. J'entendis Barney dire doucement à Julian que ça suffisait pour l'instant. Lorsque je risquai un bref coup d'œil, je le vis lui tendre une serviette pour qu'il s'essuie la bouche. Puis il passa devant moi en m'adressant un signe de tête entendu. Je n'avais aucune idée de ce que ça signifiait, et me pencher sur la question ne m'intéressait pas en ce moment. Julian était enfin réveillé.

— Dans une heure, rejoins-nous en bas. Il faut qu'on parle avant les opérations.

Lorsque Barney eut refermé la porte, je m'avançai à pas feutrés vers Julian, puis me ruai sur lui pour le serrer dans mes bras.

— Espèce d'imbécile ! le sermonnai-je. Je t'avais dit de ne pas foutre les pieds dans des endroits où traînaient les vampires !

Je le sentis rire dans mon étreinte.

— Mais je n'ai rien, regarde.

Pour ça, j'aurais dû le lâcher, ce qui était hors de question.

— En plus, Barney m'a promis de me montrer le *Paradis Perdu*, reprit-il.

Cette fois-ci, je le repoussai fermement pour le foudroyer du regard.

— Julian Alexander Dunn, j'espère que tu plaisantes.

Malgré son sourire enfantin, je le savais sérieux. Je n'avais aucun droit de le lui interdire. Si je ne voulais pas qu'il y aille, je ne pouvais rien exiger pour autant. Et en faire un ordre ne lui donnerait que plus envie d'y aller. Qui aurait pu l'en blâmer ? Le *Paradis Perdu* était de loin l'endroit le plus saisissant qu'il m'ait jamais été donné de voir. Si la clientèle n'avait pas été uniquement vampirique, j'aurais pu y habiter.

— De jour.

Ce n'était pas une question. Ce n'était pas non plus un ordre. Ça tenait plus de la supplique déguisée en suggestion.

— De jour, promit-il en se penchant pour m'embrasser sur le front.

Je me détendis aussitôt. Être avec Julian, c'était différent. Différent des autres, différent d'être en solo. Je l'aimais profondément, c'était un fait, et si c'était également le cas pour Elliot, il n'y avait rien de biaisé dans notre relation. Julian n'avait toujours été qu'un frère pour moi. Tandis qu'Elliot…

Elliot et moi, c'était si différent. On avait grandi côte à côte, et passé chaque minute de notre temps libre ensemble, depuis le berceau. Je suppose qu'il était normal que, à un moment donné, des sentiments amoureux s'en mêlent. Sauf que nous n'étions pas ce dont l'autre avait besoin sur ce plan. Il lui fallait quelqu'un qui s'intéresse à lui, qui le mette en valeur. Ça ne signifiait pas qu'il ne l'aimerait pas, ou que ce ne serait qu'un faire-valoir, au contraire. Ça voulait juste dire que c'étaient ses besoins. Moi, j'en étais incapable. J'avais été élevée par quelqu'un qui remarquait tout, et n'avait pas à s'intéresser aux gens pour les comprendre. Ça laissait des marques.

— Oh, c'est à ce point.

Je sursautai.

— Quand tu fais cette tête-là, reprit-il, c'est mauvais signe. Tu plisses les yeux et tu ne fronces qu'un sourcil. Tu peux m'en parler, si tu veux.

Sa proposition avait été faite sur un ton détaché, mais je ne me laissai pas abuser. C'était ce que j'aimais, chez Julian. Jamais il ne m'aurait forcée. Il était là si je le désirais, si j'en avais besoin. Il n'attendait rien de moi, et c'était bien le seul. Elliot voulait que je change, Lukas que je m'excuse, Barney que je tue mon père. Quant à Walter, il attendait certainement que je devienne malfaisante et qu'il doive s'occuper du problème. Ça devait être ça. C'était sûrement une des raisons pour lesquelles il avait toujours gardé ses distances avec moi. Il savait qu'un jour, il devrait me régler mon compte, que je sois sa petite-fille ou pas. Si l'univers n'y avait pas pensé, Walterminator s'en chargerait.

— Et quand tes lèvres se tordent, c'est encore plus mauvais, ajouta Julian.

Qu'est-ce qui m'arrivait ? Pourquoi est-ce que je pensais à ça maintenant ? C'est moi qui aurais dû être en train de m'occuper de lui, et non l'inverse.

— Désolée, fis-je d'une voix dans laquelle perlait la culpabilité. Les derniers jours ont été assez éprouvants.

Un coin de sa bouche frétilla, mais il retint son sourire.

— Tu pensais au beau vampire dont tu n'as jamais voulu vraiment me parler ?

Pfff. Tout de suite.

— À vrai dire, je pensais à ton frère et à Walter.

Je fus encore une fois aspirée dans le fil de mes pensées. Du moins, c'est ce que j'en déduisis lorsque je remarquai à nouveau Julian, qui affichait un air espiègle.

— Encore ?

Il acquiesça sans perdre une once de sa gaieté.

— À quoi t'ont menée tes réflexions ?

S'il avait toujours un grand sourire aux lèvres en me posant cette question, ma réponse en effaça toute trace.

— Je crois que ton frère est fou et que Walter veut me tuer.

À en juger par son expression, le pavé avait atterri en plein dans la mare.

— Ne dis pas de bêtises, finit-il par articuler.

Nous savions tous les deux qu'il ne parlait pas d'Elliot. Je soupirai profondément tout en baissant le menton. Soutenir son regard était difficile, même si je sentais qu'il ne me jugeait pas. S'il était choqué, ce n'était pas que je puisse penser ça, mais que ça ait une chance d'être la vérité.

— Tu connais Walter, il a toujours été distant. J'ai passé plusieurs mois en solo. Il ne m'a pas cherchée. Il attend que j'accomplisse ma sale besogne pour entrer en action.

Julian secouait la tête doucement, comme pour nier mes propos. Je soupirai de plus belle.

— Je ne crois pas en la prophétie, repris-je d'une voix claire. Sauf que lui, oui. Il est persuadé que, une fois que j'aurai tué Victor, je deviendrai pire encore. Il m'a menti toute ma vie, Julian. Toute ma vie. Et là, il garde ses distances. C'est un Sihr, il pourrait m'apprendre à utiliser ma magie, mais non. C'est un autre qui s'en charge. Il m'évite autant que faire se peut, et il n'est pas intéressé quand j'essaie de lui parler de mes progrès. Il a toujours été distant avec moi. Merde ! Je ne sais même pas s'il m'a jamais aimée.

Je me rendis compte que j'étais en train de pleurer lorsque le pouce de Julian chassa une larme de ma joue. Puis, sans un mot, il passa la main derrière ma tête et m'attira contre lui. Les sanglots avaient pris possession de mon corps, mais Julian les enfermait dans ses bras puissants. Son étreinte était un abri dans lequel je pouvais me permettre de n'être que ce que j'étais : Maeve Regan, trop jeune et insouciante pour gérer ce qui lui arrivait, trop vivante pour être un vampire, trop faible pour être un Sihr, trop morte pour être humaine.

Il me laissa pleurer contre lui de nombreuses minutes sans prononcer un seul mot. Je me sentais mieux après coup, même si les conclusions auxquelles j'étais arrivée me déprimaient. J'en étais persuadée. J'avais toujours pressenti quelque chose au sujet de Walter, su que si je creusais derrière sa retenue, j'obtiendrais les réponses qu'il ne voulait pas me donner. Mon subconscient avait juste eu besoin d'un peu de temps pour faire la part des choses.

Julian me repoussa légèrement de façon à pouvoir me regarder dans les yeux, ses mains posées sur mes épaules.

J'eus soudain la dérangeante impression qu'il essayait de m'hypnotiser, comme je l'avais fait avec Brianne.

— Écoute-moi bien, commença-t-il.

Je n'aimais pas le ton de cette phrase.

— Je ne vais pas te mentir. Je ne serais pas un ami si je te remontais le moral en te promettant que tout se passera bien. Cette histoire, c'est moche.

Je souris malgré moi en essuyant mes joues d'un revers de main. Moche, c'était un joli mot.

— Walter est ce qu'il est. Tu le sais, tu le connais assez. Même s'il se montre distant, même s'il l'a toujours été, il tient à toi et je suis sûr qu'il t'aime, dit-il, avant de pousser un profond soupir. Je pense pourtant que tu n'as pas tort.

Je fermai les yeux, réprimant de nouvelles larmes. L'entendre venant d'une autre bouche que la mienne n'était pas chose aisée.

— Cependant, reprit-il en relevant mon menton pour que je le regarde, tu le sais. Tu en es consciente, et tu es loin d'être naïve. Tu ne crois pas en cette prophétie, lui si. Accepte-le, prouve-lui qu'il se trompe, mais ne le repousse pas. Tu ne pourras pas le changer. Montre-lui qu'il a tort, et garde-le de ton côté. C'est ta famille, tu sais, et même s'il pense qu'il va devoir t'éliminer un jour, crois-moi, il ne le ferait pas de gaieté de cœur.

Pour toute réponse, je le serrai dans mes bras. Fort, longuement, en respirant profondément son odeur là où elle était aussi douce que prenante, dans le creux de son cou.

— Toi aussi, tu es ma famille, murmurai-je.

Je sentis ses lèvres sourire contre la peau de mon épaule. Il y déposa un baiser rapide avant de venir appuyer son front contre le mien.

— Je sais que ce n'est pas ton genre, mais aie confiance. D'abord en toi, c'est ce qui te permettra d'avoir à nouveau confiance en Walter.

— Des fois, je me dis que tu es bien trop sage pour être le frère d'Elliot, soupirai-je.

— J'ai toujours soupçonné qu'ils l'avaient échangé à l'hôpital, répondit-il, d'un petit ton désinvolte. En plus, il est nettement moins mignon que moi.

— Carrément, pouffai-je.

Je déposai un baiser sur sa joue et me levai.

— Je crois qu'on m'attend, fis-je en guise d'au revoir. Repose-toi, et n'oublie pas : de jour, le *Paradis*.

— Sois prudente.

Si je suis tuée, ça simplifiera la tâche à Walter, songeai-je amèrement. Mais je ne fis pas part à Julian de mes pensées. Il m'aurait sermonnée, et j'avais envie de terminer cette conversation sur une note positive. Je lui adressai un dernier sourire, puis sortis de la pièce en refermant doucement la porte.

Barney m'avait donné une heure, ce qui voulait dire que j'avais encore plus d'une trentaine de minutes pour me préparer. Me pomponner ne serait pas une mauvaise idée. Je n'aimais pas ça, mais prendre un peu soin de moi ne pourrait me faire que du bien.

Après une douche rapide, je traversai le couloir en catimini et eus le plaisir de ne croiser personne. De retour dans ma chambre, je me séchai vite les cheveux grâce au matériel qui m'était gentiment mis à disposition par Barney. Il avait également choisi ma tenue, bien sûr. Cette fois, pas de latex, pas de robe au décolleté plongeant. À la place, une courte jupe en jean, un petit top blanc et si fin qu'il était transparent et laissait plus que deviner le noir de mes sous-vêtements. Pour parfaire le tout, des bas résille et des talons trop hauts à mon goût. Ben oui, il fallait quand même une touche Barney, sinon je n'aurais pas eu l'air d'une vraie professionnelle.

Lorsque je gagnai le bar, je n'avais pas plus de dix minutes de retard sur l'heure qu'on m'avait donnée. Je m'attendais à essuyer une remarque, mais ces messieurs étaient trop occupés à se prendre le bec pour me reprocher mon arrivée tardive.

— Je suis sincèrement désolé, mais je ne reviendrai pas sur ma décision, dit calmement Walter.

Elliot frappa le comptoir d'un poing énergique, renversant un verre dans son énervement.

— J'ai aidé au *Baron Vampire* ! s'emporta-t-il. J'ai fait des progrès depuis, je le mérite !

Walter ne répondit pas, j'en profitai donc pour faire quelques pas vers eux, discrètement. Barney, Lala et Lukas tournèrent la tête dans ma direction, et chacun m'observa de la tête aux pieds. Les réactions ne furent cependant pas les mêmes. Lala fut le premier à détourner les yeux pour reporter son attention sur le duel entre Walter et Elliot. Barney me sourit d'une manière encourageante, certainement content de ses choix vestimentaires. Quant à Lukas, le petit rictus que je n'avais pas vu depuis de longs mois vint se nicher au coin de ses lèvres, mais il n'y demeura qu'une fraction de seconde. Suffisamment en tout cas pour que je remarque que, s'il passait beaucoup de temps à me signifier que je ne l'intéressais plus, il n'était pas pour autant insensible à mon physique. C'est bête à dire, mais j'en tirai une intense satisfaction. J'avais beau l'avoir abandonné, la douche froide à laquelle il me soumettait depuis que nos chemins s'étaient croisés à nouveau me frustrait bien plus que je n'aurais été prête à admettre publiquement.

— Tu arrives à point nommé, bébé. Nous allions commencer à parler plan de soirée.

Je les observai. Nous étions six. Walter, Lala, Elliot, Lukas, Barney et moi-même. Aucune trace des autres membres du clan.

— Petit comité, comme tu peux le constater. Dans la boîte, vous serez trois. Lukas, Walter, et toi.

Elliot se raidit encore plus, si c'était possible. Les muscles de sa mâchoire saillaient, sa bouche n'était qu'un trait exsangue. Il semblait au bord de l'explosion.

— Lalawethika ne vient pas ?

Je faisais des progrès. J'avais réussi à prononcer son nom en entier, du premier coup, sans cafouiller, tout en restant très sérieuse.

L'intéressé tourna vers moi des yeux dans lesquels brillait une flamme que je n'y avais encore jamais vue. Elliot n'était visiblement pas le seul qui aurait voulu nous accompagner mais était assigné à résidence.

Walter se racla la gorge.

— Lalawethika ne passe pas inaperçu, répondit-il de manière détachée. Et son historique avec Slater fait qu'il ne faudrait pas qu'ils se croisent. Ce serait fâcheux.

Le ton qu'il utilisa me dissuada de poser d'autres questions. Vraisemblablement, tout le monde était tendu dans cette pièce, à l'exception de Barney.

— Le but est donc de faire profil bas. Vous attraperez Slater avec Lukas, et Walter s'occupera de le neutraliser pour le ramener ici.

La surprise dut se lire sur mon visage, car il pencha légèrement la tête et me questionna du regard.

— Attends, ce mec est ultra dangereux, sera bien surveillé, et tu veux qu'on le ramène ici ?

Un grand sourire vint agrémenter son air coquin. Il joua même des sourcils avant de me répondre.

— Vous allez bien vous amuser ! Vous partez dans quinze minutes, reprit-il, sur un ton nettement plus professionnel. Lukas et toi vous y rendrez ensemble, Walter vous rejoindra là-bas.

Je jetai un coup d'œil aux deux intéressés. Lukas affichait un visage calme, presque hautain, et évitait de croiser mon regard. Walter, quant à lui, paraissait très fatigué. Deux choses m'inquiétaient. La première – et de taille – était que si Lukas et moi étions incapables d'avoir une conversation en temps normal, on aurait beaucoup de peine à travailler en équipe lors d'une mission suicide. Parce qu'il ne fallait pas se voiler la face. Le plan de la soirée était extrêmement dangereux. Aller dans ce club et refroidir Slater au milieu du dancefloor, pas de problème, j'aurais même dansé la *Macarena* avant de filer à l'anglaise si on me l'avait demandé. Mais le ramener ici ? On fonçait droit dans le mur, et je n'avais pas confiance en mes partenaires. Ce qui menait au deuxième point qui me préoccupait.

— C'est une boîte de nuit, dis-je calmement, tout en cherchant une manière de formuler la suite. Sauf ton respect, Walter, comment veux-tu passer inaperçu ?

Il tourna vers moi son visage ridé et sa tignasse blanche en haussant les sourcils. À côté, Lukas souriait discrètement. Je ne savais pas de qui il se moquait. Ça aurait pu être de moi comme de mon grand-père.

— Je sais me fondre dans la masse, répondit ce dernier, sans paraître vexé de ma question.

Je me contentai d'acquiescer, ne voulant pas jeter de l'huile sur le feu. Walter n'aurait pas réagi outre mesure, mais Elliot était toujours au bord de l'explosion. D'ailleurs, j'en avais sûrement déjà trop fait, car l'irruption eut lieu.

— Je passerais inaperçu.

Sa voix n'était que morgue. Je me surpris à préférer quand il se montrait puéril et capricieux.

Walter ferma les yeux et expulsa l'air de ses poumons. La conversation devait être plus vieille que les dix minutes que j'avais manquées. Walter ne perdait pas son sang-froid si facilement. Du moins, je ne l'avais jamais vu le faire. Peut-être que sa fatigue y était pour quelque chose, ou alors je n'étais plus la seule à trouver Elliot insupportable, finalement.

— Elliot, ça suffit.

Simple, court, et terriblement efficace. Walter semblait peut-être diminué, mais il était toujours aussi impressionnant lorsqu'il s'énervait. Il n'avait pas besoin de hausser le ton.

Elliot serra tellement les dents que je fus surprise de ne pas les voir gicler sous la pression.

— C'est pas pour cette fois, Mickey.

Je me tournai vers Lukas et son ton satisfait, les yeux exorbités. Elliot, pour sa part, se leva de son tabouret et partit en claquant la porte, ce qui me fit tressaillir des épaules.

— Mickey ? explosai-je. Déjà que tes blagues ne volent pas haut, tu ne pourrais pas les renouveler ?

Seul son air moqueur me répondit. Il trouvait visiblement ça très drôle. Mes craintes me semblaient plus fondées que jamais. Nous ne pourrions pas travailler en équipe.

Comment avais-je pu être attirée par cet homme ? Il n'était que puérilité, aimait rabaisser les autres. J'étais peut-être immature, mais j'avais une excuse. J'avais vingt-deux ans. Pas près de trois siècles, comme lui.

— Et c'est moi que tu traites de petite sotte. Gamin.

Je sortis de la salle sans attendre de réaction de sa part. Ça n'aurait fait que m'énerver plus. Je choisis de monter les escaliers plutôt que de prendre l'ascenseur, pour me calmer. Lukas m'énervait. Il m'avait toujours énervée, mais là, c'était trop. Comment est-ce que des gens pouvaient voir en lui un grand guerrier ? Quelqu'un de posé, vers qui on se tournait quand on voulait éradiquer le mal profond qu'était mon père ? Incroyable. Peut-être que c'était moi, après tout. Peut-être que toute la magie que j'avais en moi ne servait qu'à faire ressortir la vanité des hommes qui m'entouraient.

J'arrivais à l'étage d'Elliot avec quelques courbatures. J'avais marché d'un pas décidé, et les talons n'étaient toujours pas mes amis. Lorsque je frappai, j'eus peur un instant qu'il ne soit pas là, et qu'il soit allé rendre visite à son frère. Mais la porte s'ouvrit et le visage renfrogné d'Elliot me fit face. Nous restâmes un moment à nous observer sans dire un mot, lui en colère contre la vie, moi contre le monde. Finalement, il s'écarta du passage et j'entrai. Puis il referma et prit place sur son lit, sans briser le silence.

Sa chambre était semblable à la mienne en tout point. Des murs nus et décrépis, pas de meubles, si ce n'était le lit sur lequel il se trouvait. Austère, comme tout ce qui m'entourait depuis des mois.

— Je suis désolée.

Il évitait toujours mon regard. L'énervement ne l'avait pas quitté, et la tension était palpable dans tout son corps.

Il ne dit rien, aussi traversai-je la pièce et allai-je m'asseoir à côté de lui.

— Pourquoi est-ce qu'il ne veut pas que tu nous accompagnes ?

Il rit silencieusement, l'air que ses poumons expulsaient venant chatouiller mes bras nus. Il se tourna vers moi, très sérieux, et me regarda fixement un moment avant de répondre.

— Je ne suis pas immortel.

— Comment ça ? Je t'ai vu te relever ! Je croyais que…

— Pas encore. Des choses peuvent toujours me tuer. Des choses comme les vampires, par exemple.

Ainsi, Lukas l'avait tué de manière non létale durant tous ces mois. C'était sûrement la réflexion la plus étrange que je m'étais jamais faite.

Je laissai le silence s'installer entre nous. Elliot parlerait quand il aurait envie de le faire. Il y avait trop de non-dits entre nous pour que je lui force la main. Quelques minutes s'écoulèrent avant qu'il ne se décide.

— C'est un cycle. On ne devient pas immortel en un claquement de doigts. Ce n'est pas comme pour les vampires, fit-il maussadement avant de garder le silence de nombreuses secondes. Walter a partagé son énergie vitale avec moi, mais il me faudra encore plusieurs mois avant de goûter à l'immortalité totale. En ce moment, une morsure de vampire me serait fatale. Elle ne me transformerait même pas. Elle me tuerait.

Il eut un petit rire amer avant d'enchaîner.

— C'est quand même assez ironique. Mais ça viendra, ajouta-t-il avec une froide résolution.

Elliot semblait fatigué, tout d'un coup. Comme Walter. Malgré tout ce qui nous séparait à présent, j'avais envie de le réconforter. Les choses n'avaient pas tourné comme on aurait voulu, mais j'avais encore besoin de lui. Son amitié, malgré nos conflits, était plus précieuse à mes yeux que beaucoup d'autres choses.

— C'est à cause de toi, tu sais.

Sa phrase, bien que simple observation, claqua à mes oreilles comme un reproche. Je ne sus quoi répondre. Les mots s'enfuirent de ma bouche comme les grains d'un sablier qu'il ne serait plus jamais possible de retourner. Ma gorge me sembla soudain être du papier de verre.

— Ça a toujours été pour toi.

Il se tourna dans ma direction, et je faillis reculer. Je fermai les yeux lorsque sa main caressa ma joue.

— Quand je te regarde, je te vois mourir, dit-il d'une voix détachée. J'ai beau savoir que ces souvenirs ne sont pas les miens, ils sont incrustés dans ma mémoire. Je ne peux pas m'en débarrasser. Je savais que tu étais vivante, je le sais depuis des mois, mais ils ne m'ont jamais quitté. Même maintenant que tu es là, que je te touche, je revois ta tête être tranchée, Connor rire à s'en déchirer les cordes vocales, et ton corps être emporté. Je suis impuissant. C'est le plus insupportable. Tu meurs sans arrêt dans ma mémoire, et je suis impuissant.

Je ne répondis rien. J'étais coupable de ce crime, comme de tant d'autres. Je lui avais fait croire à ma mort pour me débarrasser de lui, pour le mettre en sécurité. Est-ce que ça faisait de moi quelqu'un de mauvais ? Je l'ignorais. Si c'était à refaire, je le ferais à nouveau. Je voulais qu'Elliot ait une vie normale. Une femme, des enfants, une jolie maison avec un chien et une barrière blanche qu'il repeindrait les dimanches ensoleillés. Je n'avais jamais souhaité qu'il devienne Sihr.

— Pourtant, tu m'embrasses, continua-t-il à mi-voix, me faisant sortir de mon fil de pensées.

Son pouce descendit lentement de mon oreille à mes lèvres. Il en fit le tour, doucement, tendrement.

— Je n'ai jamais oublié. Tu étais morte, mais tu m'embrassais. Malgré tout ça, tu n'as d'yeux que pour ce sombre imbécile, ajouta-t-il après une courte pause.

— Ce n'est pas vrai.

Je m'étais défendue un peu trop vivement pour y croire moi-même. Elliot secoua la tête, l'air dépité.

— Je suis devenu immortel pour toi. Qu'est-ce qu'il a fait, lui ? Rien. Il n'a jamais rien fait. Est-ce que ça changerait quelque chose si je te disais le nombre de femmes avec qui il a couché ces derniers mois, pour t'enterrer ? Tout le mal qu'il a dit sur toi quand il daignait nous adresser la parole ? Tout ce qu'il comptait te faire s'il croisait un jour ton chemin à nouveau ?

— Tu n'es pas encore immortel.

C'était la seule chose qui m'était venue. Sa main quitta mon visage, et je fus prise de vertige. Il avait raison, quoi que je veuille en penser. Lukas ne me laissait toujours pas indifférente, et ce qu'Elliot venait de me rapporter me blessait. Résultat, je frappais Elliot là où ça faisait mal.

— Tu voulais de moi à une époque, fit-il froidement.

— Je suis désolée.

— Jusqu'à ce qu'il débarque.

— Je suis désolée, répétai-je.

— Pourquoi ?

Sa voix se brisa, mais ce n'était pas la tristesse. C'était la colère. Il disait vrai. Je l'avais désiré pendant des années. Jusqu'à ce qu'il remarque que je n'étais pas que le garçon manqué avec lequel il jouait tous les jours, mais que j'étais une femme. Jusqu'au jour où, éconduit par une fille, il était venu se réfugier chez moi, bourré comme un coing, et qu'il avait trouvé du réconfort dans mes bras. Je le voulais encore ensuite, quand il avait regretté ce qui s'était passé, et que je n'existais plus autrement pour lui que comme une amie. Et le jour où j'avais décidé d'arrêter de l'attendre, de profiter de ma jeunesse, que les hommes avaient commencé à se bousculer au portillon, c'était lui qui m'avait désirée. Le cercle vicieux était en marche.

Ses traits étaient froids et fermés, et je ne vis pas arriver ce qui suivit. Comme je ne répondais pas, il saisit mon visage entre ses mains et colla ses lèvres aux miennes. Au début, j'essayai de le repousser. Ou peut-être pas. J'étais plus forte que lui, j'aurais pu l'envoyer valser sans problème à l'autre bout de la pièce. Mais je ne le fis pas. J'acceptai son baiser, la caresse de sa langue, la douceur de son souffle. Je m'abandonnai pendant quelques instants dans un passé qui n'existait plus, et qui n'avait peut-être jamais existé. Jusqu'à ce que je reprenne mes esprits.

Je le repoussai, fermement, mais gentiment.

— Non, murmurai-je, alors que nos visages étaient encore collés.

Cette séparation me coûtait pourtant plus que je n'étais prête à admettre. Nous n'avions aucun futur ensemble, pourtant, c'était mon premier amour, mon meilleur ami, une partie de moi-même. Même si je ne partageais plus ses sentiments, j'avais énormément de tendresse pour lui. Mais je n'étais plus celle avec qui il avait grandi.

Je me levai, soudain pressée de sortir d'ici, et lui tournai le dos pour rejoindre la porte. L'air me manquait.

— Des dizaines de femmes, dit-il d'un ton amer. Il s'est tapé des dizaines de femmes pendant que je te pleurais. Et il ne manquait pas de s'en vanter.

Je ralentis le pas malgré moi.

— On savait tous les deux que tu étais vivante. C'est vers ça que tu retournes ?

Je posai la main sur la poignée et hésitai.

— Je peux t'offrir bien plus qu'il ne pourra jamais le faire, Maeve. J'ai choisi de devenir immortel pour toi. Qu'est-ce qu'il a fait, lui ?

Ma main tremblait sur la poignée. Même si je ne croyais pas en ce qu'il disait, une partie de moi ne savait plus sur quel pied danser. Pourtant je l'avais déjà compris. Le sablier ne pourrait plus jamais être renversé.

— Tu ne l'as pas fait pour moi, murmurai-je en ouvrant la porte. Tu l'as fait pour toi, uniquement pour toi.

Je sortis précipitamment et m'élançai dans les escaliers. Je ne voulais pas prendre l'ascenseur, de peur qu'il me suive. De peur que je change d'avis.

Je dévalai les marches quatre à quatre, et, lorsque je débarquai dans le bar, Lukas était là à m'attendre, seul. Il regarda son poignet, comme pour me signifier que j'étais en retard, puis ses yeux s'arrêtèrent sur mes lèvres, encore gonflées du baiser que j'avais échangé avec Elliot. Il resta impassible, et, sans un mot, se dirigea vers la sortie.

Chapitre 18

L'opération M.A.C.H.O.S. était lancée.

J'avais unanimement décidé que mon acronyme était le meilleur pour notre petite armée, et ma course en taxi avec Lukas jusqu'au *Jaws* – la boîte de nuit où nous devions cueillir Slater – m'avait confortée dans mon choix. Il n'avait pipé mot du trajet, à part pour me répondre d'une manière suspicieusement polie lorsque je lui avais demandé à quoi ressemblait Slater. « À un petit taureau mal embouché », avait-il dit. Pas très utile, mais je n'avais pas essayé d'obtenir des précisions sur le moment. Il me l'indiquerait quand on le croiserait.

Lorsque le membre émérite du Mouvement des Abrutis Cadavériques Horriblement Obtus et Stupides et moi-même arrivâmes dans la boîte de nuit, je me surpris à regretter le *Baron Vampire*. Si j'avais pensé que ce jour viendrait… L'endroit était très grand, classieux, et étonnamment aseptisé. À vrai dire, on se serait cru dans une morgue de plusieurs étages. Après avoir fait un tour pour repérer les lieux, ma première impression demeurait. Trois dancefloors composés de carreaux clairs et illuminés de tons pastel sur lesquels se démenait une foule de danseurs s'agitant mécaniquement sur une électro minimaliste, des murs d'un gris froid, souvent recouverts de métal type acier, et beaucoup de petits recoins.

Je me sentis bête de m'être demandé à quoi ils pouvaient bien servir lorsque je vis un couple en train de s'adonner à des activités d'un ordre plutôt privé. Je hâtai le pas pour rattraper Lukas, qui se dirigeait vers le bar.

Le comptoir de ce dernier était également lumineux, d'un vert pomme très pâle, et les bouteilles étaient posées devant des miroirs, ce qui permettait d'observer la piste tout en lui tournant le dos. Les tabourets en cuir étaient hauts et élégants, assortis aux quelques fauteuils qui jouxtaient le bar. On se serait cru dans la salle d'attente d'un dentiste, pas dans une boîte de nuit.

Lukas s'accouda au comptoir et commanda à boire.

— T'es sûr que c'est une bonne idée ? On n'est pas venus pour déguster un cocktail et parler météo.

Il se retourna et me lança un regard aussi froid que les lieux, puis, sans rien dire, harangua le barman.

— Mettez-en deux, s'il vous plaît.

Si je crus au départ qu'il m'offrait un verre pour que je la ferme un moment, je déchantai vite. Une fois les boissons servies, il s'empara de la première qu'il but cul sec avant de se saisir de la deuxième, d'en faire tourbillonner le liquide ambré, d'en prendre une gorgée et de m'adresser un sourire énigmatique.

Bien, le message était clair. Manque de courtoisie, provocation. Le Lukas que j'avais en face de moi était une copie conforme de celui que j'avais côtoyé près d'un an auparavant, le son en moins.

— Je vais faire un tour, annonçai-je, contenant au mieux mon énervement, tout en m'éloignant.

Il me saisit fermement par le bras. Il avait parcouru la distance qui nous séparait en moins de temps qu'il ne fallait pour le dire, et son verre était posé sur le bar. Je n'avais pas eu l'impression de voir un vampire bouger aussi vite depuis très longtemps. Je fus prise d'un léger vertige.

— Tu restes.

Je soupirai un peu trop bruyamment, tentai de dégager mon bras, mais n'y parvins pas.

— Si je reste ici, répondis-je d'un ton désinvolte, je risque de frapper ce joli visage jusqu'à ce que la grimace exaspérée qui ne le quitte pas depuis des jours disparaisse.

Pour ponctuer ma menace, je lui pinçai la joue de ma main libre, très théâtralement, comme une grand-mère un peu trop gâteuse l'aurait fait à son petit-fils. Soit très fort, en la secouant bien, avec un grand sourire. Il ne broncha pas et attendit que je le lâche.

— Si tu préfères, je peux le remplacer par ton air souverain de reine des glaces, riposta-t-il, tout aussi familièrement que je l'avais fait.

Ma bouche se contracta, et, plutôt que de répondre, je fis volte-face. Il me rattrapa trop rapidement. Je me retournai et écrasai un de mes talons sur ses jolies chaussures en cuir. Cela n'eut aucun effet. Nos yeux se lançaient des éclairs, et, pour ne pas changer les bonnes vieilles habitudes, aucun de nous n'était prêt à céder. Travailler ensemble était la pire idée qui soit.

— Tu veux vraiment qu'on ait une explication ici ?

Surprise. C'était lui qui avait parlé.

— Parce que maintenant tu aurais des choses à me dire ? raillai-je.

— Plusieurs. À commencer par le fait que, ce soir, c'est moi qui donne les ordres.

Je ris malgré moi. Amèrement.

— À tout à l'heure, Lukas.

Cette fois-ci, lorsque je retirai mon bras, il ne me retint pas. Fièrement, la tête haute, je me dirigeai vers le fond de la salle en évitant de traverser la piste de danse. Heureusement, un couloir semblait aménagé pour, comme une zone neutre dans laquelle il n'était permis que de marcher. J'avais presque atteint la porte qui menait à l'étage quand on me poussa violemment contre une paroi. Du moins, avant de m'attirer dans un des petits recoins que j'avais repérés en arrivant. J'aurais dû savoir que je ne m'en tirerais pas à si bon compte. Foutus vampires.

— Quoi ? hurlai-je.

À ma décharge, je pouvais me le permettre. Le coin étriqué dans lequel nous nous trouvions était noyé sous la musique, et les basses faisaient tellement vibrer les murs qu'on se serait cru en plein bombardement. J'aurais pu m'égosiller à m'en vider les poumons que personne ne m'aurait remarquée. Ce n'était pas pour rien que les couples venaient faire leurs petites affaires ici. Pas de risque d'être entendus en plein ébat. Ce qui signifiait que je pouvais hurler sur Lukas tout mon soûl. Par contre, s'il lui prenait l'envie de me faire la peau une bonne fois pour toutes, personne ne volerait à mon secours. Enfin, il fallait être réaliste. Il ne voulait malheureusement pas me tuer. Il voulait juste me faire regretter.

— Je ne travaillerai pas avec toi dans ces conditions.

— Pardon ?

Si sa voix était restée très calme, la mienne était partie dans les aigus. Il ne me répondit pas et se contenta de m'observer, imperturbable, ses yeux fauves plus prédateurs que jamais.

— Combien de temps vais-je encore devoir payer pour ce que j'ai fait ? demandai-je, parfaitement impassible cette fois-ci.

Ce que je t'ai fait, corrigeai-je mentalement. Il n'était pas dupe. Il avait très bien compris le sous-entendu. Pourtant, sa réaction ne fut pas celle que j'escomptais. À mon grand dam, il se mit à sourire. Même pas méchamment, le bougre. Il semblait véritablement amusé.

— Qu'est-ce que tu as fait ? demanda-t-il, presque joueur.

J'avais soudainement droit à l'inverse d'une douche froide. Et ce petit jeu-là ne me plaisait pas plus que son contraire. Je plaquai mes mains sur ses épaules pour essayer de le dégager et sortir du recoin, mais il ne bougea pas. Malgré mes talons, il était toujours nettement plus grand que moi. Je ne faisais pas le poids, pas dans cette position.

Je le poussai à nouveau, de manière plus énergique. Il se raidit. Il me poussa à son tour, et je rebondis contre le mur. Lorsque je relevai la tête vers son visage, ses crocs avaient jailli. Il me fit réellement peur, pour la première fois depuis que je le connaissais. J'inspirai douloureusement tandis que ses yeux s'attardaient sur mes lèvres. Elles n'étaient plus gonflées du baiser que j'avais échangé avec Elliot, mais j'étais persuadée que c'était à ça qu'il pensait. Était-il jaloux ? Question bête. Bien sûr qu'il l'était, comme je l'avais été d'apprendre le nombre de femmes qu'il avait mises dans son lit en mon absence. Je n'avais aucun droit de l'être, c'est moi qui lui avais tourné le dos. Mais lui, avait-il le droit de m'en vouloir ? Après tout, je l'avais piégé au moment où il m'avouait qu'il m'aimait, et même si j'aurais préféré me planter un pieu dans le pied plutôt que de l'admettre, je culpabilisais. Pire, je regrettais. Une partie de moi pensait que je n'aurais jamais dû le quitter. Pas à ce moment. Pas comme ça. À ma manière, j'étais amoureuse de lui, encore maintenant, alors même que sa haine pour moi me clouait au mur. Mais je ne pouvais pas. Je ne pouvais pas lui dire ça. Je ne pouvais pas lui faire confiance, et encore moins me faire confiance à moi-même.

Et pourtant. Malgré la peur qu'il m'inspirait, malgré la hargne dans ses yeux, malgré notre historique, je n'avais qu'une envie. Qu'il m'embrasse, qu'il me plaque contre le mur avec son corps et non pas sa colère. Je n'étais pas aveugle, il en avait envie aussi. Cependant, les mêmes appréhensions devaient l'en garder. Il faisait ressortir en moi les aspects les moins reluisants de ma personnalité, et je le rendais immature et violent. Enfin, violent, il l'était sûrement de nature. Après tout, c'était un vampire. Mais le Lukas que j'avais rencontré n'avait rien à voir avec le 3K dont j'avais entendu parler. Posé, calculateur, guerrier efficace et redoutable. Lorsque j'étais en sa présence, je ne contrôlais rien. Je n'en avais jamais été capable, dès l'instant où il avait croisé mon chemin, et le problème majeur, entre nous, c'était que nous voulions tous les deux faire payer à l'autre l'attirance que l'on éprouvait pour lui. Quand un de nous faisait un pas en avant, l'autre en faisait deux en arrière. Ça aussi, j'aurais dû m'en souvenir avant de faire ce que je fis.

Ma main se posa sur sa joue, saisit fermement sa mâchoire, et l'attira gentiment à moi. La surprise fit se rétracter ses crocs, mais il ne se laissa pas faire. Vaincu, mon bras retomba mollement le long de mon corps, et j'attendis. Son regard était défiant. Il hésitait. Ça transpirait par tous les pores de sa peau. Me prendre ou me repousser ? M'aimer, ou me haïr ?

Mon corps me semblait si lourd sous le poids de son regard que j'aurais été incapable de bouger même si je l'avais voulu. La seule chose dont j'avais conscience à ce moment-là, c'était des yeux qu'il laissait courir sur ma peau nue et sans défense, qui s'attardaient tantôt sur ma gorge, tantôt plus bas, du magnétisme que son corps exerçait sur le mien, de la douloureuse envie que j'avais qu'il franchisse l'infime distance qui nous séparait, et de la beauté sans pareille de ses traits, rudes et dangereux, comme le prédateur qu'il était.

— Fut un temps où je faisais battre ton cœur.

Le miel de sa voix m'empêcha presque de saisir le sens de ses paroles. Mais je compris rapidement. Mon cœur s'était arrêté. Il ne l'avait fait qu'une fois depuis que je m'étais réveillée des blessures de Connor, et j'aurais certainement pris un moment pour me demander quelles en étaient les raisons si j'avais pu le faire. Seulement, Lukas ne m'en laissa pas l'occasion.

À peine avait-il prononcé sa phrase qu'une de ses mains effleura mon visage. Je dus résister à l'envie de me laisser aller aussitôt dans sa paume. J'en mourais d'envie, mais j'étais incapable d'admettre face à lui que son contact m'avait manqué. Pire, que j'en avais besoin.

Je sursautai lorsqu'il franchit enfin la distance qui nous séparait et aimanta son corps au mien. Les souvenirs de la première fois où nous avions dansé ensemble, le soir où je l'avais ramené chez moi, affluaient, percutant mon cerveau en de violentes attaques contre lesquelles il m'était de plus en plus difficile de lutter. Et même si je m'y attendais, je hoquetai de surprise quand il se baissa pour plaquer son bassin contre le mien et me soulever en se redressant.

Je passai les mains dans ses cheveux, tentant de relever son visage à la recherche de ses lèvres. Mais je ne les trouvai pas. Il était plus proche de moi qu'il ne l'avait été ces derniers mois, et pourtant il n'avait jamais été aussi loin. C'était en train de me tuer.

Sa tête vint se poser dans le creux de ma nuque et y demeura quelques instants. J'aurais voulu qu'il laisse courir ses lèvres sur ma peau, qu'il me fasse trembler, au lieu de quoi il restait immobile. Au bout d'un moment qui me parut durer une éternité, sa bouche remonta à mon oreille.

— Je pourrais te prendre, là, contre ce mur..., commença-t-il en attrapant les bords de ma jupe en jean, sous lesquels il glissa ses doigts.

Je crus défaillir. Plus de mission. Plus de Slater. Plus de Victor et autres Connor. Juste Lukas.

— Ça arrangerait sûrement beaucoup de choses entre nous.

Une main frôla mon épaule, m'arrachant des frissons, et fit lentement tomber la bretelle de mon top, puis celle de mon soutien-gorge. Ses lèvres vinrent les remplacer, puis remontèrent délicatement le long de ma nuque, pour échouer sur mon visage. À quelques millimètres de ma bouche, il s'arrêta. J'ouvris les yeux, dans l'expectative. Et je compris avant qu'il ne parle.

— Mais je n'en ai aucune envie, conclut-il durement tout en reculant.

Je retombai violemment sur le sol et faillis ne pas atterrir sur mes jambes. Le visage de Lukas était totalement fermé, bien que ses traits fussent tendus et pleins d'une froide satisfaction. Je me sentis soudain très mal. Honteuse. Trahie. Rejetée. Et surtout, en colère.

— Je te déteste, dis-je entre mes dents.

Il rit. Ce goujat eut le culot de rire, et sans se forcer.

— Qu'est-ce qui te retient de te barrer une fois de plus, dans ce cas ?

Je n'avais pas eu d'accès de colère pure depuis une éternité, ou en tout cas, c'était l'impression que j'avais. Mais cette fois-ci, elle monta, brute, sauvage, incontrôlable. Le coup de poing partit sans même que je lui en donne l'ordre et atteignit Lukas en pleine mâchoire. Un psy aurait certainement dit que je réagissais très mal au rejet. Lukas, lui, tenta une autre approche.

— Ne refais plus jamais ça.

La colère froide qui sourdait dans sa voix était bien plus vibrante que les basses que l'électro imposait aux murs. Je tremblais de rage.

— Sinon quoi ?

Je détestais les sentiments qu'il avait fait naître en moi. Il avait calculé son coup. Il voulait me faire payer, encore, toujours. Il avait réussi. Je le détestais. Je détestais me sentir impuissante face à lui, face à mon désir pour lui. Mais plus que tout, je détestais ce que je m'apprêtais à faire. J'aurais pu me retenir. J'aurais pu. Laisser couler, sortir la tête haute. Laisser la balle au centre. Mais il m'avait blessée.

— Sinon tu ne m'aimeras plus ?

J'aurais voulu qu'il me frappe à son tour. S'il l'avait fait, j'aurais eu la preuve qu'il tenait toujours à moi, assez pour perdre le contrôle comme je venais de le faire. Mais il ne le fit pas, et l'ironie de la situation me frappa à sa place. Comment pouvais-je être déçue que l'homme pour lequel j'éprouvais des sentiments ne porte pas la main sur moi après tous les sermons que j'avais faits à Brianne ? Qu'étais-je en train de devenir ?

Il ouvrit la bouche, comme s'il s'apprêtait à dire quelque chose, mais les sons moururent sur ses lèvres. Et nous restâmes à nous observer, chacun protégeant un territoire qui n'avait rien de géographique, jusqu'à ce que, finalement, il secoue la tête et fasse demi-tour, me laissant seule comme jamais je ne m'étais sentie. Là, à l'abri des regards, j'essuyai des larmes que je me promis être les dernières que je verserais jamais pour lui.

Lorsque je sortis de la petite alcôve, mes yeux étaient secs, et mon cœur aussi froid que ma résolution. J'étais venue ici pour Slater. Tant pis si je devais me coltiner Lukas. Slater, Victor, libération. C'était mon seul objectif. Plus vite j'en finirais avec cette histoire, plus vite je pourrais en finir avec Lukas. C'était une manière de voir les choses. Une autre façon d'en finir rapidement aurait été de ne pas surveiller mes arrières. Ce que je fis, sans même m'en rendre compte, car je pensais toujours à ce qui venait de se produire en sortant du recoin où j'avais passé le dernier quart d'heure. D'une certaine manière, je n'aurais même pas dû être surprise d'avoir à peine le temps de faire un pas avant d'être violemment tirée en arrière par les cheveux. Ni par l'identité de la personne qui venait de m'attraper. Ce n'était pas Lukas.

— Ça faisait un bail, petite pute, railla une voix masculine et rauque.

Marc.

— Où est ton escorte ?

D'une main puissante, il s'était saisi de mes bras et les retenait dans mon dos. Son manège était tout de même assez discret pour ne pas attirer l'attention des danseurs. J'aurais pu essayer de me libérer, même si sa force semblait supérieure à la mienne. Mais je n'en avais pas envie. Je n'avais jamais été bonne stratège. Si Marc se trouvait là, c'était certainement qu'il était avec Slater. Il était donc le plus sûr moyen de mettre la main dessus avant Lukas.

— Quelle escorte ? demandai-je de manière froidement assurée.

Je le sentis ricaner dans mon dos. Il resserra son étreinte et me poussa pour me forcer à avancer.

— Ça ne fait rien. Nous sommes plus nombreux de toute manière.

Il rit à nouveau, comme pour ponctuer une blague que lui seul comprenait. Qu'avait-il voulu dire ? Plusieurs visages se tournaient dans notre direction, tous crocs dehors, sourires entendus en prime. Mon cœur faillit s'arrêter lorsque je reconnus une silhouette que je ne m'attendais vraiment pas à voir dans ces lieux, postée devant le couloir que Marc s'apprêtait sûrement à emprunter. Grand, bourru, le cheveu brun et un peu trop gras, un chapeau de cow-boy vissé sur la tête et des yeux assortis au reptile qu'il portait en guise de collier.

— Pousse-toi, ordonna Marc sans ménagement.

Cormack le toisa de son regard vide tandis que Rosita sortait la tête de son refuge bouclé.

— Quinn ? me demanda-t-il sans le quitter des yeux.

— C'est bon, Cormack, répondis-je d'un ton que je voulais rassurant.

Il tourna vers moi ses yeux absents et je tentai de lui signifier le contraire de ce que je venais de dire. Il ne broncha pas et se retira du chemin, ce qui permit à Marc de reprendre la route. J'ignorais si Cormack avait compris mon message.

Deux minutes plus tard, nous avions gravi les trois étages de la boîte. Marc avait gardé le silence tout du long, ce qui m'étonnait. Je l'aurais imaginé me faire des remarques bien senties, me provoquer, essayer de m'énerver par tous les moyens en jouant sur ses avantages. Mais il n'avait pipé mot et, comme je n'étais pas d'humeur bavarde, je m'en étais contentée. Peut-être que la vampirisation l'avait assagi.

Nous pénétrâmes dans le carré VIP après que Marc eut salué les deux vampires qui en gardaient l'accès, et je compris aussitôt à quoi Lukas avait fait allusion en parlant de petit taureau. Slater ne semblait pas très grand, mais comme il était assis sur un vaste canapé en cuir noir, c'était difficile de se prononcer. Quoi qu'il en soit, il paraissait aussi large que haut, et la patate ratatinée qui lui servait de nez lui donnait une allure bovine. Ses yeux noirs lançaient des étincelles hargneuses à la barmaid qui lui avait déplu d'une manière ou d'une autre, si j'en jugeai à la manière dont il la dévisageait. Elle se tenait la joue, il la fusillait du regard. En nous voyant entrer, il échangea quelques mots avec un homme à sa gauche, désigna brièvement la femme du pouce, et se leva pour venir à notre rencontre. À l'arrière-plan, le vampire avec qui il s'était entretenu saisit violemment la serveuse par le bras et l'emmena dans une pièce au fond de la salle. Je n'aurais pas eu besoin de cette petite scène pour le trouver antipathique. Il se dégageait de lui une aura aussi noire que du charbon, si palpable qu'elle en devenait suffocante.

— Maeve, je suppose ?

Sa voix, doux baryton aux étranges accents exotiques, caressait la peau comme une invitation à laquelle il aurait fallu être fou ou suicidaire pour répondre. Quant à son sourire, il était trop charmant pour être honnête.

— Vous supposez bien. Je vous serrerais bien la main, mais…

Je désignai d'un signe de tête Marc, qui se trouvait toujours derrière moi, et qui n'avait pas relâché son étreinte. Slater hocha la tête et Marc me libéra aussitôt. Je tendis la main, mais n'eus pas le plaisir d'être saluée en retour. Slater me saisit le bras d'une main ferme et me traîna vers le canapé. J'étais sûre que je me serais retrouvée avec un bleu énorme le lendemain si je n'avais pas eu mes facultés de guérison.

Il me pria poliment de m'asseoir tout en me jetant sur le canapé et prit place à côté de moi. Lukas n'aurait pas pu mieux le décrire. Quoique, mal embouché me semblait un terme encore bien trop poli pour ses manières.

— Que me vaut l'honneur ? demanda-t-il d'un ton mielleux.

Comme s'il se posait la question. La différence entre sa violence physique et sa douceur verbale était un cocktail détonnant.

J'évaluai rapidement et discrètement les lieux. Slater, Marc, les deux gardes à l'entrée et l'autre vampire qui était dans la petite pièce avec la serveuse. Ça faisait du cinq contre un. Ça restait jouable, comme mission suicide.

— J'étais venue pour vous tuer, répondis-je d'un ton professionnel. Mais maintenant que j'ai eu la chance de retrouver Marc, je suis disposée à vous faire une offre que vous ne pourrez pas refuser.

Calmement, il posa les yeux sur l'intéressé. Je ne tournai pas la tête, mais j'étais persuadée que ce dernier n'avait pas dû apprécier. Si Slater n'était pas en train de peser le pour et le contre, il signifiait quand même qu'il n'hésiterait pas à se débarrasser du grand crétin en cas de besoin. J'espérais que ce jour ne tarderait pas trop à venir.

— Quelle est-elle ? demanda-t-il d'un ton tout aussi professionnel que le mien une fois qu'il eut à nouveau braqué les yeux sur moi.

— Vous me dites où je peux trouver Victor. En échange, je vous laisse la vie sauve. Et je repars avec lui, ajoutai-je en pointant Marc du pouce à l'aveuglette, sans me retourner.

Slater me dévisagea un moment en hochant lentement la tête. Puis la fine ligne de ses lèvres se déforma en sourire, qui se mua rapidement en éclat de rire. Marc crut bon de se joindre à la danse, et son ricanement porcin se mêla à celui de Slater. Un porc et un taureau. Le jour rêvé pour devenir végétarien.

Slater retrouva son calme comme il l'avait perdu, de manière étrange et brusque. Marc se tut peu après, mais son rire résonnait encore à mes oreilles lorsque Slater reprit la parole.

— On m'a rapporté que tu n'avais pas froid aux yeux, dit-il sobrement. Je suis heureux de constater qu'on ne m'a pas menti.

Il se déplaça sur le canapé et vint s'asseoir contre moi. Son eau de Cologne était aussi sucrée que le son de sa voix et aussi écœurante que ses manières. Il se saisit de mes cheveux et tira ma tête en arrière, dénudant mon cou. Il était loin d'être bête, aucune chance qu'il morde. Tant pis. Je me laissai faire sans ciller.

— C'est vraiment dommage, commença-t-il en parlant lentement, comme perdu dans un fil de pensées qui m'était inaccessible. Je ne peux pas te tuer. Pourtant, quand je vois des visages comme le tien, si lisses, si jeunes, beaux à leur manière toute propre, ces visages qui n'ont pas connu la vie et dont les propriétaires sont si fiers, si imbus d'eux-mêmes, je n'ai qu'une envie.

Un doigt glissa sur le contour de ma bouche, s'arrêtant à la commissure de mes lèvres avant de l'étirer en un sourire feint. Puis ce doigt fit le tour de mon visage, le lacérant au sens figuré comme s'il avait tenu un scalpel. Il termina par mon œil, qu'il raya d'un énergique coup d'index.

— Je n'ai rien à faire ces prochaines heures, et je cicatrise très vite, fis-je de ma voix la plus calme. Faites-vous plaisir, Émile.

Son bras s'allongea en même temps que son sourire, et je me préparai à recevoir une gifle qui ne vint jamais.

— Nom de…, commença-t-il.

Je suivis son regard en même temps que Marc. Les deux gardes à l'entrée du coin VIP avaient disparu.

— Nom de…

Cette fois, c'était Marc qui s'était exprimé. Je tournai la tête vivement, juste assez pour remarquer la traînée verte qui se faufilait sous le canapé. J'avais des renforts.

— Qu'est-ce que c'était ? demanda Slater, un peu trop calmement.

Comme pour répondre à sa question, trois silhouettes se détachèrent à l'entrée du coin VIP. Cormack, Lukas, et Walter. Ma petite armée de M.A.C.H.O.S. personnelle.

Chapitre 19

Tout se déroula si vite que je ne remarquai presque pas les hommes de Slater qui déboulèrent droit derrière la cavalerie.

Celui-ci se leva, oubliant dans son élan la gifle qu'il s'apprêtait à me donner, puis me saisit violemment par les cheveux pour me relever et m'entraîner à sa suite. Même attachés, ils n'étaient pas pratiques. Il faudrait peut-être que je me décide à les couper.

Au sol, Rosita obéit à un claquement de doigts de Cormack et bondit sur Marc. Bondit, parce que, du parquet où elle rampait deux secondes plus tôt, elle se retrouva sur le visage du vampire et s'enroula autour de son cou. Le pauvre essayait de l'en déloger, mais il n'avait aucune chance. Je ne savais même pas que les serpents pouvaient faire de pareils sauts. Je n'eus malheureusement pas le loisir d'assister à l'issue de cet affrontement, Slater me conduisant à l'écart.

Lukas, Walter et Cormack avaient pénétré dans le carré VIP, mais d'autres hommes de main de Slater arrivaient après eux. Cormack hurla pour donner l'assaut et la mêlée commença. Lukas s'élança à la vitesse de l'éclair sur un vampire dont je n'eus même pas le temps de voir le visage avant que sa gorge soit déchirée sans autre forme de procès. À sa gauche, Cormack semblait rebondir contre les trois adversaires qu'il affrontait en même temps et donnait l'impression de s'amuser comme un enfant dans un jeu de boules. Quant à Walter, il se révélait étonnamment agile pour son âge et pour l'état affaibli dans lequel il avait été jusque-là. Peut-être que, comme Cormack, une bonne bagarre le revigorait. Il y avait quelque chose d'étrange à regarder ce vieillard se baisser et se relever, esquivant les coups comme un danseur étoile en plein ballet mortel. Sa chevelure blanche – seule preuve de son âge – laissait sur son passage des traînées aussi lumineuses que des feux de Bengale en pleine nuit tant il allait vite. La dernière chose que je vis avant que Slater ne m'entraîne au coin opposé de l'étage fut Walter faire disparaître un vampire qui s'approchait dangereusement en lui tranchant lestement la tête d'un coup de sabre. Je ne savais même pas qu'il possédait une telle arme. « Il ne peut en rester qu'un. »

— On n'a pas fini notre conversation, Maeve. Il y a plusieurs choses que je rêve de te demander avant de te livrer à ton père, dit-il tout en marchant, la respiration saccadée.

— Comme quoi ?

La réponse ne vint pas tout de suite. Il nous fit slalomer dans de petits couloirs jusqu'à ce qu'on se retrouve au niveau inférieur. Là, il observa la salle quelques secondes, repéra d'autres de ses hommes, leur fit signe de monter, et seulement après se retourna vers moi pour me faire face. Son emprise sur mes cheveux n'avait pas faibli. Je devais avoir les yeux bridés tellement il tirait sur mon cuir chevelu.

— Comme, par exemple, pourquoi ton sang est un poison pour nous.

Il promena à nouveau un doigt sur ma joue mais, cette fois-ci, il utilisa le tranchant d'un ongle pour l'enfoncer dans ma peau. Je sentis une goutte perler, comme une larme rouge qui aurait fui mes yeux secs. Il la réceptionna, puis la fit miroiter sur la pulpe de son index. Son regard brillait, et il aurait fallu être aveugle pour ne pas comprendre qu'il mourrait d'envie de le porter à sa bouche. L'attrait du risque, le danger, flirter avec la mort, et, pourquoi pas, la déjouer.

— Je pense que ça a trait à mon caractère, répondis-je, la gorge serrée par la position dans laquelle elle se trouvait. Il paraît que je suis imbuvable.

Il ne goûta pas ma petite plaisanterie et sortit les crocs en libérant l'accès à mon cou. *Qu'il se fasse plaisir.*

— Partons d'ici ensemble, aidez-moi à mettre la main sur Victor, et je vous en donne quelques litres.

Ses lèvres s'étirèrent en un sourire.

— Pourquoi veux-tu absolument trouver Victor ? C'est lui qui te trouvera, et ça ne va plus tarder, dit-il en faisant traîner ses derniers mots. Par contre, tu as raison. Je t'en prendrai avant de te livrer.

La lueur dans ses pupilles brûlait d'avidité. Il me regarda un instant comme le berlingot que j'étais à ses yeux, s'imaginant certainement toutes les tortures qu'il pourrait infliger à l'aide du poison qui coulait dans mes veines, puis son regard se focalisa à nouveau sur moi, comme si j'existais finalement, et il me poussa pour que nous nous remettions à avancer. Nous eûmes à peine le temps de faire trois pas que Slater fut violemment projeté sur le côté, tandis que je roulais à terre sous la force de l'impact. C'était Cormack. Je ne m'étais pas encore relevée qu'il avait déjà déchiré la jugulaire de Slater, et c'est la bouche pleine de sang qu'il me cria :

— Ramène-le à Walter !

Puis il fit rempart face à la horde de vampires qui arrivait.

Je n'attendis pas de le voir se faire avaler par ses assaillants. J'attrapai Slater par le col et entrepris de le tirer, mais le bougre pesait une tonne. Sacré petit taureau. Je n'irais pas loin comme ça. Heureusement, Cormack l'avait assez amoché pour qu'il soit dans les vapes quelques instants. Il faudrait que je lui demande son truc, je n'avais jamais réussi pareil tour de force. Juste pour être sûre, je me mordis un doigt jusqu'au sang et en appliquai sur sa blessure. Mieux valait prévenir que guérir.

J'eus la chance qu'aucun vampire n'essaie de m'attaquer pendant que je le chargeais sur mon dos, et je pris mes jambes à mon cou. Malgré le poids de ma charge, j'atteignis le troisième étage. À bout de souffle, mais entière. Je commençais à me dire que j'étais plutôt en veine que personne ne se soit lancé à ma poursuite quand je remarquai que Rosita faisait le ménage derrière moi. Cette chose n'était pas un serpent, c'était un pitbull.

Mes compagnons semblaient bien s'en sortir. Des vampires qui avaient afflué avant mon départ et de ceux qui les avaient rejoints entre-temps, il ne restait pas grand monde. Lukas et Walter formaient un duo détonnant mais explosif qui offrait peu de possibilités à leurs adversaires. Ceux qui ne s'étaient pas fait broyer la jugulaire et planter en bonne et due forme avaient dit au revoir à leurs têtes après une visite du petit-fils de Duncan McLeod. Mon grand-père assurait sérieusement. Je ne l'avais jamais vu se battre jusqu'alors, et je devais avouer que j'étais impressionnée, même si j'étais plutôt surprise de le voir préférer une arme blanche à ses pouvoirs.

J'avais à peine fait deux pas en direction du carré VIP qu'une violente douleur me déchira l'épaule. Je hurlai sur le coup et envoyai Slater valdinguer au sol. Cet enfoiré m'avait mordue jusqu'à l'os. Il allait me le payer cher. Ça tombait bien, j'avais une furieuse envie de taper dans quelque chose depuis ma similiconversation avec Lukas.

Slater se releva tout en crachant le sang qu'il avait dans la bouche. Entre songer à tenter le diable et lui tirer la queue, il y avait un pas qu'il n'était pas prêt à franchir. Dommage.

Je le chargeai de toutes mes forces, et, au moment où je le percutais, j'eus l'impression d'avoir affaire à un mur. Un mur qui n'avait même pas tremblé sous l'assaut. Il ricana. Je m'apprêtai à le frapper lorsque je fus écartée d'un coup de bras énergique. J'atterris au sol et eus la surprise de découvrir que Lukas avait attrapé Slater et l'avait envoyé – littéralement envoyé – en direction de Walter. Le lieutenant avait bien dû faire un vol plané de quinze mètres. Ma main au feu qu'il avait autant envie de se défouler que moi. Enfin, la gauche, parce qu'avec lui, je n'étais jamais sûre de rien.

— Tu ne dois pas l'abîmer ! me sermonna-t-il.

Je lui fis les gros yeux et hésitai un moment à répondre. M'énerver ne servirait à rien, surtout dans l'état actuel des choses. J'étais sur le point de le dépasser sans dire un mot lorsqu'un vent noir me percuta de plein fouet. Marc venait de s'extraire du carré VIP. J'espérai qu'il n'était rien arrivé à Rosita. Je me retournai vivement pour m'élancer à sa poursuite, mais Lukas me tira en arrière et essaya de me doubler.

— Va seconder Walter, je m'en charge, me lança-t-il.

— Hors de question ! répondis-je en l'attrapant par le bras pour le tirer en arrière à mon tour et lui passer devant. Marc est à moi !

Il me saisit à nouveau fermement, par le poignet cette fois-ci, et nous nous défiâmes du regard. Oh, je pouvais lire son fil de pensées aussi clairement que s'il avait été en train de s'exprimer à haute voix. *Ce soir, c'est moi qui donne les ordres*, criait-il silencieusement. Mais les miens répliquaient encore plus froidement que, vu le contentieux entre Marc et moi, il était légitimement mien.

Le combat ne dura que quelques intenses secondes, et il finit par relâcher mon poignet. Nous tournâmes chacun les talons sans rien ajouter, puis je partis en courant à la recherche de Marc. J'étais d'une humeur noire. Rien ne se déroulait comme prévu. Rien. J'avais eu beau anticiper, tout semblait s'être donné le mot pour déjouer mes plans.

Ma hargne et ma résolution me permirent d'atteindre le rez-de-chaussée en un temps record malgré les chaussures que je portais. Tuer Marc était bien la seule chose qui pourrait empêcher la soirée d'être un fiasco total. Je ne le laisserais pas me filer entre les doigts à nouveau.

Je le repérai dès que je pénétrai sur le premier dancefloor, comme si mes yeux étaient verrouillés sur la cible et mon corps une tête chercheuse. Je n'avais jamais couru si vite. Lorsque je le rattrapai, il me tournait encore le dos, aussi le saisis-je par le col pour l'arrêter en pleine course et modifier sensiblement sa trajectoire afin de l'envoyer au sol. Je l'y rejoignis aussitôt et commençai à le rouer de coups, ne pensant plus une seule seconde qu'il m'avait lui-même dit qu'ils étaient nombreux dans la salle. Les œillères de la colère m'empêchèrent même de les voir fondre sur moi avant qu'ils ne m'atteignent, en trop grand nombre pour que je puisse les compter. Ils arrivaient de toutes parts, me griffaient, essayaient de me déloger de Marc, mais ils avaient du mal. La rage me dominait, elle commandait chacun des poings que j'abattais sur mon ennemi. C'était pour Tara, pour Brianne. Pour moi.

Je ne m'arrêtai que lorsque je sentis mes forces m'abandonner. Mes avant-bras étaient lacérés, je n'étais plus sur Marc, et mon décolleté était étonnamment poisseux. Autour de moi, tous me dévisageaient, hébétés. Je les regardai à mon tour, calmée, sans en saisir la raison jusqu'à ce que mes yeux se baissent et que je remarque que mon top n'était plus ni blanc ni transparent. Il était rouge.

Je fis quelques pas en arrière, rampant pour m'écarter de Marc, que j'avais laissé bien amoché. Un cercle se forma autour de moi à mesure que je me déplaçais. Ils avaient peur de moi.

Je portai la main à mon cou et compris qu'on m'avait tranché la gorge pour la deuxième fois en l'espace d'une semaine. Étrangement, cette idée me fit rire. Les entailles de mes bras se refermaient déjà, mais je voyais où les coups avaient été donnés, et les taches sur mes vêtements confirmèrent rapidement ce que je pensais. J'avais été poignardée de toutes parts. Poignardée, égorgée, et je n'avais rien remarqué. Rien du tout. J'étais là, assise au milieu d'une horde de vampires qui me dévisageaient tous comme si je pouvais exploser d'un instant à l'autre, et je ne ressentais rien à part un calme intense, réparateur, divin. Même la musique semblait s'être tue, tout comme les battements de mon cœur. Pourtant, je n'avais pas peur.

Je ne pouvais pas mourir. Même quand je le désirais, j'en étais incapable.

Un premier sursaut passa mes lèvres, puis le rire se fraya un chemin complet et je me laissai aller. Devant moi, tous reculèrent un peu plus. Marc me regardait, horrifié, ne sachant que faire.

— Allez dire à Victor que je l'attends ! Qu'il vienne ! Je l'attends de pied ferme !

Je les vis murmurer entre eux, mais je n'entendais rien. Mes oreilles bourdonnaient. Mon corps bourdonnait. Mon esprit bourdonnait. Des digues essayaient de lâcher en moi, et je n'avais plus ni la force ni l'envie de les retenir. Tous pensaient que je deviendrais mauvaise. Pourquoi leur donner tort ? Pour quelle raison aurais-je dû faire un effort ? C'était en moi, ça l'avait toujours été. Comme une bête tapie qui n'attendait qu'un instant d'inattention pour refaire surface et m'avaler tout entière. C'était ce qu'ils voyaient tous, en ce moment. J'étais la mort, et on ne peut pas tuer la mort.

— Maeve.

Un son, ténu. Lukas qui s'approchait de moi. Qui se penchait, s'agenouillait pour se mettre à ma hauteur.

— Maeve, répéta-t-il doucement, comme s'il n'y avait que nous deux dans la pièce.

Je ne le regardai pas. Je ne voulais pas le voir. Je ne voulais pas remarquer qu'il prenait ma main avec précaution. Je voulais qu'ils disparaissent tous autant qu'ils étaient. Ma vision commença à se brouiller, comme si j'étais exaucée.

Un vampire fit un pas trop rapide en arrière, et une explosion retentit. Je l'avais sentie dans ma chair avant qu'elle ne fasse trembler les murs. Il fallut quelques secondes à ma conscience pour comprendre que toutes les bouteilles du bar avaient volé en éclat, et quelques-unes de plus pour voir des bris de verre échouer autour de nous.

— Maeve, répéta Lukas.

Une autre détonation. Mon prénom. De l'eau. Beaucoup d'eau. Et mon prénom. Puis ses yeux.

Je revins à une relative réalité lorsque le regard de Lukas captura le mien. Autour de nous, tout avait disparu. Il n'y avait plus de vampires, plus de club. C'était une mare informe de couleur étrange. Des canalisations avaient sauté, et les carreaux au sol n'avaient pas tous cessé de fonctionner. Puis je me vis dans ses yeux. Aussi sûrement que dans un miroir. Mon regard n'était que charbon.

— Reviens, dit-il doucement.

Une dernière détonation. Mon cœur qui redémarrait. Puis le noir total. Mais, dans l'infime instant qui précéda les ténèbres, j'aurais juré entendre rire un petit garçon.

Je repris connaissance dans une voiture, enroulée dans une couverture et appuyée contre Lukas, sur la banquette arrière. Son torse vibra lorsqu'il parla.

— Ses yeux étaient noirs.

— Mes yeux ?

Je les avais ouverts en posant la question, et compris que c'était à Walter qu'il s'adressait. Walter qui me regarda bien trop durement lorsqu'il sut que j'étais réveillée. Je soutins son regard, aussi durement que lui, jusqu'à ce qu'il détourne la tête. Il n'allait rien répondre. Si mes yeux étaient effectivement devenus noirs, même si l'idée me paraissait étrange, il devait penser que la machine était en route.

Pourquoi lui en vouloir ? Je le pensais également. Je m'étais sentie au bord de la rupture et, si Lukas n'avait pas été là, qui sait ce qui se serait passé ?

— Où est Slater ?

— Il s'est enfui quand l'explosion a eu lieu.

Walter. Sèchement.

Mon cœur se tordit. Une partie de moi espérait encore que je me sois trompée, que ce que j'avais confié à Julian était faux, que mon grand-père ne s'était pas cru investi de la mission de me tuer une fois ma sale besogne accomplie. Mais j'avais raison. Mon cœur était sur le point de se briser. Il battait régulièrement, pourtant il agonisait.

Comme s'il avait senti mon malaise, Lukas resserra son étreinte. J'étais trop fatiguée pour réagir. Le repousser, me laisser aller... Je ne savais même pas ce que j'aurais fait. J'étais à bout, et je n'avais pas envie de me demander pourquoi, après m'avoir rejetée comme il l'avait fait, il se montrait soudain plein de réconfort.

Le reste du trajet se déroula en silence. Lorsque nous arrivâmes dans le bar, Lalawethika se leva d'un bond du tabouret sur lequel il était assis. Walter secoua la tête, lui dit qu'il était désolé, que Slater nous avait échappé. Lalawethika poussa un grognement de rage pure et abattit son poing sur le comptoir, qui se fendit sous le coup. Je rétrécis sur place devant la force de sa douleur et, Lukas, qui n'avait pas bougé, posa une main sur mon épaule. Nous regardâmes le géant s'éloigner vers les tables à l'arrière de la pièce et s'asseoir bruyamment sur une banquette.

Barney sortit de derrière le bar. Je ne l'avais même pas remarqué, pas plus que Rob, Elliot, Finnley et Li, qui étaient pourtant tous là. Cette situation avait quelque chose de surnaturel. L'ambiance était lourde, vaincue comme tout le monde semblait l'être. Lala paraissait brisé, Walter vidé, l'équilibre était rompu.

Walter finit par parler, et le silence se dissipa. Il fit le compte-rendu de la soirée, mais je l'écoutais à peine. Je regardai Lala, dans son coin, et, avant que j'aie pu m'en rendre compte, je l'avais rejoint. Il ne leva pas la tête vers moi jusqu'à ce que je m'assoie à côté de lui sur la banquette, toujours emmitouflée dans ma couverture. Lorsque je posai une main sur sa grosse patte, il planta son regard dans le mien et je reçus comme un coup de couteau, un coup que je sentis, cette fois. Lala pleurait. Lalawethika, le géant indien taciturne qui ne montrait jamais d'émotion était en train de pleurer. Ses yeux débordaient. Une larme s'était échappée des petits étangs qui coloraient le noir de ses iris et avait roulé en bas de sa joue, s'accrochant à la cicatrice qui lui barrait l'œil. Une sale impression de déjà-vu me prit aux tripes à cet instant.

Je portai la main à son visage et mon index effleura son sourcil avant de le rayer d'un coup rapide, comme Slater l'avait fait sur le mien quelques heures plus tôt. Sa signature.

Mon bras retomba mollement sur la banquette.

— Je suis désolée.

Ses yeux brûlaient d'un feu que je ne connaissais que trop. La rage, le désespoir, la colère de l'impuissance. Slater lui avait fait ça, mais il lui avait fait bien plus, je le lisais dans le sombre incendie qui ravageait ses traits. C'étaient les mêmes ténèbres qui avaient englouti mes propres yeux plus tôt au *Jaws*.

— Comment ça impossible ? entendis-je Barney demander.

Je tournai la tête et les observai. Ils semblaient tous très concernés, toujours aussi abattus, comme si le désespoir venait de planter son drapeau en plein milieu de notre camp. C'était vraiment une soirée pourrie. J'adressai un sourire rapide à Lala, puis me dirigeai silencieusement vers le groupe. Il fallait que je suive ce qui allait se dire. Même si je n'en avais aucune envie, j'avais des choses à accomplir qui requéraient toute mon attention.

— C'est un sort puissant, la chaîne du secret, répondit Walter. Tant que quelqu'un partage le secret, il est impossible à révéler.

— Donc ? relança Barney après un court silence. On doit tous les tuer sauf un pour obtenir les informations qu'on cherche ?

Personne ne prononça un mot durant de longues secondes, jusqu'à ce que je prenne la parole pour faire part de mon malaise.

— Ça ne se tient pas, fis-je un peu trop doucement avant de regagner de la contenance. Ça ne sert à rien de tous les éliminer, on n'apprendra rien.

Barney me dévisagea, et je remarquai vite que Finnley et Li en faisaient autant. Les traits de Lukas étaient fermés, et Walter semblait intrigué par ce que j'allais dire. Comme s'il attendait de voir si j'avais bel et bien compris.

— Si on tue tous les sergents sauf un, il restera toujours deux personnes dans la confidence. Le sergent, et Victor. Si on le tue, il ne restera que Victor. Je doute fortement qu'il nous dise où il se trouve pour nous féliciter.

Lukas sourit amèrement, et Walter secoua la tête. J'avais mis le doigt sur le nœud du problème. J'aurais presque osé discerner de la fierté sur son visage, si je n'avais pas eu l'impression d'avoir une cible au milieu du front.

— Qu'est-ce qu'on fait ? demanda Li.

C'était étrange de l'entendre parler. Le timbre trop haut perché qui avait franchi ses lèvres ne correspondait pas à sa carrure de rugbyman miniature.

— On sort de l'ombre.

Tous les regards convergèrent vers moi. Je pris une grande inspiration.

— Qu'est-ce qu'on a à perdre ? Slater m'a dit que Victor viendrait bientôt me chercher. Autant lui montrer qu'on est là et qu'on n'a pas peur. Continuer à liquider ses hommes, mais surtout, le faire en public. Il faut qu'on nous remarque, que notre présence devienne une menace. Ensuite, on pourra demander aux gens de nous rejoindre. La meilleure parade, c'est l'attaque.

Mon petit discours sembla porter ses fruits, et les têtes qui étaient braquées sur moi se mirent à acquiescer de concert.

— Couillu, commenta Barney.

— Couillu, confirma Lukas.

Si je m'étais attendue qu'il soit d'accord avec quelque chose que je proposais, celui-là !

— Surtout vu la peur que tu leur as faite avec ta version de l'exorciste, continua-t-il. Ils t'ont poignardée, vidée de ton sang, et tu n'as pas bronché. Ils se sont faits dans le froc, au point qu'on peut être sûrs que ça ne tardera pas à remonter aux oreilles de Victor.

Si j'en croyais la tension dans la pièce, les hommes de Slater n'étaient pas les seuls à s'inquiéter à cette idée.

J'acquiesçai et sondai Barney du regard. Il semblait méditer ma proposition. J'étais persuadée qu'une partie de lui était emballée par ce projet, mais qu'une autre était plus réticente à griller sa couverture. Car une fois que Victor saurait qu'il avait été trahi par son plus vieil « ami », sa tête ne mettrait pas longtemps à sauter. C'était ce qu'il voulait, se débarrasser de mon père, mais il s'exposait à une vengeance bien plus personnelle qu'aucun d'entre nous.

— Tu n'es pas obligé de sortir de l'anonymat, lui dis-je. Tu peux garder ta couverture, elle nous sera sûrement utile.

Il allait répondre, mais Walter ne lui en laissa pas l'occasion.

— Il y a une manière de briser la chaîne du secret.

Cette fois-ci, les têtes se tournèrent vers lui. Pourquoi ne l'avait-il pas dit plus tôt ? S'il existait bien un moyen, cela aurait dû être son premier commentaire. Il n'avait pas voulu en parler pour une raison qui m'échappait, et je ne pus m'empêcher de faire la moue. Mon plan ne lui plaisait pas, alors il essayait de dissuader les autres avant même qu'ils se soient prononcés en faveur du mien.

— Il faut trouver le premier maillon.

— Donc le bon sergent ? demanda Elliot. Et s'il a déjà été éliminé ?

— Non, répondit lentement Walter. Ce ne sera pas un soldat. C'est un autre vampire, ou mage.

Devant nos airs suspicieux, il se mordit légèrement la lèvre inférieure et s'appuya contre le bar. Ça ne ressemblait pas à son langage corporel. Je ne l'avais jamais vu se mordre la lèvre de ma vie. La fatigue tant morale que physique avait peut-être atteint son système nerveux.

— Vampire ou mage de toute manière, continua-t-il. Il faut que le garant du secret soit immortel. Victor n'aura pas donné ce rôle à un de ses sergents, dans le cas précis où ils seraient pris pour cibles.

— C'est stupide, rétorquai-je. Un autre vampire a autant de chance de se faire éliminer qu'un de ses sergents, voire plus. Sans compter que…

— C'est donc un vampire qui a un poste privilégié, me coupa-t-il. Un vampire protégé qui a une place de choix dans sa hiérarchie et qui ne risque rien. Et surtout, un vampire qu'on ne soupçonnerait pas.

Toutes les têtes se tournèrent simultanément dans la même direction.

— Hé, ne me regardez pas comme ça ! se défendit Barney en levant les bras. Je n'ai aucune idée de l'endroit où il se trouve.

— Est-ce qu'il peut ne pas savoir que c'est lui ? demandai-je à Walter sans quitter Barney des yeux.

Du coin de l'œil, je le vis secouer la tête, aussi reportai-je mon attention sur lui.

— À qui penses-tu ?

Il fit la moue.

— À personne, justement, répondit-il.

C'était la meilleure. La solution de rechange qu'il nous proposait consistait à chercher une aiguille dans une botte de foin un peu plus grande que celle que j'avais suggérée à la base.

— Comment ta méthode fonctionnerait ?

Ma voix était bien plus cassante que je ne l'aurais souhaité. La perspective de me lancer à corps perdu dans une bataille m'avait redonné de l'entrain avant que Walter ne le fauche à la racine. J'ignorais ce qu'il cherchait au juste, mais je n'étais plus vraiment persuadée que c'était à nous aider. Peut-être qu'il essayait de temporiser. Repousser la rencontre avec Victor, c'était repousser mon exécution. Je sentis mes yeux se durcir.

— Si on trouve cette personne, elle peut servir de boussole. C'est une magie ancienne, mais encore existante. C'est très douloureux, pour celui qui la pratique, et pour le premier maillon de la chaîne.

En résumé, on pouvait y aller avec une tapette à mouches ou avec un bazooka. Je préférais toujours mon option.

— Et le problème, c'est quoi ?

Cette fois, ma voix était agressive. Je le remarquai aux réactions des gens autour, à leurs regards choqués. S'ils avaient su ce que Walter comptait me faire, s'ils avaient seulement compris, je ne serais peut-être pas passée pour la méchante dans l'histoire.

Walter se redressa face à mon attaque. Il paraissait toujours fatigué, mais il n'allait pas plier.

— Je n'ai plus assez de force pour le faire. Il faudra demander à Benoxh.

Je soupirai d'agacement.

— Benoxh qui ne veut pas rejoindre nos rangs. On recrute, annonçai-je.

Je ne faisais plus l'unanimité si j'en croyais les regards qu'on me lançait. Ils hésitaient. Ils ne savaient plus non plus quelle était la meilleure option. Grâce à Walter, plus personne ne savait sur quel pied danser. Ça me fatiguait.

Je soupirai bruyamment.

— Très bien, repris-je sèchement. Dans ce cas, on fait les deux. Bonne nuit, messieurs.

Je tournai les talons sans attendre de réaction de leur part. À ce moment précis, je n'avais plus envie de voir un seul de leurs visages.

Chapitre 20

Je fus surprise de la rapidité avec laquelle la porte s'ouvrit vu l'heure indue qu'il était lorsque j'y avais frappé.

En face de moi, Benoxh parut tout aussi surpris. S'il attendait une visite en plein milieu de la nuit, ce n'était de toute évidence pas la mienne. Il s'écarta cependant tout de suite de l'encadrement et m'invita à entrer d'un signe de tête souriant. Mais je sentis son regard peser sur moi durant le temps qu'il me fallut pour rejoindre le sofa et m'y laisser tomber. Je m'étais peut-être changée et douchée, cela n'empêchait pas mon corps de fourmiller des décharges de magie qu'il avait utilisée quelques heures plus tôt. Et si je pouvais le sentir, nul doute que ça n'échappait pas à Benoxh.

Il referma la porte et s'approcha de moi. Un instant, je me demandai s'il allait à nouveau s'asseoir sur la table basse, au lieu de quoi il fit un détour et rapporta une chaise, qu'il installa en face de moi avant d'y prendre place dans un drapement d'étoffe. Il portait toujours ce même manteau noir qui paraissait lui faire comme une deuxième peau. Cet homme était encore plus inventif que moi en matière de vêtements.

— Plus confortable, dit-il, le visage rayonnant d'une sagesse dont les principes m'échappaient.

Il resta sans bouger et ne m'invita pas à parler. Je lui en sus gré. Il était 4 heures du matin, j'avais débarqué à son hôtel sans l'avertir et, si je l'avais trouvé debout, j'aurais tout aussi bien pu l'avoir réveillé, ce qui était probablement le cas puisqu'il ne semblait pas m'avoir sentie arriver.

—Je suis désolée de venir si tard, commençai-je.

J'aurais voulu lui dire que je n'avais personne d'autre vers qui me tourner en ce moment, que j'étais perdue, que je ne savais pas quoi faire. Que je ne savais même plus qui j'étais. Lui parler du besoin que j'avais eu de m'échapper des murs gris, oppressants et froids de ma chambre au *Practice*. Lui avouer que j'avais erré dans les rues désertes sans but avant de me retrouver devant son hôtel sans même en avoir conscience. Mais il balaya mes excuses d'un revers de main.

—Je n'étais pas couché. Dis-moi plutôt ce qui me vaut le plaisir de ta visite.

J'étouffai un rire aussi triste que discret. Il savait très certainement mieux que moi pourquoi je me trouvais là.

—J'ai explosé, fis-je entre mes dents, et ce fut tout ce que je trouvai à dire durant un long moment. Nous sommes allés cueillir un sergent de Victor et, évidemment, on nous attendait et on s'est fait attaquer. Et là, ça a été comme si l'enfer tout entier s'était déchaîné… en moi. J'ai littéralement explosé, mais ça n'avait rien à voir avec ce qui m'est arrivé dans le stade. Ça ne s'arrêtait pas. Les bouteilles ont explosé, les canalisations ont explosé. C'était le déluge.

—Avais-tu soif de vengeance ?

Je penchai légèrement la tête tout en clignant plusieurs fois des yeux. Je n'avais pas envisagé les choses de manière aussi poétique.

—Que s'est-il passé juste avant que tu perdes le contrôle ?

J'ouvris la bouche, mais aucun son ne sortit. La vérité, c'était que j'avais voulu répondre Marc. C'était Marc que je cherchais à attraper quand j'avais perdu le contrôle, mais il y avait tellement plus derrière. Alors je lui dis tout. De mes premiers accès de colère, des années en arrière, aux plus récents. Des problèmes avec Lukas à ceux avec Elliot, en passant par Walter et mes suspicions le concernant, mon père et mon frère. Et moi, au milieu de tout ça, qui m'éloignais de plus en plus des rives de la raison. Lorsque je m'arrêtai de parler, près d'une demi-heure plus tard, il ne devait pas rester un seul aspect de ma vie dont il ne soit pas au courant.

— Eh bien, c'est là un gros sac que tu viens de déballer, dit-il finalement, d'une voix neutre, après avoir laissé quelques secondes de flottement en cas de nouvelle rafale d'informations.

J'aurais espéré une réaction un peu plus personnalisée après tout ce que je lui avais raconté, quelque chose d'un peu plus humain. Mais il n'était pas à proprement parler humain, chose que j'avais souvent tendance à oublier concernant les personnes qui m'entouraient. Il avait vécu durant des siècles. Qu'est-ce que les états d'âme d'une jeunette comme moi pouvaient lui faire, au fond ? Je n'étais qu'un grain de sable dans le désert de sa vie.

— Si je résume ce que tu m'as dit, ton explosion a eu lieu après que le vampire Lukas t'a repoussée.

Le vampire Lukas. Je retins un rire sarcastique. *Vivement qu'on parle de frère Connor et du père Victor. Par tous les saints !*

— Je n'ai pas besoin d'un psy, répondis-je, un peu trop cavalièrement pour être crédible. J'ai besoin de quelqu'un qui m'écoute et m'aide à faire le tri dans ce que je pense.

Il haussa un sourcil narquois mais ne fit aucune remarque.

— De quoi as-tu réellement besoin ?

De quoi as-tu réellement besoin, enfant Maeve ? Je sentis la colère chatouiller le bout de mes doigts. Elle tentait de gagner du terrain, de remonter le long de mes bras et d'atteindre mon cerveau pour en prendre les rênes. Je me tordis les mains et expirai bruyamment. J'avais besoin de réponses à des questions que je n'étais pas prête à poser. J'avais besoin de repos. J'avais besoin d'un lapin à sortir de mon chapeau. C'était ça, au fond. J'avais besoin de suivre le lapin blanc.

— De vérité. Ils me cachent tous des choses. J'ai besoin de quelqu'un de confiance qui ne me mentira pas pour me protéger, pour me ménager, ou pour me mettre des bâtons dans les roues.

Benoxh acquiesça lentement, et je me rendis compte que c'était le premier mouvement qu'il faisait depuis qu'il avait pris place. Peu après, il se leva, contourna la table basse et vint s'asseoir à côté de moi, toujours si digne dans son long manteau.

— Ton père utilisera tes faiblesses contre toi. C'est un homme puissant, il va sans dire, mais face à quelqu'un de ta nature, sa seule arme sera son adversaire.

Je secouai la tête, pas certaine d'avoir réellement compris ce qu'il voulait dire. Avant d'enchaîner, Benoxh posa une main sur les miennes, et le choc de la rencontre de nos énergies provoqua un léger bourdonnement. Je l'avais déjà entendu, quelques heures plus tôt, au *Jaws*, mais là il n'avait rien d'assourdissant. Il avait même quelque chose d'apaisant, comme une berceuse.

— Tu te bats constamment contre ta magie. Tant que tu ne l'accepteras pas comme faisant partie de toi, tu ne parviendras pas à la canaliser, et tu seras incapable de l'utiliser. Elle est bien présente, mais tu ne lui laisses aucune place.

Je n'étais pas sûre de saisir le rapport direct avec mon père, mais ce n'était pas ce qui venait de retenir mon attention. Ce qu'il avait dit me contrariait au plus haut point. Je ne me battais pas, je la subissais, encore et encore, sans être capable de m'en servir réellement. C'était elle qui se servait de moi. Ce n'était plus un combat depuis bien longtemps, elle m'avait mise KO au premier round.

— Qu'est-ce que je devrais faire de plus ? me défendis-je. J'essaie ! Je suis là tous les jours à m'entraîner pour l'utiliser ! Je fais des efforts, mais personne n'est jamais content !

Il pressa mes mains, et le bourdonnement s'intensifia, me calmant aussitôt. Mais comment diable faisait-il ça ? C'était comme s'il entourait les sentiments négatifs qui se dégageaient de moi dans une bulle étanche qui les empêchait de m'atteindre.

— Tu n'acceptes pas ta magie, Maeve. Ce n'est pas pour les autres que tu dois le faire, c'est pour toi. Plus qu'en prévision d'un affrontement avec ton père, il s'agit là de ta propre survie. Tu la traites comme un virus, et c'est ce qu'elle devient : quelque chose qui te ronge de l'intérieur.

Ses paroles trouvèrent écho en moi. Quelque part, c'était comme si je l'avais toujours su. Ma magie était comme un copilote que j'avais enfermé dans le coffre par peur du lieu où elle voulait me mener. Mais, en attendant, seule au volant, je fonçais droit dans le mur.

— Victor cherchera la moindre faille et y glissera ses doigts de voleur pour l'agrandir et briser tes défenses. Tu dois être en mesure de te défendre lorsque le moment viendra, sans quoi il t'abattra d'une simple pichenette.

— Ses doigts de voleur ?

— Il a passé des siècles à voler les pouvoirs de ceux de mon peuple. De notre peuple, corrigea-t-il rapidement.

Il n'eut pas besoin d'en rajouter pour que je comprenne que lui aussi souhaitait ardemment la mort de mon père. Comme tout le monde. Je lui aurais demandé pourquoi il ne se joignait pas à nous dans ce cas, mais ce qu'il avait dit avait réveillé de vieux démons. *Ceux de mon peuple*, avait-il dit avant de se corriger.

— Je ne suis pas un vampire, je ne suis pas un Sihr, et je ne suis pas humaine, fis-je, avant de me mordre la lèvre pour empêcher la phrase suivante de sortir.

Mais c'était inutile, car il ne m'en laissa pas l'occasion. Il se mit à rire avant même que j'aie eu le temps de reprendre ma respiration.

— Maeve, Maeve, Maeve ! s'exclama-t-il en me donnant une petite pichenette, qui me fit sursauter non de douleur mais de surprise. Cesse d'être aussi négative ! À moitié vide ou à moitié plein, le verre est toujours rempli d'air et d'eau. Techniquement, il est donc toujours plein. Arrête de te focaliser sur ce que tu n'es pas, et commence à apprécier tout ce que tu es, veux-tu ?

Je ne l'avais jamais vu de si bonne humeur. Ou, plutôt, je ne l'avais jamais vu avec autant d'humeur. Je ne pus empêcher un sourire de se frayer un passage sur mes lèvres, même si sa visite fut de courte durée. Il n'avait pas tort. J'essayais, mais je ne le faisais pas pour moi. Je le faisais pour

Barney, pour tous ceux qui souhaitaient la mort du monstre dont ils avaient eu à subir le joug durant des années. Un monstre dont le plus grand crime à mon encontre jusqu'à présent était de m'avoir donné la vie.

— Tu songes à ton frère, n'est-ce pas ?

Inutile de cacher mon étonnement face à sa clairvoyance. C'était bien là que mes pensées me menaient. Il lisait en moi comme dans un livre ouvert, il l'avait toujours fait. Je pensais effectivement à Connor. C'était lui que je voulais, lui que j'avais toujours voulu, pas Victor. Depuis qu'il m'avait poignardée et que j'avais erré dans les méandres de nos esprits, je ne pouvais m'empêcher de me demander ce que je serais devenue à sa place. Il était mauvais, mais je n'étais pas exactement mieux, dans mon genre. J'aurais pu être bien pire que lui. J'aurais très certainement été pire que tout ce qu'il était devenu.

— Ce petit garçon que j'ai entendu, quand j'ai perdu le contrôle… C'était son rire, je le sais. C'était le même. J'ai l'impression qu'il est là, caché quelque part au fond de moi, et qu'il attend pour mieux me narguer, pour me lancer à la figure que j'aurais dû être meilleure que lui, mais que j'ai lamentablement échoué. Peut-être que le verre est plein, mais je m'y noie, dans ce fichu verre, Benoxh.

Il parut pensif pendant quelques instants, comme s'il cherchait des mots qui me parleraient, comme si ce qu'il avait à m'expliquer était une évidence que je refusais d'entendre.

— Ton frère et toi êtes liés, tu le sais. Les rêves que tu faisais il y a un an n'étaient qu'un des aspects du lien qui vous unit. La gémellité a toujours eu une symbolique très forte. Le monde est dualité. Le Bien, le Mal. Le jour et la nuit. L'amour et la haine. On pourrait continuer comme ça pendant des années… Connor et toi en êtes également un exemple, bien que vous ne soyez pas exactement le noir et le blanc. Vous êtes deux nuances de gris, et vous êtes unis, que tu le veuilles ou non, de la même manière que tu es unie à ta magie.

— Et je la repousse.

— Tu les repousses tous les deux.

Était-il vraiment en train de me dire que j'aurais dû accepter mon frère ? Est-ce qu'il oubliait ce que ce dernier avait fait ? Il n'y aurait jamais de repentir pour l'être qu'il était devenu. Il n'y en aurait sûrement jamais pour moi non plus.

— Cela ne signifie pas que tu dois lui ouvrir les bras, reprit-il sur un ton plus doux, comme chaque fois qu'il semblait lire dans mes pensées. Il te faut simplement accepter que quelque chose vous lie. C'est pour cette raison que je ne voulais pas que tu le tues.

Ses paroles éveillèrent en moi une inquiétude toute nouvelle. Une inquiétude qui se couplait à l'espoir, une union contre nature.

— Vous pouvez étoffer ? L'univers y a pensé, c'est ça, n'est-ce pas ? Vous croyez que si l'un de nous meurt, l'autre mourra aussi.

— Pas nécessairement. Il y a des choses pires que la mort.

Voilà qui était rassurant. *Pour quelle raison je me faisais du souci, déjà ?* me demandai-je tandis que je chassai un frisson qui tentait de remonter le long de mon échine. Qu'y avait-il de pire que la mort dans un monde peuplé de non-mort ?

— Viens, me dit-il en m'entraînant par la main.

Je le suivis jusqu'au centre de la pièce, où il s'arrêta. Il jeta quelques regards alentour, comme pour s'assurer que nous étions seuls. Pensée étrange, puisque nous étions dans sa suite, et qu'il ne la partageait de toute évidence avec personne.

Il m'emmena vers l'immense fenêtre et prit mes deux mains dans les siennes. Entre nos doigts, nos énergies se livraient toujours leur combat tranquille.

— Ce que j'ai fait tout à l'heure, ce calme que tu as ressenti quand la colère s'emparait de toi, ce n'était qu'utiliser tes propres ressources. Ta magie est là, puissante, mais, comme je te l'ai dit, tu lui refuses sa juste place. Alors elle se révolte, comme tout jeune adolescent qui se respecte.

Je n'étais pas certaine que tous les adolescents auraient été d'accord avec sa vision de la chose, mais j'aurais été mal placée pour émettre une objection.

— La colère que tu ressens peut venir de deux causes bien différentes. Il y a ce lien que tu partages avec ton frère qui – j'en suis persuadé – t'a souvent apporté ses propres émotions, bien avant que tu apprennes son existence. Mais ce n'est assurément pas ce qui a créé ce que tu appelles tes explosions. La place que tu refuses à ton héritage, voilà ce qui, selon moi, est responsable de tes humeurs. La magie est obligée de forcer son passage dans ton corps et cause ces courts-circuits. Prenons un exemple : de l'eau, dans un récipient fermé. On y ajoute plus d'eau, et encore, et encore, jusqu'à ce qu'il n'y ait plus de place. Mais le flot continue de se déverser régulièrement, l'eau remplit le récipient au-delà de ses capacités. Il commence à se déformer avant d'exploser. Vois-tu où je veux en venir ?

— Vous voulez que j'ouvre mon robinet.

Il me gratifia d'un large sourire.

— C'est très exactement ça, Maeve. Une fois que le récipient a eu une fuite, il y a à nouveau de la place pour du liquide. Mais une autre explosion surviendra bientôt. Ferme les yeux.

Je m'exécutai. Nos mains, toujours jointes, fourmillaient d'une douce énergie qui me berçait. Si ce qu'il avait dit était vrai, c'était ma propre magie que je ressentais. Je n'avais jamais eu autant conscience de sa présence, même lors de nos exercices, et cela avait quelque chose de réconfortant.

— Écoute ta magie, entend son appel. Tu as compris que les mots avaient du pouvoir, c'est là-dessus que je t'ai fait travailler jusqu'à présent. J'essayais de t'éveiller à ce qui se trouve déjà en toi. Ces mots que tu utilises, ce ne sont que des vecteurs, des ordres que tu donnes à ta propre magie pour lui commander quelque chose de bien précis. Chaque mot se charge de la force que tu y apposes au fil des ans. Mais tu ne pourras jamais le faire si tu refuses de la laisser cohabiter avec ce que tu es.

Sur ces paroles, il lâcha mes mains. Le froid s'empara de mes doigts et j'ouvris les yeux de surprise. Je me sentais nue. C'était une sensation très dérangeante.

— Elle est là, en toi.

— C'est bon, c'est bon, le coupai-je d'un ton bougon. J'ai compris. Arrêtez de vous répéter, vous devenez redondant, vieil homme.

Ses petits yeux s'étirèrent d'amusement, et je souris à mon tour, avant de détourner la tête pour profiter du paysage qu'offrait le dernier étage. Au loin, aux frontières de la ville, l'aube s'attelait à rougir les joues de la nuit.

— Ça n'irait pas plus vite si vous me donniez vos mots ?

— Maeve, commença-t-il en se rapprochant et en posant un bras sur mes épaules, c'est quelque chose de personnel. Ils sont le reflet de ta propre magie. Bien sûr que tu pourras utiliser les mots d'un autre mage, mais il faudra les lier aux tiens. C'est un exercice très dangereux, qui précède généralement une mise à mort. Pour cette raison, il ne faut jamais, et j'insiste bien sur le jamais, qu'un autre mage apprenne les mots de ta magie.

— Un autre mage… ou Victor ?

Il acquiesça, et je sentis le malaise grandir. Cela soulevait plusieurs points qui n'avaient rien de plaisant.

— Pourtant, vous avez entendu mes mots, lui dis-je, et je regrettai aussitôt que ma voix ait été pleine de reproches.

— Tu n'as pas assez manipulé ta magie pour les avoir chargés. De plus, jeune demoiselle, utiliser « eau » pour se servir de l'eau, ce n'est pas exactement le but de l'exercice. Il ne s'agissait là que de l'entraînement. Il te faudra trouver des mots qui ne parleront qu'à toi. Dès que tu laisseras une place à ta nature, ta véritable éducation pourra commencer.

— Et d'ici là ?

— D'ici là, espérons que tu ne croiseras pas Victor.

Lorsque je regagnai le *Practice*, j'avais la tête chargée d'informations. Benoxh m'avait gardée encore deux heures supplémentaires pour de la théorie et des exercices de relaxation. Il m'avait expliqué que la prochaine étape serait de me créer un abécédaire, et de travailler à placer ma volonté dans les mots choisis. Ensuite, il faudrait que je trouve un moyen d'invoquer ces mots sans utiliser la parole. La méthode qu'avait utilisée son mentor avait consisté à les inclure à un air que lui seul connaissait. Chaque mot correspondait à un ensemble de notes qui faisait vibrer sa magie sans être accessible aux tiers, et personne sauf le mage qui l'avait créée ne connaissait sa chanson dans son intégralité. J'avais enfin compris ce qu'étaient les bruits étranges qu'Elliot avait produits lorsqu'il avait essayé de mettre Lukas au tapis, peu avant de finir dans le mur. Il tentait de chanter. Le pauvre, il n'avait jamais été capable d'aligner deux notes sans casser des verres. Rien d'étonnant au fait que j'aie cru qu'il se raclait la gorge.

En traversant la salle obscure qui avait un jour servi de bar, mon regard fut attiré par une ombre imposante. Assis dans un recoin sombre, le géant taciturne se fondait dans les ténèbres environnantes.

— Lalawethika ?

Je devenais vraiment bonne pour prononcer son nom d'une traite.

Il tourna vers moi un visage duquel l'absence de lumière ne parvenait pas à gommer la tristesse. Devant lui, un verre et une bouteille vide étaient renversés. Le cœur serré, je m'avançai dans sa direction. Il était assis sur la banquette où Lukas s'était trouvé le jour où je l'avais revu.

Je pris place en face de lui et ne dis rien pendant de longues minutes. Parfois, une présence silencieuse était la meilleure des compagnies. La poitrine du colosse se soulevait et s'abaissait de manière énergique, presque violente, comme s'il devait lutter pour respirer. Il n'en avait pas besoin, pourtant. La magie qui tenait les vampires debout ne se souciait guère des lois de la physique la plus élémentaire.

— Je suis vraiment désolée que nous ne l'ayons pas attrapé, lui dis-je lorsque j'eus la force de briser le silence. C'était de ma faute.

— Non, Maeve.

Je soupirai à mon tour, d'une manière assez semblable à la sienne. Même si je n'étais pas coupable, je n'en étais pas moins responsable.

Je brûlais d'envie de lui demander ce que Slater lui avait fait. Cela allait bien au-delà de son œil, c'était certain. Mais je ne me sentais pas d'aborder ce sujet avec lui. Il avait toujours semblé si puissant que cet accès de fragilité le rendait difficile à manier. Et si, en lui posant la question, je terminais de briser ses derniers remparts ? Peut-être que lui aussi avait des problèmes de robinets, à une autre échelle.

— Je suis là si tu as envie d'en parler, me contentai-je de lui dire avant de me lever.

En passant à côté de lui, je ne pus cependant m'empêcher de poser une main sur son épaule. Il la couvrit d'une de ses grosses pattes, et mon cœur ne trouva rien de mieux à faire que de se serrer à nouveau. Tout différents que nous étions, nous partagions une douleur que les mots ne retranscriraient jamais.

— Moi aussi.

Je me penchai et déposai un baiser sur sa joue. Lalawethika ne parlait peut-être que peu, mais j'avais plus confiance en lui qu'en toutes les autres personnes qui m'entouraient. En réaction, j'obtins qu'il serre encore plus fort ma main dans la sienne. Ça valait mille mots.

Je commençais à m'éloigner quand une question qui me brûlait les lèvres refit surface.

— Lala ? demandai-je en me retournant. Pourquoi Lukas est-il resté avec vous après ma disparition ?

Il se tourna vers moi et, malgré l'absence de lumière directe, je discernai son étonnement.

— Pas resté, répondit-il de son doux baryton.

Il devait également discerner le mien, car il haussa les épaules et ajouta :

— Revenir des fois.

Sur quoi il se retourna. L'échange était terminé. Je sortis de la pièce et regagnai ma chambre. Même si je ne doutais pas une seconde que le fond fut vrai, Elliot n'avait peut-être pas été des plus honnêtes concernant Lukas.

Chapitre 21

Nous étions douze.

Walter, Elliot, Lalawethika, Lukas, Barney, Rob, Finnley, Li, Patric et Anders – les jumeaux –, moi, bien sûr, et Cormack. J'avais à nouveau insisté pour qu'il soit des nôtres. On arrivait à treize, si on comptait Rosita. Quand Barney m'avait parlé de quelques vampires qui souhaitaient voir disparaître Victor, j'avais imaginé une dizaine de personnes en plus. Ça ne cadrait pas du tout avec ce que j'avais sous les yeux.

Nous étions dans un grand entrepôt désaffecté qui se trouvait à la lisière de la ville. Un podium avait été aménagé dans le fond, comme si un concert allait y avoir lieu. Et l'endroit grouillait de gens. Il devait bien y avoir soixante personnes en tout. Ça, c'était si je comptais bien. Et je n'avais pas choisi de faire des études littéraires pour rien.

Lukas et Barney avaient disparu dès notre entrée dans le bâtiment, très certainement pour donner dans le social et remercier les fidèles d'être venus à la messe. Peu après, Walter et Elliot avaient disparu à leur tour, me laissant en tête à tête avec les plus loquaces de mes compagnons d'infortune, Lala et Cormack. Et le seul qui semblait remarquer que j'étais là, c'était ce fichu serpent qui était vissé au cou de son maître. Je ne supportais toujours pas sa présence. Mon cœur jouait au yo-yo quand elle était dans les parages. Ou plus qu'un yo-yo, c'était une foutue beat box. J'étais déjà à fleur de peau dernièrement, je me serais passée de sa compagnie sans problème.

Je tentai de me calmer en regardant tout autour de moi pour apprécier les lieux et les gens qui s'y trouvaient. Sur l'entrepôt, pas grand-chose à dire. Ils se ressemblaient tous, avec peut-être une exception pour celui de Lukas, mais c'était sûrement parce que j'y avais autant souffert qu'appris qu'il me semblait différent. Les vampires par contre… Il y en avait pour tous les goûts. Vraiment. Du cow-boy fringant cousin de Cormack au gothique adolescent emo, en passant par la tranquille femme au foyer qui appréciait sans aucun doute de s'habiller en cuir dès la nuit tombée. Et tous me dévisageaient, à un moment ou à un autre, m'observant comme un lion en cage. Un mélange d'émerveillement et de peur. *Est-ce que les barreaux vont tenir ?*

Une jeune tête familière fendit la foule et je reconnus Finnley. Il me souriait, ce qui, avec son air constamment dans la lune, était assez étrange.

— Barney m'envoie te chercher, fit-il. Ça va bientôt commencer.

J'acquiesçai et le suivis, remarquant que les gens s'écartaient sur mon passage comme la mer l'avait fait devant Moïse. *On dirait que le lion a la peste*. Je déglutis difficilement tandis que *Le lion est mort ce soir* se mettait à résonner dans mes oreilles et qu'une sale impression titillait mes nerfs. Alors que je traversais la pièce, j'essayais de me raisonner en me disant que personne n'allait me sauter à la gorge. Ce n'était pas parce qu'ils avaient peur de moi que j'étais nécessairement un danger pour eux. *Imbécile*, me sermonnai-je. *Ce n'est pas toi que tu dois convaincre. Ça serait plus utile qu'eux s'en rendent compte.*

Lorsque nous arrivâmes vers le podium, nous retrouvâmes Barney, Walter, Elliot et Lukas. Et une femme, de dos. Svelte. Blonde. En train de rire. La main posée sur l'épaule de Lukas. Je serrai instinctivement les poings tandis que mon cerveau m'envoyait un flot de pensées hachées. Ancienne amante ? Future amante ? Amante. Quand elle se retourna, mes méninges finirent de surchauffer.

Belle. Grande. Certainement le mètre soixante-quinze passé. De longs cheveux blonds qui retombaient en cascades ondulées le long d'un visage en forme de diamant taillé à la perfection autour du lapis de ses yeux. Une bouche fine mais charnue, qui envoyait un sourire séducteur. À Lukas. Que ça ne dérangeait visiblement pas. Mon sang se mit à bouillir dans mes veines. Elle passait ses doigts manucurés dans ses cheveux parfaitement brushés pour les replacer derrière une de ses oreilles, et Lukas la dévorait du regard. Un meurtre. Sur quelqu'un qui est déjà mort. Ce n'est pas un meurtre.

Je poussai un cri lorsqu'une main se posa sur mon épaule, et toutes les têtes se tournèrent vers moi, y compris celles de Lukas et Barbie, ce qui me permit de remarquer qu'elle avait également une poitrine plus qu'opulente surplombant une taille de guêpe vissée sur des jambes interminables.

— Du calme bébé, je ne voulais pas te faire peur.

Barney semblait plutôt amusé, ce qui n'était pas pour me mettre dans de meilleures dispositions.

— Je suis calme, affirmai-je en accentuant froidement le verbe.

— J'apprécierais quand même que tu ne blesses aucun des invités ce soir, répondit-il de manière désinvolte.

Je me tournai vers lui pour sonder son visage. Est-ce qu'il parlait de la totalité des invités, ou juste de Barbie ?

— Viens avec moi, dit-il, coupant court à toute haine que je pourrais essayer de lui signifier visuellement.

Je soupirai et lui emboîtai le pas, fusillant du regard toutes les victimes innocentes sur qui je posais les yeux. Ça n'allait sûrement pas aider à faire monter ma cote de popularité.

— Qui c'est ? demandai-je, dents serrées, après avoir fait quelques pas.

— Qui donc, bébé ?

Cette fois-ci, je le foudroyai du regard, mais ça n'eut pas plus d'effet. Un petit sourire malicieux plus tard, j'eus cependant un semblant de réponse.

— Ingeborg.

Mes sourcils rendirent une visite inopinée au haut de mon front tandis que mes poings se détendaient légèrement. Barney était sérieux. Je pouffai malgré moi. Ça ne répondait pas du tout à la question que je lui avais vraiment posée, mais c'était assez cocasse pour stopper l'élan meurtrier qui s'était emparé de moi.

Une fois arrivé devant les quatre marches qui menaient au sommet du podium, il m'arrêta en m'attrapant par le bras. Je compris à ce moment-là que je n'allais pas avoir plus d'informations sur Barbie. On passait aux choses sérieuses. Je devais prendre sur moi et me calmer, j'en avais conscience. Peut-être que j'étais jalouse, mais il y avait des enjeux bien plus importants ce soir. Je réglerais mes comptes avec Lukas en temps voulu.

— Laisse-moi te présenter. Ensuite, tu monteras leur parler, dit-il d'un ton rassurant avant de m'observer comme s'il cherchait à savoir si je tiendrais le coup. Reste ici en attendant, et ne regarde pas derrière toi.

Bien sûr, je me retournai aussitôt. *C'est logique, dites à quelqu'un de ne pas regarder tout de suite la personne que vous lui montrez, et il s'exécute dans la seconde.* Je ne faisais pas exception. Mes poings devinrent douloureux tant je les serrai, et je me forçai à me tourner à nouveau vers Barney. Puis je pris une grande inspiration.

— J'ai besoin que tu restes calme, bébé, chuchota-t-il.

Ouais, ouais.

— Ici, tout le monde est peut-être contre ton père, mais ça ne les rend pas forcément… partisans de ta cause.

Ce petit bout de phrase, prononcé de manière presque anodine, eut le mérite de me faire redescendre sur Terre. Je l'avais senti dans leurs regards. J'étais une menace pour eux, au même titre que Victor. Et s'ils étaient tout de même une cinquantaine, quelque chose me soufflait qu'il y avait un nombre largement plus important de vampires qui, bien qu'opposés à Victor, ne se trouvaient pas entre ces murs.

Barney me sourit chaleureusement une dernière fois puis monta sur le podium. J'inspirai profondément. Une fois qu'il eut tourné le dos, je croisai les bras et calai mes paumes sous les aisselles. J'avais des fourmis dans les mains depuis quelques minutes, et ça n'augurait rien de bon. Benoxh m'avait expliqué que c'était normal. C'était là qu'il était le plus facile de canaliser son pouvoir. Elliot m'avait d'ailleurs rapporté que, avant d'envoyer une boule de feu, ses doigts le chatouillaient à l'extrême. Et ça m'inquiétait. Si quelque chose sortait de mes mains maintenant, je risquais de faire frire la blonde et une bonne partie de mes alliés. Et ce n'était pas Barbie, le problème. C'était Lukas. J'aurais mieux fait d'être surprise qu'il ne m'ait pas fait quelque chose du genre plus tôt. Ce qui restait de mon monde était en train de gentiment s'écrouler autour de moi, et j'avais l'impression que j'allais être ensevelie sous les débris avant d'avoir le temps de dire ouf. La blonde n'était que la partie visible de l'iceberg. Le vrai danger était invisible. C'était Victor. C'était l'ordre d'exécution signé par Walter à ma naissance. C'était moi. Voilà que ça recommençait. J'inspirai profondément. Le verre était plein.

Sur le podium, Barney s'éclaircit la voix, et je portai mon attention sur lui. Je réalisai soudain quelque chose qui m'avait totalement échappé, englouti par mes préoccupations toutes personnelles. Je ne savais pas que Barney comptait s'exprimer en public. S'il le faisait, ça voulait dire qu'il acceptait que sa couverture soit grillée. Plus, ça voulait dire que, même si je n'en avais aucune envie, il me serait désormais impossible de faire demi-tour. La machine était en route. Il avait plus foi en moi que je ne l'aurais jamais.

— Mes amis, commença-t-il. Vous avez tous répondu à cet appel pour la même raison. Depuis d…

— Épargne-nous le discours, Barney, le coupa un homme que je ne repérai pas. C'est la fille qu'on veut entendre.

Je me sentis rétrécir sur place. La voix était sèche. Elle n'évoquait pas la curiosité, loin de là. Je m'étais préparée à cette éventualité. Je savais que ça risquait d'arriver. Je pouvais gérer. Je le devais, même. Après tout, cette réunion était mon idée.

— Oui, c'est pour la fille, renchérit une autre voix, féminine ce coup-ci.

Pas plus sympathique que son pendant masculin, toutefois.

— Quelle assurance peut-on avoir ? lança un homme.

Les questions se mirent alors à fuser de toutes parts, si bien que Barney sembla soudain dépassé. C'était bien la première fois que je le voyais ainsi. Il demeura quelques instants bouche ouverte et sourcils froncés, comme s'il tentait encore de terminer sa phrase initiale. Mais les questions continuaient à affluer, si bien qu'il finit par hurler pour réclamer le silence. Lorsqu'il l'obtint, il gratifia la foule d'un regard moralisateur et reprit la parole.

— Merci. On oublie l'introduction, si j'ai bien compris.

Le ton me parut un peu trop amer pour appartenir à Barney. Je n'aurais jamais imaginé le voir contrarié. Ça ne me donnait pas du tout envie de le voir en colère.

— Nous ne savons pas où est Victor, commença-t-il très sèchement, avant de corriger le tir aussitôt. Maeve, ici présente, est sa fille, comme vous l'avez tous compris. Celle de la prophétie.

Les regards m'avaient déjà tous balayée quand j'étais arrivée, mais ce n'était rien comparé au raz de marée qui s'abattit sur moi lorsque toutes les têtes se tournèrent simultanément dans ma direction. Mes jambes flageolèrent. C'était mon père qu'ils détestaient, pourtant c'était contre moi que leur haine était dirigée en ce moment. Oui, ils avaient peur de Victor, sauf que je représentais une menace inconnue là où ils savaient à quoi s'attendre avec lui. Je cherchai dans la foule un visage connu, mais je n'en trouvai aucun. Je me sentis plus seule que jamais.

— Regardez-la ! dit le premier homme qui avait pris la parole. Elle tremble comme une feuille ! C'est à ça que vous voulez faire confiance ?

Mon détracteur avait fait un pas en avant, et je pus enfin le voir. Il était assez grand, le crâne rasé de près, les quelques millimètres de cheveux qui lui restaient d'un blond vaguement roux. Des taches de rousseur assorties sur de hautes pommettes légèrement rougies surmontaient une bouche fine et décidée. Il n'était pas beau à proprement parler, mais il possédait un charme sauvage qui ne demandait qu'à mordre, et mon alarme danger s'était mise en route dès que j'avais posé les yeux sur lui. Cet homme ne serait jamais un allié. Pas à ma cause.

Comme pour donner raison à mon instinct, il tourna vers moi un regard glacial, me laissant apprécier ainsi le bleu gris presque transparent de ses iris résolument hostiles.

Les lumières commencèrent à clignoter, et tout le monde leva les yeux de concert. J'avais de telles fourmis dans les mains que la source du problème ne m'échappa pas une seconde. Il fallait que je garde mon calme, que je m'enfonce dans ma bulle.

— On sait tous que ça ne va pas être une partie de plaisir, Trevor, lança Lukas, quelque part derrière moi.

Les têtes pivotèrent vers lui, et je suivis le mouvement, prête à lui signifier ma gratitude. Sauf que, lorsque je me retournai, l'épaule de Barbie touchait la sienne, et que ça ne semblait pas le déranger le moins du monde. Au-dessus de moi, une ampoule explosa. Je fermai les yeux, refusant de regarder. L'incident du *Jaws* ne devait en aucun cas se reproduire.

Je me tournai et fis face au dit Trevor. Il m'examina, lança un bref coup d'œil au plafond, puis braqua à nouveau ses yeux sur moi en secouant imperceptiblement la tête.

— C'est à quelqu'un qui ne sait même pas maîtriser ses pouvoirs que tu veux confier ta vie, 3K ? L'immortalité t'a-t-elle rendu suicidaire, ou juste inconscient ?

— Trevor, ça suffit, trancha Barney.

— On n'est pas ici pour discuter le pour et le contre ? rebondit ce dernier. Mettre sa vie entre les mains d'une gamine à peine sortie des couches et incapable de se contrôler, pour moi, c'est à souligner, et deux fois ! Qu'elle retente sa chance dans quelques années, quand elle aura appris à se maîtriser.

Ses yeux me brûlèrent lorsqu'ils se posèrent à nouveau sur moi. Je n'étais pas fichue de réagir.

— Désolé, petite, me dit-il plus doucement, comme s'il ne s'adressait qu'à moi. Je ne fais qu'exprimer ce que beaucoup d'entre nous pensent tout bas.

Pour lui donner raison, une autre ampoule explosa au plafond. Je pris une profonde inspiration, fuyant le regard de Trevor. J'aurais aimé m'énerver, lui expliquer qu'il se trompait et lui envoyer un coup de coude en plein visage. Mais j'avais si peur de perdre le contrôle qu'aucun son ne sortait, et mon corps était mou comme jamais. Il mettait des mots sur une crainte qui ne m'avait pas quittée et que j'avais de plus en plus de peine à museler. Je ne me sentais pas à la hauteur. Je ne m'en étais jamais sentie capable.

— Quel est ton plan, dans ce cas ? demanda Lukas, qui s'était approché sans que je m'en aperçoive.

— Continuer comme maintenant, répondit Trevor.

— Si c'est ce que tu souhaites, pourquoi as-tu pris la peine de te joindre à nous ? relança Lukas, fort peu sympathiquement.

— Je voulais voir de mes propres yeux celle qu'on annonçait comme la solution à nos problèmes. M'en faire ma propre idée. C'est chose faite.

Je rétrécis encore un peu plus sur place. Autour de moi, les murmures commencèrent. Je ne comprenais pas les mots, mais je saisissais les opinions. J'étais là – pire, j'avais insisté pour que cette réunion ait lieu – et je me faisais allonger avant d'avoir atteint le ring. Peut-être que j'aurais dû considérer la solution de Walter plus sérieusement. Je n'avais pas ma place ici.

— Dans ce cas, rien ne te retient, Trevor, lança Barney, qui avait jusque-là gardé le silence. C'est valable pour tous ceux qui partagent ton avis. La porte est là-bas, au fond, vous êtes libres de partir.

Les murmures gagnèrent en intensité alors que des vampires se dirigeaient vers la sortie, sous l'œil satisfait de Trevor, qui n'avait pas encore bougé. C'était le début de la fin. Personne ne rejoindrait nos rangs, personne n'avait confiance en moi. Je ne pouvais pas leur en vouloir. Même moi, j'avais envie de m'en aller.

— Maeve a les moyens de tuer Victor, et nous devons nous employer à l'aider, dit Lukas sensiblement plus fort. Ne jetez pas l'éponge si vite !

— Et qu'est-ce que tu f…

— Quant à la prophétie secondaire, coupa Lukas avant que Trevor n'ait le loisir d'aggraver mon cas, je propose que nous nous occupions déjà de la première partie du problème.

— Tu t'occuperas de la seconde ? demanda le faux rouquin avec tellement de sous-entendus dans la voix que je n'eus pas le temps de tous les lister.

Sous-entendu dédaigneux qu'il n'en était pas capable. Sous-entendu méprisant qu'il s'était déjà occupé de moi d'une autre manière. C'étaient sûrement là les deux principaux.

— Tout à fait, répondit Lukas, très calmement.

Mon cœur se serra. Avait-il aussi prévu de me tuer si je tournais mal ? La corde raide qui n'arrêtait pas de se tendre et se détendre en moi depuis quelques jours menaça plus que jamais de rompre. J'évitai de le regarder. Je pouvais supporter qu'il me déteste, je pouvais même supporter sa vengeance. Mais j'étais incapable d'encaisser que, comme Walter, il soit prêt à me faire disparaître en cas de besoin. Pire, qu'il l'ait prévu depuis le début.

Trevor ricana. Je me rendis compte à cet instant que, en dehors de leur conversation, la salle entière était silencieuse maintenant. Elle s'était considérablement vidée. Il ne restait pas le tiers des vampires présents au départ. Ils étaient partis en moins de dix minutes. Dix minutes… Barney ne m'avait pas menti. Être contre Victor ne signifiait pas être avec moi. Même morts, ils tenaient à la vie.

— Je t'entends bien, mon ami, reprit Trevor sur un ton qui laissait comprendre le contraire de ce qu'il venait de dire. Il me reste une question, cependant. Où est Victor ?

Lukas hésita une fraction de seconde de trop.

— Barney l'a dit. Nous ne l'avons pas localisé, mais on se rapproche.

— En d'autres termes, vous n'avez rien, à part ça.

Son pouce pointait dans ma direction. Je serrai les poings à m'en enfoncer les ongles dans la peau, priant pour que la douleur court-circuite les larmes qui revenaient à l'assaut. Mais je ne ressentis rien. Rien, à part le poids des regards. J'étais incapable de réagir, incapable de me soutenir moi-même.

Lukas fit un pas dans sa direction. Je ne voyais pas son visage, mais c'était inutile. Son corps avait adopté une posture de défi.

— Rien ne te retient, dit-il, plus doucement. Tu ne veux pas te joindre à nous, soit. Mais je ne te laisserai pas nous démonter pour des raisons qui n'ont aucun rapport avec notre présence ici aujourd'hui.

Trevor fit un pas en avant à son tour, et je crus un instant qu'ils étaient sur le point d'en venir aux mains. Au lieu de ça, la tension retomba d'un coup. Trevor murmura quelque chose que je n'entendis pas, jeta un regard circulaire dans l'entrepôt pour vérifier qui était encore là, salua Lukas de la tête et s'en alla.

— Bonne chance ! dit-il juste avant de passer la porte.

Je n'eus pas le courage de regarder autour de moi. Du coin de l'œil, je voyais que, sur les cinquante personnes qui étaient venues, il n'en restait pas dix. C'était un fiasco. Tout ce que j'entreprenais était un fiasco.

Comme pour enfoncer un peu plus le clou, Ingeborg, qui n'était pas partie, elle, posa une question.

— Il est avec Victor, ou quoi ?

Ou quoi. Son raffinement n'avait aucune limite. Si c'était là le standard de Lukas, j'espérais plus que jamais être une erreur de parcours.

— Malheureusement pas, répondit ce dernier.

— Il n'était pas franchement sympa.

Je me retournai, bouche ouverte, prête à dire quelque chose que j'aurais certainement regretté. Mais rien ne vint. J'étais à bout. À bout de souffle, à bout d'arguments, à bout d'envie. Mes doigts me picotaient tellement qu'il était hors de question que je reste une seconde de plus. Je devais aller me calmer. Retrouver ma bulle.

— Terminez sans moi, lançai-je avant de me diriger également vers la sortie.

— Maeve !

C'était Elliot. Il n'avait pas intérêt à me suivre. Je n'étais pas d'humeur, ni pour une scène de jalousie sur ma propre jalousie ni pour une tentative de séduction.

— Laisse-la, Mickey.

Je continuai sans m'arrêter.

— Elle n'a pas l'air commode, commenta Barbie.

J'expirai bruyamment l'air de mes poumons en sortant du bâtiment et le contournai. Derrière se trouvait un petit pré dont le gazon clairsemé avait sûrement connu des jours meilleurs. Comme moi. Je m'assis par terre et me mis à arracher des touffes jaunies autour de mes jambes, tout en me concentrant sur ma respiration. Mais, sans l'aide de Benoxh, la bulle restait hors de portée. Peut-être même qu'une partie de moi n'avait aucune envie de se réfugier. La seule chose qui me calmait, en ce moment, c'était d'arracher l'herbe devant moi.

J'eus le temps de désherber un beau carré avant d'entendre un craquement dans mon dos.

— Salut Quinn.

— Salut Cormack.

J'avais commencé à broyer l'herbe déracinée et à en faire des confettis. M'en prendre à quelque chose d'encore plus impuissant que moi me détendait.

— Envie de parler ?

— Non.

Vraiment pas. J'avais ruiné mon opportunité. Si je m'étais défendue, peut-être que j'aurais pu les convaincre que j'étais capable de le faire. Peut-être que j'aurais pu me convaincre. Mais je n'avais pas été à la hauteur. J'étais une imposture, et j'allais me faire dézinguer dès que je rencontrerais Victor.

Qu'est-ce que je pourrais faire quand je me retrouverais en face de lui ? Pleurer, et dire « S'il te plaît, meurs » ?

— OK.

Je pensais qu'il tournerait les talons, mais il n'en fit rien. Il prit place à côté de moi et se mit à arracher de l'herbe également. Je guettai le serpent, mais Rosita devait dormir, car elle était invisible.

Après avoir déterré plusieurs poignées, Cormack considéra mon tas puis commença à hacher ses brins comme je l'avais fait avec les miens. Je m'arrêtai pour l'observer. Tête baissée et dos recourbé, ses cheveux frôlaient pratiquement le sol. Il y avait quelque chose d'incongru à contempler cet homme assis par terre en train d'imiter mes gestes. Quelque chose d'incongru et de touchant. Il n'avait pas sa place ici, comme je n'avais pas la mienne dans l'entrepôt, mais il était là.

— Je ne t'ai jamais remercié de m'avoir sauvé la mise au *Baron*, fis-je. Et au *Jaws*.

Il leva vers moi son regard absent, et, pour la première fois, il me sembla y voir émerger une lueur de présence.

— De rien.

Le silence se réinstalla et, pour une fois, il n'avait rien de dérangeant. Il était même apaisant.

J'observai le tas de brins d'herbe et fis remonter un mot à la surface. Il y avait tellement de magie en moi en ce moment que je pouvais essayer de la décharger. Je devais en être capable. Je visualisai le mot que j'avais choisi ainsi que l'énergie qui brûlait mes doigts. Et je m'efforçai de les lier, de créer un chemin entre ces deux entités distinctes pour les fusionner, en imaginant un fil symbolique, ténu et rouge. Il partit de mes mains et serpenta jusqu'au mot qui flottait dans le brouillard de ma conscience. Et, lorsqu'il finit par l'entourer, je me sentis libre, si paisible, déchargée du poids qui oppressait ma poitrine. Pour la première fois, j'eus la sensation grisante d'avoir réussi à accomplir exactement ce que je cherchais à faire.

Je reportai mes yeux sur l'herbe en face de moi et utilisai mon mot. Une légère brise souffla sur le tas, répandant les brins sur quelques centimètres. C'était un début. C'était mon premier mot magique, le premier que j'avais créé, et j'étais fière.

— Aile ?

J'avais oublié la présence de Cormack.

— C'est le mot que j'ai choisi pour… Non, rien, fis-je avec un petit rire. C'est une belle nuit.

Je regardai le ciel, la lune, presque pleine, qu'aucun nuage ne venait cacher, et il m'imita rapidement. Puis je recommençai à arracher de l'herbe. Nous continuâmes à jardiner de longues minutes, jusqu'à ce que, finalement, Lukas nous rejoigne pour nous dire de regagner la voiture. On rentrait.

Je me redressai et époussetai mon jean et, le temps que je me mette en route, Cormack avait déjà disparu. Ne restait que Lukas, qui m'observait sans ciller.

— Il faudra qu'on parle, dit-il.

— Bien.

— Seul à seul.

Puis il tourna les talons sans rien ajouter et me laissa marcher jusqu'à la voiture. Seule.

Chapitre 22

Je me cachais depuis plusieurs heures.

D'abord, j'avais collé aux basques de Barney en évitant de revenir sur la soirée. Il ne l'avait pas remis sur le tapis non plus, et je lui en étais reconnaissante. Ensuite j'avais bu un verre avec Li et Finnley. Leur conversation était pour ainsi dire inexistante, mais, dans la mesure où tout ce que je souhaitais était ne pas être seule, c'était amplement suffisant. Je refusais de me retrouver dans une position où Lukas aurait pu venir me chercher pour la discussion qu'il avait dit vouloir avoir ou, pire encore, tomber sur Walter pour une réunion familiale. J'avais été assise à côté de lui durant le trajet de retour, et il avait été aussi silencieux que lors du meeting. Par contre, il avait déversé sur moi des vagues d'énergie, me prouvant qu'il était en colère et pas si impuissant que ça par la même occasion. C'était pour cette raison que j'étais sur le lit de Julian depuis un bon moment, en pleine bataille. J'avais mis la main sur un jeu de cartes quelques jours plus tôt en fouillant la cuisine. Allez comprendre. Il était défraîchi et plus vraiment complet, comme tout ce qui se trouvait au *Practice*, et il me semblait même avoir compté six as. Mais dans la mesure où j'en avais la majorité, je ne pouvais ni me plaindre ni le faire remarquer à Julian, qui n'était pas mauvais perdant.

— Encore perdu, soupira-t-il alors que je lui prenais un roi. Tu as un bol de cocue.

Tu ne crois pas si bien dire, marmonnai-je intérieurement.

— Moi qui me demandais quoi faire quand je rencontrerai Vic... Je n'ai qu'à lui proposer une partie de cartes, ajoutai-je sur le même ton, mais à voix haute cette fois-ci.

Julian me lança un regard désapprobateur. Il n'avait jamais su apprécier mon cynisme nocturne à sa juste valeur.

— Quoi que tu puisses en penser, ça ne pouvait pas être aussi terrible que ce que tu m'as raconté.

— C'était encore pire que ce que je t'ai dit, Julian. J'essayais de faire bonne figure.

Il voulut répondre quelque chose mais se retint. Au lieu de quoi, il abattit une carte, puis une autre, et les perdit contre les miennes. Il ne lui en resterait bientôt plus à ce rythme. Ce n'était peut-être pas joli de tricher, mais gagner au moins quelque chose me remontait le moral.

— Je n'en reviens quand même pas que personne n'ait pris ta défense, dit Julian après que j'eus encore gagné une de ses figures avec un as.

— Il n'y avait rien à défendre, répondis-je amèrement sans le corriger, afin de ne pas lui apprendre que Lukas avait réagi, lui. C'est moi qui suis censée être la carte maîtresse, celle qui motive les foules. Le joker.

J'abattis une carte pour donner de l'effet à ma phrase, mais ce n'était qu'un deux. Julian retourna une dame et ramassa le pli avec un énorme sourire. Il ne lui restait que trois cartes maintenant.

— Ils ne peuvent pas me forcer à avoir confiance en moi.

Ce qui était d'ailleurs mon plus grand problème à l'heure actuelle. Je n'arrêtais pas de repenser à ce que Benoxh m'avait dit. On m'avait créée dans un but bien précis. Et mon créateur était anonyme. Il avait des motivations, lui aussi. J'aurais donné un bras pour le rencontrer et lui poser une simple question. Pourquoi ? J'avais besoin de savoir. Un petit démon sur mon épaule me soufflait que, s'il avait eu assez de pouvoir pour me concevoir, il aurait dû également en posséder suffisamment pour venir à bout de Victor, et qu'il y avait donc plus qu'un désir de précipiter la chute de mon père. Et si c'était le deuxième pan de la prophétie qui l'intéressait ? On en revenait toujours au même problème. À quoi bon remplacer un tyran par un tyran plus puissant ? Le plus inquiétant, dans tout ça, c'était que si je me faisais ce genre de réflexions, une partie de moi avait commencé à croire à toute cette histoire.

— Est-ce que tu as commis un sabotage volontaire ?

La question me surprit tellement que j'en lâchai mon tas.

— Je…

Je n'en savais rien, à vrai dire.

— Tu m'as avoué à plusieurs reprises que tu n'avais pas envie de tuer ton père, continua-t-il pendant que je rassemblais mes cartes.

— Pas ce soir, Julian. S'il te plaît.

Nous fîmes quelques tours en silence.

— On a toujours le choix de dire non, reprit-il, l'air de rien, tandis qu'il abattait sa dame et ramassait un de mes valets.

— Julian arrête, répondis-je un peu trop sèchement avant d'adoucir le ton pour ajouter un autre « s'il te plaît ».

Mon cœur se serrait comme une éponge gorgée d'eau, et je devais lutter pour que l'excédent ne s'enfuie pas par mes yeux. Il lisait trop bien en moi, comme Benoxh. Ça, ou ma carapace était en train de craqueler.

Plusieurs tours suivirent, durant lesquels je ramassai pratiquement l'intégralité de son tas. Mes gestes étaient mécaniques, brusques, je pliais les cartes et je m'en fichais. Être en colère était plus facile que d'être triste, et Julian le comprenait. Il n'ajouta rien. J'avais entendu ce qu'il voulait me dire, et ça faisait son chemin, même si je n'en avais pas envie.

— Comment ça va avec Elliot ?

Il haussa les épaules tandis qu'il abattait une carte, que la mienne gagna une nouvelle fois sans problème.

— Ça va, fit-il d'un petit ton fataliste. Il m'a pardonné de t'avoir suivie dans un bar infesté de vampires et d'y avoir pratiquement trouvé la mort, je lui ai pardonné d'avoir abandonné ses études et d'être devenu une sorcière.

Les frères Dunn dans toute leur splendeur.

— T'as vraiment une de ces chances !

Je baissai les yeux sur les cartes. J'avais pris sa dame avec un roi, et il ne lui en restait plus que deux à nouveau.

— Tu sais ce qu'on dit. Heureuse au jeu…

Il sourit, et je m'aperçus à cet instant que j'avais fui son visage depuis de longues minutes.

— En parlant de ça, commença Julian en traînant la voix, comment ça avance avec Lukas ?

Je plissai les yeux à la mention de son nom. Ça allait bien, dans la mesure où j'avais réussi à l'éviter depuis qu'on était revenus du meeting.

— Ne me parle pas de lui, grognai-je. Ce fils de pute me promène ses nouvelles conquêtes sous le nez. Comme si ça allait fonctionner.

Je remarquai de suite au regard que Julian me lançait qu'il n'était pas dupe. L'insulte était peut-être en trop pour avoir l'air sincère.

—Allez, finissons-en ! Je vais te battre, annonça Julian en mettant en évidence son tas, dont il ne restait toujours que deux orphelines.

J'aurais souri même s'il n'avait pas retourné un trois en disant cela. Mais ce fut lui qui commença à rire lorsque je sortis un trois à mon tour.

—Flûte !

—Bataille ! claironna-t-il. Il va falloir que je te prenne une carte, par contre.

Je posai une carte à l'envers sur mon trois et lui tendis mon tas. Il en saisit une pile au milieu et la brandit fièrement avant de la tourner d'un coup sec.

—Tadam ! s'écria-t-il en pointant un as de trèfle.

—Jolie pioche ! m'exclamai-je en retournant une carte à mon tour.

Un deuxième as de trèfle. *Oh, oh…*

Julian fit les gros yeux et sa bouche s'ouvrit. Je fus sauvée in extremis de la remarque qui n'allait pas manquer, car quelqu'un frappa. Je me levai avec précipitation, et j'étais hilare lorsque j'arrivai à la porte. Malheureusement, je perdis vite mon enthousiasme.

—Je te saurais gré de ne pas parler de ma mère en de tels termes.

Lukas. Depuis combien de temps était-il là ?

—Julian, si tu permets, dit-il en me saisissant fermement par le bras et en m'entraînant à sa suite.

—De quel droit…

Je ne terminai pas ma phrase et choisis d'obtempérer avec dignité. Je savais que je ne pouvais pas fuir cette conversation, et il savait que c'était précisément ce que j'essayais de faire en me cachant chez Julian. C'était pour ça qu'il était venu me cueillir. Je n'allais donc pas lui faire le plaisir de commencer une scène. Surtout que j'ignorais à quelle sauce j'allais être mangée. Lukas le rancunier, le guerrier, l'amoureux ? Dans cette bataille, c'était lui qui avait les as. Tous les six.

Il ralentit avant de nous faire prendre les escaliers. Une fois au bon étage, il hésita quant à la direction à choisir. Sur la gauche, il y avait ma chambre, sur la droite, la sienne.

— Chez toi ou chez moi ? demanda-t-il d'un ton trop sec pour être désinvolte.

Je me forçai à rire en retour, de manière trop amère pour être amusée.

— Chez moi. Par contre, je n'aurai rien d'autre à t'offrir à boire que mon poignet.

Un mince sourire étira ses lèvres, mais ses yeux restèrent de marbre. Il lâcha mon bras. Comme il n'ajoutait rien, je pris la direction de ma chambre et ouvris. Je passai devant et allai directement m'asseoir sur le lit. Puis je relevai la tête et le défiai du regard en silence. Il voulait qu'on parle, qu'il le fasse. Mais il semblait soudain que ses bonnes résolutions fondaient comme neige au soleil. Pourquoi ? Parce que je n'avais pas résisté comme il pensait que je le ferais ? Parce que j'avais docilement pris place en entrant, en position d'infériorité ? À cause du décolleté que lui offrait mon top depuis le lit, que ses yeux avaient déjà balayé plusieurs fois depuis qu'il avait refermé la porte ? Ou simplement parce que le regard que je lui renvoyais était sans équivoque ? Je le voulais autant que je le haïssais, et, quelque part, je n'avais même plus la force de faire semblant. Même si ma bouche refusait de l'admettre, mes yeux le lui criaient, et il l'entendait.

— Je t'écoute.

Il avait observé mes lèvres pendant que je parlais, mais la sécheresse de ma voix lui avait vite fait relever les yeux. Il y avait un côté étrangement jubilatoire à réaliser que je ne me faisais pas d'idées. Barbies ou pas, je lui faisais toujours de l'effet. Je le troublais.

— Ce qui s'est passé ce soir ne doit plus jamais se reproduire.

Même si je m'étais attendue à la teneur de la conversation, l'entrée en matière m'énerva sur-le-champ.

— Des ordres, des ordres, et encore des ordres ! Ne me parle pas comme ça, Maeve, ne fais pas ça, Maeve, c'est moi qui commande, Maeve, reste ici, fais ci, fais ça, énumérai-je. J'en ai par-dessus la tête, Lukas. La prochaine fois que tu essaies de me dicter ma conduite, je t'arrache les yeux.

Je plongeai mon regard dans le sien pour qu'il saisisse le sérieux de ma menace. Je le désirais peut-être, mais ma liberté m'était plus chère. Il en avait conscience. C'était sûrement pour ça qu'il n'avait rien ajouté et qu'il se contentait de m'observer. Il ne me dompterait pas, pourtant il continuerait d'essayer.

— Ne t'inquiète pas, je ne prévois pas de réorganiser ce genre de meeting, repris-je lorsque je compris que le combat visuel ne s'arrêterait pas.

— Petite sotte, répliqua-t-il aussi sec.

Mes yeux noircirent le temps que je projette le haut de mon corps en avant, sans toutefois me lever. Je le pointai du doigt lorsque je répondis.

— En quoi ça te regarde, au juste ? Tu veux avoir le monopole pour me ridiculiser ? Tu restes le meilleur, tu n'as pas de souci à te faire.

— Bats-toi, bon sang !

Il avait fait un pas en avant et ses épaules avaient adopté la même posture que lors de sa discussion avec Trevor. Je pouffai silencieusement. Je refusais de le laisser mener la conversation là où il comptait l'emmener.

— Pourquoi ? Je suis moins drôle à abattre quand je me laisse faire ?

Les éclairs dans ses yeux me répondirent plus sûrement qu'il n'aurait pu le faire. Ce n'était plus lui et moi qui étions sur le tapis. C'était bien plus vaste. Et au fond, ça n'avait jamais été à notre sujet. Il m'avait mis la main dessus pour atteindre mon père, pour s'en débarrasser. Dès le départ. Nous n'avions été qu'un accident de parcours. Il visait Victor, je me trouvais sur le chemin, j'avais reçu la flèche en plein cœur.

— Tu ne te rends pas compte qu'il y avait certainement des hommes de Victor ce soir ? Que ce qu'ils vont s'empresser de rapporter, c'est que tu es tout sauf une menace et qu'il faut t'abattre tant que ce sera un jeu d'enfant ?

— N'essaie pas de te donner le beau rôle !

— La Maeve que j'ai connue il y a un an était forte, me coupa-t-il.

Ce coup-ci, je ris ouvertement.

— Tu parles de celle que tu comptais tenir loin du combat ? Celle que tu voulais protéger au point de l'envoyer dans un autre pays ? raillai-je. Qu'est-ce que je suis censée faire ? Si je choisis de me battre, tu désapprouves, et si je décide d'abandonner, tu me le reproches !

S'il ne grogna pas, le son qui sortit de sa gorge y ressembla furieusement.

— En amour comme à la guerre, eus-je le temps d'ajouter avant d'être violemment levée de force.

À nouveau, il me dominait de toute sa hauteur. Mais cette fois-ci, je ne me sentais pas petite. J'avais même l'impression d'avoir le dessus. Impression qui fut de courte durée.

— D'accord, Maeve, commença-t-il froidement. Si c'est ça, le nœud du problème, crevons l'abcès. Qu'attends-tu de moi ? Dis-moi ce que tu veux.

Il y avait comme un vague accent de supplique dans sa voix. J'aurais pu le lui dire, mais lorsque ma bouche s'ouvrit, aucun son n'en sortit.

Je me débattis pour lui faire lâcher mon coude, mais, si j'y parvins, il ne me quitta pas des yeux pour autant. Le fauve de son regard était prêt à bondir et à me dévorer tout entière. Je fis quelques pas en arrière.

— Je veux que tu cesses de me donner des ordres. J'apprécierais également que tu arrêtes de me déstabiliser volontairement pour mieux me le reprocher ensuite, parce que ça commence sérieusement à me taper sur le système. Le coup du *Jaws*, passe encore, on dira que je le méritais. Mais la blonde était de trop.

— Tu es jalouse ?

Une simple question, posée bien trop rapidement et de façon trop neutre. Je plissai les yeux malgré moi. Je détestais l'emprise qu'il avait sur moi. Il arrivait toujours à ses fins.

— Je me fiche de savoir qui tu baises, Lukas. Si c'est un mannequin suédois, tant mieux pour toi.

— Elle est allemande, corrigea-t-il de manière désinvolte.

— Suédoise, Allemande, même combat.

Franchement, grande, blonde, quelle différence de connaître son pays d'origine ?

Il fit un pas dans ma direction, je ne reculai pas. Je n'allais pas le laisser envahir mon territoire.

— Non, me dit-il aussi doucement que fermement, en me regardant droit dans les yeux. Les Suédoises sont beaucoup plus délurées, ont beaucoup moins de tabous. Mais les Allemandes sont bien plus souples. Et tellement plus obéissantes…

Il fit traîner la fin de sa phrase, comme si ça lui donnait plus de chances d'arriver jusqu'à mon cerveau. Je n'allais pas lui faire ce plaisir.

— C'est bien ce que je disais. Tes standards ne sont pas très élevés.

Son regard mauvais caressa mon visage tandis qu'un sourire prédateur venait étirer ses lèvres.

— On sait tous les deux qu'ils ne le sont pas, feula-t-il. Sinon je ne t'aurais jamais baisée, comme tu dis.

La gifle partit à la seconde, et Lukas l'accueillit avec un éclat de rire.

— C'est trop facile ! Allons princesse, reprit-il avec un peu plus de sérieux, je t'ai déjà expliqué que tu n'irais jamais loin en baffant l'adversaire.

Il fit encore un pas dans ma direction. Il était beaucoup trop proche de moi.

— Je sais que tu me veux, dit-il. Je l'ai toujours su, et je peux sentir que je suis le seul que tu as voulu depuis longtemps.

J'aurais pu blâmer mon odeur de manque et son nez de vampire, mais la manière dont je le regardais devait être encore plus explicite. Il y avait cette chose entre nous, cette chose sans nom qui faisait que c'était en guerre qu'on se désirait le plus. Et c'était un combat qui ne se terminerait jamais vraiment. Le vainqueur remporterait l'autre, jusqu'au prochain round.

— Au moins, je ne suis pas obligée de coucher avec le premier venu pour combler un vide.

Encore un pas dans ma direction, et toujours ce sourire prédateur.

— Ton absence ne m'a pas pesé à ce point, répondit-il calmement.

Un pas dans sa direction. Nos corps se touchèrent. Poitrine contre torse.

— Je ne parle pas de moi.

Je le vis se raidir. Son visage n'était plus que haine. Il savait précisément de qui je parlais. C'était palpable. Ce n'était pas pour autre chose qu'il avait écumé les lits ces derniers siècles. C'était pour combler le sien, qui était désespérément vide. D'une absence qui pesait trop.

— Je parle de celle qui est à l'ori…

Il me saisit violemment par les cheveux, me coupant dans mon élan, et tira ma tête vers l'arrière.

— Maeve, Maeve… Le problème, avec toi, c'est que tu n'as aucune idée de jusqu'où tu peux aller trop loin.

Son ton avait été chantant et se voulait détaché, mais je ne me laissai pas berner. J'avais tapé là où ça faisait mal. Très mal. Je venais même de le mettre sacrément en colère. Et le seul truc plus jouissif que de retourner le couteau dans la plaie, c'était d'y rajouter du sel.

— Quoi ? demandai-je, faussement innocente. C'est un sujet tabou, comme la profession de ta mère ?

La pression qu'exerçait sa main dans mes cheveux gagna en intensité, me forçant à regarder le plafond. J'étais en train de sourire méchamment, à pleines dents, lorsque ses doigts vinrent effleurer mes lèvres. Je pouvais sentir son regard sur ces dernières, lourd, pesant, inquisiteur.

— Parfois ta bouche dit de telles sornettes que j'ai envie de la remplir pour la faire taire, murmura-t-il.

Je ris malgré moi tandis qu'une douce chaleur s'insinuait dans mon corps en partant de mon ventre.

— Les coups bas t'excitent, Karasaszek ? Il en faut vraiment peu.

Sans relâcher la pression sur mon cuir chevelu, il me poussa rapidement sur plusieurs mètres jusqu'à ce que mon dos heurte violemment le mur et pressa son bassin contre le mien. Sa prise se raffermit sur mon chignon, et son visage se rapprocha du mien jusqu'à ce que nos bouches soient si près l'une de l'autre que, lorsqu'il parla, mes lèvres remuèrent avec les siennes.

— Tu as ta réponse ?

Chapitre 23

Ça, pour une réponse, c'était une sacrée réponse.

De sa main libre, il caressa mon visage, presque sauvagement, tandis que ses yeux descendaient vers ma bouche pour la regarder avec insistance, comme si je n'étais pas entièrement là, comme si tout mon corps était invisible à l'exception de mes lèvres. C'était insupportable. Pas parce que c'était désagréable, mais parce que j'avais l'impression que j'avais passé un an à attendre ce moment et que je ne pouvais pas être absolument sûre qu'il était enfin arrivé. J'étais pressée, presque broyée sous sa masse puissante, et je n'allais pas tarder à manquer d'air. J'étais à sa merci, et c'était grisant. Le vainqueur n'avait aucune espèce d'importance, au fond. La seule chose qui en avait, c'était qu'il m'embrasse, là, tout de suite. Qu'il mette fin à ce supplice. J'en avais besoin. Mais il n'en faisait rien. Soit il comptait me torturer, soit il tentait encore de résister.

Après un moment qui me parut interminable, n'y tenant plus, j'essayai de l'embrasser. Il détourna vivement la tête et l'enfouit dans mon cou. Et il me mordit, violemment, comme s'il essayait d'étancher une soif inexistante. La douleur fut fulgurante – j'étais toujours aussi sensible de la gorge – et en même temps si excitante.

Il n'avait pas sorti ses crocs, bien entendu. Je restais une friandise hautement toxique.

Il relâcha ma peau, mais laissa sa tête appuyée là où elle était, en riant doucement, de manière énigmatique. La douceur de son rire tranchait avec la brusquerie de tous ces mouvements. Je ne savais pas sur quel pied danser.

— Tu ne crois pas que ça va être si facile ? feula-t-il à mon oreille, tandis que, d'une main, il soulevait une de mes cuisses pour l'enrouler autour de son bassin avant d'augmenter encore plus la pression sur mon bas-ventre.

J'allais devenir folle. Il fallait que ça cesse. J'aurais fait n'importe quoi pour que ça cesse. Je mourais d'envie – et au sens propre, parce que mon cœur s'était bel et bien arrêté de battre – de le toucher, d'arracher ses vêtements, de le griffer jusqu'au sang avant de le dévorer tout entier, mais je n'arrivais pas à bouger. J'avais peur qu'il me repousse. J'avais besoin qu'il me veuille. Mais il était dans la retenue.

— Dis-le, m'ordonna-t-il entre sécheresse et désir.

Il commença à embrasser doucement mon cou, d'abord à l'endroit où il m'avait mordue, puis en remontant petit à petit. Lorsqu'il arriva en dessous de mon oreille, il se mit à aspirer ma peau. Je me sentis défaillir.

— Je sais que tu as envie de moi. Je veux te l'entendre dire.

C'était à mon lobe qu'il s'attaquait maintenant, et les frissons me faisaient trembler comme une feuille. Sa main lâcha mes cheveux et alla s'emparer de mon autre cuisse pour l'enrouler elle aussi autour de ses hanches.

— J'ai envie, soufflai-je.

Je sentis un sourire se former contre ma nuque avant que Lukas ne se redresse. Je restai pour ma part pile où j'étais.

Son regard me balaya, semblant apprécier chaque parcelle de mon corps, pour s'arrêter, pesant, sur ma poitrine. Il tendit une main vers ma bouche, dont il fit lentement le tour. Lorsque j'essayai de happer un de ses doigts, il esquiva et fit descendre sa main vers ma gorge, en prenant tout son temps. Deux de ses doigts se mirent à tracer des sillons jusqu'à mes seins, où ils tirèrent sur le tissu de mon haut pour le lâcher ensuite brusquement, le faisant claquer sur ma peau.

— Dis-le, ordonna-t-il une nouvelle fois en étirant mon top.

— J'ai envie, répétai-je vivement, alors qu'il prenait un malin plaisir à observer mes seins sous le tissu tendu.

Il releva des yeux affamés sur moi.

— Ce n'est pas ce que je t'ai demandé.

Cette fois-ci, il ne relâcha pas le tissu. Il tira d'un coup sec et je sursautai alors que mon haut se déchirait totalement sur le devant. Quand il reproduisit le geste avec mon soutien-gorge, je ne bronchai même pas. J'étais tétanisée. Une des choses que je retenais de l'enseignement de Benoxh, c'était que les mots avaient un pouvoir s'ils étaient associés à une forte volonté et qu'il valait mieux se garder d'en prononcer certains si on tenait à la vie.

Mes seins jaillirent sous le regard approbateur de Lukas. Jamais ils ne m'avaient paru aussi lourds. La façon dont il les regardait était déjà difficile à supporter, mais lorsqu'il se mit à en dessiner le tour d'un doigt traînant, cela s'apparenta vraiment à de la torture. Je n'avais pas été touchée depuis si longtemps que j'avais l'impression que je pourrais exploser à tout moment, sans avoir besoin que les choses se concrétisent. Et ce salaud en avait parfaitement conscience.

— J'ai envie de toi, murmurai-je, espérant sincèrement que, si j'obtempérais, il mettrait fin au supplice.

Pour toute réponse, il pinça un de mes tétons. C'en fut trop. J'essayai d'attirer sa bouche, mais il m'en empêcha d'une main ferme, pressant encore plus son corps contre le mien. Mes bras se retrouvèrent au-dessus de ma tête, retenus par une poigne de fer, tandis que son front était appuyé contre le mien, gardant tout de même une distance qui me tuait. Plusieurs fois, je tentai d'attraper ses lèvres, en vain. Il voulait me torturer. C'était tout ce qu'il voulait. Me torturer. Jamais il n'avait eu l'intention de faire quoi que ce soit avec moi. Il voulait juste que je sois à sa merci. Foutu vampire. Je le maudissais.

— Dis-moi que tu es à moi.

Sa voix rauque et profonde sonna comme le glas et mon ventre se creusa, douloureux. C'était encore plus insupportable que le poison que m'avait inoculé Connor. Je ne pouvais pas. Je ne pouvais décemment pas lui dire ça. C'était un chat. Un fichu chat qui s'amusait avec une souris qu'il n'avait même pas l'intention de manger.

Doucement, il reposa mes jambes par terre, puis, diminuant quelque peu la pression que son corps exerçait contre le mien, sa main libre vint se placer entre nos bassins et commença à déboutonner lentement mon jean. L'instant d'après, le vêtement avait disparu. Je l'avais aidé à me l'enlever en me contorsionnant, sans même en avoir conscience, et je tirais maintenant sur sa ceinture. Il m'avait relâchée. Je ne m'en étais même pas rendu compte, occupée que j'étais à observer ses yeux brûlants qui me regardaient faire. Quelques secondes plus tard, ce fut au tour de son pantalon de nous dire au revoir. Il s'en débarrassa d'un leste coup de pied tandis que je commençais à défaire un à un les boutons de sa chemise.

Il n'y avait plus entre nous qu'une ridicule petite culotte en coton noir lorsqu'elle toucha le sol. Il ne portait pas de sous-vêtements, bien entendu. Pourquoi l'aurait-il fait ? Ça n'aurait pas été de la torture, sinon. J'appuyai à nouveau ma tête contre la sienne, tandis que ma respiration devenait de plus en plus saccadée. Je n'osais pas faire plus. Une de ses mains se plaça sur ma nuque et, pendant un instant, je crus – ou j'espérai – qu'il allait m'attraper par les cheveux encore une fois. Au lieu de ça, il les détacha et les regarda cascader sur mes épaules nues. D'un doigt, il défit une de mes boucles et amena la mèche jusqu'à son visage pour la humer. Puis il la laissa retomber entre nous et me pressa légèrement contre lui. Lorsque mes tétons durcis touchèrent son torse, j'arrêtai de respirer. Puis sa main entama une lente descente le long de mon dos, entraînant la chair de poule dans son sillon à mesure qu'il traçait sur ma peau des symboles invisibles que seul le silence était capable de comprendre.

Mon corps n'était que frissons lorsqu'il arriva dans le creux de mes reins. Ses doigts passèrent sous l'élastique de ma culotte et, pendant une fraction de seconde, je me surpris à me maudire de ne pas avoir porté des sous-vêtements plus féminins. L'instant d'après, il avait déchiré le vulgaire bout de tissu, m'arrachant un râle et m'ôtant de l'esprit toute considération que j'aurais pu encore avoir sur mes choix vestimentaires. Si j'avais porté de la lingerie, je lui en aurais sûrement voulu. Enfin, si j'avais été capable de penser. Parce qu'en ce moment, j'avais une distraction de taille appuyée contre le ventre.

— Dis-moi que tu es à moi, répéta-t-il, alors qu'il prenait un malin plaisir à se frotter contre moi.

Je ne pouvais pas. Je ne pouvais pas me donner corps et âme. Il fallait que je garde quelque chose pour moi.

Il se pressa plus fortement contre moi comme pour se rappeler à mon bon souvenir, augmentant ainsi le supplice. Je n'allais pas tarder à mourir pour de bon. Ce qu'il me faisait était injuste. Alors j'essayai tout en même temps. D'attirer sa tête à moi pour l'embrasser, de me saisir de la partie de son entrejambe qui était tendue vers moi comme une offrande, d'enrouler mes jambes autour des siennes, de caresser sa peau et de la couvrir de baisers partout où j'y parvenais. Mais il repoussa chacun de mes gestes, fermement mais non méchamment. La frustration et la rage étaient telles que, lorsque je m'arrêtai finalement, ce fut pour le gifler. Un sourire animal déchira ses lèvres.

Ce n'est pas en baffant l'ennemi que tu vas arriver à tes fins, petite sotte. Ça, c'est ce que je m'étais attendue à entendre. La gifle qu'il me rendit, je ne m'y attendais pas. Je hoquetai de surprise, puis enchaînai immédiatement.

— Arrête ça ! suppliai-je, sans toutefois bouger. Je veux que tu m'embrasses, que tu me touches, que tu me prennes ! C'est ça que je veux !

Le sourire n'avait pas quitté ses lèvres un seul instant. Il pencha sa tête vers la mienne, effleura ma bouche et saisit un de mes bras, qu'il posa sur ses épaules.

— Et moi, feula-t-il alors qu'il répétait l'opération avec le second, je te veux.

Une fois que mes bras furent solidement accrochés autour de sa nuque, ses mains passèrent sous mes fesses pour me soulever.

— Je ne veux pas te prendre, continua-t-il alors qu'il plaçait lentement mes jambes autour de ses hanches. Je veux te posséder. Je veux que tu sois à moi. Rien qu'à moi.

J'étais enroulée autour de lui, au bord d'un précipice qui menait tout droit à une douce folie. Mais la chute serait mortelle.

— Je ne suis à personne, murmurai-je contre sa joue.

— Tu es à moi, répondit-il fermement.

Il joua des hanches et se retrouva à l'entrée de mon intimité, me faisant rugir malgré moi. Ce contact me rendait complètement dingue. J'essayai de gigoter pour m'empaler sur son pieu, mais il avait repositionné ses mains sur ma taille et m'empêchait tout mouvement, me gardant à une distance meurtrière du plaisir que j'attendais tant. J'avais compris le tableau. *Tant que rien ne sort, rien ne rentre.*

— Arrête, le suppliai-je.

Nos visages étaient toujours collés, et son souffle chatouillait ma peau par à-coups. Ses lèvres se rapprochèrent des miennes, pour finalement déposer un baiser léger à leur commissure. Puis un autre sur ma joue. Ma mâchoire. Ma nuque. Mordre mon oreille. J'étais en train de gémir sans même m'en rendre compte, tandis que mes hanches s'agitaient toutes seules.

— Je peux sauter qui je veux, dit-il, la voix traînante, alors que sa langue jouait avec la naissance de ma mâchoire.

— Comme ton Allemande, fis-je, dans un souffle.

— Comme mon Allemande, confirma-t-il, après avoir suçoté le lobe de mon oreille.

Mon cœur se brisa. Quelque part dans mon ventre.

— Mais je veux plus que ça.

Il mordit ma nuque une nouvelle fois, comme pour s'empêcher d'en dire plus. Quelque chose dans le ton qu'il avait utilisé pour me répondre fit taire aussitôt tous mes instincts primitifs. Il y avait des accents de désespoir contenu, des relents de conflits intérieurs, de la rage, mais aussi beaucoup de tristesse.

Ma main se posa sur sa joue et tourna lentement son visage vers le mien. Nous nous observâmes quelques instants dans le silence le plus complet.

— Depuis le premier soir où je t'ai vue. Tu me rends fou. Toute ta force, ta fragilité. Et cette partie de toi dont tu as si peur et qui fait toute ta beauté.

Ma gorge se serrait à mesure qu'il parlait.

— Et je te hais tellement, tellement, chuchota-t-il.

Mes lèvres se posèrent contre les siennes, lentement, doucement, et il ne me repoussa pas. Il me rendit un baiser tout en retenue, tandis que je caressais tendrement sa joue. Puis le baiser s'intensifia, et sa poigne se fit plus ferme sur mes fesses. J'étais en train d'onduler, sans même m'en rendre compte, à sa recherche, et le baiser se faisait brutal.

Nos lèvres se séparèrent. J'étais haletante. J'appuyai mon front contre le sien, en proie à une infinité de sentiments contradictoires.

— Je suis à toi, dis-je, le souffle court, avant de plaquer ma bouche à la sienne tout aussi rapidement, pour ôter du poids aux paroles que je venais de prononcer.

Un râle rauque s'éleva de ma gorge alors que je l'embrassais férocement. Ses mains quittèrent mes hanches pour attraper mon visage et je m'empalai violemment sur lui. Le cri que je poussai à ce moment précis ne fut qu'à moitié étouffé par le baiser ininterrompu que nous échangions. Il me fit basculer à nouveau contre le mur et s'empara de mes bras, qu'il passa au-dessus de ma tête, avant de commencer un va-et-vient destructeur. J'allais mourir. J'allais mourir, et c'était si bon. Je voulais mourir. Mille morts. Entre ses bras. Et je n'allais pas tarder à périr sous les coups ennemis pour la première fois.

Je n'entendais plus rien, je ne voyais plus rien. Je sentais. Je sentais tout. Tout en même temps. Sa bouche sur la mienne, sur mes épaules, mes bras, mes seins, le bout de mes doigts. Sa peau sous mes ongles, sous mes dents, ses muscles roulant sous la pulpe de mes doigts, sous ma langue. Le goût sucré de sa bouche, le sel de sa peau, le poids de son désir, qui me pénétrait bien plus profondément qu'il ne pourrait jamais le faire physiquement. Et le feu, et l'électricité, ce mélange explosif que nos corps créaient en se touchant, en se repoussant, en s'attirant, en se confondant. Il y avait de la douleur, il y avait du plaisir, jusqu'à ce que, finalement, il n'y ait que du plaisir. Mes membres auraient dû être engourdis, mes muscles m'élancer. Mais je ne les sentais plus. Tout ce que je pouvais sentir, c'était lui, en moi, plus profondément que personne ne l'avait été, plus profondément que je ne l'avais jamais permis à quiconque. Il était en moi. Il était dans ma peau. Il était dans mes veines, dans ma bouche qui le dévorait. Il était partout.

— Je te hais, dit-il.

Un son diffus, étouffé entre deux râles de plaisir lors desquels nos voix ne faisaient plus qu'une. J'avais ressenti sa haine plus tôt, dévastatrice, maligne.

— Je te hais aussi, répondis-je avant de cacher cet aveu dans un nouveau baiser.

Je fus réveillée par des frissons partant de mes reins. Ils remontèrent le long de mon échine et me firent ouvrir les yeux lorsqu'ils arrivèrent à ma nuque. J'étais blottie contre lui, une main posée sur son torse. Un de ses bras était passé dans mon dos et s'amusait à y tracer de nouvelles fresques invisibles. Comment avais-je pu m'endormir ? J'en voulais encore. Plus.

Mes doigts répondirent à ses caresses en dessinant eux aussi sur sa peau nue. Mais j'étais nettement moins inventive que lui, et nettement plus… anatomique. Il se mit à rire lorsqu'il reconnut la partie de lui que j'étais scrupuleusement en train de retranscrire autour d'un de ses tétons et de faire remonter loin, loin dans sa nuque.

Comme pour rendre hommage à la fidélité de mon esquisse, je sentis mon modèle reprendre de la vigueur contre ma cuisse. Je me relevai vivement et l'enjambai. Mes fesses prirent appui contre son membre dressé et, alors que je voyais dans ses yeux renaître la sauvagerie animale dont j'avais usé et abusé ces dernières heures, je m'amusai à le faire coulisser lentement en ondulant du bassin sur son ventre.

— Tu devrais être fatiguée, grogna-t-il.

Mais ce n'était pas de mécontentement qu'il grognait, pour une fois.

— Tu l'es ?

— Non, admit-il alors que ses mains prenaient naturellement possession de mes seins.

Il se mit à jouer avec mes tétons, qui répondirent aussitôt à l'appel. Ma tête bascula en arrière alors que l'envie qui ne m'avait jamais quittée se faisait plus redoutable encore.

— Mais je n'ai rien d'humain.

Son ton était presque moralisateur. J'étais moins forte que lui et, vu le traitement qu'il m'avait infligé ces dernières heures, j'aurais dû être amorphe.

Je me redressai légèrement.

— Serait-ce de la culpabilité qui point dans ta voix ? demandai-je, espiègle.

Je me baissai et pris ses lèvres entre les miennes, tandis que mes mains cherchaient les siennes pour les rabattre de chaque côté de sa tête.

— Je connais un moyen de te faire pardonner, lui susurrai-je alors que mon bassin partait à la rencontre de son entrejambe.

Je l'entendis grogner, et je lâchai une de ses mains pour laisser courir la mienne dans son cou. Elle redescendit lentement, taquina un de ses tétons, puis griffa. Profondément. Il fut surpris mais ne réagit pas. Ce n'était pas la première fois que je le griffais depuis qu'il avait arraché mes vêtements.

Je repris sa main dans la mienne et repartis vers son torse, où je m'appliquai à lécher le sang qui avait perlé.

— Qu'est-ce que tu fais ? demanda-t-il, un peu trop vivement.

— Je m'assure de ne pas être fatiguée pour ce qui va suivre.

— Tu ne devrais pas.

Il y avait des reproches dans sa voix, mais il n'y avait pas que ça. L'envie était la plus forte.

Je taillai une nouvelle fois dans son torse, la première plaie s'étant déjà refermée. Après avoir nettoyé cette seconde blessure, je remontai vers son visage et l'embrassai longuement. Ses mains s'enroulèrent autour de mes hanches d'une manière possessive.

— Ne t'en fais pas, je me ferai aussi pardonner, lui murmurai-je avant de retourner explorer son corps.

Je déposai baiser après baiser, partant de sa gorge, allant jusqu'à l'endroit où je l'avais coupé. J'aspirai délicatement, profitant des derniers arômes de sang qu'il restait sur sa peau, et continuai ma descente. Ma langue joua à côté de son nombril tandis que mon ongle traçait un nouveau sillon dans sa chair. Je fis disparaître le sang et répétai l'opération de l'autre côté.

J'arrivai à son entrejambe lorsqu'il rigola doucement.

— Je te serais reconnaissant de ne pas me saigner plus bas, dit-il. J'ai besoin du sang dans cette partie de mon corps.

Je le regardai droit dans les yeux.

— Je ne grifferai pas, promis-je. Mais je suppose que tu ne verras pas d'objection à ce que je m'en occupe comme si je l'avais fait ?

Ses yeux brillèrent, et je joignis le geste à la parole. Sa poitrine se mit à se soulever de manière irrégulière et sa respiration se fit plus profonde. Il ne me quittait pas des yeux, et parfois son regard prenait des accents de jeune garçon effrayé, avant de revirer à ceux de l'adulte excité qu'il était.

— Tu vas me tuer, Maeve, feula-t-il. Un jour, tu vas me tuer.

— Jamais.

Il agrippa mes épaules et m'attira jusqu'à lui, comme si je ne pesais rien.

— Ce n'est pas grave. Je suis prêt à mourir pour toi.

— Ne dis pas de bêtises, le sermonnai-je en essayant de m'emparer de son membre et de le glisser entre mes cuisses.

Il saisit mes hanches et m'empêcha d'y parvenir. Il fit pivoter mon bassin et me posa contre lui avant de nous faire basculer sur son flanc. Puis il me tint fermement dans ses bras et baigna ma nuque de baisers.

— Je suis sérieux.

Je rigolai doucement, tandis que mon bras venait rejoindre sa tête. Puis je relevai la mienne et le regardai.

— Si tu t'avises de mourir, je te le ferai amèrement regretter.

— Des menaces, des menaces, chuchota-t-il avant de m'embrasser, tandis que son bras descendait lentement le long de mon corps pour s'arrêter à la hauteur de mes fesses et jouer dans leur sillon.

— Je suis sérieuse.

Sa main trouva son chemin entre mes cuisses, qui s'écartèrent à son approche. Je gémis lorsque deux doigts s'introduisirent en moi. Ma tête retomba, j'étais pantelante. Son souffle contre ma nuque, ses lents allers-retours entre mes jambes, et sa main possessive sur mon bas-ventre, gagnant du terrain pour rejoindre celle qui s'occupait déjà de moi, tout ça me tuait gentiment. Mais c'était ce que j'avais souhaité. Mourir, mille fois, entre ses bras.

— Chiche, dit-il alors que ses doigts trouvaient l'épicentre de mon plaisir.

Ses va-et-vient se firent plus rapides et ma respiration plus courte. Je me cambrai et me cambrai encore, allant à la rencontre tantôt d'une de ses mains, tantôt de l'autre.

— Chiche, gémis-je lorsque je fus en mesure de parler. Je t'interdis de mourir.

— Je suis déjà mort, me chuchota-t-il à l'oreille alors que je succombais à l'assaut de ses doigts.

C'était trop, c'était trop bon, et je ne tardai pas à pousser un hurlement à en faire trembler les murs. D'ailleurs, lorsque je repris mes esprits, je souhaitai de tout mon cœur que les murs soient très épais. Parce que j'espérais sincèrement que personne d'autre que Lukas ne m'avait entendue gémir et crier de façon incessante ces dernières heures. Surtout pas Walter.

Je frissonnais. Lukas me serra fortement dans ses bras, enroulant ses jambes autour des miennes, et baigna ma nuque et mes épaules de baisers. J'étais dans un état alternatif, dissocié. Mais je sentais clairement que, dans mon dos, Lukas était toujours aussi prêt que tout à l'heure. Sûrement même encore plus, après les hurlements qu'il venait de me faire pousser.

Je me frottai contre lui, tremblante. Il n'attendit pas d'autre invitation et me pénétra lentement. Lorsqu'il fut au plus profond de moi, il gémit rageusement et resserra son étreinte autour de mes bras, m'empêchant totalement de bouger. Il recula son bassin pour mieux le claquer l'instant d'après contre mes fesses. Je me mis à gémir, et gémir plus fort, tandis qu'il répétait ce mouvement saccadé, encore, et encore. Je n'étais que jouissance.

Il s'arrêta soudain, et je faillis hurler, de frustration cette fois.

— Je ne te quitterai plus, maintenant.

J'ignorais si c'était une menace ou une promesse. Je me retournai pour l'embrasser. Il me fallait ses lèvres. J'avais besoin de ses lèvres. Lorsque ma bouche trouva la sienne, je plaquai mon bassin contre le sien, violemment. Et encore.

Et encore. Jusqu'à ce que son râle se fasse si profond qu'il n'y tienne plus et prenne la relève, tout aussi violemment. Mes gémissements rejoignirent les siens en intensité, et nos voix ne firent plus qu'une, unies dans un seul et même spasme de plaisir qui dura des heures.

Chapitre 24

Ça aurait pu me tomber sur la tête à n'importe quel moment, mais je tenais bon.

Et pourtant, j'avais la tête à des années-lumière de l'entraînement que Benoxh avait prévu pour moi ce jour-là, à savoir travailler mon premier mot magique à l'aide d'une plume qui flottait à quelques centimètres de mon visage depuis quelques minutes déjà, et ce malgré ma concentration en dents de scie. Elle s'élevait par moments pour redescendre la seconde d'après, mais, l'un dans l'autre, elle était plutôt stable. Je l'observais, couchée que j'étais sur le sofa de la suite de Benoxh, et j'essayais de me focaliser sur l'exercice, comme il m'avait demandé de le faire. C'était difficile. Mon esprit n'avait jamais vraiment quitté une certaine chambre, ni le grand brun qui y dormait encore quand j'en étais partie.

Lorsque j'avais ouvert les yeux, ce matin-là, j'étais toujours blottie dans les bras de Lukas. Il y avait quelque chose d'étrangement normal à la situation, comme si tout ce qui s'était produit durant un an n'avait servi qu'à mener à cet instant précis. J'étais bien, je me sentais à ma place, et il me paraissait absurde maintenant d'avoir cherché à éviter ça depuis si longtemps. J'avais eu si peur, et pourtant, il n'y avait pas de quoi. Quand il dormait, il n'avait rien de terrifiant. C'était juste un homme. Un homme dont la poitrine se soulevait et s'abaissait à un rythme régulier, dont la peau était aussi chaude qu'elle était douce, et qui lâchait de temps à autre quelque chose qui ressemblait furieusement à un ronflement. Terriblement humain, jusque dans la mort.

— Concentration ! me rappela Benoxh au moment où la plume touchait le bout de mon nez.

— Pardon, répondis-je en faisant remonter la feuille en murmurant le mot magique. J'ai la tête ailleurs.

— Tu m'en diras tant ! fit-il, de légers accents d'amusement dans la voix. Ton esprit doit être ici et maintenant.

Sauf qu'il ne l'était pas, bien entendu. Je repensais à un détail qui m'avait frappée en quittant Lukas.

— Benoxh, commençai-je, très sérieusement, qu'arrive-t-il à un vampire quand il dort ?

— Comment ça ? Tu souhaites savoir s'il se repose ? S'il rêve ?

— Est-ce qu'il se reboote ? demandai-je en me tournant, prenant appui sur un coude afin de le regarder droit dans les yeux.

La plume resta là où elle était, et Benoxh s'en assura avant de me répondre.

— Je ne suis pas sûr de comprendre ce que tu entends par « il se reboute », dit-il.

— Est-ce que son système se réinitialise quand il dort ? Est-ce qu'il redémarre à zéro à partir du moment de sa transformation ? précisai-je, tentant d'éclaircir un peu mes propos pour lui, même si ça ne semblait pas encore bien fonctionner. En partant ce matin, j'ai vu que les cheveux de Lukas étaient à nouveau longs, alors qu'il les avait coupés.

Mon explication prit son sens en même temps que mon aveu, qui lui fit faire de gros yeux. Cela m'amusa. Benoxh, même s'il désapprouvait, ne me ferait pas la morale. Par contre, j'aurais certainement droit à certaines remarques ayant pour but de me forcer à réfléchir à mes choix de mon propre chef. C'était ça, Benoxh. *Tu es maître de tes actions, mais ne va quand même pas faire n'importe quoi.*

— Concentration ! répéta-t-il.

Je me rendis compte que la plume était descendue de dix bons centimètres et qu'elle continuait sa chute. Heureusement, ce n'était qu'une plume. Si ça avait été un objet plus lourd, je n'aurais eu aucune chance aujourd'hui. Je la remontai et reportai mon attention sur Benoxh, qui se grattait le menton.

— Les vampires ne sont pas des ordinateurs. Ça, c'est certain, commença-t-il. Ce seraient plutôt des virus.

Sa petite pointe d'humour ne fit sourire que lui. Je me redressai et m'assis en tailleur sur le canapé, à l'affût des informations que j'allais obtenir. Mais, avant de continuer, il lança un regard désapprobateur à mes chaussures. Je levai les yeux au ciel et posai les pieds par terre, puis m'assurai que la plume n'avait pas bougé. Je ne voulais pas qu'il me fasse un nouveau commentaire.

— Dites-moi, l'enjoignis-je devant son silence prolongé. Je ne sais pas ce que c'est qu'un vampire, au fond. Walter m'a raconté un jour que, selon une légende, ce sont les Sihrs qui les ont créés, mais il ne m'en a jamais révélé plus, et j'ai été plus occupée à les liquider qu'à leur poser des questions ces derniers temps.

Un de ses sourcils se leva. Il avait dû se faire la même réflexion que moi. Je n'avais pas été occupée qu'à les liquider, ces derniers temps.

— J'ignore pourquoi ton grand-père t'a rapporté que c'était une légende. Walter est assez surprenant, parfois.

— Vous le connaissez depuis longtemps ?

— Trop longtemps, répondit-il laconiquement.

— Comment ça ?

Je compris au regard qu'il me lança que ce n'était pas mes oignons. Très bien. Je me contenterais de l'explication sur mes ancêtres aux crocs pointus.

— Les Sihrs ont bien créé les vampires, reprit Benoxh. Ce n'est pas une légende, mais c'est une histoire qu'on aime se raconter au coin du feu, ou lorsqu'on borde nos enfants. Ça fait partie du folklore des gens de notre race, et dans la mesure où tu es vampire et mage, je dois avouer que je suis un peu étonné que Walter ne te l'ait jamais dit.

Enfin un qui était de mon côté !

— Pas si vite, m'arrêta-t-il. Je désapprouve beaucoup des choix de Walter, mais pas tous. Il t'a protégée, et il a fait du très bon travail, Maeve. Cela fait vingt ans que tout le monde te cherche et tu as à peine refait surface. Peut-être que les choses auraient été bien différentes si tu avais su avant.

Peut-être que les choses auraient été bien différentes aussi si Benoxh avait été mon grand-père et que j'avais grandi auprès de lui. Je ne pouvais empêcher la pointe de culpabilité qui accompagnait cette sensation, mais je me sentais nettement plus proche de lui que de l'homme qui m'avait élevée, et ce même si je ne le connaissais que depuis peu.

— Arrêtons de lui chercher des excuses et racontez-moi cette histoire, d'accord ?

Benoxh eut un sourire énigmatique. Qui sait, cette fois-ci, c'était peut-être moi qui avais réussi à déchiffrer ce qu'il pensait ?

Il s'éclaircit la voix et commença.

— Il y a très longtemps, durant l'Antiquité, un Sihr tomba amoureux d'une humaine. On dit que sa grande beauté et son extrême gentillesse l'avaient conquis au premier regard. Elle était douce comme une brise d'été et sa voix était – à ce qu'on raconte – plus mélodieuse que le chant d'un ruisseau de montagne. Mais elle était aussi mortelle que sa condition la forçait à être. Le Sihr était désespéré. Il ne pouvait pas la prendre comme apprentie, puisqu'elle n'était pas homme. Il chercha durant de nombreuses années un moyen de la rendre éternelle, sans succès, et, le jour où la maladie la gagna, il ne put la maintenir en vie bien longtemps. Vois-tu, me dit-il en aparté, le sang des mages a des vertus de guérison. C'est ainsi qu'il est parvenu à la garder vivante quelque temps, grâce à des tisanes concoctées à base de son propre sang.

Oh, oh. Je savais où tout ça menait. Ou pas.

— Le sang Sihr est cependant létal en grande quantité, car le pouvoir qu'il possède n'est pas assimilable par les humains. Les décoctions qu'il lui donnait à boire étaient longues et difficiles à préparer. Et un jour arriva ce qui devait arriver. Elle mourut.

— Et elle s'est relevée d'entre les morts la nuit suivante ?

Le regard désapprobateur qu'il me lança fit tomber la plume au sol comme s'il s'était agi d'une bille de plomb. Je fronçai les sourcils pour tenter de me concentrer et la faire voler à nouveau, mais Benoxh balaya ma tentative d'un coup de main et reprit son récit.

—Ce n'était pas un vampire, c'était un Sihr. Mais c'était surtout un homme éperdument amoureux qui n'avait pas dit son dernier mot. Lorsqu'il trouva la dépouille de sa bien-aimée, il la berça durant de longues heures en pleurant et en maudissant l'univers. Au petit matin, il se trancha un poignet et la força à boire son sang.

—Mais ? Si elle était morte, comment aurait-elle pu b…

J'eus à nouveau droit à un regard si noir qu'il me dissuada de terminer ma question, et surtout d'en poser une autre avant que son récit soit achevé.

—Puis il s'endormit, repus de fatigue et de tristesse. Mais quand il ouvrit les yeux, à la nuit tombée, il était seul dans la chambre, dit-il, avant de marquer une courte pause, comme s'il voulait créer un pic dramatique. Il lui fallut plusieurs jours pour la retrouver. La soif que sa transformation avait fait naître en elle lui avait fait laisser un sillon de morts sur son passage. Le Sihr n'eut qu'à remonter la piste. Il s'occupa d'elle des semaines durant, s'adaptant à son régime étrange. Le sang lui était dorénavant vital. La magie qui l'avait créée était très puissante, et les blessures, les maladies, tout ce qui pouvait nuire aux humains n'avait plus d'emprise sur elle. Mais ce nouvel aliment était nécessaire à sa survie.

Il laissa planer quelques secondes avant d'enchaîner. Était-ce pour cela que j'étais toxique pour les vampires ? Parce que le sang Sihr l'était en grande quantité ? Ce n'était pas logique, ils en descendaient directement eux aussi.

—Non, répondit-il à ma question silencieuse. Après sa transformation, le sang du Sihr était semblable à un autre pour elle, il n'était plus nocif. Après tout, c'est ce qui l'avait créée. Je n'ai toujours aucune idée de pourquoi le tien l'est, si ce n'est l'hypothèse que c'est la magie morte qu'il contient qui en est responsable. Mais revenons à notre légende. La belle finit par lui fausser compagnie. Cette fois-ci, il ne la retrouva plus. Elle découvrit un jour que, si elle partageait également son sang avec un être qui ne vivait plus, ou sur le point de cesser de le faire, la même magie opérait. Fin de l'histoire, début du vampire.

Il arrêta là son récit, et je réfléchis durant de longues secondes à ce que je venais d'apprendre. Si certaines choses semblaient maintenant plus claires, d'autres, en revanche, l'étaient encore moins.

— En combien de temps cela se produit-il ? demandai-je au bout d'un moment.

— La transformation ? C'est très rapide. Sur un humain en train de s'éteindre, il ne faut que quelques minutes. Sur un cadavre, quelques heures, peut-être. Le sang d'un vampire est un sort puissant. C'est lui qui maintient le mort en vie. Tu as déjà dû observer que leur cœur ne bat pas, et pourtant, sans cœur qui bat, ils ne devraient pas pouvoir respirer, leurs yeux seraient secs et ne pourraient pas s'ouvrir, ils ne devraient même pas être en mesure de se tenir debout, et je ne parle pas de courir ! dit-il, comme un professeur en plein exposé. Toi-même, tu as dû remarquer que, quand ton cœur s'arrête, tu es encore capable de faire tout ça. La malédiction du sang fait qu'il circule dans le corps, même si plus rien ne le pompe. Mais toute chose a un prix.

Voilà donc pourquoi ils saignaient. Et pourquoi ils puaient toujours comme des rats morts en boîte de nuit.

— Pourquoi est-ce qu'ils sont tués si on les poignarde en plein cœur ?

— Je l'ignore, répondit Benoxh en souriant. Peut-être parce que la magie qui a servi à les créer était celle de l'amour, et que si on leur brise le cœur, au sens propre, la boucle est bouclée.

Il avait dit cela sur le ton de la plaisanterie. Cependant, je n'étais pas sûre que c'en était réellement une. Il était possible qu'il n'y ait pas vraiment d'explication, mais celle-ci faisait écho à une symbolique qui me parlait, ce jour-là.

— C'est une histoire d'amour, en fait, fis-je, songeuse.

— La plupart des grandes tragédies le sont.

Sa réponse initia un silence qui dura plusieurs minutes, cette fois-ci. Mes pensées cheminaient et il en suivait la trace, je n'étais pas dupe. Mais ça ne me dérangeait plus. Je ne savais toujours pas s'il lisait dans les esprits, ou simplement les expressions imperceptibles que les visages ne pouvaient s'empêcher d'afficher, c'était égal. Je me sentais étrangement moins seule quand il faisait ça. En ce moment, je me demandais si ma propre histoire d'amour serait une tragédie elle aussi, puisque ma vie semblait avoir été pensée pour l'être.

— Pour répondre à ta question initiale, reprit-il alors que mes réflexions m'avaient menée dans un cul-de-sac, je pense qu'on peut dire qu'ils se rebootent, comme tu dis. Le sang a figé leur corps tel qu'il était à l'heure de leur mort. D'ailleurs, si tu en regardes certains, ils ont des cicatrices ou des doigts manquants. Devenir vampire ne les soigne pas de ce qu'ils étaient avant, cela les prévient seulement des blessures futures. Quand ils se reposent, ils retournent naturellement à leur condition première.

Naturellement, pensai-je amèrement. *C'est vrai que c'est tellement naturel, comme concept.*

— Et si on leur coupe un membre, est-ce qu'il repousse ?

Ma question eut le mérite de l'amuser, mais il devait être écrit quelque part que je n'en obtiendrais jamais la réponse. Benoxh était sur le point de me la donner quand de violents coups furent frappés à la porte. Il eut un regard étrange et se leva. Lorsqu'il eut fait quelques pas, une voix nasillarde que je ne connaissais que trop hurla depuis le couloir.

— Room service !

— Benoxh non ! criai-je de toutes mes forces en me levant à mon tour.

Mais il avait déjà la main sur la poignée, et la porte s'ouvrit dans la foulée.

— Bonjour vieillard, salut sœurette.

Benoxh resta très digne et me fit signe de ne pas bouger de là où je me trouvais. J'obéis sans réfléchir. J'étais trop choquée de le savoir ici. Comment m'avait-il retrouvée ? Et surtout, que venait-il faire là ? Il ne ferait pas le poids, seul face à Benoxh. Nous devions être encerclés. Mon cœur se serra lorsque je pensai à Cormack, qui m'avait accompagnée et qui aurait dû se tenir dans le couloir, à la place de mon frère.

— Tu ne feras de mal à personne ici aujourd'hui, Connor, dit très calmement Benoxh, restant devant la porte, l'empêchant ainsi d'entrer.

Ce dernier eut un de ces sourires insupportables dont il avait le secret. Toujours fidèle à lui-même. Tout de noir vêtu, beau à sa façon dérangeante, aussi froid que la pierre, ses yeux verts si clairs perçant la distance qui nous séparait et me poignardant sans relâche.

— Ne t'inquiète pas, vieil homme. Je ne serai pas long. Je suis juste venu livrer une invitation à ma chère sœur.

— Où est Cormack ? m'écriai-je.

J'avais voulu m'élancer en avant, mais une force m'avait retenue. Je remarquai que Benoxh avait un bras tendu derrière le dos, paume dans ma direction, et la raison de mon immobilité n'eut plus de secret. Il utilisait son pouvoir pour me maintenir à ma place. Je n'avais rien pour riposter.

La proximité de mon frère était insupportable. Je rêvais de lui arracher les tripes. S'il s'en était pris à Cormack, Benoxh ou pas, je le ferais.

— Ta baby-sitter va bien. Lui et son atroce collier vert se trouvent actuellement avec des amis à moi. Il te sera rendu si je pars d'ici en un seul morceau.

— En un seul morceau également, Connor, ajouta Benoxh sans perdre une once de son calme.

— Hmm ? fit Connor distraitement, en reportant son attention sur Benoxh.

Connor n'était pas très grand. Benoxh non plus, mais sa prestance écrasait mon frère comme s'il avait fait trois têtes de plus. Connor était un amateur, un petit joueur qui manquait de sérieux. Benoxh, lui, avait la classe que les années et la force conféraient. La vraie, celle qui ne vient pas d'un héritage, celle qu'on gagne. Je me détendis quelque peu. J'étais dans le bon camp.

— Cormack, reprit Benoxh. Tu le rendras également en un seul morceau.

— Oh ça, fit Connor de manière désinvolte. Pas de problème.

— Parce que chaque chose qui lui aura été faite, je m'assurerai personnellement qu'elle te soit faite à ton tour.

Benoxh n'avait pas besoin d'adopter un ton menaçant pour que ses mots le soient.

— Oui oui, répondit distraitement mon frère avant de me regarder droit dans les yeux. Père a décidé qu'il était temps. Il te donne rendez-vous ce soir. À minuit, au *Paradis Perdu*. Amène le traître de Barney et le vampire dont tu t'es amourachée. Et un conseil : ne sois pas en retard. Il aime la ponctualité, et, crois-moi, tu n'as pas envie de le contrarier.

Sur quoi il tourna les talons, aussi rapidement que ça.

Benoxh referma et je fus libérée de son emprise. Je me précipitai, mais cette fois-ci, c'était la porte qui ne voulait plus bouger. Je m'énervai contre la poignée durant plusieurs secondes en jurant tout mon soûl tandis qu'il allait se rasseoir dans son fauteuil. Le peu de magie que je parvins à canaliser ne me fut d'aucune aide.

— Pourquoi ne l'avez-vous pas tué ?

C'était une question, mais plus encore un reproche.

— On ne tire pas sur le messager, répondit-il impassiblement.

Je me retournai pour le fusiller du regard en criant à nouveau.

— Vous avez vu de quel messager vous parlez, bordel de merde ?

— Langage, dit-il trop calmement en lissant les plis de son manteau.

— Il mérite de mourir !

— Nous en avons déjà discuté, Maeve. Il mourra quand son heure sera venue. Ce jour n'est pas encore là. Par contre, celui de la rencontre avec ton père est arrivé.

Une simple phrase, et l'implication de la visite de Connor me frappa plus sûrement qu'aucune lame n'aurait pu le faire.

— Tiens, bois ça.

Rob me tendit un verre de tequila que je fis disparaître d'un trait. Nous étions de retour au *Practice*, sains et saufs, Cormack et moi. Je l'avais retrouvé dans le hall de l'hôtel de Benoxh, et j'avais failli remercier le Ciel lorsque j'avais vu qu'il était indemne. Peut-être que, sous ses airs désinvoltes, mon frère savait tout de même reconnaître une vraie menace quand on lui en adressait une.

— Vérifie ton stock, fis-je à Rob en reposant le verre. Celle-ci a un goût abject. On dirait du gin.

Il me lança un regard désapprobateur et changea de bouteille sous mes yeux pour me resservir une nouvelle tequila, qui disparut aussi vite. Celle-ci eut l'effet escompté.

— Il arrive bientôt, bon Dieu ? demandai-je.

Autour de moi, les épaules se haussèrent. Nous attendions tous Barney, qui seul manquait à l'appel. Nous étions revenus depuis à peine plus d'une demi-heure, mais ça me paraissait bien plus long. Ou plutôt bien trop long. J'avais eu le temps de rapporter la visite éclair de Connor ainsi que de prévoir mille scénarios possibles et imaginables. Nous étions actuellement divisés en deux clans distinctifs : ceux qui pensaient que c'était la meilleure idée qui soit, et ceux qui craignaient que ce soit la pire des options.

Lukas voulait y aller. Pour une raison qui m'échappait, il excluait la probabilité qu'une confrontation fixée par Victor lui-même puisse être un piège. Il devait attendre ce moment depuis trop longtemps pour se rendre compte que Victor était loin d'être stupide. Il avait décidé du moment et du lieu. Il nous restait cinq heures. Mais même en y allant maintenant, on avait peu de chances de pouvoir le prendre par surprise.

Elliot avait envie d'en être parce qu'il désespérait d'avoir la permission de faire quelque chose, pour une fois. Lala rêvait d'y trouver Slater. Quant à Cormack, il était toujours partant pour une bonne bagarre. Venaient ensuite Li, Finnley et Rob, qui étaient plus réservés. Et Walter, qui formait un clan à lui tout seul. Il voulait y aller, mais il ne souhaitait pas que, moi, j'y aille.

Je réalisai que ma jambe s'agitait nerveusement sur le tabouret lorsque la main de Lukas se posa sur ma cuisse, apaisante. Je levai les yeux vers lui et il me renvoya un sourire tranquille. Je saisis sa main et me calmai. Jusqu'à ce que je rencontre le regard désapprobateur de Walter, qui se trouvait à quelques mètres de nous, et qui n'avait rien manqué de ce qui venait de se passer. C'était une chose que Lukas soit prêt à mourir pour la cause, c'en était toujours une autre qu'il touche à sa descendance.

Barney choisit ce moment pour entrer dans le bar, les bras chargés de chaînes, détournant ainsi l'attention. Il déposa son butin aux pieds de Walter puis s'essuya théâtralement le front.

— J'ai trouvé ce que tu m'as demandé. J'espère que ça suffira, je n'ai pas mieux.

Walter se baissa et ramassa une menotte, qu'il observa minutieusement en la tournant sous tous les angles.

— Ça fera l'affaire. Elliot, monte chercher de quoi graver, ordonna-t-il.

Ce dernier descendit du tabouret sur lequel il était juché et disparut rapidement.

Barney me remarqua soudain et sa tête se pencha légèrement sur le côté tandis qu'un sourire naissait sur son visage. Ce bon vieux petit sourire de fouine. Je savais ce qu'il s'apprêtait à dire avant même que le son ne franchisse ses lèvres.

— Bébé, tu as changé de parfum. Celui-ci te va à ravir. Excellent choix.

Il m'adressa un clin d'œil espiègle avant de passer derrière le bar pour se servir un verre.

— N'est-ce pas, Rob, qu'elle sent très bon aujourd'hui notre petite Maeve ? relança-t-il une fois qu'il eut pris une gorgée.

Rob secoua la tête de manière explicite. Il avait dû s'en rendre compte avant, mais il avait eu la décence de ne rien dire, lui.

— Je crois qu'on est tous d'accord, rajouta-t-il en levant son verre, comme pour porter un toast.

Un regard furtif aux alentours me confirma que tous avaient un grand sourire aux lèvres, de Li à Finnley, en passant par Lalawethika. Fichus vampires. Barney avait l'air aux anges, surtout lorsqu'il me parla silencieusement, tout en pointant Lukas du doigt, « Je te l'avais dit ».

— Je ne suis pas aveugle, dit ce dernier.

— Pardon l'ami. Plus les années avancent, plus je perds en discrétion ! Bon, et si on en revenait à nos affaires ? ajouta-t-il en changeant radicalement de ton. Il paraît que je vais mourir ce soir.

Elliot nous rejoignit à cet instant en portant une petite valise en cuir sombre. Il l'apporta à Walter qui s'éloigna gentiment en lui faisant signe de s'occuper des chaînes. Il les chargea sur une épaule, mais il avait bien moins de facilité que Barney à les déplacer. J'aurais trouvé ça cocasse, si j'avais seulement compris ce qui se passait.

— Qu'est-ce que c'est ?

— Les futurs liens de ton frère, me répondit Barney qui, devant mon air interrogateur, s'expliqua. C'est lui qu'on veut ramener ce soir. Victor ne se montrera pas, c'est un piège.

Il avait surjoué la dernière phrase, roulant des sourcils comme s'il s'agissait d'un scoop dont il nous faisait la primeur.

— Bien sûr que Victor se montrera, le contredis-je. Il m'a donné rendez-vous.

Barney pouffa.

— Bébé, je le connais depuis assez longtemps. Crois-moi, il ne viendra pas.

Tout ceci me semblait très étrange. Pourquoi aurait-il envoyé Connor si c'était pour me poser un lapin ? Lukas l'avait dit, autant m'éliminer tant que je n'étais pas une menace et qu'il savait que nos rangs étaient bien maigres. À ce prix-là, si j'avais été Victor, j'aurais été plus surprise que je me pointe au rendez-vous que l'inverse.

Derrière nous, Lalawethika avait rejoint Elliot et mon grand-père, et ils avaient commencé à fixer les chaînes au mur, créant un vacarme assourdissant.

— Alors, on fait quoi, ce soir ? criai-je pour couvrir le bruit.

Barney me répondit quelque chose mais, avec le boucan, les seuls mots que je compris furent « ramener Connor » et « torturer ». Ce qui me paraissait une bonne idée, en soi, mais qui n'allait pas avancer l'affaire Victor.

— C'est de l'argent ? demandai-je en poussant la voix. Je ne suis pas sûre que ça suffira. Il est comme moi, ça n'aura pas d'effet sur lui.

Le silence revint miraculeusement dans la salle. Je me tournai et vis que Lala tirait sur les liens pour tester leur solidité. Il avait l'air content de son travail.

— Ne t'en fais pas princesse, je sais comment contenir un vampire, m'assura mon grand-père.

Tiens, ça faisait un bail qu'il ne m'avait pas appelée princesse. Ça faisait même un bail qu'il ne m'avait pas adressé la parole, à vrai dire.

Lukas se tourna vers lui en haussant les sourcils. Oui, en effet, Walter savait retenir les vampires, et Lukas s'en souvenait parfaitement. Moi aussi, d'ailleurs. On n'oublie jamais la première fois qu'on peut voir un escalier à travers le ventre de quelqu'un.

— Donc le programme de ce soir ? insistai-je.

— On y va plus tôt, on s'embusque, et on attrape ta crevure de frère pour le ramener ici, dit Lukas. Ensuite, on le cuisine.

Quelque chose me dérangeait dans ce plan, et je fronçai les sourcils malgré moi. Je n'arrivais pas à mettre le doigt dessus, mais ça me paraissait trop facile. Ça ne prenait pas en compte que, Victor ou pas, on était en infériorité numérique et qu'on se ferait bouffer tout cru. On avait beau être bons, on ne l'était pas à ce point. J'espérais sincèrement qu'ils ne pariaient pas sur moi au point de devenir suicidaires.

— Qu'est-ce qu'il y a ? demanda Elliot.

Je me tournai vers le mur où les liens avaient été accrochés. On aurait dit de simples menottes, et une partie de moi doutait franchement qu'elles puissent retenir mon frère. C'était peut-être sa visite de tout à l'heure qui m'avait mise dans un état second, mais les choses me paraissaient plus troubles que jamais. S'emparer de Connor et ensuite ? La tête commença à me tourner légèrement.

— Ça me semble trop facile, répondis-je. Quelque chose ne va pas.

— Avec les menottes ? demanda Walter.

— Non, enfin oui. Pas seulement, bredouillai-je. Pourquoi est-ce que j'ai l'impression qu'il y a quelque chose que vous ne me dites pas ?

Leurs airs innocents furent si synchronisés qu'il aurait fallu être vraiment naïf pour ne rien remarquer.

— Oh, mon Dieu ! C'est bien ça ! Ce n'est pas…

Tous les regards étaient braqués sur moi, dans l'expectative. Lukas fronça les sourcils. Je fronçai les sourcils. Elliot fronça les sourcils. Lala haussa son sourcil.

— Ce n'est pas…, répétai-je.

Walter semblait calme, et Barney quelque peu amusé. Quant à Li et Finnley, ils avaient tous deux l'air d'être eux-mêmes. Un petit chinois et un fantôme, qui devenaient troubles.

— Ce n'est pas, insistai-je en baissant la tête avant de la faire pivoter, comme si j'essayais de faire craquer ma nuque.

Personne ne disait rien. La tête me tournait, et mes yeux m'envoyaient des images de plus en plus brouillées. Il fallait que je finisse ma phrase, mais je ne trouvais pas les mots. C'était comme s'ils avaient été là, à portée de main, et que je n'arrivais pas à tendre le bras. Mes yeux commencèrent à palpiter au rythme des battements de mon cœur à mes tempes et le sol sembla vibrer autour de moi.

— Le moment de déconner, terminai-je d'une voix blanche.

Je m'effondrai du tabouret sur lequel j'étais assise et fus rattrapée au vol par Lukas.

— Là, là, doucement, fit-il.

Il me prit dans ses bras. Je m'y sentais en sécurité.

— Je ne me sens pas très bien.

— C'est normal, répondit-il. C'est la potion qui commence à agir.

Sa révélation eut l'effet d'un coup de fouet et me réveilla à temps pour entendre deux *clics* successifs. Il m'avait portée à travers toute la pièce et menottée. Ce chien m'avait menottée ! Et ils avaient versé quelque chose dans ma tequila !

— Relâchez-moi ! hurlai-je.

Ils m'observaient tous, silencieusement, me regardant me débattre. J'avais soudainement un regain de force, et j'en aurais un autre si j'arrivais seulement à leur mettre la main dessus.

— Lâchez-moi ! Vous n'avez pas le droit de me faire ça ! Connor est à moi !

Je regardai mon grand-père et le suppliai du regard. Comme cela avait autant d'effet que si j'avais été en train d'implorer un aveugle, je me tournai vers Lukas.

— S'il te plaît… Connor est à moi, il a toujours été à moi…

Je sentais la fatigue remonter, plus violente, virulente maintenant que je m'étais calmée.

Lukas s'approcha de moi et posa une main contre ma joue.

— Je sais tout ça, me dit-il. Connor est à toi, tout comme Victor est à moi. On te ramène Connor, ne t'en fais pas.

— Vous n'avez aucune chance contre Victor, bande d'imbéciles ! hurlai-je.

Du moins c'était l'intention. La phrase était sortie avec nettement moins de punch que je l'aurais souhaité.

Je piquai du nez aussi sec.

— Elle dort ? demanda Elliot.

Non, je ne dormais pas, mes muscles avaient juste décidé de ne plus m'obéir momentanément.

Lukas me releva le menton et j'ouvris les yeux. Elliot sursauta.

— Relâchez-moi, grognai-je.

Ou plutôt essayai-je, parce que mes lèvres ne réagissaient plus. J'aurais voulu ajouter que j'allais tous les tuer, mais ma dernière tentative m'en dissuada. Maudits Sihrs. Maudits vampires. Maudits hommes.

— Laisse-toi aller, princesse, me dit doucement Walter. Laisse la potion agir. Tu vas plonger dans un sommeil sans rêves, et, lorsque tu te réveilleras, nous serons revenus avec Connor.

« Ehouai » fut tout ce que je répondis, et ils commencèrent gentiment à s'éloigner, à l'exception de Lukas et Barney, ce dernier me regardant avec un amusement non dissimulé.

— Désolé bébé, dit ce dernier. Ils m'ont obligé à le faire. J'étais de ton côté, mais j'ai dû me plier à la majorité.

Le traître ! Il mentait rudement bien pour quelqu'un qui était forcé de le faire.

Il tourna gracieusement les talons et me laissa seule avec Lukas, qui ne tarda pas à se pencher vers mon oreille.

— Je suis désolé, dit-il doucement. D'avoir dû en arriver là. Je sais que tu vas m'en vouloir, mais c'était mon idée. La potion, et les chaînes. Tu n'es pas encore prête pour Victor, et il le sait. Je refuse de te perdre.

Il soupira et quelques secondes passèrent avant qu'il ne continue.

— Je sais que tu vas me haïr quand tu te réveilleras. Prends ça comme une petite revanche. La dernière fois, c'est toi qui es partie sans moi en me laissant attaché.

Je voulais lui hurler qu'il était inconscient, que jamais ils ne reviendraient vivants et qu'il n'avait pas le droit de me faire ça, mais j'avais trop sommeil. Mes paupières essayaient résolument de se fermer contre ma volonté.

Il se redressa et me regarda dans les yeux avec un petit sourire contrit.

— Tehai.

Il eut un rire bref et posa ses lèvres contre les miennes.

— Moi aussi, tehai.

Puis il plaça délicatement ma tête contre mon épaule, et ce fut le noir complet.

Chapitre 25

La vengeance est un plat qui se mange froid.

Et la température de celui que je comptais leur faire avaler aurait de quoi geler les enfers.

Lorsque je me réveillai, j'étais aussi physiquement détendue que mentalement survoltée. Pour qui se prenaient-ils ? Je n'étais pas prête ? C'était vrai, mais ils avaient encore moins de chances sans moi ! S'ils n'avaient pas été massacrés durant leur opération kamikaze, je me ferais un devoir de corriger le tir en personne. Des têtes allaient tomber. Qu'ils me laissent juste le temps de me détacher et ils verraient.

Je pestai en essayant de tirer sur mes liens. En vain. Les menottes *made in* Walterland étaient résistantes et les runes avaient peut-être bien un effet sur moi, si j'en jugeais par la force restreinte qu'il me semblait avoir. Ces fichues chaînes ne lâcheraient pas, je perdais mon énergie pour rien. Je regardai autour de moi. Je me trouvais seule dans la grande salle, et trop loin du bar à mon goût.

Je fus soudain prise d'un mauvais pressentiment. Walter m'avait dit que j'allais m'endormir et qu'ils seraient là quand je me réveillerais. Je n'avais aucune idée de l'heure qu'il était et donc aucune notion de la durée de leur absence, mais ça n'augurait rien de bon. Oui, j'étais du genre à guérir facilement et à résister à toutes sortes de choses qui avaient de l'effet sur mes congénères, mais la potion m'avait vraiment mise KO, et, connaissant Walter, il avait certainement doublé les doses, quitte à ce que je reste dans les vapes trop longtemps plutôt que pas assez. Quelque chose clochait. Soit le somnifère n'avait pas fonctionné comme prévu, soit il leur était arrivé quelque chose.

— Ohé ! criai-je.

Seul un faible écho me répondit. Super. Ils m'avaient laissée seule, en plus ? Non. Jamais. Je n'imaginais ni Walter ni Lukas décider de m'abandonner, attachée et sans surveillance, avec des liens dont je ne pouvais pas me défaire, et ça même si la porte d'entrée était gardée par Cerbère en personne.

Mon mauvais pressentiment se mit à grandir et grandir encore, jusqu'à ce que mon cœur choisisse de rendre les armes et arrête de battre. Mon cerveau tournait à cent à l'heure, agité de toutes parts par des scénarios plus atroces les uns que les autres. Ils étaient peut-être tous morts, et personne ne viendrait me libérer. J'étais là, telle une offrande, incapable de me défendre, à la merci du moindre attaquant. Si Victor s'était montré, il lui aurait suffi de tuer tout le monde sauf Elliot et de le torturer pour qu'il le mène à moi aussi sûrement que ça. Et comme j'étais attachée, ça risquait d'être Noël avant l'heure.

— Il y a quelqu'un ? m'époumonai-je.

Il devait y avoir quelqu'un. C'était impossible qu'il n'y ait personne. *Quelqu'un va venir. Quelqu'un va venir.*

Mais personne ne vint. Ma respiration se fit de plus en plus saccadée, jusqu'à finir par n'avoir plus rien de physiologique. Elle n'était qu'une pâle représentation de l'agitation dont j'étais victime. La pièce avait beau être grande, je me sentais prisonnière, impuissante, et je...

Je poussai un hurlement. Puis je ris, nerveusement. J'expirai quelques bouffées d'air avant de secouer la tête. Si j'avais pu mettre une main sur mon cœur, je l'aurais fait. Je n'étais pas totalement seule, en fin de compte.

— Salut, fis-je à ma compagne de fortune.

Aucune de ses huit jambes ne bougea lorsque je lui dis bonjour. Elle resta figée là où elle était, à un peu moins d'un mètre de mon épaule gauche, m'observant. Enfin, c'est l'impression que cela donnait. Je ne me souvenais pas de combien d'yeux avaient les araignées, mais il me semblait que leur nombre était plus ou moins proportionnel à celui de leurs pattes. À savoir trop nombreux. Ça ne me donnait pas envie d'un dîner aux chandelles.

— On dirait qu'on est bloquées ici toi et moi.

Maeve Regan parle aux araignées. Maeve Regan plonge dans la démence, tête la première.

— Enfin, moi je suis bloquée. Toi, tu t'en fous.

Une de ses pattes se leva et demeura en l'air quelques instants. Finalement, d'autres la suivirent et elle parcourut quelques centimètres dans ma direction.

— Non, non non, non non non, s'il te plaît, reste où tu es.

Elle s'arrêta. Et elle me dévisagea. J'étais sûre qu'elle me dévisageait. Cette saleté me dévisageait. Je n'avais jamais spécialement eu d'appréhension face aux araignées, mais être attachée à un mur sans avoir la possibilité de s'en écarter, ça faisait vite revoir ses affinités à la baisse. Et ne pas en avoir peur ne signifiait pas les aimer. Les serpents, j'en avais une frousse terrible et je ne les aimais pas. Les araignées, pas de problème, mais je n'avais pas envie de leur faire des câlins pour autant. Et celle-ci, avec ses pattes velues et assez larges pour un membre de son espèce, sa teinte brun roussâtre, ses sourcils noirs et son corps qui devait être aussi juteux que rond, très peu pour moi.

Elle se remit en mouvement de sa démarche sournoise, se rapprochant encore de moi. Je me jetai en avant aussi loin que les liens me le permettaient. Cette saleté trottait vite. J'étais à moins d'un mètre du mur, retournée autant que faire se pouvait vu les chaînes et la distance minimum que je souhaitais garder vis-à-vis de la pierre. Elle se trouvait maintenant à l'endroit exact où je m'étais tenue une demi-seconde plus tôt. Et elle me dévisageait. J'étais persuadée qu'elle voulait me sauter dessus.

Je me mis à beugler comme un bœuf qu'on égorge lorsqu'elle fléchit ses pattes pour mieux bondir. Et elle s'exécuta. Un instinct sorti du fin fond de la nuit des temps me fit arrêter de hurler juste le temps que dura son vol plané jusqu'à mon visage. J'aurais préféré mourir plutôt qu'elle ne m'arrive dans la bouche. Mais une fois qu'elle eut atteint ma joue, je recommençai à crier de plus belle en donnant des coups désordonnés à l'aveuglette autour de moi pour la forcer à tomber.

— Qu'est-ce qui se passe ?

La voix était calme, beaucoup trop calme, et moi beaucoup trop paniquée. Cormack !

— Araignée ! hurlai-je à m'en faire exploser les tympans.

C'était insupportable. Cette saleté de bestiole était partout. Sur mon visage. Dans ma nuque. Sur mes bras. On aurait dit qu'elle possédait un millier de pattes. Heureusement que mon cœur ne battait pas, sinon il aurait implosé.

Je vis Cormack lancer une de ses mains en avant, du fond de la salle. Du moins, c'est ce qu'il me sembla. Il était difficile de juger. Mes yeux n'étant pas totalement ouverts, et seulement par intermittence, l'un après l'autre. Il n'avait pas l'air paniqué, en tout cas.

Je ne tardai pas à me rendre compte que ce n'était pas son bras que Cormack avait jeté, mais…

Je m'égosillai de plus belle.

— Arrête de crier, dit calmement Cormack. Rosita déteste les gens qui crient.

Je me mordis les lèvres jusqu'au sang tandis que le serpent commençait à s'enrouler autour de ma jambe pour remonter rapidement à la hauteur de ma tête. Même si tous mes sens me pressaient à hurler de tout mon soûl, la seule chose qui me terrorisait plus que l'araignée qui se baladait partout sur moi était en train de m'observer en ondulant légèrement devant mon nez, sa langue bifide sortie dans un sifflement familier – et ô combien stressant – et je préférais subir cent morsures de la propriétaire des huit pattes qu'une unique de Rosita.

Celle-ci, après m'avoir observée un temps beaucoup trop long à mon goût, s'élança vivement en avant. Je crus que ma dernière heure était arrivée. Mais au lieu de ça, elle délogea l'arachnide – qui était de retour sur ma joue – et la fit tomber, sans me blesser dans le feu de l'action.

Je vis l'araignée faire quelques pas en courant au sol, affolée, avant de finir sous une santiag. Les yeux écarquillés, je remontai la jambe de son propriétaire jusqu'à arriver à son regard. Cormack était toujours aussi paisible qu'à son habitude, les yeux dans le vague. Il venait vraiment d'une autre planète.

— Elle était petite, fit-il en relevant sa botte et en détaillant la tache informe qui collait au sol et faisait des fils jusqu'à sa semelle.

Je ne tentai même pas de lui expliquer que la taille n'avait pas d'importance.

— Désolé Rosita, dit-il en regardant son atroce reptile qui observait fixement l'amas gluant vers son pied.

Sa langue alla chatouiller les restes de la dépouille, puis elle remonta docilement sur les épaules de Cormack alors que je réprimai un frisson. Pour le serpent. Pour le léchouillage du cadavre à huit pattes. Pour tout.

— Elle adore les araignées, m'expliqua Cormack.

Je vais vomir, pensai-je. *Un serpent. Un serpent qui aime les araignées*. La nausée n'était pas loin de forcer ma gorge. Mais il fallait que je me concentre sur le plus important.

— Détache-moi, Cormack.

Il me regarda de ses grands yeux vides.

— C'est Lalawethika qui a la clé.

Super.

— Où est-il ?

Il haussa les épaules. Super.

— Les autres ? Ils sont déjà revenus ?

Il me fit signe que non.

— Pourquoi tu n'es pas allé avec eux ?

— Je préférais rester avec toi, Quinn.

Sa réponse m'arracha un sourire rapide. Cormack était celui qui restait, même quand il n'y avait rien à dire ou faire. J'aurais pu plus mal tomber. Ils auraient pu me laisser avec Elliot.

— Ils sont partis il y a longtemps ?

Il acquiesça. Tout ça était mauvais. Très mauvais. Mon sale pressentiment gagnait en intensité, d'un coup, comme s'il n'y avait jamais eu l'interlude de l'araignée pour le canaliser.

— Lalawethika y est allé avec eux ? demandai-je, presque résignée.

— Non, il vient à peine de sortir.

Nous restâmes un long moment à nous observer dans un silence absolu. On aurait pu entendre les mouches voler. Néanmoins, aucun son ne se fit entendre, jusqu'à ce que Rosita bondisse des épaules de son maître pour se jeter sur une forme noire qui courait non loin de là. Bon Dieu, en fait, je détestais les araignées. C'était étonnant, je n'en avais jamais vu ici avant aujourd'hui malgré l'aspect donjon de l'endroit. Et heureusement.

Rester attachée à ce mur était un supplice. Sans compter les divers insectes et créatures à huit pattes qui pouvaient se balader sur moi à loisir, l'angoisse de ce qu'il était arrivé au groupe et le succès plus que douteux de la capture de Connor me rendaient folle.

Je sursautai quand la porte d'entrée s'ouvrit en fracas, brisant le silence ambiant. Lalawethika pénétra dans la pièce d'une démarche qu'on aurait aisément pu qualifier d'énervée. Il traversa la distance qui nous séparait avec l'élégance d'un prédateur éteint, tel un dinosaure, mortellement dangereux, dangereusement massif, massivement rapide, et malgré tout gracieux. Il tenait un téléphone portable en main, qu'il jeta furieusement à terre lorsqu'il s'arrêta.

— Pas fonctionner ! rugit-il.

Je ne sais pas ce qui me fit le plus peur. Que la communication n'ait pas abouti et qu'on soit sans nouvelles des autres, ou simplement de le voir en colère. Si le premier fait était alarmant, le second était tout bonnement terrifiant. Il y a des choses dans la vie qui sont immuables. La Terre tourne autour du Soleil, obligeant ce même Soleil à se lever tous les matins pour se coucher tous les soirs. Il fait chaud en août, froid en décembre. Les bourgeons éclosent au printemps. Le ciel est bleu. Quand on lâche un verre par terre, il se brise. Voir Lala énervé rompait la chaîne de la logique basique. C'était comme prendre une balle au milieu du front et saigner du genou. Ce n'était pas normal.

— Détache-moi, s'il te plaît, demandai-je, mal à l'aise.

Il me regarda un moment, les yeux dans le vague, sourcils froncés, narines dilatées, et cicatrices boursouflées par la grimace qu'il faisait. Je n'étais vraiment pas rassurée. J'essayais de temporiser en me disant que je ne paniquerais que lorsque j'aurais des raisons tangibles de le faire. Il fallait que je me raccroche à cette idée.

— S'il te plaît, répétai-je, suppliante.

Il sembla revenir à la réalité et fouilla rapidement sa poche pour en sortir une clé. Mon cœur bondit de joie à sa vision. Il déverrouilla mes liens, et je fus enfin libre.

— Merci, dis-je en me frottant les poignets.

Puis je le regardai. Une question brûlait le bout de ma langue, mais la réponse me faisait bien trop peur. Je baissai les yeux sur le téléphone portable qu'il avait jeté de rage en entrant. Il était bien amoché, mais fonctionnait encore, si j'en croyais l'écran allumé. Rosita me motiva à relever les yeux vers Lala lorsqu'elle s'en approcha.

— Les autres…

Je ne finis pas ma phrase. J'avais une boule dans la gorge. Une boule qui n'aurait pas dû s'y trouver. Je ne lui avais pas permis d'être là.

Lala sembla tout de même comprendre ce que j'essayais de demander.

— Pas de nouvelles, répondit-il de sa voix profonde.

Sa voix profonde et nerveuse. Un désert sous la neige.

Je fermai les paupières et pris une grande inspiration pour tenter de regagner un peu de contrôle sur mon corps.

— Il faut que je boive du sang, fis-je lorsque j'eus rouvert les yeux. Et ensuite, il faut que nous allions au point de rendez-vous. Si ces imbéciles sont encore vivants, je le leur ferai amèrement regretter.

La colère me donnait plus de force que la peur. J'avais besoin qu'ils soient en vie. S'ils venaient à disparaître… Je ne pouvais même pas envisager cette option. Qu'est-ce que je ferais sans eux ?

Lala garda le silence, se contentant d'acquiescer.

— Tu peux boire le mien, Quinn, me dit Cormack d'un ton détaché.

Je me retournai vers lui, souriant malgré moi. Il n'arrivait pas à m'appeler Maeve, et pourtant, je l'avais repris des dizaines de fois. Il était si spécial, à sa manière. Toujours décalé, toujours ailleurs, même lorsqu'il vous regardait droit dans les yeux.

— C'est gentil Cormack, répondis-je en me tournant vers Lala, mais il est plus grand que toi.

J'avais essayé de sonner sûre de moi, comme si le fait que Lala était plus imposant était un tel atout qu'il avait bien évidemment plus de sang, qu'il supporterait mieux et que c'était donc une meilleure idée. La vérité, c'était surtout qu'il n'avait pas de serpent autour du cou.

Lala acquiesça à nouveau et je fis un pas dans sa direction, avant de faire un bond en arrière quand Rosita s'élança entre lui et moi. Nous tournâmes tous deux la tête à temps pour la voir engloutir une autre araignée. Décidément, elle aimait vraiment ces sales bestioles. Je secouai la tête et laissai Rosita se régaler. J'avais des choses plus importantes à faire que de contempler une bête repoussante en manger une ignoble. Mais lorsque j'arrivai vers Lala, celui-ci n'avait pas bougé et regardait le festin de Rosita d'un air étrange.

— Quoi ? demandai-je, la panique perlant dans ma voix.

— Pas normal, gronda-t-il.

Je secouai la tête, ne comprenant pas ce qu'il y avait de pas normal, à part qu'il fallait être complètement désaxé pour vouloir avaler une araignée. Ou être un serpent. Je n'étais encore aucun des deux.

— Qu'il y ait des araignées, répondit Cormack à sa place, comme s'il m'avait parlé du temps qu'il faisait.

Je me tournai vers lui, fronçant les sourcils, attendant plus d'explications.

— Les araignées ont peur des vampires, continua-t-il, toujours aussi placidement.

— Pourquoi ?

— Pourquoi est-ce que les humains ont peur des araignées ?

Si c'était censé être une question rhétorique…

— Qu'est-ce que ça veut dire ? demandai-je tout en reculant, alors que Rosita fondait sur une autre créature à huit pattes.

— Pas normal, répéta Lala.

Il y en avait une autre. Et encore une autre. Une bonne quinzaine en tout couraient à nos pieds. Il devait y avoir un foutu nid quelque part. Je battis un peu plus en retraite.

Rosita donnait des coups de tête dans tous les sens pour les gober à vue d'œil. J'aurais dû adorer ce serpent, au fond.

— Qu'est-ce qui se passe ? demandai-je, paniquée, sans arrêter de reculer.

Lalawethika et Cormack piétinaient les araignées que Rosita n'avait pas encore eu le loisir de faire disparaître. Pauvre bête, elle en avait avalé tellement qu'elle allait faire une indigestion.

Finalement, il n'y eut plus autour de nous que des cadavres écrasés. Rosita serpenta quelques instants entre les dépouilles, tandis que Lala jetait des coups d'œil rapides à droite et à gauche. Cormack, lui, était toujours aussi calme et placide que tout à l'heure, lorsqu'il les aplatissait sans s'émouvoir. Il fallait qu'on fiche le camp. Ma sale impression n'avait plus rien du pressentiment. Voir Lala énervé m'avait plus que déstabilisée, et la passivité de Cormack n'allait pas tarder à me faire sortir de mes gonds.

— On y va, dis-je en désignant la porte de la tête. Je me nourrirai après, je veux qu'on parte d'ici.

Je me dirigeai déjà vers la sortie.

— On est en sécurité entre ces murs, fit remarquer Cormack. Pas dehors.

Je me retournai aussitôt. Lala m'avait emboîté le pas et s'arrêta juste après moi.

— Les points d'accès sont protégés par des runes. Personne d'autre que nous ne peut entrer ni trouver cet endroit.

— Les autres ont sûrement besoin de nous, répondis-je trop sèchement. Et ici, il y a des araignées, ce qui n'est pas normal, je te rappelle.

— Je n'ai pas peur des araignées, rétorqua-t-il impassiblement.

Je serrai les poings.

— J'avais saisi ! Si tu veux rester, libre à toi.

Je ne le comprenais pas et, dans les moments de panique que j'étais en train de vivre, je n'étais pas en mesure de faire des efforts pour m'adapter à son attitude. Oui, Cormack était différent. Oui, il était déroutant. Et oui, il avait dû vivre des événements très traumatisants lorsqu'il était encore humain. Mais non, je n'avais pas le temps de respecter toute l'ampleur de sa personnalité hors norme pour essayer de polir des angles inexistants. J'étais fermement décidée à partir d'ici, avec ou sans lui.

Je m'arrêtai nette, et je n'eus pas besoin de me retourner pour savoir que Lalawethika en avait fait autant. Le dessous de la porte débordait. De milliers de pattes. Qui entraient dans la pièce. Se déployaient contre les murs. Sur le plafond. Au-dessus de nos têtes.

Instinctivement, je me mis à reculer. Très rapidement. Cormack était peut-être un peu dérangé et se baladait avec un serpent autour du cou du soir au matin, mais il n'avait pas peur des araignées, et son reptile les gobait plus vite que son ombre.

Je rentrai dans Lalawethika. Mon grand ami s'était figé et ne bougeait plus, témoin muet du spectacle. Je pouvais voir les rouages s'activer dans ses yeux noirs. Il estimait la gravité de la situation, et le devis ne lui plaisait pas.

— Je n'aime pas ça, lui dis-je doucement. Pas du tout.

Pour toute réponse, il attrapa ma main et la serra fort avant de se mettre à reculer également.

Lorsque nous arrivâmes vers Cormack, les murs, les sols et le plafond étaient recouverts de milliers d'araignées qui se déplaçaient rapidement dans notre direction. Rosita était par terre, glissant devant nous, guettant ses proies. Je l'en remerciai silencieusement. Mais il fallait être réaliste. Jamais elle ne pourrait avaler autant de ces saletés.

— Je croyais que personne ne pouvait passer ces portes, dis-je, tentant de maîtriser ma voix, alors que je surveillais la progression des intruses noires.

— Autre moyen, répondit Lala, gravement.

Nous étions tous trois fortement serrés, dos à dos, à l'affût, tandis que Rosita gravitait autour de nous. Ces fichues bestioles grouillaient à bonne distance, nous laissant bien quatre mètres de sécurité, mais cela n'avait rien de rassurant. Ce qui me rassura encore moins fut le moment où elles s'immobilisèrent toutes en même temps. Et alors qu'elles nous observaient, je pus entendre à nouveau la voix de Jonas Frieds, le professeur de sciences naturelles que nous avions quand j'étais petite, nous dire que si le nombre varie entre les espèces, la majorité des araignées ont huit yeux. Autant que de pattes.

— Qu'est-ce qu'on fait ?

— Feu, répondit Lala.

— C'est Elliot qui lance des boules de feu, lui rappelai-je, dents serrées. Moi je sais faire bouillir de l'eau et voler une plume.

La dernière phrase était sortie de ma bouche bien plus violemment que prévu. Ils n'y pouvaient rien si je ne savais rien faire d'utile.

Je sentis Cormack remuer dans mon dos. L'instant d'après, un clic familier m'indiqua qu'il avait sorti un briquet.

— On n'a plus qu'à aller jusqu'au bar, dit-il simplement. Mais il y a des araignées.

J'aimais à nouveau Cormack.

— Pas besoin, répondis-je. Amener une bouteille ici, ça, je devrais pouvoir le faire.

C'était juste légèrement plus lourd qu'une plume.

Je les fis pivoter de manière à me retrouver en face du bar et réprimai un juron. Je ne pouvais rien voir tant ça grouillait. Tout était noir. Je levai la tête pour regarder les différentes lampes. Les araignées les avaient soigneusement évitées, comme si elles avaient voulu que la pièce reste baignée de lumière.

— Maeve, me dit fermement Lala, comme pour me ramener à la réalité. Bouteille.

— Pardon, bredouillai-je.

Je posai à nouveau les yeux sur le bar et expirai tout l'air de mes poumons. Puis je fermai les paupières. Je ne pourrais jamais me concentrer si je les voyais. Je pris de grandes inspirations, essayant de me détendre, et j'invoquai mon mot magique. J'essayai de visualiser une bouteille, de l'y attacher, et de la ramener. Mais je n'y parvins pas. C'était trop lourd, trop loin, et je savais qu'elles étaient là. Je le sentais. Je pouvais presque entendre leur présence menaçante, bien qu'elles soient plus silencieuses que la mort.

— Je ne peux pas, dis-je au bout d'un moment.

Il me sembla que les araignées pouvaient sentir ma peur et qu'elles s'en moquaient. Comme si tout cela les amusait au plus haut point. Mais c'étaient des insectes. Ça ne pouvait pas les amuser. C'était impossible.

Tout comme il est impossible qu'il y ait autant d'araignées présentes au même endroit, me dit une petite voix. *Elles ne peuvent pas trouver ça drôle. Et pourtant...*

Elles se remirent toutes en mouvement au même moment, comme si elles étaient animées d'une seule et même pensée.

Et mon pire cauchemar se mua rapidement en réalité. Elles commencèrent à recouvrir les lampes, la lumière se mettant à baisser lentement, mais trop sûrement. Lala pesta dans une langue qui m'était inconnue et commença à gesticuler. Mais je n'eus pas le temps de voir ce qu'il faisait. La lumière disparut totalement.

Je pouvais les entendre, j'en étais persuadée. Leurs petites pattes contre les murs. Leurs pattes velues qui se rapprochaient de nous. Leurs pattes perfides qui allaient bientôt me recouvrir. Je me mis à supplier et supplier encore un Dieu invisible jusqu'à ce que des bruits de verre cassé me parviennent alors que Lala semblait lancer quelque chose, à ma gauche. Puis il cria, un seul mot. Et ce fut au tour de Cormack de bouger. Je vis la flamme en premier, et, pendant une fraction de seconde, j'eus conscience de milliers d'yeux qui brillaient autour de nous. Puis la langue de feu s'en alla avant de presque disparaître. Et d'exploser.

Le bar prit feu en une fraction de seconde. Assez de bouteilles avaient été brisées pour que de belles flammes se mettent à monter dans les airs rapidement. J'entendis des bruits immondes de sifflements, de crépitements, et les plaintes silencieuses des araignées qui étaient calcinées par les flammes. Puis vint l'odeur. Mon cœur se souleva. C'était insoutenable. La fumée des chairs brûlées me piquait les narines et m'agaçait la gorge. Le point positif, c'était qu'il y avait à nouveau de la lumière dans la pièce. Le point négatif, c'était que cette lumière me permettait de voir clairement que les centaines d'araignées qui étaient intactes n'étaient pas contentes du tout.

— Courez ! criai-je.

La seule solution, c'était la porte. Il fallait sortir d'ici. Mais nous n'en eûmes pas le temps. La masse fondit sur nous tandis qu'une partie des troupes était toujours en train de frire sur le bûcher.

Je hurlai tandis que j'en évitai une majorité, épaulée par Rosita. Cormack et Lala firent pareil, mais, comme moi, ils furent bientôt tapissés de bêtes noires. C'était atroce. La sensation de toutes ces pattes sur ma peau nue était insoutenable. Je donnais d'amples coups de bras tandis que mes jambes tambourinaient sur le sol pour en écraser un maximum. Mais le pire fut quand elles commencèrent à mordre. Et pire que ça encore fut le moment où je vis l'imposante masse de Lala être tellement recouverte d'araignées qu'il disparut sous mes yeux.

J'essayai de courir dans sa direction, mais il s'effondra avant que j'arrive jusqu'à lui et le tapis d'araignées le recouvrit bientôt au point qu'on n'aurait su dire où il se trouvait quelques instants plus tôt. Ou même s'il avait jamais été là.

Je me retournai, paniquée, à la recherche de Cormack, tandis que j'expulsais une dizaine de ces bêtes immondes de mon décolleté. Je le repérai juste avant qu'il ne se fasse également avaler par la marée noire. Quant à Rosita, elle avait disparu de la surface de la Terre depuis bien longtemps. J'étais seule. Totalement seule. Au milieu de milliers d'ennemies.

Je m'arrêtai soudain. À quoi bon lutter ? À quoi bon continuer ? Les portes auraient dû être infranchissables. Les autres auraient dû être revenus. Lukas était peut-être mort. Je n'avais plus de raison de me battre.

Je restai immobile alors que les araignées envahissaient chaque centimètre carré de ma peau, de mes cheveux, de mes habits, remontaient le long de mes jambes, sur et sous mon pantalon, qu'elles chatouillaient mes seins, l'intérieur de mes oreilles, mes doigts. Jusqu'à ce que tout s'arrête.

Le mouvement s'inversa brusquement et elles quittèrent mon corps aussi rapidement qu'elles l'avaient investi. J'ouvris les yeux à temps pour les voir toutes converger vers le centre de la pièce. C'était effrayant et magnifique à la fois. Les lumières des lustres recommencèrent à éclairer la pièce, Lala et Cormack refirent surface, inconscients mais entiers, et la porte fut à nouveau visible. Si je courais assez vite, je pourrais l'atteindre.

Mais il m'était impossible de bouger tant le spectacle qu'offraient les araignées était saisissant. Elles créaient comme une vague qui montait en puissance. Une vague qui prenait de la hauteur à mesure que les nouvelles arrivées remplissaient les rangs. Une vague qui commençait à devenir solide. Et je sus précisément ce qu'elles étaient en train de faire.

Je regardai mes bras. Aucune marque. Aucune trace de morsure. Cet enfoiré portait bien son nom. Qu'est-ce qui avait été réel, au fond, dans les événements de ces dernières minutes ?

Et alors que le roi de l'illusion prenait forme sous mes yeux, je pus entendre un petit garçon murmurer à mon oreille :

— Tel père, telle fille.

Foutus proverbes.

Chapitre 26

Il avait l'air beaucoup trop jeune.

Je le savais. J'y avais déjà réfléchi à de nombreuses reprises depuis que j'avais vu Connor pour la première fois et que j'avais cru que c'était lui. J'avais toujours su que Victor ne ressemblerait pas aux pères des gens de mon âge. Il était nettement plus âgé et paraissait bien plus jeune.

On lui aurait donné trente ans. Pas plus de trente-cinq, en tout cas, et les portant bien. Il avait l'air un peu plus vieux que Barney, mais d'un autre côté, il n'avait ni fond de teint ni autre sorte de maquillage. Il n'en était pas moins marquant.

Il était grand. Pour ça, je devais tenir de ma mère. Mais pour le reste… La première chose que je pensai quand je le vis prendre forme devant moi, c'était que tous les gens qui m'avaient dit que j'étais le portrait craché de ma mère avaient de la merde dans les yeux. D'accord, il était mal rasé et avait un teint hâlé, presque olivâtre. Mais pour le reste, je lui ressemblais beaucoup trop à mon goût. Lorsqu'il posa ses yeux froids sur moi, je reconnus le regard de Connor, ainsi que le mien. Le même vert si pâle et si caractéristique. La même forme. Les mêmes cils noirs et abondants qui les bordaient. La seule différence entre ses yeux et les miens, c'était que sa peau foncée les faisait encore plus ressortir, les rendant bien plus durs. Nos mentons carrés et décidés étaient semblables, et, bien que plus fournis, ses sourcils renvoyaient la même expression que les miens. Et nos oreilles étaient identiques. Bordel. C'était un tout petit détail. Elles n'étaient même pas moches, ces oreilles. Mais ce point en particulier me fit grincer des dents.

Il m'observait, tout comme je l'observais. Le silence était lourd. Je n'arrivais pas à détacher mon regard de son visage, jusqu'à ce que, finalement, il porte une main à son oreille comme pour la remettre en place, ou s'assurer qu'elle était vraiment là. Est-ce qu'il avait remarqué lui aussi ce détail, ou est-ce qu'il avait senti ma gêne à ce propos précis ?

J'arrêtai de regarder sa tête pour examiner le reste de sa personne. Il était vêtu d'un costume blanc cassé et d'une cravate assortie sur une chemise à très petits carreaux anthracite et blancs. La veste de son complet était fermée par un unique bouton porté assez haut, et d'une poche sur son cœur dépassait un mouchoir rouge cramoisi.

Il me regarda le détailler sans broncher, un sourire étirant ses lèvres pleines.

— Ça te plaît ? demanda-t-il. Je ne savais pas comment m'habiller, je dois dire. Tu trouves que le blanc fait *too much* ?

C'était la première fois que j'entendais sa voix. Elle était profonde, chaude, douce, dérangeante parce que trop plaisante, comme un chant de sirène.

Je clignai des yeux plusieurs fois avant de regarder son visage à nouveau. Mais j'étais incapable de parler. Il fit la moue tandis qu'il observait les bras de son complet veston. Il chassa d'une pichenette désinvolte une araignée qui courait sur sa manche, puis retourna son regard vers moi.

— Tu trouves, conclut-il, déçu. Comme ça, peut-être ?

Sous mes yeux incrédules, le blanc s'assombrit pour devenir brillant et se stabiliser sur une nuance de gris. La cravate s'affina, vira au bleu roi, et la chemise se fit entièrement blanche.

— Mieux ?

J'étais toujours incapable de parler. De toute manière, qu'est-ce que je lui aurais dit ? *Salut Victor, merci d'être passé. Tu n'aurais pas un couteau ? Faudrait que je te plante rapidos, j'ai encore des trucs à faire avant d'aller me coucher.*

— Tu n'aimes toujours pas, fit-il en soupirant.

La deuxième fois, l'effet fut moins impressionnant. La cravate disparut totalement, tandis que le pantalon du costume devenait peu à peu un jean délavé.

— Plus détendu, plus jeune, plus *in* ! se félicita-t-il. Là, tu préfères ?

Je me mis à secouer la tête. Pas que je n'aimais pas sa tenue, mais honnêtement, c'était quoi cette plaisanterie ? Je ne m'étais jamais vraiment représenté ma première rencontre avec Victor, j'avais même soigneusement évité d'y penser. Mais je m'attendais à tout sauf à ça, c'était certain. Quelle était la prochaine étape, assister à un défilé à Milan entre père et fille ?

— Aide-moi un peu ! fit-il tandis que la veste disparaissait pour laisser la place à un petit chandail transparent.

Je fermai la bouche et me demandai soudain depuis quand elle était ouverte. Je ne devais franchement pas avoir l'air intelligent. Il fallait que je me ressaisisse. J'avais besoin d'une arme et d'un plan. Mais avant toute chose, il fallait que je réagisse. Parce que ce n'était pas en restant plantée là que j'allais faire quoi que ce soit. Lalawethika ou Cormack devaient être armés, c'était obligé. Ils étaient étendus à quelques mètres de nous, inconscients. Lala était pieds nus. Plus de mystère quant à ce qu'il avait lancé contre le bar tout à l'heure.

— Tu n'es vraiment pas facile, Maeve.

Je me retournai vers le roi de l'illusion. Cette fois-ci, le chandail avait laissé place à un gilet très classe, et un chapeau ornait sa tête. Fichue gravure de mode. J'étais heureuse de ne pas avoir hérité ça de lui.

Il écarta les bras, et, pendant un instant, je me demandai ce qu'il voulait. Me faire apprécier sa nouvelle tenue, ou que je vienne lui faire un câlin ?

— Allez, viens saluer ton vieux père !

— Mais t'es complètement malade ! m'exclamai-je, outrée.

Bravo. Pour le premier truc que tu lui diras jamais. Pas de « retourne cuire en enfer », pas de sarcasme bien senti, pas de phrase intelligente. Bravo, imbécile.

Il se mit à rire, et je me rendis compte, mal à l'aise, que ce rire n'avait rien de celui de Connor. Il était sincère, doux aux oreilles, et d'une manière dérangeante, il était très agréable à entendre.

— Quand les poules auront des dents, ajoutai-je.

De mieux en mieux.

Un sourire étira ses lèvres tandis que ses yeux se mettaient à pétiller d'amusement.

— Vraiment ? demanda-t-il, très intéressé.

— Non !

La réponse était sortie bien trop vivement à mon goût, mais ça n'avait pas d'importance. Je ne voulais pas voir une poule dentée me charger dans les secondes qui suivaient. J'étais tout à fait sûre qu'il en était capable, et je refusais de jouer à ce jeu-là. J'avais besoin d'un plan, et vite.

Il laissa retomber ses bras le long de son corps avant de les croiser puis de se gratter la barbe d'une main.

— Tu sais Maeve, tu es v...

Il ne finit jamais sa phrase. Le même mouvement avait attiré mon attention. Lalawethika s'était relevé avec une rapidité et une agilité digne d'un fauve et fonçait sur Victor. Je hurlai de toutes mes forces lorsque je vis ce dernier tendre deux paumes en direction du guerrier. Ses lèvres bougèrent, sans pour autant émettre le moindre son. Lala resta figé en l'air et Victor se tourna vers moi, intrigué. C'était pour le moins impressionnant. Lala était gelé, un bras levé, comme s'apprêtant à frapper, les pieds à quelque cinquante centimètres du sol.

— Ne t'inquiète pas, me rassura Victor de sa voix chantante. Il est grand et fort, mais il ne peut pas me faire de mal. C'est un ourson.

Il se tourna vers Lalawethika et fit un pas en avant.

— N'est-ce pas que tu es un gros nounours ? dit-il en tapotant doucement sa joue, comme s'il avait été en train de flatter un chien.

Victor partit dans un éclat de rire, et l'impossible se produisit. Lalawethika commença à rétrécir, et rétrécir encore, jusqu'à ce que, finalement, il ne soit pas plus grand que mon avant-bras. Puis, sous le regard amusé de Victor, il se mit à se couvrir de poils tandis que son visage se tassait et que son nez et sa bouche s'allongeaient. Lorsque ce fut fini, ce n'était rien d'autre qu'un petit ourson qui observait partout autour de lui, affolé, de ses immenses yeux noirs. J'étais tétanisée. Comment avait-il pu faire ça ? Quelle était l'étendue de ses pouvoirs ? C'était un vampire, pas un mage. Pourtant, il semblait maîtriser cela plus sûrement qu'il n'aurait dû. Je commençais à saisir pourquoi il terrorisait tellement les gens. Avant je le savais. Maintenant je le comprenais.

Victor observait l'animal d'un air satisfait. Il hocha la tête, comme pour appuyer un peu plus ce fait, et lui décocha un monumental coup de pied qui lui fit traverser la moitié de la salle. Lorsqu'elle toucha le sol, la pauvre boule de poils avait atteint le bar et alla rapidement se cacher derrière.

— Tu es complètement cinglé !

— Tu peux m'appeler papa, répondit-il en levant une main dans ma direction.

L'instant d'après, il repliait ses doigts en murmurant quelque chose. Je sentis mes pieds glisser sur la pierre à une vitesse impressionnante, m'entraînant vers lui, impuissante. Je terminai ma course en heurtant violemment son torse et il referma les bras qu'il avait écartés à mon approche. J'étais prise au piège.

— Si tu savais depuis quand j'attends ce moment, dit-il doucement en me caressant les cheveux.

Il sentait terriblement bon. Un mélange de fleurs de printemps et de brise marine et sucrée.

— Lâche-moi ! rugis-je en tentant de me débattre.

En vain. Il était beaucoup plus fort que moi.

— Je vais te tuer !

— Non, tu ne le feras pas, répondit-il calmement alors qu'il resserrait son étreinte.

— Si ! hurlai-je de toutes mes forces alors que je continuais à essayer de le marteler de mes poings. Si !

Il fit claquer sa langue à plusieurs reprises contre son palais tandis qu'une de ses mains caressait toujours mes cheveux.

— Non, répéta-t-il encore plus tendrement. Je n'ai jamais eu l'intention de te tuer, tu sais.

Je voulais qu'il me lâche. Son contact dérangeait ma peau. Je ressentais les mêmes décharges qu'avec Lukas, mais l'énergie qui naissait de notre contact était négative. C'était un trou noir qui essayait d'aspirer toute pensée rationnelle que j'aurais pu être tentée d'avoir.

— Menteur ! m'exclamai-je, outrée, alors que mes coups redoublaient d'intensité.

— Ça suffit ! tonna-t-il.

C'était la première fois que son ton était aussi sec, et je m'arrêtai aussitôt. Mais pas par choix. Mes membres ne m'obéissaient plus. Mon corps était comme engourdi.

Il fit un demi-pas en arrière et se baissa pour me regarder droit dans les yeux.

— Jamais, dit-il, la voix redevenue parfaitement douce, sucrée et tendre comme un fruit défendu. Jamais je n'ai eu l'intention de te tuer.

J'essayai de répondre, mais ma bouche était hors-service. Je voulais crier, hurler, j'avais besoin de frapper. Je détestais sa présence si près de moi, et je ne parvenais pas à réagir. J'avais l'impression d'être sur le point d'exploser.

— Je ne t'aurais pas tuée lorsque tu es née. Je n'ai pas touché à ton frère, pourtant j'étais persuadé qu'il s'agissait de l'enfant de la prophétie.

L'argument me fit l'effet d'une baffe, et cela ne provenait pas du ton utilisé. Il avait posé une main sur mon front, et l'énergie qui s'en échappait était dure à combattre. J'avais l'impression qu'il essayait de violer mes pensées, qu'il y forçait quelque chose que je ne voulais pas laisser entrer. Il me parlait calmement, me disait de ne pas lutter, mais plutôt mourir. Je ne désirais rien qui vienne de lui. Derrière son apparente douceur, je sentais quelque chose de malsain ronger la belle porcelaine de son masque.

Je transpirais. J'étais comme en état de choc, mais je tenais bon. Je voyais, comme à la lisière de mes yeux, des images, des pensées, des impressions qui ne m'appartenaient pas. Je voulais lui dire d'arrêter. Le supplier d'arrêter. Mais ma voix ne sortait pas, mes lèvres ne parvenaient pas à former des mots, mes yeux étaient incapables de se fermer. Pourtant, même si je refusais de les laisser entrer, je pouvais voir toutes ces choses en face de moi. Les voir, les ressentir, presque les palper.

J'essayais de résister, mais la tentation fut bientôt trop grande. Les images qui étaient à ma portée étaient plus que ma curiosité ne pouvait supporter. Je ne connaîtrais jamais la femme blonde qui était couchée sur le lit que je voyais, même si j'en mourais d'envie. Je me laissai aspirer.

Je me retrouvai dans une chambre mal éclairée. À vrai dire, il n'y aurait pas eu grand-chose à éclairer à part le lit où ma mère était allongée. La pièce était miteuse, en très, très mauvais état. Le plancher en bois vermoulu craquait sous mes pas à mesure que je m'approchais du lit et me rapprochais d'elle. Mon Dieu, elle était tellement belle, avec ses longs cheveux blonds et bouclés, ses longs cils clairs et recourbés, sa bouche fine sur laquelle était posé un petit sourire alors qu'elle dormait profondément. Je regardai un moment sa poitrine s'abaisser et se soulever avant de faire les quelques pas qui me séparaient encore d'elle. Je n'avais jamais vu une mortelle aussi magnifique, et pourtant j'avais eu tout loisir d'aimer les plus belles femmes du monde au cours des derniers siècles. Aucune ne lui arrivait à la cheville, même si elle était actuellement couverte de sueur dans des draps salis par le travail qu'elle venait d'accomplir.

Je m'assis sur le rebord du lit et portai une main à son front. Elle était brûlante.

— Viviane, murmurai-je.

Elle ouvrit de grands yeux si bleus que je faillis m'y noyer. Mais elle me sourit tendrement et je retrouvai le rivage. Elle méritait tellement mieux que la crasse qui l'entourait. Elle aurait dû être dans mon palais, resplendissante dans une robe de créateur, à la place qui lui revenait.

— Je savais que tu viendrais.

Sa voix n'était qu'un soupir. Elle semblait si faible dans ce lit défraîchi. Faible, et à la merci du premier prédateur venu. Je chassai ces pensées en me levant vivement.

— Pourquoi as-tu fait ça ?

J'étais blessé. En colère. Je me sentais trahi. Jamais personne n'avait osé me trahir. Pourtant, je ne pouvais me résoudre à la détester. La haine était ce que je connaissais le mieux, mais cette femme la muselait.

Elle ne me répondit pas, cependant le sourire mourut sur ses lèvres. Elle bougea délicatement les draps qui la recouvraient, et c'est à ce moment que je l'aperçus pour la première fois. Il était minuscule et ses cheveux étaient aussi noirs que sa peau était blanche. Il dormait paisiblement.

On aurait dit un petit ange. Cette vision m'irrita aussitôt. Il n'aurait pas dû exister. C'était impossible.

— Il te ressemble, dit-elle doucement.

La fierté qui transparaissait de son visage était tout bonnement incroyable. Je n'avais jamais vu personne porter ce genre de regard sur quiconque au cours de mes longues années. C'était aussi incroyable qu'insupportable. J'aurais dû être le seul homme à avoir de l'importance à ses yeux. Mon cœur se pinça, en proie à une certaine jalousie.

— Comment as-tu pu ? criai-je alors que je faisais un pas en arrière. Je te faisais confiance !

Le petit se mit à pleurer, à hurler, et mes oreilles commencèrent à bourdonner de manière très dérangeante. Lorsque je regardai à nouveau Viviane, je remarquai qu'elle pleurait également, en silence. Je fermai les yeux et passai les mains sur mon visage pour essayer de faire le tri parmi toutes les émotions contradictoires qui m'assaillaient. J'aimais cette femme. Je l'aimais comme je n'avais jamais aimé. Jusqu'à elle, je pensais même que j'en étais incapable, ou plutôt que l'amour n'existait pas, que ce n'était qu'une illusion. Mais c'était moi, le roi de l'illusion. Et elle était ma reine.

Je m'approchai du lit et m'y assis une nouvelle fois. Je frôlai la tête de mon fils d'un doigt qui semblait démesuré face à sa petite taille et jouai avec une de ses boucles noires. Il s'arrêta de pleurer aussitôt et m'observa de ses grands yeux verts. À nos côtés, Viviane sourit.

— Oh, Viviane ! murmurai-je. Qu'as-tu fait…

Le sourire qui étirait ses lèvres était maintenant empreint de tristesse. Mon cœur se serra en voyant son regard douloureux. Elle savait ce que ça impliquait. Cet enfant et moi ne pouvions pas partager le même monde. L'un de nous était appelé à disparaître.

— Je sais ce que dit la prophétie. Je m'en moque ! Toi, moi et cet enfant, nous pouvons vivre ensemble, heureux, et je…

— Victor, me coupa-t-elle doucement. Ma route s'arrête ici.

Sa voix n'était qu'un souffle. Il y avait tellement de fatigue dans ces mots que ma gorge se noua.

— Mais tu…

Je ne pus terminer ma phrase.

— Tu ne peux pas donner naissance à la mort sans en payer le prix, murmura-t-elle en s'efforçant de sourire.

Comme si un sourire allait ôter à la douleur qui me déchirait la poitrine.

— Je peux faire de toi l'une des nôtres !

— Victor…

Bien qu'à peine audible, son ton était moralisateur. Nous en avions parlé assez de fois pour que je sache qu'elle ne voulait pas être transformée. Elle ne l'aurait normalement pas pu, vu sa condition de Sihr, mais j'avais trouvé un moyen. J'étais capable de tout. Je pouvais ôter la vie, mais je pouvais aussi en faire cadeau à qui je le souhaitais. Mais elle refusait. Je le savais, pourtant j'espérais quand même. J'espérais de tout cœur qu'avec l'approche de sa mort, elle aurait changé d'avis et m'aurait laissé lui offrir l'immortalité. J'étais assez puissant pour rendre cela possible, pourtant le pouvoir ne faisait pas tout. C'était ce qui faisait toute la force de Viviane. Elle avait des principes et était prête à aller jusqu'au bout pour eux. C'était une des nombreuses raisons qui me faisaient l'aimer.

— Si tu m'aimes, tu dois me laisser partir.

Je ne répondis rien. J'enfouis ma tête contre son sein, juste à côté du nourrisson qui me regardait toujours fixement de ses grands yeux verts. Mes yeux. C'était plus que je ne pouvais en supporter.

— Si tu m'aimes, continua-t-elle plus doucement, tu m'aideras à m'en aller plus vite…

Je me relevai aussitôt, pris de panique. Je sondai son regard. Il était aussi sérieux que faible. Je me mis à secouer la tête rapidement. Elle porta une main chétive jusqu'à mon visage tandis que des larmes inondaient le sien.

— Tu voulais m'offrir la vie éternelle, je te demande le repos éternel. Je sais que tu ne me feras pas souffrir.

Lorsqu'elle essuya une larme sur ma joue, je me rendis compte que j'étais également en train de pleurer. Elle faisait taire la bête en moi et la domptait, la rendant bien trop humaine pour le monstre qu'elle était en réalité.

— Tu ne peux pas exiger ça de moi, la sermonnai-je.

À nouveau, elle sourit tendrement.

— Je ne l'exige pas, je t'en supplie. Abrège mes souffrances.

Je me penchai vers elle et pris son visage à deux mains, la regardant droit dans les yeux.

— Je t'aime.

— Je sais, répondit-elle en souriant mollement.

Mon cœur se pinça. Pourquoi ne pouvait-elle pas me dire qu'elle aussi m'aimait ? M'avait-elle jamais aimé ?

Je l'embrassai tendrement. Elle me rendit mon baiser, mais je sentais toute la faiblesse qui l'habitait, toute la douleur qui se déversait d'elle. C'était insoutenable.

— S'il te plaît, murmura-t-elle.

J'appuyai mon front contre le sien.

— Je ne peux pas, avouai-je dans un souffle.

— Bien sûr que si, tu peux, répondit-elle avant de m'embrasser à nouveau. Si tu m'aimes, ne me laisse pas souffrir ainsi.

Je fermai les yeux.

— Est-ce que tu m'aimes ?

Son petit rire cristallin me mit du baume au cœur en même temps qu'il terminait de me le briser.

— Espèce d'imbécile ! Bien sûr que je t'aime. Je t'ai toujours aimé.

J'ouvris les yeux et nous nous observâmes sans ciller. Elle me demandait l'impossible. Je ressentais sa souffrance, la douleur qui s'échappait d'elle par vagues et venait buter contre ma carapace, s'insinuant dans toutes les failles que Viviane y avait créées. Je savais que c'était insupportable et que chacun de ses sourires lui coûtait un peu plus. Mais comment pouvais-je tuer la seule personne qui m'avait jamais fait me sentir vivant ? Comment pouvais-je tuer la seule femme pour laquelle je voulais être humain ?

— Je t'aime, chuchotai-je.

— Je t'aime au…

Le bruit sec de sa nuque se brisant finit de détruire en moi la dernière parcelle d'humanité qui s'y cachait. Je reposai doucement Viviane contre son oreiller et lui fermai les yeux, et, lorsque ce fut fait, je ne pus retenir les sanglots plus longtemps. Je pleurai, je criai, je maudis la terre entière. Je venais de tuer la femme que j'aimais, et je n'étais plus qu'un puits de douleur. Un vide énorme, habité par un mal aussi invisible que puissant. J'étais seul, totalement seul, plus mort que jamais.

Le petit se mit à hurler comme moi, et je pris alors conscience que, si je me sentais seul, je ne l'étais pas effectivement. Je l'avais recouvert des draps sans même m'en rendre compte, et il pleurait et pleurait encore, me déstabilisant. Un si petit être, qui faisait tellement de bruit.

Je rabaissai la couverture et le regardai. Son minuscule visage était aussi rouge que boursouflé et ses joues ruisselaient de larmes. Je le pris dans mes bras et lui chuchotai des mots réconfortants. Il prenait si peu de place contre moi, c'était impressionnant. J'aurais pu le broyer d'une seule main.

Il cessa de pleurer presque aussitôt et recommença à me considérer de ses énormes yeux verts. Mes yeux. Ils semblaient presque disproportionnés par rapport au reste de son corps. Quelque chose en lui me donnait envie de rire, de sourire. C'était peut-être son propre sourire, celui qu'il affichait en me regardant sans ciller.

— Salut, lui dis-je.

Il commença à gazouiller et des larmes se remirent à couler doucement le long de mes joues.

— Je suis ton père.

Le petit monstre sembla acquiescer et tendit un bras vers mon visage. Je lui donnai ma main et il se saisit rapidement d'un de mes doigts. C'était tellement improbable. J'étais père. Qui aurait cru que ce fut possible ?

Je réprimai un hurlement lorsque le chenapan tira vivement sur mon doigt et le mordit dans l'instant. J'avais failli l'insulter, sous le coup de la douleur, mais elle s'était vite muée en sourire. Il suçait avidement, avalant le sang qui s'échappait. Il avait de sacrées dents et m'avait mordu incroyablement fort. Et j'étais terriblement… Grands dieux. J'étais terriblement fier.

Je reculai vivement. Je n'étais plus bloquée par Victor. J'étais libre de mes mouvements, et tout aussi nauséeuse. Il me regardait fixement, impassible, attendant une réaction. Je ne savais pas ce que je pensais. Mais il y avait une chose dont j'étais sûre. Je ne lui faisais pas confiance le moins du monde.

Chapitre 27

On s'attend à tout, mais on n'est jamais préparé à rien.
Je me mis à reculer, lentement. En face de moi, il ne cilla pas.

— Allons Maeve, ce n'est pas ce que tu voulais voir ? Je ne suis pas le monstre auquel tu t'attendais ?

— Comment est-ce que tu as fait ? demandai-je d'une voix blanche.

— Ça ? C'est très facile. Je peux te montrer. Je peux t'apprendre tellement de choses. Il suffit que tu en décides ainsi.

Au moment où il prononça ces mots, une image s'imprima dans mon esprit. Avec sa tenue si soignée, son visage si distingué, son port de tête altier et ses mains jointes par les extrémités de ses doigts, le tout surplombé d'un regard de fer, aussi tendre que dur, c'était le diable. Il me proposait un contrat. Et ce n'était pas mon sang qu'il voulait, même si c'était peut-être le seul vampire sur qui il n'aurait pas d'effet. C'était mon âme.

— Qu'est-ce que tu souhaites en échange ?

Une lueur d'intérêt s'alluma dans un de ses yeux. La dualité de ce qui aurait dû être mon père me frappa de plein fouet. Il me sourit diaboliquement, croisa les bras sur sa poitrine et soutint son menton d'une main. Il avait l'air de beaucoup affectionner cette position.

— Qu'es-tu prête à offrir ?

La question piège ! Qu'étais-je prête à offrir ? Tout et rien. Tout, parce que le pouvoir, la possession du pouvoir, son maniement, tout m'intriguait au plus haut point. Il m'enivrait, et les sessions avec Benoxh ne m'avaient donné qu'un avant-goût de toutes les possibilités qui s'offraient à moi sans m'ouvrir aucune des portes qui me faisaient envie. Victor, lui, pourrait certainement m'apprendre plus, et beaucoup plus vite que tous les Walter, Benoxh et consorts mis ensemble. Après tout, lui aussi possédait des pouvoirs vampires et Sihrs. Mais Victor était mauvais, je le sentais au plus profond de mes tripes, tout comme je sentais que je l'étais également, quelque part, même si je luttais. Est-ce que j'avais de quoi ne pas lui faire confiance ? Non. Est-ce que j'avais de quoi lui faire confiance ? Encore moins. Est-ce que cela me dissuadait ? Bonne question. Peut-être que j'étais prête à marchander avec le diable.

Voir dans son esprit m'avait donné une nouvelle perspective. J'avais entendu ce qu'on disait de lui. J'avais eu le briefing factuel. Je n'avais pas eu l'émotionnel. Ça m'avait aidée à comprendre beaucoup de choses. Je ne lui faisais pas confiance, mais je reconnaissais en lui des aspects de ma propre personnalité. Et surtout, je ne me faisais pas confiance à moi-même. Je détestais ces similitudes, pourtant j'étais forcée d'admettre qu'elles me parlaient.

— Qu'est-ce que tu es prêt à donner ?

Il sourit à nouveau et mit un moment à répondre. Il était aussi immobile qu'une image.

— Que désires-tu ?

Je ris malgré moi. À ma décharge, la situation était assez comique. J'étais en train de marchander avec mon géniteur, qui m'offrait de me prendre sous son aile. Un jour plus tôt, j'étais censée le tuer. Tellement de choses avaient changé depuis hier.

— Ta mort.

Bon, pas tant que ça.

Il se mit à rire à son tour.

— Rien que ça ? Allons, Maeve. Il y a bien quelque chose dont tu as plus envie.

Il me regarda avec un petit air aussi entendu qu'amusé. Je ne répondis rien.

— Et entre nous, je suis déjà mort, ajouta-t-il sur le ton de la confidence.

— Pas assez à mon goût.

Ma voix était sèche. Je ne bougeai pas. Mon corps était plus dur que de la pierre, mon esprit douloureusement en proie à un flux continu de pensées contradictoires et parfois farfelues. Un instinct primitif me criait de lui sauter à la gorge et de le tuer sur-le-champ. Un autre instinct hurlait plus fort pour couvrir cette solution, me disant que je n'étais pas prête et que ce serait juste ma vie que je mettrais en jeu en essayant. J'étais peut-être de la magie morte, mais je ne savais pas m'utiliser. Un dernier instinct me disait de choisir la voie obscure, que c'était là qu'était ma place, là qu'elle avait toujours été, et qu'il était inutile de me battre contre ce que j'étais.

J'ignorais ce que je voulais réellement, comme en témoignaient des voix plus faibles mais non moins présentes, qui me chuchotaient qu'au fond, Victor était un homme, un homme qui avait aimé, qui avait perdu, qui avait souffert.

D'autres répondaient en concert que s'il avait souffert, ce n'était que juste paiement pour tout ce qu'il avait fait à des milliers d'autres êtres. Ce à quoi le premier chœur rétorquait que, hey, c'était de ma mère dont il s'agissait. Ma mère que je n'avais jamais vue en vie avant ce jour. Ma mère qui l'avait aimé. Ma mère qui lui avait demandé de la tuer pour abréger ses souffrances. *Oui, mais c'est de Victor dont on parle*, répondaient les voix de la raison. *Tu ne peux pas faire confiance à Victor. Ce n'est pas le roi de l'illusion pour rien.*

J'étais tétanisée par toutes ces voix, comme si ma tête n'était pas assez grande pour qu'elles puissent toutes y résonner, et qu'elles s'insinuaient jusque dans mes veines, opérant comme un poison qui m'empêchait toute action. J'étais censée être toute puissante. J'étais censée avoir plus de force que quiconque jusqu'alors. J'étais censée... et ça s'arrêtait là. Je n'étais bonne à rien à part le dévisager, la bouche entrouverte, les yeux dans le vague, et l'esprit à des années-lumière. Qu'étais-je ? Le bon, la brute, ou le truand ?

Mon agitation ne sembla pas lui échapper une seule seconde. Il eut un petit rire, presque discret, comme s'il ne désirait pas me déranger dans mes réflexions, et se mit à faire quelques pas, en regardant distraitement la décoration.

— Qu'est-ce que tu veux réellement, Maeve ? demanda-t-il au bout d'un moment, alors qu'il était en train d'observer les chaînes auxquelles j'étais attachée quelques instants plus tôt.

Je veux Lukas. Je veux Walter et Elliot, à mes côtés. Lalawethika et Barney. Je veux savoir s'ils vont bien. Je veux savoir ce qui s'est passé. Je veux être chez moi, même si je ne sais plus où c'est. Je veux que toute cette dernière année ne soit qu'un rêve. Je veux être normale. Je veux être humaine.

Non, je veux être puissante. Je veux pouvoir utiliser mes pouvoirs. Je veux te tuer. Je veux sentir ce qu'il y a de vivant en toi s'échapper d'entre mes doigts. Je veux t'anéantir. Je veux te dire tout ça, mais aucun son ne sort. Je veux pouvoir bouger, je veux pouvoir parler. Je veux pouvoir agir ! Je refuse d'avoir peur.

Victor se mit à rire à gorge déployée, brisant mon monologue intérieur.

— Tu es un canular, Maeve ! Un bon gros canular.

— Pardon ?

— Une grande farce ! fit-il en écartant les bras comme pour montrer l'étendue de la chose. Une supercherie, si tu préfères.

Je n'osai rien dire. Il attendit quand même quelques instants, pour la forme. Puis il secoua la tête de manière agacée.

— Tu es la digne fille de ton père, m'annonça-t-il avant de marquer une pause. Une illusion. Mais quelle déception !

Il s'approcha lentement de moi.

— J'ai entendu parler d'une fille forte, beaucoup trop forte. Une fille dont j'aurais dû avoir peur. Regarde-toi ! s'exclama-t-il en me désignant des deux mains, une moue dégoûtée peinte sur le visage. Tu n'es qu'une illusion. Il n'y a rien derrière ton image, rien d'autre qu'une petite fille qui crie au loup.

Ses mots m'atteignirent comme une gifle. Il avait raison. Pourtant, ce n'était pas moi. J'étais une battante. Quelque chose en Victor endormait mes résolutions, étouffait ma force de caractère. C'était son pouvoir, c'était son illusion. Ce n'était pas moi. Je devais réagir. Je devais lutter. Je devais empêcher l'emprise qu'il avait sur moi d'avoir le moindre effet. J'avais été créée dans un but, j'avais une mission, et je pouvais la mener à bien.

— Allons, petite sotte, bats-toi ! me dit Lukas tendrement.

J'ouvris les yeux et il était là, à chuchoter par-dessus mon épaule. Je me tournai pour tenter de toucher son visage, mais il s'évapora à peine eus-je tendu la main.

— Princesse, c'est le moment d'agir.

Je sursautai en entendant la voix de Walter sur mon autre flanc, mais lorsque je me retournai, il s'évapora également.

— Pas très efficace ta technique, bébé. Je t'ai connue en plus grande forme.

Barney disparut sous mes doigts dans un nuage de fumée.

— Arrête ça ! criai-je en portant les mains à mes oreilles.

Mais cela ne m'empêcha pas de continuer à entendre. Les voix semblaient venir de l'intérieur de mon crâne, qui menaçait d'exploser. Il les forçait dans ma tête, je le savais, mais ça ne les rendait pas moins réelles.

— Tu ne vas quand même pas attendre qu'il te traite de hobbit, me sermonna Elliot.

— Arrête ça ! hurlai-je en donnant un coup dans le vide en direction de l'illusion avant de fermer les yeux.

— Fais-moi arrêter, se moqua Victor en ricanant méchamment.

— Pourquoi ? criai-je. Pourquoi ne pas simplement me tuer ?

Je l'entendis rire quelque part dans le brouillard de mon esprit.

— Je te l'ai dit, Maeve, répondit-il doucement, juste en face de moi. Je ne souhaite pas ta mort.

— Menteur ! m'exclamai-je vivement alors que j'ouvrais les yeux.

Mais ce n'était pas Victor qui se tenait devant moi. C'était les deux yeux parfaitement bleus de Tara. Je me mis à secouer énergiquement la tête.

— Ne me laisse pas être morte en vain, me supplia-t-elle.

— Pourquoi ? hurlai-je, alors que je sentais quelque chose se briser définitivement en moi.

Les larmes me brûlaient comme de la lave en fusion.

L'image de Tara se brouilla petit à petit et changea de forme. Les yeux étaient toujours bleus, les cheveux toujours blonds, mais bouclés, et le visage n'était plus le même.

— Parce que tu es complètement inutile comme ça, ma puce, me dit une voix que je n'avais entendue qu'une seule fois jusqu'alors.

Ma mère.

— Sors de ma tête.

Cette fois-ci, je n'avais pas hurlé. Cette fois-ci, j'étais calme. Trop calme.

Le rire de Victor résonna dans la pièce, puis je le vis faire un pas en avant, un pas qui le transporta au travers de l'image de ma mère qui s'évapora tandis qu'il prenait sa place.

— Fais-moi arrêter, dit-il à nouveau, sournoisement.

Ma main se serra autour de son cou avant que j'aie conscience d'en avoir eu envie. Je levai le bras et le décollai du sol. Il ne se débattait même pas. Il était trop occupé à rire.

— Enfin ! articula-t-il, à grand-peine. Enfin une réaction !

J'avais beau l'étrangler, lui broyer la trachée, ça ne l'empêchait pas de jubiler. Je pouvais sentir son amusement chatouiller ma peau comme un courant ininterrompu, titillant les nerfs de la pulpe de mes doigts. Mais je sentais autre chose. Quelque chose sous la carapace. Quelque chose d'enfoui sous la surface. Quelque chose qu'il ne voulait pas que je voie.

Je penchai la tête sur le côté, le regard perçant, planté dans le sien. Il s'arrêta de rire aussitôt, et je sentis des barrières se fermer devant moi. Plus que les sentir, je les voyais se former, presque aussi clairement que je le voyais en face de moi. Je voyais des souvenirs, des pensées, des impressions, diffuses comme l'avaient été les images de Lukas et Tara tout à l'heure. Et à mesure que j'évitais les murs qu'il essayait de construire entre ces informations et moi, je les esquivais pour attaquer par un autre angle.

— Cesse tout de suite !

Regardez qui est faible maintenant, pensai-je sournoisement alors que je dardai sur lui des yeux plus méchants que jamais.

— Fais-moi arrêter, répondis-je froidement alors que je contournai un nouveau mur.

Et j'y fus. J'avais passé toutes les barrières qu'il pouvait mettre. J'étais entrée.

Je voyais toujours la salle dans laquelle nous nous trouvions. Je voyais toujours Victor et le regard hargneux qu'il me lançait. Mais je voyais bien plus que cela. J'étais comme dans un énorme désert, une vaste galerie de tout ce qui avait été sa vie. Une gigantesque bibliothèque de sable dans laquelle des images floues remplaçaient les livres sur les étagères du temps. Il aurait été impossible de toutes les regarder en même temps, mais certaines se différenciaient des autres de par leur taille, leur violence, ou leurs couleurs.

La première qui retint mon attention fut celle d'un petit garçon à la peau tannée par le soleil, dont les pâles yeux verts se détachaient dans un mélange clair-obscur tout à fait saisissant. Ces yeux, je les reconnaissais, c'étaient les miens. Il y avait des tentes, du sable et des cris. Les images étaient diffuses. L'enfant se cachait sous une tenture tandis qu'à côté, une femme se faisait violer par un soldat puant la transpiration et l'alcool. Je pouvais sentir cette odeur rance tout comme je pouvais sentir la rage naissante au fond des tripes du gamin. Lorsque la femme arrêta de hurler, il risqua un œil et ne vit qu'une chose. Du sang. Beaucoup de sang. L'homme l'avait égorgée. La boule dans son ventre se fit plus grande, avant de se creuser et d'exploser en haine. Il s'élança hors de sa cachette et fonça sur les affaires du soldat qui se contenta de le regarder avant de se mettre à rire. Il se moquait du garçon d'à peine six ans dont il venait de prendre la mère, dans tous les sens du terme. Il rit encore plus quand le petit se saisit de sa propre épée et la brandit devant lui. Il rigolait toujours lorsque la pointe lui transperça le ventre. Jamais il n'aurait cru qu'un enfant serait capable de ça.

Je ressortis de ce souvenir aussi vite que je pus. J'avais la nausée. Le calme qu'il avait éprouvé après avoir tué le soldat, la joie, la soif de sang, tout cela était trop dur à supporter. Je venais d'assister à la naissance du monstre qui, plusieurs siècles plus tard, sévissait toujours.

Je survolai ensuite différents épisodes appartenant à sa vie d'humain. Adolescent, la première femme sur qui il avait eu des vues. Elle était éprise d'un jeune berger, bien que Victor ait tout eu pour plaire. Être beau et fort ne suffisait pas. Je refermai également cette fenêtre après l'avoir vu forcer l'entrée de leur demeure et tuer son rival devant celle qu'il convoitait. Je savais ce qu'il allait lui faire – ce qu'il lui avait fait – aussi sûrement que je savais que je n'avais pas besoin d'y assister.

Je vis sa rencontre avec Barney, qu'il appelait Anatole sur les champs de bataille. Je vis leur amitié sincère, l'ivresse des victoires, les femmes à leurs pieds, et l'insatisfaction qui perlait toujours sous la surface de ses sourires. Je vis sa transformation, le meurtre des vampires dont Barney m'avait parlé, et je sentis Victor se raidir encore plus alors que je le regardais s'approprier les pouvoirs des anciens. Il y avait quelque chose là qu'il ne voulait pas me laisser atteindre et que je ne parvins pas à forcer.

Je poussai plus loin et fis un saut dans le temps. C'était moi qu'il essayait de cacher. C'était mon potentiel, tout ce que j'étais, tout ce que je pouvais être. C'était un homme en noir dont je ne pouvais voir le visage qui lui disait qu'il pouvait prendre mes pouvoirs de la même manière qu'il avait volé ceux des anciens. C'était la joie à l'idée de pouvoir utiliser totalement la seule magie qui lui échappait encore. La magie morte.

C'était pour cela qu'il me voulait et qu'il avait besoin de moi vivante. Toutes les réponses étaient inscrites dans sa tête comme dans les pages d'un vieux livre sur lequel il suffisait de souffler pour enlever la poussière. Et je soufflais autant que je pouvais. Je n'allais pas tarder à manquer d'air.

Je n'étais d'aucune utilité pour le moment. Je n'étais pas à mon plein potentiel, et s'il me volait mes pouvoirs maintenant, il n'aurait pas accès à ce qu'il convoitait tant. Il fallait me briser avant, avait dit l'homme en noir. Me briser et me faire perdre toute humanité.

À mesure que je poussais pour entrer plus profondément dans son esprit, les images se faisaient plus troubles et les sons plus diffus. Il se battait pour que je ne puisse pas atteindre ce qu'il y avait réellement derrière. L'homme en noir le regardait, lui parlait, le conseillait, mais bien que son visage soit tourné vers nous, je ne voyais qu'un puits de ténèbres, et sa voix n'était qu'un chuintement qui devenait inintelligible. Je vis Connor, étendu sur le sol, inconscient, puis Lukas enchaîné à un mur. Je ne comprenais plus le sens des images que j'avais sous les yeux. Souvenirs ? Désirs ? Tout était trop confus. Puis un hurlement attira mon attention à un endroit tout différent de celui où j'étais en train de creuser. Je voulais continuer à chercher du côté de Lukas, pour m'assurer qu'il allait bien, découvrir où il était retenu, mais le cri m'avait prise aux tripes et ne quittait plus mes oreilles. Je connaissais cette voix et ma curiosité était trop grande. Je devais savoir ce qui s'était réellement passé.

J'abandonnai cette partie de la bibliothèque pour me précipiter vers l'endroit d'où provenait le hurlement. Et j'arrêtai de respirer. Victor venait d'enfoncer une porte pour entrer dans une pièce miteuse. Cette pièce, je l'avais vue quelques instants plus tôt, mais c'était dans ma tête que ce souvenir s'était insinué, et il ne ressemblait en rien à ce que j'avais sous les yeux.

Le bois avait volé en éclat sous la force du coup de pied, et ma mère avait couru dans un coin. Elle tenait résolument serré un petit tas de couvertures. Je ne le voyais pas, mais je savais que c'était Connor. Elle suppliait Victor. Elle l'implorait de ne rien faire au bébé. À aucun moment elle ne supplia pour sa vie. À aucun moment. Elle était forte, elle savait qu'elle allait mourir. Mais elle ne voulait pas que son fils soit tué.

Elle hurla lorsque Victor la frappa violemment au visage, l'insultant de toutes les manières possibles et imaginables. Personne ne pouvait le trahir. Personne. Et elle devait payer pour ce qu'elle avait fait. Il lui arracha le petit des bras, et, tandis qu'elle pleurait, il lui brisa la nuque avant de lancer le nourrisson loin dans la pièce. Les cris de ma mère redoublèrent. Elle souffrait, et Victor s'en délectait. Puis il la saisit par le cou et la souleva contre le mur, enfonçant ses ongles profondément dans sa chair. Du sang se mit à en couler, lentement, retenu par les doigts qu'il lui avait introduit dans la gorge. Il la regarda, un sourire malicieux sur les lèvres, et approcha son visage. Lorsqu'il parla, sa voix vibrait de haine.

— Tu ne peux pas donner naissance à la mort sans en payer le prix.

Ce qui se produisit ensuite me déchira l'esprit. C'était insupportable à voir, insupportable à ressentir. Je me sentis plus désarmée que jamais à observer une scène qui avait eu lieu quelque vingt-deux ans plus tôt. Une scène sur laquelle je n'avais aucun pouvoir.

Les ongles de Victor s'allongèrent en griffes et, tandis que celles-ci mettaient la gorge de ma mère en lambeaux là où il la tenait toujours, celles de son autre main plongèrent violemment dans sa poitrine et en ressortirent presque immédiatement, brandissant un trophée ensanglanté.

— Tu m'avais donné ton cœur, dit-il froidement en la regardant dans ces yeux que la vie avait déjà quittés. Je reprends ce qui m'appartient.

Puis il observa l'organe sans ciller. Celui-ci prit feu aussitôt. Avec un sourire de contentement, Victor souffla sur les braises à peine formées tandis qu'il relâchait le corps de ma mère, qui s'écrasa bruyamment par terre. Ensuite, il se frotta les mains pour faire disparaître toute trace de cendres. J'avais envie de vomir.

J'allais m'enfuir de ce souvenir lorsque j'entendis Connor pleurer. Je restai quelques instants supplémentaires, le temps de voir Victor s'en approcher, plutôt contrarié, et se baisser à côté de la petite forme qui reposait sur le sol. Il pleurait et hurlait, et il était sain et sauf. Trois faits qui énervèrent énormément Victor. Il s'en saisit sans ménagement et le porta et, tandis qu'il rapprochait sa main du visage de son fils, hésitant sur le fait de le tuer pour de bon ou pas, je vis Connor lui mordre violemment un doigt. Victor l'insulta mais le laissa faire. Il n'avait pas totalement menti, tout à l'heure, lorsqu'il avait forcé de faux souvenirs dans ma tête. Je pouvais sentir qu'il était fier de son fils. Je sentais tout aussi clairement qu'il le haïssait profondément. Et de fil en aiguille, tous les souvenirs liés à Connor fondirent sur moi comme un essaim d'abeilles, me piquant sans répit jusqu'à ce que je veuille bien lâcher l'os. Mais avant d'être éjectée de son esprit, j'avais eu droit à un panoramique de toute la haine qu'il nourrissait à l'égard de son bâtard.

La dernière image que je vis fut celle de Connor, étendu dans une ruelle, inconscient. Autour de lui, des silhouettes se détachaient. Un homme aux cheveux blancs, et un grand type dont les doigts étaient encore légèrement enflammés.

— Espèce de sale crevure ! hurlai-je en jetant Victor à l'autre bout de la salle.

Il rebondit contre le mur et resta au sol, à rire sans se cacher.

— Je t'ai montré ce que tu voulais voir. Toutes les émotions que tu as ressenties tout à l'heure étaient vraies. Ce n'étaient juste pas les miennes. Tu as mené la barque tout du long! C'est toi qui voulais un père aimant qui n'a jamais voulu tuer ta mère.

Puis il se mit à rire encore plus fort. Il se moquait de moi. Je bouillonnais.

— Tu as sacrifié ton propre fils!

Il pouffa et se releva de manière très distinguée avant de commencer à épousseter ses habits. Il ne prit pas la peine de ramasser son chapeau qui avait été éjecté à quelques mètres de lui et franchit la distance qui nous séparait d'un pas assuré.

— Ton frère est un incapable. Je n'ai pas besoin de lui.

Je secouai la tête, dégoûtée.

— Mais tu as besoin de moi, fis-je, amère.

Un sourire franc vint illuminer son visage. On lui aurait donné le diable sans confession.

— Tu oublies juste un minuscule détail, lançai-je en dardant violemment un doigt contre sa poitrine.

Il observa mon doigt d'un air amusé et ne fit rien pour l'enlever de son torse.

— Je t'écoute, dit-il posément en regardant au fond de mes yeux.

Le regard que je lui renvoyai débordait de haine.

— Jamais, tu m'entends ? Jamais tu ne me briseras aussi facilement.

Il se remit à rire, et mes nerfs commencèrent à lâcher l'un après l'autre. J'assenai un violent coup de genou dans l'entrejambe de Victor. Il se plia immédiatement, mais n'arrêta pas de rire pour autant. Je lui donnai un autre coup dans les dents, sans effet lui non plus. Je ne savais pas ce qui me mettait le plus en colère entre ce que j'avais vu dans sa tête et le fait qu'il ne se défendait même pas contre mes attaques. Je le rouai de coups pour tenter de le forcer à réagir jusqu'à ce que je me rende compte que c'était exactement ce qu'il voulait. Que je m'énerve. Que je perde pied.

J'arrêtai de frapper lorsqu'il fut au sol, et il demeura immobile, se tenant les côtes, un sourire de contentement vissé au visage.

— Quoi ? demandai-je froidement.

Il se redressa sur un coude et plongea son regard piquant dans le mien.

— Oh, fit-il d'une voix traînante, tu le sais.

— Non, je ne le sais pas.

Il soupira d'aise puis secoua la tête en faisant la moue.

— Qu'est-ce que tu crois, Maeve, que tu as réussi à violer les barrières de mon esprit ?

Le ton dédaigneux de sa question fit naître le doute en moi. Que voulait-il dire ? Oui, c'était précisément ce que j'avais fait. J'avais contourné chacun des obstacles qu'il y avait mis, j'étais rentrée plus profondément chaque fois, et je m'y étais promenée librement.

— Tu n'as vu que ce que tu devais voir.

— Non. J'ai vu ce que je voulais voir. Je suis allée au-de…

— Balivernes, me coupa-t-il théâtralement en appuyant sur chaque syllabe.

Il me considéra un court instant, sourcils levés, puis il se laissa gracieusement tomber au sol et passa les mains sous sa tête. J'eus presque l'impression qu'il était sur le point de se mettre à siffloter. Il ne lui manquait qu'un brin d'herbe entre les dents.

— Allons, tu ne remarques pas une certaine logique dans ce que je t'ai permis de regarder ? demanda-t-il d'un air absent, comme si je lui faisais perdre son temps.

Mon esprit recommença à s'échauffer. J'avais vu en premier lieu la manière dont il avait assisté, sans moyens, à la mort de sa mère puis tué l'homme qui en était responsable. Puis j'avais vu ma propre mère être assassinée. Et je m'étais sentie aussi impuissante que le petit garçon avant de plonger l'épée dans le ventre du soldat.

Je ris jaune.

— Je te l'ai dit, Vic. Ce n'est pas en me montrant le meurtre de ma mère que tu vas me briser.

Il émit un son si aigu qu'il me sembla improbable qu'il soit sorti de sa gorge.

— Mauvaise fenêtre, fit-il en me regardant avec de gros yeux.

Puis il fit une moue très étrange, sourcils hauts perchés, lèvres tordues en un sourire qui naviguait entre l'espiègle et le clownesque.

— L'homme en noir ?

Est-ce que je l'avais déjà vu ? Était-ce pour cela que son visage m'avait été voilé, et que sa voix ressemblait à un chuintement, ou n'avait-il simplement pas de visage ? Existait-il seulement ?

Victor soupira d'agacement, bouche grande ouverte, et se redressa. Il secouait toujours la tête lorsqu'il se releva.

— Tu n'as vraiment pas inventé la poudre, hein ? dit-il d'un ton fatigué. Enfin, je suppose qu'il avait raison. Tu es vraiment une petite sotte.

Mon cœur se figea dans ma poitrine et mes membres redevinrent aussi durs que du béton armé.

— Où est-il ? demandai-je vivement, en tentant de contenir la panique qui se mêlait à la rage dans ma voix.

Victor haussa les épaules.

— Pas loin, répondit-il d'un ton badin alors que mes yeux balayaient la pièce à grande vitesse à l'affût d'une présence.

Mais il n'y avait personne. Il n'y avait que lui et moi, entourés de murs gris et nus.

— Il n'a jamais été loin, ajouta-t-il sur le ton de la confidence.

Et il se mit à rire, et rire encore, jusqu'à ce que la rage m'abandonne et cède sa place à la panique.

Chapitre 28

Face au roi de l'illusion, il ne faut pas croire ses yeux.

Il ne faut sûrement rien croire du tout, en fait.

Potentiellement, rien de ce que j'avais vu depuis qu'il était arrivé n'existait. Il n'y avait pas eu d'araignées, même si je les avais vues, même si je les avais senties. Lala n'avait probablement jamais été transformé en ourson, et les souvenirs qu'il avait forcés dans ma tête n'étaient que du vent, puisque j'avais accédé à la vérité par la suite. Mais était-ce seulement la vérité ou s'agissait-il d'une autre illusion ? Je n'avais aucune idée de ce que je pouvais croire, mais je savais en quoi je voulais croire, et cela excluait totalement la présence de Lukas quelque part dans cette pièce.

Je l'avais aperçu attaché à un mur. Il n'y avait qu'un emplacement où il aurait pu se trouver s'il était avec nous, c'était là où j'avais moi-même été retenue plus tôt. Mais cet endroit était désespérément vide. Il n'était pas là.

— Tu chauffes, me dit Victor en me voyant regarder en direction des menottes.

Je me mordis la lèvre jusqu'au sang.

— Tu bluffes, répondis-je hargneusement.

— Allons, on n'est pas en train de jouer au poker, Maeve, fit-il en rigolant. L'illusion et le bluff sont deux choses bien différentes.

J'avais envie de courir vers le mur et de le palper à la recherche d'une présence. Plus qu'envie, j'en avais besoin. Pourtant je ne pouvais me résoudre à bouger. Si j'y étais allée, j'aurais su. Or, j'avais besoin de croire qu'il n'était pas là. J'avais besoin d'espoir. Mais l'espoir est une illusion.

— Tu m'as montré comment tu es devenu un meurtrier, et comment tu as tué ma mère. Si Lukas était vraiment là, tu ne m'aurais montré que ça.

J'étais sûre de moi. Vraiment sûre. Même lorsqu'il pouffa à nouveau de rire. Il n'aurait pas été nécessaire de me faire voir tout ça si son plan était celui qui était en train de m'ôter toute faculté motrice. Comment pouvais-je être tétanisée à ce point ? Il fallait que je retrouve le calme, que je reconnecte avec cette partie de moi qui ne se laissait jamais déstabiliser, cette partie qui faisait ma force.

— Ça ne serait pas logique, continuai-je avec assurance, sans pour autant quitter les menottes des yeux.

— Encore une fois, la logique et l'illusion ne vont pas de pair, fit-il avec un sourire condescendant. Et tu sembles oublier un détail… de taille.

Je tournai un regard froid vers ce qui aurait dû être mon père.

— Lequel ?

Son visage n'était que satisfaction pure. Il arrangea lentement le bas de ses manches, jouant avec ses boutons de manchette, prenant tout son temps. Lorsqu'il eut terminé, il tira deux petits coups sur son gilet pour le remettre parfaitement droit et planta ses yeux monstrueux dans les miens.

— Oh, allons ! Que je veux juste te faire chier, ma puce ! Ne le prends pas si personnellement.

Je soupirai, énervée. Tout ceci était un rêve. Un mauvais rêve provoqué par la potion ignoble que Walter avait versée dans mon verre. J'allais me réveiller et ils seraient tous de retour, avec Connor.

— Il n'est pas là. Tu n'es pas là. Si tu avais été là, je t'aurais tué sans hésiter, dès le départ.

Je pensais à nouveau que cette éventualité pouvait être la vérité. Je n'aurais jamais hésité à tuer Victor et à mettre fin à toute cette histoire si j'en avais eu la possibilité. J'en étais sûre. Toute l'impuissance que je ressentais n'était pas réelle, elle ne m'appartenait pas.

Il rit doucement.

— La première erreur que les gens font face au diable, c'est de l'écouter. Ensuite, il est trop tard.

— Tu n'es pas le diable, répondis-je d'un ton dédaigneux. Le mal et l'égocentrisme sont deux choses bien différentes, même si elles vont souvent de pair.

Il me regarda d'un air satisfait. Je n'aimais pas ça.

— Tu commences à refuser les visions que je t'offre. Je suis fier de toi.

— Garde ta fierté, crachai-je. J'ai vu ce qu'elle a coûté à ton fils.

Il baissa la tête pour masquer un sourire.

— Connor n'est pas digne. Or, je pense que tu peux l'être.

— Épargne-moi tes conneries, Victor.

— Je suis tout ce qu'il y a de plus sérieux, répondit-il de manière posée. Ce que je suis prêt à t'offrir, personne d'autre ne peut le faire.

Je souris nerveusement en fermant les yeux, le temps de ravaler la bile qui essayait de se forcer un passage dans ma gorge.

— Allons, Maeve. Laisse-moi t'aimer de la seule manière que je connaisse, par la violence, en faisant de toi une arme. Les émotions sont les ennemies des personnes comme nous. Tu ne peux pas te permettre le luxe d'aimer. Tu ne peux que haïr, c'est inscrit dans tes gènes. Ce n'est que dans la haine que tu deviendras maîtresse de toi-même.

Je sentis une main contre ma joue, un contact glacé, alors que je repensais à Benoxh qui m'avait dit l'exact opposé. La sérénité, la haine. Un choix à faire. J'étais fatiguée. Je voulais que tout cela cesse. Sans même m'en rendre compte, j'abandonnai ma tête dans cette paume plus froide que la mort.

— Tu sais que j'ai raison, fit-il doucement, tendrement. Tu as ressenti ce dont je te parle.

Ma tête reposait dans sa main, cherchant du réconfort. Oui, je comprenais parfaitement. Je l'avais ressenti plus d'une fois. Les émotions rendent faible. Elles sont les portes ouvertes à l'échec. Je me l'étais répété tant de fois…

Je me redressai d'un coup sec et fis un pas en arrière. Il savait que j'avais pensé ça. Il le savait.

— Je ne te crois pas, je ne crois pas une seule chose que je ressens en ce moment, sifflai-je.

— Je suis juste en train d'essayer de te rendre service, dit le diable de sa voix la plus douce.

Il avait l'air tellement sincère. Tellement vrai. Tellement aimant. Son masque était si attirant. Mais la bête qui se cachait derrière avait des griffes qui ne demandaient qu'à me broyer comme elles avaient broyé ma mère.

— Tout ceci n'est qu'un rêve.

Il rit doucement et porta une main à mon visage pour passer une mèche de cheveux vagabonde derrière mon oreille.

— Si c'était un rêve, tu aurais une arme, et tu me tuerais. Ceci est la réalité.

— Illusions, rétorquai-je, sans y croire moi-même.

Bon Dieu, j'avais tellement besoin d'y croire. Il était entré dans mon esprit comme Connor l'avait fait à de nombreuses reprises. Rien de ce qui nous entourait n'était réel. Le *Practice* n'était qu'un tableau, le corps inconscient de Cormack qu'une tache d'huile sur la fresque qu'il n'avait peinte que pour moi. J'ignorais où se trouvaient mes compagnons, mais aucun d'entre eux n'était là. Je n'étais pas là. C'était la raison pour laquelle j'étais incapable d'agir. C'était la seule explication possible. Je devais trouver un moyen de me réveiller.

— Réalité, dit-il en se saisissant d'une de mes mains pour y déposer quelque chose.

Je baissai les yeux et vis le poignard.

— Tue-moi, si tu le désires.

Comme j'en avais envie ! Je regardai le poignard. Je regardai Victor. Le poignard à nouveau. Mes doigts se resserrèrent autour de la garde. Victor. Le poignard. Victor qui souriait. Un cauchemar.

— Tu vois ? Je t'ai donné le choix et tu ne l'as pas fait, dit-il tendrement. Tu ne veux pas le faire.

— Tu ne m'as pas donné le choix.

Ma voix n'était que l'ombre d'elle-même. Je n'étais plus vraiment là. Plus dans mon corps, plus dans ma tête. J'étais ailleurs, je n'étais nulle part.

— Bien sûr que je te l'ai donné.

— Ce couteau n'existe pas.

Il soupira, exaspéré, puis me le prit des mains pour se le plonger dans l'avant-bras. Il ne broncha pas, mais la lame s'y enfonça et du sang se mit à couler. Je le poussai vivement et récupérai l'arme, puis me la plantai dans la main. J'étais persuadée qu'il s'agissait d'une illusion. Jusqu'à ce que je ressente le métal dans ma chair, et que mon propre sang commence à affluer. Victor sourit de plus belle et se saisit de ma paume pour la regarder cicatriser. Il semblait satisfait. J'étais encore plus démoralisée.

— Alors il ne te tuerait pas, dis-je.

Il eut une drôle d'expression que je me refusai à interpréter. J'étais à bout, mentalement. Fatiguée à l'excès.

— Il tuera Lukas.

Quoi ?

Mon esprit s'éveilla à nouveau, dans un grand sursaut. Je me mis à secouer la tête vivement en le regardant avec des yeux fous.

— Il est hors de question que je te laisse lui faire quoi que ce soit, rugis-je en pointant le couteau sous son menton.

Je fis deux pas en avant, pressant la lame plus fortement contre sa trachée.

— Je ne compte rien lui faire, dit-il sans perdre une once de son flegme. C'est toi qui vas le tuer.

Je partis d'un rire hystérique

— Tu es complètement cinglé !

Il eut un air entendu et secoua la tête.

— Je crains que tu ne comprennes pas vraiment les options qui s'offrent à toi.

J'enfonçai la lame de quelques millimètres dans sa gorge mais ne lui coupai pas la parole.

— Toi et moi, qu'on le veuille ou non, sommes liés. Tu es censée pouvoir me tuer, je suis censé pouvoir te prendre tes pouvoirs. Mais dans l'état actuel des choses, aucun de nous ne peut réussir. Je ne peux pas te prendre la magie morte parce que tu ne l'as pas encore libérée, et tu ne peux pas me tuer pour la même raison.

— Une vraie impasse, raillai-je.

— Une vraie impasse, confirma-t-il. Sauf…

Un sourire carnassier fit son apparition sur son visage, l'illuminant sous un jour nouveau.

— Sauf si tu fais confiance à ton vieux père.

— Plutôt crever.

— Oh, ne t'en fais pas, ça arrivera aussi. Le seul moyen que cette histoire finisse, c'est que tu sois en pleine possession de tes pouvoirs. Une fois que ce sera fait, nous pourrons voir lequel l'emportera. Que le meilleur gagne !

Je ris malgré moi. Je ne pouvais pas me débarrasser de lui, il ne voulait pas – encore – le faire.

— Je ne tuerai pas Lukas. Je ne tuerai personne. À part toi.

— Tu ne peux pas me tuer.

— Je mourrai en essayant.

— Alors je tuerai Lukas.

Mon sang ne fit qu'un tour. Le poignard s'enfonça dans la gorge de Victor jusqu'à la garde, fait qui ne sembla pas le déranger le moins du monde ni l'empêcher de parler.

— Tu ne peux pas me tuer, tu ne peux pas me blesser. Tu ne peux même pas me faire mal, dit-il calmement en attrapant ma main pour retirer l'arme de son cou. Tu ne peux rien f…

Il cligna des yeux. Et encore une fois.

— F…

Il était comme figé.

— F… ? demandai-je, toute innocente.

J'ôtai lentement ses doigts du couteau, un à un. Puis je le regardai durement. Et je plongeai la lame dans mon ventre. Je la ressortis et regardai le rouge qui la maculait un moment.

— F… F… Foutu sang, terminai-je calmement avant de lui planter le poignard en pleine poitrine.

Ses yeux s'écarquillèrent, mais il ne bougeait pas. Il ne pouvait pas. Quel dommage !

— Tu vois un truc, Vic, dis-je en retenant un certain amusement dans ma voix, c'est que même si je ne peux pas te tuer parce que je ne sais pas utiliser ma magie morte, mon corps n'en reste pas moins un concentré.

Je sortis la lame de son torse et la plongeai dans ma cuisse. Je ne ressentais même pas la douleur. Je jubilais.

— Et tu as oublié un détail… de taille.

Je retirai le poignard de ma jambe et le plantai violemment dans son ventre avant de le faire tourner plusieurs fois sur lui-même. Je le dégageai et regardai le sang s'écouler. Là où je l'avais touché, les plaies ne cicatrisaient pas. Il se vidait de son sang.

Je le saisis par les cheveux et tirai son visage vers le mien.

— Contrairement à toi, je suis capable d'aimer. Et jamais, jamais tu n'aurais dû menacer les gens que j'aime.

Je vis ses yeux s'ouvrir en grand avant que mon front n'aille violemment heurter le sien. Il fut projeté en arrière et parcourut quelques mètres avant de s'arrêter sur le sol. Je ne lui laissai pas le temps d'essayer de se relever. Il avait eu assez de mon poison dans les veines pour le sonner, mais certainement pas pour le tuer, et je ne voulais prendre aucun risque.

Je fonçai sur lui et me mis à le rouer de coups de pieds alors qu'il était à terre. D'ordinaire, j'étais plus encline au combat au corps à corps, à chances égales. Pas là. J'avais envie qu'il souffre, qu'il regrette. Je voulais qu'il crève misérablement.

— Jamais, jamais, répétai-je sans arrêter les coups.

Il les encaissait sans émettre un seul son. Sa gorge devait être figée comme le reste de son corps.

— Tu ne menaces pas mes amis, tu ne menaces pas ma famille, tu ne menaces pas les gens que j'aime.

Je me baissai et le saisis au cou pour le soulever et le redresser.

— Vas-y, réagis ! hurlai-je en lui assenant un coup de coude en pleine mâchoire. Bats-toi, voyons ! C'est ça, le roi de l'illusion ?

Un autre coup, plus violent, et il tomba une nouvelle fois à terre. Je fixai le couteau à mon pantalon et relevai Victor. Je le tins d'une main pour le frapper à nouveau et ne pas avoir à le remettre sur pieds encore une fois. Puis je cognai, encore, et encore, alternant les bras pour éviter les crampes et pour qu'ils puissent équitablement se défouler, distribuant des coups de genoux et de tête par moments, toujours dans un souci d'équité. Tout mon corps souhaitait sa mort. J'avais le contrôle, enfin. Ce n'était plus un rêve. C'était ma réalité.

Je continuai à le frapper jusqu'à ce qu'il rebondisse contre le mur. J'avais bien visé, et il était exactement là où je voulais qu'il soit. Au pied des menottes. Je pris un de ses poignets et le fourrai sans ménagement dans le lien d'acier avant de faire pareil avec le second. Son visage était boursouflé, et je remarquai qu'il avait envie de parler. Mais il ne pouvait pas. Il ne pourrait bientôt plus jamais rien faire.

— Comment c'est d'être totalement impuissant, Vic ? demandai-je, un contentement froid et non déguisé dans la voix. Comment c'est de voir ton rêve s'envoler plus vite que tes sacro-saintes illusions ?

Il sourit. Difficilement.

— Que le meilleur gagne, t'avais dit ? fis-je en portant la main à mon jean pour en retirer le couteau. C'est bien ce que tu avais dit ?

Il releva la tête pour me lancer un regard de défi. Son visage était totalement tuméfié. Il ne ressemblait pas à la vision si parfaite à laquelle j'avais eu droit lorsqu'il avait pointé le bout de son nez. J'avais brisé son masque. *Dommage qu'il n'ait plus son beau costard blanc*, pensai-je. Mais le rouge lui allait si bien au teint.

— Que le meilleur gagne, articula-t-il avec difficulté.

Je le regardai froidement. Je voulais graver cette image profondément dans ma mémoire. Ne jamais oublier. Jamais.

— Tu ne feras plus jamais de mal à personne, soufflai-je en armant mon bras.

— Si tu le dis, répondit-il avant de partir dans une quinte de toux ensanglantée.

Puis j'hésitai. Une fraction de seconde. Il sourit, et ma résolution revint. Tout se passa si vite. Si vite.

Il y a des moments dans la vie où tout bascule, et ils ne sont pas toujours faciles à identifier. Au cinéma, rien de plus simple. Un bon ralenti et l'affaire est dans le sac. Mais dans la vraie vie ? Un instant, ma main est levée, prête à frapper. Le suivant, elle percute violemment une poitrine avec la lame qu'elle tient. Si je pouvais passer cette scène au ralenti, encore et encore, est-ce que je me rendrais compte de l'instant précis où je réalise que c'est une erreur ?

La prophétie, cette foutue prophétie, disait que je tuerais mon père et deviendrais pire que lui. C'était ce qui m'avait fait hésiter alors que mon bras était armé et prêt à s'abattre. Je sentais au plus profond de moi que j'avais un potentiel noir, obscur, qui pourrait éclipser toute raison aussi sûrement que la Lune peut voiler le Soleil malgré sa moindre taille. Et je ne savais pas si j'avais les atouts pour le combattre. Pourtant, il suffit d'une toute petite bougie pour que le noir total ne le soit plus. Les ténèbres ne peuvent exister sans lumière. J'en étais consciente. C'était pour ça que j'avais frappé. J'étais entourée de gens qui m'aimaient, qui tenaient à moi, et qui ne laisseraient pas ma flamme s'éteindre. Avoir confiance en eux me donnait confiance en moi. Mais il y avait ce ralenti. Ce putain de ralenti qui passa en boucle dans mon esprit pendant ce qui me parut une éternité, jusqu'à ce qu'un rire machiavélique appuie douloureusement sur la touche « play ».

Ma main était en l'air, Victor avait souri, le coup était parti et s'était fiché dans sa poitrine à une vitesse ahurissante, en plein cœur, avec une violence non contenue. J'avais senti des côtes se briser sous l'impact. Et j'avais été heureuse. Vraiment heureuse. Jusqu'à ce que je relève la tête pour contempler une dernière fois le visage de mon père avant qu'il ne parte en fumée. Ce qui avait été mon cœur se broya, éteignant définitivement ma flamme dans le souffle de l'explosion qui s'ensuivit, laissant les ténèbres envahir mon être.

Des chaînes. J'avais vu Lukas attaché à des chaînes. « *Je t'ai montré ce que tu avais besoin de savoir*, avait dit Victor. *C'est toi qui vas le tuer.* » Je hurlai, et je hurlai encore. De rage. De tristesse. De culpabilité. Jusqu'à ce que mon estomac se retourne complètement et me force à vomir violemment ce qu'il ne contenait pas. Et pendant tout ce temps, il rigolait, quelque part derrière moi.

Je me relevai et regardai une dernière fois le visage de Lukas avant qu'il ne se transforme en statue de cendres. Puis je me tournai pour faire face à Victor. Je pouvais sentir la fureur couler dans mes veines. Je n'étais plus humaine. J'étais la rage, j'étais la violence. J'étais la mort.

— N'oublie jamais que c'est mon sang qui coule dans tes veines, petite bâtarde !

Le son de sa voix me court-circuita les nerfs. Je m'ébrouai comme un chien à peine sorti de l'eau et le regardai froidement. J'entendis le bruit du craquement mais ne baissai pas les yeux comme il le fit pour observer le sol entre lui et moi, qui était en train de se fendre. Il fit un pas rapide sur le côté et me regarda, un grand sourire pendu aux lèvres.

— Voilà qui promet d'être intéressant. Au fait, le noir te va à ravir.

Je ne savais pas de quoi il parlait. Je ne voulais pas savoir. Je ne voulais plus rien, à part le néant. Je tendis une main volontaire dans sa direction et lui imprimai un petit coup sec. Les mots magiques étaient inutiles. J'étais la magie. Victor fut projeté contre le mur à une vitesse folle. J'entendis des os se briser. J'aimais ce bruit.

Je parcourus d'un pas lent mais décidé la distance qui nous séparait. Lorsque j'arrivai vers lui, il s'était déjà relevé.

— Très intéressant, dit-il, trépignant d'excitation. Que la fête commence !

Il se tassa sur ses genoux, prêt à l'attaque. Lorsqu'il bondit, ma main imprima un geste identique à celui que j'avais exécuté précédemment, et il fut à nouveau projeté quelques mètres plus loin. Ce coup-ci, il sauta sur ses jambes prestement et sembla faire un pas sur le côté. Sembla, car en même temps qu'il se déplaçait, il resta sur place, se dédoublant. Je le regardai recommencer l'opération plusieurs fois tandis que je continuai à m'avancer vers le premier Victor. Je ne ressentais rien. Je n'étais plus en colère. Je n'étais rien. J'étais vide.

Tous me fondirent dessus au même moment. Ils volèrent aux quatre coins de la pièce aussitôt. Le Victor original était parmi eux. Je ne savais plus lequel c'était. Tant pis, je les broierais tous. Un à un.

Rapidement, ils furent tous à nouveau sur moi. J'aurais pu continuer des heures à les faire valser dans les airs, mais je n'avais plus envie. Je voulais en finir. Je lâchai mon couteau et arrêtai de bouger. Le Victor d'origine finirait par se montrer.

Deux d'entre eux me saisirent par les bras. Je ne résistai pas. Je m'étais rendue face aux araignées. C'était ce qui l'avait fait sortir de son trou.

— Merci d'avoir participé, dit l'un des Victor.

Bonjour, Victor original.

— Ce fut un plaisir de te connaître. Brièvement.

Je levai un regard mort vers celui qui s'exprimait.

— Tout le plaisir était pour moi, répondis-je alors que mes doigts se raidissaient.

Il arma un bras muni d'un poignard à l'instant où le couteau que j'avais lâché précédemment atteignait mes mains et que tous les autres Victor explosaient autour de nous. Un flash de panique passa dans ses yeux. Il ne s'attendait pas à ça. Son regard se porta une fraction de seconde sur ma main déjà levée, et il frappa. En même temps que je frappai. Sa lame s'enfonça dans mon cœur au moment où la mienne perçait le sien. J'allais mourir. J'étais heureuse. Non, pas encore. Le Victor en face de moi s'effaçait en volutes de fumée. Chien.

Je me retournai vivement et me retrouvai en face d'un unique Victor qui me dévisageait d'un air ahuri. Il faisait les gros yeux devant le poignard dans ma poitrine. Le poignard qui aurait dû me tuer.

— Les choses n'étaient pas censées se passer comme ça, dit-il, visiblement très contrarié.

Je fonçai sur lui sans attendre, couteau levé.

— On se reverra, lança-t-il hargneusement alors que ma lame transperçait son thorax.

Mais il était trop tard. Victor s'était transformé en une masse noire informe qui tomba sur le sol en milliers de pattes, et les araignées s'enfuyaient rapidement vers la sortie. Je hurlai, et des spirales de feu les suivirent jusqu'à la porte avant qu'elles ne disparaissent. J'attendis que les flammes s'éteignent puis retournai lentement vers Lukas.

Il n'avait pas bougé. Comment l'aurait-il pu ? Victor m'avait manipulée, dès le départ, me menant progressivement à l'endroit exact où il voulait que j'arrive. Et j'y étais docilement allée, en ayant l'impression que je le faisais de mon propre chef, que je me battais. Que j'étais maîtresse de la situation. Il le regretterait.

J'observai quelques instants la silhouette grise de Lukas. Il avait l'air si paisible. Comme s'il était en train de dormir. Sauf que sa poitrine ne se soulevait plus, et qu'il ne se réveillerait plus. À cause de moi. Les cendres rendaient parfaitement honneur à la beauté qui avait été la sienne. Seuls ses yeux paraissaient éteints. Le fauve s'en était allé. Qu'avais-je fait ? Mon Dieu, qu'avais-je fait ?

Je levai une main tremblante vers une de ses boucles, immortalisée en poussière de mort. Mais à peine mon doigt l'eut-il effleurée que la statue entière s'affaissa en volutes de fumée. Il avait disparu. Il était parti. Il m'avait quittée.

Je me laissai tomber au milieu des cendres, pleurant toutes les larmes de mon corps. Des larmes noires, qui tachèrent le sol tout autour de moi. Qu'importait qui m'avait créée, au fond ? Seule importait la raison pour laquelle j'avais été faite. Je tuerais mon père. Et disparaître en accomplissant ma tâche m'était totalement égal. J'étais déjà dans les ténèbres les plus complètes.

Jusqu'à ce qu'une flamme ténue jaillisse du néant.

Épilogue

Mes doigts me chatouillaient.

C'était une sensation étrange, si différente de ce qui m'entourait en ce moment. C'était la vie au milieu du chaos, un vain appel à regagner le rivage avant qu'il ne soit trop tard. Pourtant, même si j'avais la tête sous l'eau, je ne me noyais pas. Je ne respirais plus, je ne bougeais plus, j'étais dans l'entre-deux. Je me trouvais dans les limbes, et j'y étais en sécurité.

Cependant, cette sensation persistait et continuait à essayer de m'atteindre. Ce n'était pas douloureux, c'était même empli de douceur. Je ne sentais plus rien autour de moi, mais ça, je le sentais. La magie ne tentait pas de forcer son passage, ni la tristesse de fuir mon corps. C'était la vie qui reprenait contact.

Accroupie devant ce qui fut Lukas, je tournai la tête et remarquai la petite boule de poils qui s'était approchée et dardait une langue sur mes mains glacées. Nous n'avions jamais été dans mon esprit. Lalawethika avait bel et bien été transformé en ours. L'illusion de l'illusion était la pire qui soit. Dans mon dos, j'avais entendu la porte s'ouvrir quelques instants plus tôt, même si je n'en avais pas eu conscience. Je savais que les autres étaient revenus. Je ne voulais pas me retourner. Je savais aussi que Cormack s'était réveillé et rapproché de moi. Il n'avait pas dit un mot durant les nombreuses minutes qui s'étaient écoulées depuis la disparition de Victor. Mais il avait été là, comme le support tranquille qu'il avait décidé d'être dans ma vie pour une raison qui m'échappait encore et qui m'était totalement égale.

— Que s'est-il passé ?

C'était Barney qui avait parlé. Sa voix était calme dans le silence qui habitait les lieux. C'était un locataire, comme nous tous, d'un foyer brisé.

Je ne répondis rien, et le temps se suspendit. À côté de moi, Cormack se traîna sur le sol pour se rapprocher. Il avait respecté mon deuil jusque-là, mais sa passivité n'allait plus durer.

— Quinn, m'appela-t-il doucement.

Des ongles qui griffaient un tableau noir. Il avait vu. Il savait ce que j'avais fait.

— Quinn, répéta-t-il.

Je ne voulais pas quitter mes limbes. Je m'y sentais chez moi. Ici, le temps n'existait pas. Ici, illusion et réalité se mélangeaient, se comprenaient, rendant toute chose possible. Ici, Lukas n'était pas mort. J'ignorais d'où me venait cette certitude, mais ce n'était pas important. Je le savais, c'était tout ce qui comptait. Quitter cet endroit, c'était risquer de le quitter lui.

— Ce qui est arrivé n'était pas ta faute.

Quelque chose se brisa en moi. Quelque chose que je pensais ne plus être là. Une chose qui se remit à battre lentement et dont chaque pulsation créait plus de fissures dans le sol. Elles avançaient à un rythme régulier, se répandant telles des toiles d'araignées par terre et aux murs. Je n'avais pas besoin de les voir pour en avoir conscience.

Tout comme je n'avais pas besoin de voir les autres pour sentir la terreur dans leurs regards.

— Que s'est-il passé ? demanda à son tour Elliot.

Je tournai vers eux des yeux que le néant n'avait pas complètement désertés. Je vis la surprise se peindre dans les leurs lorsqu'ils en remarquèrent la couleur. C'était de ça que Victor avait parlé quand il m'avait dit que le noir m'allait si bien. Ils s'étaient assombris comme ils l'avaient fait au *Jaws* au moment où j'avais perdu le contact avec la réalité. La réalité, l'illusion, un tout.

— Qu'est-ce que tu penses ? demandai-je si froidement que la pierre se recouvrit de givre. Victor s'est passé.

D'abord fine couche blanche saupoudrant mon champ de vision, le gel tapissa bientôt toute la pièce. Pourtant, il ne s'était pas écoulé plus d'une seconde. Je n'avais rien contrôlé, je n'avais rien exigé. La froideur s'était juste insinuée en moi et vibrait dans mon corps. Je n'avais pas conscience de faire ça. Je le faisais, c'était tout.

Je le remarquai au moment où il ricana. Ce rire si insupportable qui aurait fait se dresser chacun de mes poils en temps normal. Mon frère se trouvait là, derrière Walter et Barney, retenu fermement par Elliot. Si les deux premiers étaient impassibles, Connor ne cachait pas son amusement. Quant à Elliot, je sentais sa peur serpenter jusqu'à moi et chatouiller ma peau, l'invitant au jeu.

— Je t'avais proposé de t'allier à moi, sœurette. Rien de tout ça ne serait arrivé. Tu as eu ce que tu méritais. Jamais tu n'aurais dû me dire non.

L'énervement, la colère, la vengeance, tout ce que je ressentais face à mon frère en temps normal n'existait plus. Il n'y avait plus que la volonté. La volonté de ne plus entendre sa voix. Il ne me fallut pas plus d'un battement de cils pour qu'il aille se fracasser contre un mur et retombe au sol. Un autre et sa nuque se brisait. Je ne comptais pas le tuer. J'avais besoin de lui. Je voulais juste qu'il se taise. Après ce qui venait de se passer, je ne pouvais m'empêcher d'avoir pitié de lui. Je ne lui pardonnerais jamais ce qu'il avait fait, mais peut-être qu'un jour, je pourrais lui pardonner d'être ce qu'il était.

D'un vague geste de la main, je redressai son corps inconscient et le figeai dans la glace qui se déversait de mon cœur en flots aiguisés. Il ne me dérangerait plus.

Mon bras retomba sur le sol, mais il n'y demeura pas. Un petit museau vint donner de légers coups contre mon coude, comme pour se rappeler à mon bon souvenir. En baissant la tête pour observer l'animal, une larme noire s'échappa de mes yeux et alla frapper la pierre encore intacte à mes pieds. Elle ne gela pas.

— Pardon, fis-je à Lalawethika.

Je n'eus pas conscience de le souhaiter. Je décidai simplement que Lalawethika était un homme, et Lalawethika se fit homme. Ses poils disparurent progressivement, et sa peau s'étendit tandis que son museau rétrécissait jusqu'à devenir un nez. Finalement, sa cicatrice apparut sous ses longs cheveux noirs en bataille qu'aucun lien ne retenait. Je détournai la tête. Lui aussi avait été témoin de mon crime.

J'entendis Barney jurer tout bas.

— C'est ce que vous attendiez tous, dis-je. C'est fait.

Puis je dardai un regard plein de haine sur Walter. Il ne bougeait pas, impassible comme une statue. Mais cette statue n'était pas faite de cendres, elle n'allait pas disparaître si facilement. Pourtant j'aurais soufflé et soufflé encore, jusqu'à ce qu'il ne reste rien de ses os qu'un vague souvenir blanchâtre à mes pieds. Il m'avait piégée avec sa potion. Tout ce qui s'était produit depuis était sa faute.

— Où est Lukas ? demanda Elliot.

L'écho de sa voix fit résonner mon corps de douleur. Ailleurs. Il était ailleurs.

— Mort, dit Lala.

Lorsque je tournai la tête vers lui, je réalisai qu'il était nu comme un ver. Je ne m'en étais même pas rendu compte avant. Ça ne dérangeait personne, d'ailleurs. L'annonce du décès de Lukas, en revanche, si.

— Comment ?

Une simple question, à laquelle seul le silence répondit. Jusqu'à ce que Cormack le brise aussi facilement que Victor m'avait brisée.

— Maeve l'a poignardé.

— Mais pourquoi ? s'exclama Barney, incrédule et sous le choc.

Ses yeux d'enfant s'étaient éteints.

— À vous de me le dire, répliquai-je froidement. Pourquoi n'est-il plus avec vous ? Pourquoi êtes-vous seulement partis sans moi ?

Pour ponctuer ma phrase, le plafond se fendit à son tour et un lustre s'écrasa lourdement au sol. Elliot et Barney eurent juste le temps de se tirer avant de le recevoir sur la tête. Walter, quant à lui, avait anticipé et se trouvait quelques pas plus en avant. Il me regardait sans ciller.

— C'était sa volonté ! se justifia Barney, qui semblait craindre que le *Practice* ne l'avale parce que j'avais faim de vengeance.

Je n'avais jamais connu sa voix aussi inquiète. Il n'avait jamais été tendu, même dans les moments où il aurait été légitime de l'être. Il avait peur de moi. Ils auraient tous peur de moi, dorénavant.

— Il a disparu comme par enchantement, peut-être ? relançai-je, toujours d'un calme olympien.

Personne ne me répondit, mais Elliot acquiesça. Eux-mêmes ignoraient ce qui s'était passé. Devais-je avoir pitié d'eux comme de Connor ou leur faire payer leur traîtrise ?

— Comment a-t-il pu entrer ? demanda Li, du fond de la pièce.

Je remarquai alors sa présence, ainsi que celles de Finnley et des jumeaux. Je ne les avais pas vus jusqu'alors. Je pouffai silencieusement sans détourner les yeux.

— Oui, Walter, comment est-ce possible ? Tu veux peut-être leur expliquer pourquoi les runes n'ont pas fonctionné ?

Il n'eut même pas la décence d'être déstabilisé par mon attaque directe. Il en fallait plus pour faire trembler Walterminator. Le sol craqua à nouveau.

— La magie de Victor est plus puissante que je ne l'avais escompté, répondit-il simplement.

Je plantai à ce moment mon regard dans le sien. Et nous nous observâmes. Nous nous défiâmes. Il ne disait pas la vérité, nous le savions tous les deux. Qui d'autre que lui aurait pu laisser Victor entrer ? Quelle coïncidence que l'homme que j'aime décide de m'abandonner ici, et que celui qui s'était donné pour mission de m'éliminer si ma confrontation avec Victor me changeait ait mal protégé l'endroit ! Il m'avait fait rester au *Practice* dans le seul but que je rencontre mon père. Le rendez-vous au *Paradis Perdu* était bien un piège. Un piège pour Victor, un piège pour moi. Un piège qui avait fonctionné.

— Quelqu'un a dû le laisser entrer, dit Barney.

Je compris à son ton qu'il se méfiait de l'un d'entre nous. Un en particulier, si j'en croyais son regard braqué sur Cormack. Rosita ondulait sur ses épaules, protectrice. Elle était indemne.

Cormack me regardait de ses yeux résolument vides, ces yeux d'un vert si foncé quand le mien était si clair. Il semblait attendre ma réaction. De tous ceux qui étaient présents, c'était sûrement le seul à ne pas me craindre.

— Il a choisi de rester et m'a défendue jusqu'au bout. Il a failli mourir pour me protéger alors que vous m'aviez abandonnée. S'il y a un traître, il n'était pas ici avec nous, il se trouvait avec vous.

Tous se lancèrent des regards discrets, mal à l'aise. Tous sauf Walter, qui me regardait fixement. Je promenai des yeux durs sur chacun d'entre eux, pesants, inquisiteurs. Je voulais qu'ils sentent la menace à laquelle ils s'exposaient. Celui qui avait commis cette trahison ferait plus que le regretter. Finnley, Rob, Li, Patric, Anders, Barney, Elliot. J'arrêtai mon regard sur Walter.

— Que vous soyez tous avertis, ce soir marque la fin d'une ère. Si vous tentez de me tenir à l'écart à nouveau, je vous tuerai de mes propres mains, annonçai-je calmement. La guerre a commencé.

Ma voix résonna étrangement pendant plusieurs secondes. Personne ne dit un mot. Pour ce que j'en remarquai, personne ne respira.

— Vous êtes avec moi, ou vous êtes contre moi.

Ainsi sonna le glas. J'étais on ne peut plus sérieuse. Mon père, mon frère, mon grand-père, aucun membre de ma famille n'était digne de confiance, et je ne comptais plus accorder la mienne à personne. J'étais parvenue à un certain nombre de conclusions que je comptais bien garder pour moi.

Il y avait un traître parmi nous. Quelqu'un avait laissé entrer Victor. Même si mon instinct me criait que c'était Walter, je n'avais aucune preuve tangible, et j'étais encore sous le choc des événements survenus durant les dernières heures. Mais surtout, il faisait un bouc émissaire tout indiqué, au point que je me méfiais de ma propre méfiance. Depuis ma rencontre avec Victor, je ne faisais plus confiance aux apparences. C'était un coupable trop parfait. Il avait quelque chose à se reprocher qu'il cachait bien, je l'avais lu dans ses yeux, mais il pouvait aussi avoir d'autres raisons.

Et il y avait l'homme en noir, dernière pièce à avoir fait son entrée sur l'échiquier de ma vie. J'ignorais où le ranger. Ça aurait pu être n'importe qui, il aurait pu ne même pas exister. Mais s'il était bien réel, Victor avait de sérieux soucis à se faire. Car la seule raison pour laquelle quelqu'un serait prêt à l'aider à voler mes pouvoirs serait pour s'en emparer à son tour par la suite. Victor n'était peut-être pas le plus gros poisson dans l'océan, finalement.

Je me retrouvais donc au milieu d'un trio gagnant. Mon père, le traître, et l'homme en noir. La partie avait à peine commencé, pourtant elle venait de sacrément se corser.

Achevé d'imprimer en août 2012
Par CPI Brodard & Taupin - La Flèche (France)
N° d'impression : 69621
Dépôt légal : septembre 2012
Imprimé en France
81120833-1